*Für meinen Freund Eric Kuntz*
*In herzlicher Verbundenheit widme ich dieses Buch*
*meinem Freund Eric Kuntz,*
*der mir geholfen hat, das Lied der Engel zu hören.*
*Sheila Walsh*

*Caroline Cushman –*
*du bist ein heller Sonnenstrahl, der unser Leben wärmer macht.*
*Diese Welt ist ein glücklicherer Ort, weil du da bist.*
*Kathryn Cushman*

*Denn Gott hat seine Engel ausgesandt, damit sie dich schützen,*
*wohin du auch gehst.*
*Psalm 91,11 (Hoffnung für alle)*

# Prolog

Die ersten Sonnenstrahlen krochen über die Tragfläche. Ann lehnte sich über den freien Sitz an ihrer Seite, um aus dem Fenster sehen zu können. Unter ihr wurde die Skyline, die sie so sehr liebte, kleiner und kleiner. Und damit auch das emsige Treiben der Millionen von Menschen, die am Boden dem Erfolg nachjagten. Nur die Besten von ihnen, oder die Glücklichsten, würden es schaffen; der Rest würde in dem riesigen Fleischwolf, der New York im Grunde war, zermalmt werden. Ann hatte bewiesen, dass sie stark genug war, dort zu überleben. Sie brauchte niemanden und lebte genau so, wie es ihren eigenen Vorstellungen entsprach.

Inzwischen steuerte das Flugzeug auf den genauen Gegenpol all dessen zu, was sie mochte, was ihr wichtig war und ihrer Persönlichkeit entsprach: auf eine Stadt, in der die Straßen von Häusern aus der Vorkriegszeit gesäumt waren. Eine Stadt, deren Einwohner mehr Wert auf Geschichte und verwandtschaftliche Beziehungen legten als auf die Errungenschaften der Neuzeit. Der Ort, dessen bloße Existenz auf ihr lastete wie eine Bürde, ein Anker, dessen Kette schon vor langer Zeit hätte gelöst werden müssen. Charleston. Diese Stadt hielt sie immer noch fest in ihrem Klammergriff.

Aber Anns Schwester lebte dort, der einzige Mensch, der diese Reise erträglich machte. Vielleicht war Sarah gerade jetzt mit Feuereifer dabei, das Haus zu putzen, die Terrasse zu fegen oder ihre berühmten Schokoladen-Haferkekse zu backen – und bestimmt so viele, dass sie die zu zweit gar nicht aufessen konnten. Sie würde auch ihren Nachbarn welche anbieten und allen anderen, die während der Feierlichkeiten am Wochenende vorbeikamen. Sarah hatte so viel Ähnlichkeit mit Nana.

Ann holte die neuste Ausgabe des *Architectural Digest* aus ihrer Handtasche und blätterte sie durch. *Da!* Das Foto eines Strandhauses irgendwo an der Küste Floridas. Leuchtende Farben, Muscheltapete an den Wänden. Es war geschmackvoll eingerichtet, und doch, es war alles so … vorhersehbar. Sie zog ihren Skizzenblock hervor und begann den Raum umzugestalten.

Die Couch brauchte schärfere Kanten, die durften beinah rechtwinklig sein. Und Weiß wäre perfekt. Sie deutete mit dem Bleistift die Gewebestruktur an und fügte eine Reihe Sofakissen hinzu, von denen sie einige völlig schwarz färbte. Danach skizzierte sie eine Tischlampe wie diejenige, die sie erst vorige Woche gesehen hatte – ungleichmäßige Rechtecke aus schwarzem Bambus, die aufeinandergesteckt waren, darüber ein rechteckiger Lampenschirm. An der Wand über der Couch zeichnete sie ein modernes Kunstwerk ein, in hellem Grau gehalten und mit schwarzen und weißen Streifen durchsetzt.

Irgendetwas fehlte noch. Monochromatische Ausstattung verlangte absolut präzises Design, eine Herausforderung, die Ann immer schon genossen hatte. Sie verglich die beiden Räume. Ihrer war noch nicht fertig, aber sie war zufrieden mit dem, was sie erreicht hatte.

„Sie haben einen guten Blick." Die Stimme gehörte zu einem Mann, der eine Reihe hinter ihr saß und sich quer über den Gang beugte. Er war lässig gekleidet und hatte kurzes braunes Haar, das sich leicht wellte. Wahrscheinlich Ende vierzig. Gut aussehend. Irgendwie kam er ihr bekannt vor.

Es war ihr peinlich, dass er sie bei ihrem Spiel ertappt hatte, und sie zuckte mit den Schultern. „Danke."

„Sind Sie Designerin?"

„Ja, ich arbeite für eine Homestaging-Agentur." Sie wusste, dass er wahrscheinlich keine Ahnung hatte, was das bedeutete, aber das war ihr ziemlich gleichgültig. „Zimmer aus Zeitschriften umzugestalten, hilft mir, in Übung zu bleiben."

„Arbeiten Sie in Charleston?"

Ann schüttelte den Kopf. „Nein, in New York."

„Das freut mich wirklich außerordentlich.“ Er beugte sich ein wenig näher zu ihr herüber und schenkte ihr ein strahlendes Lächeln. Auf seiner linken Wange erschien ein Grübchen. „Haben Sie eine Karte?“

Ann sah ihn zweifelnd an. „Haben Sie vor, eine Immobilie zu verkaufen?“

Er lächelte. „So könnte man es nennen.“ Er griff in die Gesäßtasche seiner Khakihose und zog eine lederne Geldbörse heraus, der er eine Visitenkarte entnahm. Er hielt sie an einer Ecke fest und ließ sie mit der Rückseite nach vorn vor ihrem Gesicht baumeln. „Tauschen wir?“

Was konnte es schaden? Ihre Visitenkarte enthielt keine persönlichen Informationen, nur die Adresse und Telefonnummer des Büros. „Gern.“ Sie fasste in ihre Handtasche und nahm eine heraus. Um keine Missverständnisse aufkommen zu lassen, zog sie auch noch einen der dreifach gefalteten Flyer hervor, die sie immer bei sich trug.

Nachdem sie den Tausch vollzogen hatten, sah Ann seine Karte an. Sie fiel ihr beinah aus der Hand.

„Patrick Stinson?“ Sie schaute ihn überrascht an.

Er lächelte breit, offensichtlich voller Genugtuung über die Trumpfkarte, die er soeben ausgespielt hatte. „Ich bekenne mich schuldig.“

„Was machen Sie denn in diesem Grashüpfer von einem Flugzeug?“

„In Charleston findet heute Abend eine Veranstaltung statt, an der ich teilnehmen muss. Das hier ist ein Nonstop-Flug. Der Newark Airport ist eben praktisch.“

„Ich wäre wohl eher davon ausgegangen, dass Sie mit einem Privatflugzeug fliegen.“

„Wenn ich geschäftlich unterwegs bin und ein Team mitnehme, tue ich das auch. Aber wenn ich allein unterwegs bin, um zu einer Veranstaltung und wieder zurückzugelangen, dann … versuche ich meine persönliche $CO_2$-Bilanz niedrig zu halten." Er zwinkerte ihr zu.

„Würden Sie sich bitte zurücklehnen, Sir? Wir landen in den nächsten Minuten."

„Oh, Sie haben recht. Vielen Dank." Er war die Liebenswürdigkeit in Person.

Ann konnte nicht fassen, wie dumm sie gewesen war. Sie hatte einem der wichtigsten Immobilienunternehmer New Yorks gegenübergesessen und hatte es nicht einmal bemerkt. Aber eigentlich war es egal. Marston Homestaging hatte schon einige Aufträge im gehobenen Immobilienmarkt gehabt, doch Stinsons Unternehmen spielte in einer völlig anderen Liga. Vermutlich würde er mit seinen Partnern schlicht und einfach über diese Begegnung lachen.

Aber warum eigentlich? Ann leistete gute Arbeit. Sie war so tüchtig, dass sie es in die Liste der „100 Innenarchitekten, die Sie im Auge behalten sollten" geschafft hatte, welche jedes Jahr von der New Yorker Zeitschrift *Design* veröffentlicht wurde.

Als das Flugzeug am Gate zum Stillstand kam, warf Ann sich ihre Tasche über die Schulter und ging die Metalltreppe zum Rollfeld hinunter. Die schwüle Morgenluft vermittelte den Eindruck, es sei hier zehn Grad heißer als in New York. Sie ging eine andere Treppe hinauf und durchquerte die Wartehalle. Einen Augenblick überlegte sie, ob sie auf Patrick Stinson warten und noch irgendetwas zu ihm sagen sollte, aber dann sah sie, dass Sarah schon auf der anderen Seite der Sicherheitsschleuse stand und sie erwartete.

Ihre blonden Locken tanzten, als sie ihr zuwinkte, und ihre adrette Kleidung sah frisch gebügelt aus. „Annie, Annie, hier bin ich!"

Ann lief auf ihre Schwester zu und warf sich in ihre ausgebreiteten Arme. „So so, die Diplom-Sozialpädagogin persönlich."

„Stimmt genau." Sarah drückte sie fest an sich. „Ich freu mich so, dass du gekommen bist."

„Na, das kann ich doch unmöglich verpassen!"

Sie hielten sich noch einen Augenblick umschlungen, ehe sie sich auf den Weg zur Gepäckausgabe machten. In diesem Moment eilte Patrick Stinson an ihnen vorbei und warf Ann über die Schulter hinweg ein Lächeln zu. „Ich wünsche Ihnen eine schöne Zeit in Charleston, Ann Fletcher. Ich melde mich bei Ihnen.“ Er verschwand durch den Ausgang; an seiner rechten Hand baumelte eine kleine lederne Reisetasche.

„Wer war *das denn*?“ Sarah gab sich keine Mühe, den misstrauischen Unterton in ihrer Stimme zu verbergen.

„Jemand, der sich definitiv *nicht* bei mir melden wird.“

„Irgendwie hab ich das Gefühl, dass du dich da täuschst“, schmunzelte Sarah. „Komm, wir holen dein Gepäck und fahren heim.“

# Kapitel 1

Die roten und blauen Lichter der Einsatzfahrzeuge spiegelten sich in zerbrochenem Glas und zerdrücktem Metall und schleuderten kalte Flammen durch die warme Nacht von South Carolina. Ann Fletcher kauerte auf dem Bürgersteig und hielt ihre Knie umschlungen. *Wie hatte das nur geschehen können?* Sie schloss die Augen, um ihr Gleichgewicht wiederzufinden, doch das verstärkte nur den Gestank von verschmortem Gummi und Motoröl. Sie gab auf und öffnete die Augen.

Verschiedenfarbige Lichtblitze erleuchteten die Szene, die sie umgab. Ihr Blick fiel auf einen Polizisten, der Anweisungen in ein Funkgerät bellte. Ein Feuerwehrmann in gelber Schutzkleidung spritzte Wasser auf einen dampfenden Motor, und zwei Männer in blauen Overalls beugten sich über eine Krankentrage. Ann hielt sich abseits, wie die Rettungssanitäter es von ihr verlangt hatten, denn nur so konnten sie sich voll und ganz auf ihre Schwester konzentrieren.

„Hier, ich glaube, das wird Ihnen guttun." Eine Frau in einem schwarzen Hosenanzug hielt ihr eine Flasche Wasser hin.

„Danke." Ann nahm einen langen Zug, dann noch einen. Sie war überrascht, wie durstig sie war.

„Kann ich sonst noch etwas für Sie tun?" Das Haar der Frau leuchtete in dem blitzenden Licht wie Kupfer, und ihr Gesicht kam Ann irgendwie vertraut vor – so, als hätte sie die Frau vor langer Zeit einmal gekannt. „Irgendetwas?"

Ann schüttelte den Kopf und blickte zu den Sanitätern hinüber. „Nein, wirklich nicht."

„Das ist also Ihre Schwester." Die Frau sagte das so, dass es wie eine Tatsache, nicht wie eine Frage klang, aber sie schien doch auf eine Bestätigung zu warten.

„Ja." Ann schaute zu, wie von irgendwoher aus dem Rauch eine weitere Gestalt im Overall erschien. Der Mann ging zu den Sanitätern, wechselte ein paar Sätze mit ihnen und ging dann schnell zur Fahrertür des Rettungswagens.

Die Frau deutete auf das Fahrzeug. „Wenn Sie jetzt da hinten einsteigen, ehe es jemand merkt, wird man Sie nicht rausschmeißen. Dann kann Ihre Schwester auf der Fahrt ins Krankenhaus Ihre Stimme hören und weiß, dass sie nicht allein ist." Sie sprach mit Autorität, so als würde sie die Situation genau überblicken.

Durch die geöffnete Doppeltür betrachtete Ann die steril wirkenden Apparaturen im Inneren des Rettungswagens. Kaum vorstellbar, dass Sarah in dieser Umgebung keine Angst haben würde. „Sie haben recht." Ann gab sich einen Ruck und ging schwankend auf das Fahrzeug zu.

„He, Sie können da hinten nicht einsteigen." Die männliche Stimme klang, als sei ihr Eigentümer kaum aus der Pubertät heraus und ließ jegliche Autorität vermissen.

Ann wollte ihn zuerst völlig ignorieren und stellte einen Fuß auf das Trittbrett, doch dann überlegte sie es sich anders. Ohne ihren Fuß herunterzunehmen, hielt sie inne und drehte sich um. Er und eine andere Sanitäterin waren dabei, Sarah auf ihrer Trage festzuschnallen. Der Anblick bestärkte sie in ihrer Absicht. „Das ist meine Schwester. Ich werde Ihnen nicht im Weg sein und ich werde den Mund halten, aber ich lasse sie nicht allein."

Die Sanitäterin warf Ann einen kurzen Blick zu, während sie den letzten Gurt festzurrte. „Setzen Sie sich in der hinteren Ecke an die Wand."

Ihr junger Kollege sah auf. „Sollten wir sie nicht wenigstens nach vorne ...?"

„Dafür ist keine Zeit. Wir müssen los. Sofort. Eins, zwei, drei."

Ann schlüpfte schnell in den Rettungswagen. Der Geruch nach Desinfektionsmittel wurde stärker, während sie sich in die hintere Ecke begab. Die Rettungssanitäter arbeiteten synchron und schoben

Sarah in Anns Richtung. Bald saßen alle dicht an dicht im Wagen; die Türen schlossen sich und das Fahrzeug brauste mit Sirenengeheul und quietschenden Reifen davon.

Sarah lag direkt vor ihr, und Ann sehnte sich danach, ihre Hand zu halten, über ihr Gesicht zu streichen oder sonst irgendetwas zu tun, was ihr zeigen würde, dass sie nicht allein war. Aber angesichts der klaffenden, blutenden Wunde, die sich über Sarahs linke Wange zog, und der seltsam angewinkelten linken Schulter hatte Ann nicht den Mut, sie zu berühren. Sie wollte ihr nicht noch mehr Schmerzen zufügen, und so griff sie nach einer Locke von Sarahs langem blonden Haar, das auf dem Kissen lag. Ann rieb sie zwischen den Fingern und hoffte verzweifelt, ihrer Schwester auf diese Weise etwas von ihrer eigenen Kraft weitergeben zu können. „Halt durch, Sarah. Du musst wach bleiben und kämpfen."

Sarah öffnete die Augen und sah ihre Schwester mit schmerzverzerrtem Gesicht an. „Tut mir so leid, das alles. Weiß nicht … was passiert ist."

Ann sprach so leise und beruhigend, wie sie nur konnte. „Bloß ein kleiner Unfall, überhaupt nicht schlimm. Bald ist alles wieder gut."

Während sich das Fahrzeug in die Kurven legte, wandte Sarah das Gesicht den gedrehten Schläuchen, blinkenden Bildschirmen und Schränkchen zu, die mit allerlei medizinischen Gerätschaften gefüllt waren. Ann war dankbar, dass Sarahs Augen offen blieben, auch als ihr Atem schwerer wurde. Sie konzentrierte sich auf jeden Atemzug, jedes Stöhnen und Keuchen. Solange sie diese Geräusche hörte, war ihre Schwester am Leben. Wenn sie schon sonst nichts tun konnte … Sie bot ihre ganze Willenskraft auf, um Sarahs Lungen in Bewegung zu halten.

„Oooooh."

Ann beugte sich nach vorn. Sie streckte die Hände nach ihrer Schwester aus, aber kurz bevor sie ihren Körper berührte, hielt sie inne. Was tat sie da? Sie hatte keinerlei medizinische Ausbildung, und in der Schule hatte sie das Fach Gesundheitsfürsorge nur mit Ach und Krach bestanden. Aber sie musste doch irgendetwas tun.

Panisch packte sie die Sanitäterin an der Schulter. *Warum ignorierte diese Frau, was offensichtlich geschah?* „Helfen Sie ihr! Sie erstickt!"

Die Sanitäterin schüttelte Anns Hand ab und fuhr fort, irgendwelche Schläuche zu entwirren. Ihr Gesicht zeigte kaum eine Reaktion, weder auf Sarahs Keuchen noch auf Anns Ausbruch. „Sie erstickt nicht. Sie summt."

„Was?" Ann blickte auf ihre Schwester hinunter.

Sarahs Gesicht war nicht schmerzverzerrt, wie Ann erwartet hatte. Ihr Mund war nun leicht geöffnet; ihre Augen standen weit offen und fixierten irgendetwas, das sich hinter ihrer rechten Schulter befand, über den Utensilien und Geräten.

„Oh … herrlich!" Sie tat einen weiteren mühsamen Atemzug, aber ihre Lippen formten sich zu einem Lächeln. Sie hob die rechte Hand so weit, wie die Gurte der Trage es zuließen, und streckte dann die Finger aus, als würde sie nach etwas greifen. „So leuchtende Farben, oh nein …" Ihre Worte waren kaum mehr als ein halb ersticktes Flüstern. „Ein Lied … vollkommene Freude." Ein gurgelndes Geräusch kam aus ihrer Kehle, und sie schnappte nach Luft, aber es gelang ihr trotzdem weiterzusummen.

Der männliche Assistent, der gerade Klebeband um den Infusionsschlauch wickelte, sah auf. „Das Morphium beginnt wohl zu wirken."

„Du hast ihr Morphium gegeben?" Die Stimme der bis dahin so kühl und beherrscht wirkenden Frau verriet deutlichen Ärger.

„Ich … nein. Ich bin davon ausgegangen, dass *Sie* …"

„Man gibt einem Mehrfachtrauma ohne ausdrückliche Anweisung keine Betäubungsmittel. Erst recht nicht bei fallendem Blutdruck, flacher Atmung und einem kurzen Weg zum Krankenhaus. Verstanden?"

„Ja, ich weiß. Es ist nur – weil sie singt und mit jemandem zu reden scheint, der nicht da ist … da hatte ich angenommen, dass sie ein Betäubungsmittel bekommen hat." Er sah Sarah an, deren Augen sich allmählich schlossen, während sie weitersummte. Dann beschäftigte er sich wieder mit seinem Klebeband.

In dem verzweifelten Wunsch, irgendwie zu helfen, konzentrierte Ann sich auf das Lied. Vielleicht würde es Sarah trösten, wenn sie mitsummte. Vielleicht gab ihr der Klang einer vertrauten Stimme die Kraft zu kämpfen und half ihr hierzubleiben. Aber Ann kannte die Melodie nicht. Sie richtete ihre ganze Aufmerksamkeit darauf, weil sie hoffte, irgendetwas Bekanntes herauszuhören, aber das Lied war ihr völlig fremd. Und doch, trotz Sarahs halb erstickter Stimme, war die Melodie wunderschön.

„Ich habe solche Dinge schon öfter erlebt", sagte die Sanitäterin. „Ehrfürchtiges Flüstern, ein friedlicher Gesichtsausdruck, obwohl die Umstände das Gegenteil erwarten ließen, und fast immer ein Lied. Einmal hatte ich sogar den Eindruck, ein anderes Wesen singen zu hören. Man fragt sich automatisch, ob es da nicht mehr gibt zwischen Himmel und Erde …"

Der Rettungswagen kam mit quietschenden Bremsen zum Stillstand. Die hinteren Türen öffneten sich scheppernd, und eine Woge aus Licht, Geräuschen und weißen Kitteln schwappte auf sie zu. Ann beugte sich vor und küsste die blonde Locke. „Sei stark, Sarah. Lass mich bloß nicht im Stich. Nicht jetzt."

Sarah nahm sie überhaupt nicht zur Kenntnis und hielt den Blick weiterhin rechts hinter Ann gerichtet. „Annie. Helfen. Bitte."

Ann beugte sich über sie, bereit, alles zu tun, was ihre Schwester verlangte. „Wie kann ich dir helfen, Sarah? Was soll ich für dich tun?"

Die Trage wurde hochgehoben, und eine Schar von Ärzten nahm Sarah mit. „Nein, warten Sie!" Ann sprang aus dem Wagen. „Sarah, was brauchst du? Sag mir, was ich tun kann!"

Eine massige Schwester in einem rosafarbenen Kittel baute sich vor Ann auf und versperrte ihr den Eingang zur Notaufnahme. „Tut mir leid. Sie dürfen da nicht rein."

Ann schlüpfte an ihr vorbei. „Wagen Sie bloß nicht, mich aufzuhalten. Sie hat mich um Hilfe gebeten, und ich werde ihr helfen!" Obwohl sie nur 1,65 Meter groß und sehr zierlich war, war Ann sicher, dass ihre Entschlossenheit den Größenunterschied mehr als wettmachen würde.

Doch die Schwester packte sie am Arm und griff so fest zu, dass Ann beinah hintenüber geschleudert wurde. „Sie kommt direkt in den OP. Wir tun alles für sie, was in unserer Macht steht, aber wir können es jetzt wirklich nicht gebrauchen, dass Sie uns im Weg herumstehen."

Ann versuchte sich zu befreien, aber die Frau hielt sie fest.

„Lassen Sie mich los!"

„Ihre Schwester war nicht die Einzige in dem Auto. Sie müssen dann ebenfalls untersucht werden." Der besorgte Unterton in der beherrschten Stimme passte so gar nicht zu ihrem Gesichtsausdruck, der nichts Gutes zu verheißen schien. Aber Ann war bereit, es jederzeit mit dieser Person aufzunehmen, wenn sie ihrer Schwester dadurch helfen konnte.

Als sie jedoch zwei uniformierte Polizisten den Flur entlangkommen sah, beschloss sie, einen Gang herunterzuschalten. „Mir geht es gut. Das Einzige, was Sie für mich tun können, ist, sich um meine Schwester zu kümmern."

„Lassen wir das doch die Ärzte beurteilen, ja?"

Ann kam der Gedanke, dass es vielleicht besser war, wenn sie nicht im Wartezimmer, sondern in einem Behandlungsraum war. So bekam sie vielleicht mit, wenn etwas passierte, und erfuhr früher, was mit Sarah los war. Ihr linker Arm schmerzte wirklich ein bisschen, und ihre Hand und ihre linke Wange brannten. Einen Versuch war es wert. „Gut, wo muss ich hin?"

„Kommen Sie einfach mit." Die Stimme der Schwester war jetzt zuckersüß, aber sie lockerte ihren Griff nicht im Geringsten. Langsam bewegten sie sich auf die Türen zu, die mit „Eingang zur Notaufnahme“ überschrieben waren.

Bald fand sich Ann in einer quadratischen Kabine wieder, die mit Vorhängen vom übrigen Raum abgeschirmt und nur mit einer Liege und zwei Stühlen möbliert war. Die Walküre drückte ihr einen blauen Kittel aus Papier in die Hand. „Ziehen Sie das an. Einer unserer Ärzte kommt gleich zu Ihnen.“

„Sagen Sie ihm, er soll sich beeilen. Ich brauche dringend ein paar Antworten.“

„Brauchen wir die nicht alle?“ Die Schwester machte sich nicht die Mühe, sich umzuschauen, während sie die Vorhänge hinter sich zuzog.

*

Ann steckte ihre Arme durch die überdimensionalen Löcher und versuchte den Kittel hinten zuzuziehen, als sie von der anderen Seite des Vorhangs eine männliche Stimme hörte. „Ms Fletcher?“

Ann zog die Kanten ihres Kittels zu, so gut sie konnte, und setzte sich auf die Liege. „Ja, ich bin so weit.“ Sie sah auf die Schnittwunden an ihrem linken Arm hinunter. Sie kamen ihr nicht besonders tief vor. „Mir geht's gut, wirklich. Ich will nicht genäht werden, das ...“ Ann blickte zu dem Arzt auf – und stellte fest, dass es gar nicht der Arzt war. Es war einer der uniformierten Polizisten, die sie draußen gesehen hatte.

„Es tut mir leid, dass ich Sie ausgerechnet jetzt damit belästige, aber ich muss Ihnen ein paar Fragen stellen.“

Ann nickte kurz. „Wenn es sein muss.“

Er setzte sich auf einen der Stühle und zückte Papier und Kugelschreiber. „Können Sie mir sagen, was heute Abend passiert ist?“

„Ich ... wir ... waren gerade essen gewesen. Sarah, meine Schwester, bekommt am Freitag ihr Abschlusszeugnis. Sozialpädagogik. Sie will Jugendarbeit machen, mit Kindern in sozialen Brennpunkten.“

Ann wusste nicht, warum sie ihm all diese Details erzählte. Ihr war klar, dass dies nicht die Art von Information war, um die es ihm ging. Aber irgendwie war es ihr wichtig, dass er wusste, was für ein Mensch Sarah war, und sie nicht einfach als Fall für die Statistik sah.

„Das klingt, als sei sie ein besonderer Mensch." Seine Stimme war sanft und leise.

„Ja, das ist sie auch." Das war der Grund, warum alle sie so liebten.

Der Beamte räusperte sich. „Können Sie sich daran erinnern, wie sich der Unfall ereignet hat?"

„Wir hatten in der Innenstadt zu Abend gegessen und waren auf dem Heimweg. Auf der Calhoun Street haben wir an einer roten Ampel angehalten, da, wo sie die Rutledge Street kreuzt. Ich foppte sie gerade wegen eines Kerls, der mit ihr geflirtet hatte. Die Ampel sprang auf Grün, und ich schaute zu ihr hinüber, um irgendetwas zu sagen. Plötzlich sah ich direkt über ihrer Schulter diese Scheinwerfer auf uns zurasen. Sie waren so hell." Ann rieb sich die Augen, als versuche sie das Bild wegzuwischen. „Ich weiß nicht, ob Sarah das überhaupt gesehen hat."

Der Polizist schrieb etwas auf seinen Block und nickte leicht, so als würde sich eine Vermutung bestätigen. Dann hob er den Kopf und fragte in sehr sachlichem Ton: „Hatte Ihre Schwester zum Abendessen getrunken?"

„Was?" Ann sprang auf und zeigte auf den Vorhang. „Verschwinden Sie!"

„Es tut mir leid, dass ich Sie das fragen muss. Und es tut mir leid, dass etwas geschehen ist, was dieses Gespräch erforderlich macht. Ich weiß, dass das alles sehr schwer für Sie ist, aber je mehr Antworten ich bekomme, desto besser können wir dieses Puzzle zusammensetzen."

„Das andere Auto hat die rote Ampel überfahren und ist auf uns geprallt. Welche Bedeutung hat es da, ob Sarah etwas getrunken hatte oder nicht? Selbst wenn sie sternhagelvoll gewesen wäre – das hätte doch überhaupt keinen Unterschied gemacht!“

Ihr Wutanfall schien keinen Eindruck auf ihn zu machen. „Ich versuche nur, alle Fakten zusammenzutragen.“

„Nein.“ Ann senkte langsam ihre Hand und ließ sich zurück auf die Liege fallen. „Nein, sie hatte nur Tee getrunken, sonst nichts.“

Er nickte und schrieb etwas auf seinen Block. „Gibt es noch andere Details, an die Sie sich erinnern können?“

„Unser Auto war das Erste an der Ampel, darum weiß ich, dass Grün war, als wir losfuhren. Der andere Wagen ist einfach aus dem Nichts aufgetaucht. Er fuhr so schnell, kam einfach auf uns zu, so schnell, so schnell ...“ Ann rieb sich erneut die Augen. „Viel mehr kann ich Ihnen nicht sagen.“

„Haben Sie eine Telefonnummer, unter der ich Sie erreichen kann, falls wir in den nächsten Tagen weitere Fragen haben?“

Nachdem der Beamte ihre Handynummer notiert hatte, stand er auf. „Vielen Dank für Ihre Hilfe.“

Ann erhob sich ebenfalls. „Der andere Fahrer – haben Sie den gefragt, ob er getrunken hat? Das ist es doch, was passiert ist, oder? Er war so betrunken, dass er die rote Ampel nicht gesehen hat. Dass er unser Auto nicht gesehen hat.“ Die Erinnerung an die heranrasenden Scheinwerfer hatte sich Ann ins Gedächtnis eingebrannt. „Sagen Sie mir, dass Sie dafür sorgen werden, dass er so etwas nie mehr jemandem antun kann. Sagen Sie mir, dass Sie ihn einsperren und nie mehr rauslassen.“

„Das wird kaum gehen.“ Der Polizist steckte den Stift in die Hosentasche und zog eine Seite des Vorhangs auf. Nachdem er einen Augenblick innegehalten hatte, drehte er sich um. „Er war auf der Stelle tot.“

„Oh.“ Ann schüttelte den Kopf, und wieder kamen ihr die Tränen. „Auf diesen Gedanken bin ich noch gar nicht gekommen.“

„Ich rufe Sie an, falls ich weitere Fragen habe.“ Er trat durch den Vorhang und zog ihn hinter sich zu.

# Kapitel 2

„Abgesehen von ein paar Schnittwunden und Prellungen sind Sie nicht verletzt. Bestimmt haben Sie in den nächsten Tagen noch Schmerzen, das ist ganz normal. Aber melden Sie sich auf jeden Fall, wenn Sie Atemnot, starke Bauchschmerzen oder Sehstörungen bekommen sollten." Die magere Brünette in dem weißen Kittel hatte den trüben Blick eines Menschen, der seit mehreren Tagen nicht geschlafen hat. Ihre Erschöpfung war ihr deutlich anzuhören – vielleicht war es aber auch Langeweile.

„Ja, mache ich. Aber wie sieht es nun mit meiner Schwester aus?" Anns Plan, heimlich zu lauschen, war kläglich gescheitert. Abgesehen von dem gelegentlichen Stöhnen der Person, die in der Kabine neben ihr lag, und einem würgenden Geräusch, das aus einer entfernteren Nische kam, hatte sie nichts gehört. Sie musste wissen, wie die Operation verlief. Sie musste wissen, ob Sarahs Blutdruck weiterhin sank und ob ihre Atmung immer noch flach war. Sie musste wissen, ob Sarah es schaffen würde. „Geht es ihr gut?"

„Wenn Sie sich angezogen haben, gehen Sie doch bitte den Flur hinunter. Direkt hinter der Tür befindet sich ein Wartezimmer. Nehmen Sie dort Platz, dann geben wir Ihnen Bescheid, sobald wir etwas wissen." Die Ärztin schob den Vorhang zur Seite und verschwand.

Ann griff nach ihren Kleidern, aber was sie sah, ließ sie stocken. Das Blut ihrer Schwester hatte dunkelrote Spritzer auf ihrer Bluse hinterlassen.

Wie hatte das alles passieren können? Es hatte ein Wochenende voller Freude sein sollen. Nicht so. Nein, ganz bestimmt nicht so.

Warum hatte der andere Fahrer nicht angehalten? Warum hatte er sich selbst – und ihnen! – das angetan?

Es kostete sie all ihre Entschlossenheit, aber nach einigen tiefen

Atemzügen gelang es Ann, die Bluse zu nehmen, sie anzuziehen und sich ins Wartezimmer zu schleppen. Eine Frau mit leuchtend rotem Haar und zu viel Make-up saß hinter dem Fenster der Empfangstheke. „Ms Fletcher, Sie müssten hier ein paar Papiere ausfüllen, wenn es Ihnen nichts ausmacht."

*Wenn es ihr nichts ausmachte?*

„Was denn?"

„Ach, nur die üblichen Formulare. Sie Ärmste, ich weiß, dass Ihnen jetzt bestimmt nicht danach zumute ist, sich mit alldem zu beschäftigen. Aber haben Sie zufällig die Versicherungsdaten Ihrer Schwester?"

Ann starrte sie an. *„Nein,* habe ich nicht. Wir hatten einen *Autounfall,* und ihre Handtasche befand sich in dem *Auto.* Ich habe meine auch nicht. Sie war in demselben *Auto,* dem, das jetzt nur noch ein Blechhaufen ist." Ann spürte, wie ihre Hand zitterte, während sie sich über den Nacken fuhr. Wenn sie noch *eine* weitere dumme Frage beantworten musste, würde sie durchdrehen.

Eine andere Frau, die so weit links neben der Glasscheibe saß, dass Ann sie bis dahin nicht gesehen hatte, rollte mit ihrem Bürostuhl heran. „Warten Sie, jemand hat Ihre Sachen gebracht." Sie holte einen Schlüssel aus dem Schreibtisch und ging zu einem Schrank an der gegenüberliegenden Wand. Einen Augenblick später überreichte sie Ann zwei Taschen. Eine war aus glattem schwarzem Leder, die andere eine neonpinkfarbene Einkaufstasche mit weißen Pünktchen.

„Wie sind die hierhergekommen?"

Die Frau zuckte mit den Schultern. „Jemand, der beim Unfall in der Nähe war, hat sie hergebracht."

Ann wühlte in der Einkaufstasche, bis sie Sarahs Portemonnaie gefunden hatte. Es war vollgestopft mit Kundenkarten für verschiedene Supermärkte, Buchläden und Videotheken. Schließlich fand sie die Versicherungskarte. Sie reichte sie der Frau und beantwortete die Fragen auf den Formularen, so gut sie es vermochte.

„Vielen Dank. Ich gebe Ihnen Bescheid, sobald es etwas Neues gibt. Sie können hier warten, wenn Sie möchten. Im vierten Stockwerk gibt es auch eine Kapelle, falls Ihnen das lieber ist."

„Ich warte hier, danke." Ann hatte nicht vor, irgendwo hinzugehen, bevor sie nicht wusste, dass Sarah aus dem Operationssaal heraus war.

Das Wartezimmer stand voller brauner Kunststoffstühle. Die rechte Hälfte des Raumes war mit einem guten Dutzend Menschen gefüllt, die offenbar zusammengehörten. Ann setzte sich auf einen Stuhl zur Linken und beobachtete sie. Welche Art von Tragödie hatte diese Menschen wohl hierhergebracht?

Im Zentrum der Gruppe saß ein Paar; beide schienen um die vierzig zu sein. Die Frau stand offenbar kurz vor einem Zusammenbruch. Tränen liefen ihr übers Gesicht, während ihr Mann sie im Arm hielt. Diese armen Menschen waren ihre Schicksalsgenossen. Ann hatte den seltsamen Wunsch, zu ihnen hinüberzugehen und sie zu umarmen.

Ein paar andere Erwachsene standen bei ihnen, aber die meisten in der Gruppe waren Jugendliche. Die Jungen sahen alle kräftig aus und bewegten sich in der fließenden Art der Sportler; die Mädchen waren hübsch – sie trugen langes Haar und Make-up und waren auffällig gekleidet.

Die Tür an der gegenüberliegenden Seite des Raumes öffnete sich, und ein grauhaariger Mann im weißen Kittel trat ein. Ann sprang auf und lief auf ihn zu, aber er ignorierte sie und ging zu der großen Gruppe. Die leisen Gespräche verstummten, während die Wartenden sich um ihn versammelten.

Ann setzte sich wieder auf ihren Platz, aber sie machte sich nicht die Mühe, so zu tun, als würde sie nicht zuhören. Sie saßen alle im selben Boot, und sie nahm Anteil daran, wie es ihren Leidensgenossen erging. Der Arzt sah die Mutter an, während er sprach. „Ihr Sohn hat zahlreiche komplizierte Brüche. Wir bereiten ihn gerade auf die Operation vor, und es wird ein ziemlich langer Eingriff werden."

Operation. Komplizierte Brüche. Ann fragte sich, ob der junge Mann, um den es ging, auch einen Unfall gehabt hatte. War seine arme Mutter ebenfalls im Krankenwagen mitgefahren, während er vor sich hinsummte und mit jemandem redete, der nicht da war? Erneut brannten Tränen in ihren Augen.

„Wird er wieder gesund werden?" Die Mutter schluchzte bei jedem Wort.

„Er wird eine Zeit lang bettlägerig sein und viel Physiotherapie brauchen, aber er wird es schaffen."

Ann seufzte laut auf vor Erleichterung. Das war eine gute Nachricht. Sie spürte, wie sie selbst neue Hoffnung schöpfte, während sie darauf wartete, dass die Mutter ihre Freude zum Ausdruck brachte.

Die Frau schniefte und fuhr sich mit einem Papiertaschentuch über die Augen. „Er kommt ins letzte Schuljahr, und Football bedeutet ihm alles. Meinen Sie, er wird diesen Herbst wieder spielen können?"

Anns Mitgefühl sank auf den Nullpunkt. *Was?* All diese Aufregung kam daher, dass diese Frau befürchtete, ihr Sohn könnte eine Saison lang nicht Football spielen? Hatte sie keine Vorstellung davon, was wirklicher Schmerz war? Jede Faser in Anns Körper verlangte danach aufzustehen und dieser Frau zu sagen, wie viel schlimmer alles sein könnte – ihr von Sarah zu erzählen, die in weniger als achtundvierzig Stunden ihr Diplomzeugnis bekommen sollte, von den Menschen, denen sie helfen wollte, von dem Unfall, der alles zu zerstören drohte.

Ann beugte sich vor und stützte den Kopf in die Hände. *Eins, zwei, drei, vier. Tu nichts, was dir hinterher leidtun wird. Halt einfach den Mund. Fünf, sechs, sieben …*

„Kann ich irgendwas für Sie tun?" Die männliche Stimme direkt links von ihr ließ sie erschrocken aufblicken. Der Mann gehörte zu der anderen Gruppe. Wahrscheinlich war er ungefähr in ihrem Alter. Er sah aus wie ein Surfer mit seinem sonnengebleichten, schulterlangen Haar, der gebräunten Haut, Billabong-T-Shirt und Flipflops.

„Nein." Ann brachte das Wort kaum heraus, weil ihre Kehle sich zusammenschnürte, und sie schüttelte den Kopf. Sie starrte die Doppeltür an, hinter der Sarah verschwunden war. Wie war es möglich, dass sie vor zwei Stunden zusammen beim Abendessen gelacht hatten?

„Hatten Sie einen Unfall?" Seine Stimme wurde leiser.

Ann nickte. „Meine Schwester Sarah ist gerade im OP."

„Sarah. Das hab ich befürchtet." Er sprach ihren Namen mit einem Keuchen aus, so, als würde er Anns Schmerz teilen. Schweigend blickte auch er zu der Doppeltür hinüber, und Ann nahm an, dass er zu seiner Gruppe zurückkehren würde. Doch stattdessen setzte er sich neben sie, schüttelte den Kopf und murmelte irgendetwas Unverständliches. Dann sprang er plötzlich auf. „Ich weiß, was ich tun kann." Er stürzte aus der Tür, ohne sich noch einmal umzublicken.

Ann sah zu den anderen hinüber und stellte fest, dass einige der Teenager, vor allem die Jungen, in ihre Richtung blickten. Sie fühlte sich zunehmend unwohl unter ihren musternden Blicken, obwohl sie nicht wusste, warum. Was kümmerte es sie schon, wohin ein paar Grünschnäbel aus den Südstaaten guckten?

Auf dem blauen Schild an der Wand stand „Kapelle – vierte Etage". Ann vermutete, dass man keine spirituellen Qualifikationen vorweisen musste, um in einer Krankenhauskapelle zu sitzen. Vielleicht konnte sie dort ein bisschen Ruhe finden.

Sie wandte sich an die rothaarige Frau an der Empfangstheke. „Ich gehe mal kurz nach oben in die Kapelle, aber geben Sie mir bitte sofort Bescheid, wenn der Arzt meiner Schwester herauskommt."

Die Frau nickte. „Selbstverständlich. Schreiben Sie mir Ihre Handynummer auf" – sie reichte Ann einen Zettel – „aber stellen Sie den Klingelton aus, ja? Wenn jemand Sie sprechen möchte, bitte ich ihn, hier zu warten, und rufe Sie an. Gehen Sie nur hoch und verbringen Sie ein bisschen Zeit mit Gott. Das sollten wir uns alle viel öfter gönnen."

„Okay." Ann kritzelte ihre Handynummer auf den Zettel und machte sich auf die Suche nach dem Treppenhaus. Sie hatte jetzt wirklich nicht die Geduld, auf einen Aufzug zu warten. Die Treppen zum vierten Stockwerk hinaufzugehen würde ihr vielleicht dabei helfen, einen Teil ihrer Anspannung abzubauen. Sie nahm immer zwei Stufen auf einmal.

Als Ann im vierten Stock ankam, atmete sie keuchend, und das drückende Gewicht, das auf ihrer Brust lastete, schien stärker geworden zu sein. Sie schob die Tür zur Kapelle auf und empfand zum ersten Mal an diesem Abend ein Gefühl der Erleichterung. Der Raum war leer. Endlich war einmal etwas so, wie sie es sich wünschte.

Der Innenraum der Kapelle war anders, als sie erwartet hatte. Hier wirkte nichts *heilig* oder entsprach zumindest nicht dem, was Ann sich unter heilig vorstellte. Keine Bänke aus poliertem Eichenholz, keine bunten Glasfenster oder brennende Kerzen. Nur eine Art hölzerner Altar, der mehr wie ein kleiner Tisch oder eine Anrichte aussah. Darauf stand eine kleine Topfpflanze und daneben lag ein Buch – sie nahm an, dass es eine Bibel war. Davor, auf dem Boden, ein schlichtes Kniekissen. Ein paar Holzstühle standen im Raum verteilt, und an der hinteren Wand plätscherte auf einem Schränkchen ein kleiner Zimmerbrunnen. Das Wasser, das sich über den kleinen Steinen kräuselte, erinnerte Ann an ihre gelegentlichen Besuche in Thermalbädern. Ja, alles in allem wirkte die Kapelle ziemlich fernöstlich.

Ann ließ sich auf den Stuhl fallen, der dem Wasserfall am nächsten stand und am weitesten vom Altar entfernt war, erleichtert darüber, allein zu sein. Eine ganze Zeit lang saß sie einfach nur da und tat nichts anderes, als sich auf ihren Atem zu konzentrieren. Ein und aus. Ein und aus … Schließlich richtete sie ihre Aufmerksamkeit wieder auf den Raum. Nachdem ihr Blick auf die Bibel gefallen war, schaute sie an die Decke und sagte: „Weißt du, jetzt wäre ein guter Augenblick, um dich zu zeigen und Sarah zu helfen." Es war ja bekanntlich so, dass viele Atheisten beteten, wenn sie in Not gerieten. Aber Ann wusste, dass ihre Worte sinnlos waren. Gott war ihr nie zuvor begegnet – warum sollte er es gerade jetzt tun?

Ein einzelner Klavierton unterbrach ihre Gedanken. Sie hatte gar nicht gemerkt, dass hier jemand musizierte. Ein zweiter Ton kam hinzu, dann noch einer und noch einer, bis eine Melodie entstand. Das Klavier spielte weiter, immer noch dasselbe Lied, aber nicht länger eine einstimmige Melodie. Die Musik wurde mehrstimmig, reich, harmonisch. Ann verspürte den Wunsch, sich darauf zuzubewegen, sich in den flüssigen Klang einzufügen, der sie so tief berührte, dass sie die Töne beinah wie Farben empfand. Sie legte den Kopf zurück, schloss die Augen und lauschte einfach nur, sog die Musik in sich auf.

Der eigenartige Rhythmus der Melodie durchspülte sie, bis sie das Gefühl hatte, dass das Lied in ihrem Inneren erklang – so, als würde jede Zelle ihres Körpers von einem Ton vibrieren. Ein Gefühl tiefen Friedens erfasste sie und steigerte sich mit jeder Note. Sie wünschte sich, hierbleiben und für immer zuhören zu können. In diesem Moment spürte sie, dass alles gut werden würde. Das Gefühl – das Lied – war anders als alles, was sie je erlebt hatte. Außer ... dass diese Musik denselben beruhigenden Rhythmus hatte wie das Lied, das Sarah im Rettungswagen gesummt hatte.

Ann brauchte einen Augenblick, um zu begreifen, dass es nicht nur derselbe Rhythmus war. Es war auch dieselbe Melodie.

Ganz genau.

Der Raum kam ihr plötzlich klein und stickig vor. Ann stand auf und riss die Tür auf. Sie machte einen Schritt nach draußen, atmete tief und bereitete sich darauf vor, wieder zu gehen. Doch sie hatte kaum einen Schritt gemacht, da lief sie geradewegs in den Surfer vom Wartezimmer hinein. Offenbar war er im Flur auf und ab gegangen. Er wurde rot, als er sie sah. „Entschuldigung, aber die anderen haben mir gesagt, dass Sie hier hochgegangen sind. Ich wollte Sie nicht stören, darum bin ich nicht reingekommen. Aber ich dachte, Sie möchten das vielleicht haben." Er hielt ihr ein grünes Kleidungsstück hin.

Ann starrte es verständnislos an.

„Es ist ein Hemd. Ich … äh …" Er deutete auf ihre beschmutzte Bluse. „Also, ich dachte, Sie fühlen sich vielleicht besser, wenn Sie … also …" Er schluckte so laut, dass sie es hören konnte. „Ich musste an Sarah denken – und Sie sahen so traurig aus, und ich hatte irgendwie das Gefühl, dass ich Ihnen helfen müsste. Und da fiel mir dieses Hemd ein, das ich noch im Auto hatte. Es ist ganz neu, nie getragen. Ich hab's letzte Woche gekauft und aus irgendeinem Grund hab ich es die ganze Zeit im Auto liegen lassen. Und, na ja, das ist jetzt wirklich komisch, und ich seh schon, dass es Ihnen wahrscheinlich lieber wär, wenn ich wegginge, und ich geh auch gleich, aber ich wollte nur …"

„Danke." Ann dachte, dass es das Beste wäre, ihn zu unterbrechen, weil sie keine Ahnung hatte, wie lange er noch weiterreden würde. „Das war wirklich sehr aufmerksam von Ihnen." Sie nahm das Hemd.

„Gut." Er sah auf den Fußboden zwischen ihnen.

Erst jetzt registrierte sie, was er zuvor gesagt hatte. „Sie kennen Sarah?"

„Und Sie." Er machte eine Pause. „Na ja, ich denk jedenfalls. Sie sind Annie, oder?"

Sie nickte. „Ann."

„Ja, das dacht ich mir. Ich bin Eric." Er sah sie an, als würde das alles erklären, aber das war nicht der Fall. Nach einigen Augenblicken der Stille fuhr er fort: „McKinney. Ich wohn in derselben Straße wie Sarah … und früher haben Sie ja auch da gewohnt. Meine Familie zog in meinem letzten Schuljahr dorthin, damals, als Sie noch bei Ihrer Großmutter lebten."

„Ah ja, stimmt." Ann erinnerte sich schwach an einen neuen

Jungen in der Gegend. Aber sie hatte ihre Kindheitserinnerungen so lange verdrängt, dass sie sich nicht wirklich sicher war.

„Wird Sarah … wieder gesund?"

Würde sie das? Ann wollte eine Antwort geben, die unbekümmert und optimistisch klang, doch sie kam ihr nicht über die Lippen. „Ich weiß es nicht." Die Worte kosteten sie große Mühe.

Eric senkte seinen Kopf so leicht, dass Ann einen Moment lang dachte, sie hätte sich das nur eingebildet. Die Stille begann peinlich zu werden. Schließlich deutete er mit einer Kopfbewegung auf die Kapelle und sagte: „Ich werd 'n Gebet für Sarah sprechen."

„Danke." Ann machte Anstalten wegzugehen, aber dann hielt sie inne – offenbar doch noch nicht bereit, das Gespräch zu beenden. „Die Musik da drin ist wirklich außergewöhnlich."

Er wirkte überrascht. „Musik? In der Kapelle ist keine Musik."

„Aber ja." Der Anflug von Ärger, den sie empfand, tat gut; er lenkte sie kurzfristig von ihrer Angst ab. Das wollte sie so lange genießen, wie sie konnte. „Machen Sie die Tür auf und hören Sie selbst."

„Okay." Eric zog die Tür auf und streckte den Kopf in die Kapelle.

Sie wartete auf sein Eingeständnis, aber sie hörte nichts. Gar nichts. Keine Musik. Sie lauschte angestrengt und schob sich näher heran. Absolute Stille.

Eric studierte die Decke. „Sind Sie sicher, dass Sie hier drin Musik gehört haben? Ich hab hier letztes Jahr beim Renovieren geholfen, und ich weiß, dass wir keine Lautsprecher installiert haben. Wir haben sogar 'nen zusätzlichen Schallschutz angebracht, um sicherzustellen, dass in diesem Raum wirklich Stille herrscht. So wie jetzt."

*Was ging hier vor sich?*

Ann blieb regungslos stehen und lauschte mit jeder Faser ihres Körpers. Sie richtete ihre ganze Aufmerksamkeit auf das plätschernde Wasser am anderen Ende des Raumes und wartete darauf, das

Lied zu hören. Aber es kam nichts – kein einziger Ton. „Das ist ja seltsam. Ich weiß nicht, was ich da gehört habe.“ Doch das war eine Lüge. Sie *wusste* es.

Sie hatte Musik gehört, dieselbe Melodie, die ihre Schwester im Krankenwagen gesummt hatte. Die Art von Musik, mit der man verschmilzt, sodass man sie nie, nie wieder vergessen kann. Und sie hatte sie in einem Raum gehört, in dem es kein Klavier und keine Lautsprecher gab, ja der sogar mit Schallschutzwänden ausgestattet war.

# Kapitel 3

Ann stand in der Damentoilette und zog sich um. Krampfhaft versuchte sie nicht daran zu denken, warum das nötig war. Sie rollte ihre weiße Bluse zu einem Ball zusammen und betrachtete ihre kleine Handtasche. Die Bluse würde da niemals hineinpassen. Zum ersten Mal fand Ann etwas Positives an Sarahs kitschiger, pinkfarbener Einkaufstasche mit ihren Messingschnallen und zahllosen Seitentaschen. Dieselbe Tasche, über die sie sich zuvor lustig gemacht hatte. War es wirklich erst ein paar Stunden her, dass sie zu Sarah gesagt hatte, sie könne ein ganzes Gedeck des Restaurants klauen, in ihre Tasche packen und hätte immer noch Platz darin? Nun stopfte Ann die Bluse in die Tasche und freute sich auf den Tag, an dem sie mit Sarah darüber lachen würde, dass gerade dieses unförmige Monstrum sich doch einmal als nützlich erwiesen hatte.

Die Melodie der seltsamen Musik hallte immer noch in ihrem Kopf wider und begann sie zu stören. Ann hatte schon von akustischen Halluzinationen gehört. War der Unfall die Ursache dafür, dass sie das Lied ihrer Schwester auch dort hörte, wo niemand es spielte oder sang? Anscheinend war sie dabei, den Verstand zu verlieren, was vielleicht gar nicht so überraschend war. Vielleicht sollte sie zur Kapelle zurückgehen und noch einmal hineinhorchen, aber der bloße Gedanke machte ihr das Herz schwer. Sie musste wieder hinuntergehen.

Ann entriegelte die Toilettentür, dann jedoch hielt sie inne, da sie an die Mutter des Footballspielers denken musste. Sie schaute auf die Uhr. Viertel nach acht. Es waren zwanzig Minuten vergangen; hoffentlich hatte die Frau sich inzwischen so weit beruhigt, dass keine weitere unangenehme Szene zu befürchten war.

Als Ann in den Spiegel sah, hätte sie beinah laut aufgelacht. Sie war nicht nur dabei, verrückt zu werden, sie sah auch so aus. Auf der Vorderseite des viel zu großen grünen Hemdes war ein grellgelbes Haus aus der Vorkriegszeit abgebildet, und darüber stand: *Gesellschaft zum Erhalt historischer Gebäude, Charleston.* Wenn ihre Kollegen in Manhattan sie darin sähen, würde es bestimmt allerhand interessante Reaktionen geben, denn Ann bevorzugte in ihren Entwürfen klare Linien aus Glas und Chrom und ausgewogene Proportionen. Sie hatte es sich zur Regel gemacht, einen Bogen um Antiquitäten, schwülstige Vorhänge oder T-Shirts mit Aufschriften zu machen. Vor allem, wenn es sich um Aufschriften handelte, die nach Vergangenheit rochen.

Bevor Ann die Gelegenheit hatte, etwas an ihrem Aussehen zu ändern, vibrierte das Handy in ihrer Hosentasche. Ohne einen weiteren Gedanken an Raumgestaltung, Kleidung oder Melodien zu verschwenden, klappte sie es auf. „Bin schon unterwegs." Sie stürzte aus der Tür, und erst auf der Treppe wurde ihr bewusst, dass sie gar nicht nachgesehen hatte, wer angerufen hatte. Wenn unten niemand auf sie wartete, würde sie nachschauen, von wem der letzte Anruf gekommen war. Dazu war dann immer noch Zeit.

Im Wartezimmer angekommen, bremste sie abrupt ab. Bis auf einen hellhäutigen, dunkelhaarigen Mann im weißen Kittel war niemand mehr da. Er sah nicht viel älter aus als der Sanitäter vom Krankenwagen, aber auf dem Schild an seinem Kittel stand: „Dr. Fred Zurlinden."

„Ich bin Ann Fletcher. Warten Sie auf mich?" Ann streckte ihm die Hand entgegen, die er jedoch nicht zu sehen schien.

„Bitte nehmen Sie doch Platz."

Ann wollte nicht sitzen, sie wollte stehen bleiben, aber sie gehorchte, ohne zu zögern.

„Es tut mir sehr leid, dass ich Ihnen das sagen muss, Ms Fletcher. Aber um 20 Uhr 10 haben wir bei Ihrer Schwester einen Herzstillstand festgestellt. Wir konnten sie nicht zurückholen." Er sagte das, als würde er von einem Spickzettel vorlesen. Er hatte sie immer noch nicht angeschaut.

„Was?“ Ann hörte die Stimme des Arztes, aber sie konnte den Inhalt seiner Worte nicht verstehen. Wollte sie nicht verstehen. „Was sagen Sie da? Sarah ist … tot?“

Er nickte und setzte eine teilnahmsvolle Miene auf. „Ich fürchte, ja.“

„Aber … sie hat es hierhergeschafft, sie war bei Bewusstsein, hat gesprochen. Sie haben sie doch in den Operationssaal gebracht, um sie zu retten.“ Anns Stimme wurde mit jedem Wort lauter. Irgendetwas lief hier falsch, und jeder sollte es wissen.

Dr. Fred Zurlinden sah auf seine Uhr, als hätte er zu arbeiten und Ann würde ihn davon abhalten, wichtigen Aufgaben nachzukommen. „Wir haben getan, was wir konnten, aber ihre Verletzungen waren einfach zu schwer.“ Er blickte auf die Doppeltür, als wünschte er sich, dadurch verschwinden zu können. „Möchten Sie, dass ich den Krankenhauspfarrer für Sie anrufe oder jemand anderen, mit dem Sie reden können?“

„Nein, ich will nicht, dass Sie irgendjemanden anrufen. Ich will, dass Sie zurückgehen und meine Schwester retten. Das ist ein schrecklicher Irrtum. Ich …“

„Annie?“ Ann drehte sich überrascht um und sah eine Frau, die mit ausgestreckten Armen auf sie zukam. Irgendwo in ihrem vernebelten Bewusstsein begriff sie, dass diese Frau sie umarmen wollte. Sie betrachtete das blonde lockige Haar der Frau, das zu einem Pferdeschwanz gebunden war und von einer roten Schleife gehalten wurde, die zu der ärmellosen Bluse passte. Das war nicht die Mutter des Footballspielers. Und diese Frau hatte sie Annie genannt. Nur Sarah tat das.

„Hallo, Annie.“ Ein rundgesichtiger Junge, der etwa zwölf Jahre alt war, lugte hinter der Frau hervor und hielt dabei ihren Blusensaum umklammert. Als Ann die mandelförmigen Augen hinter der Nickelbrille sah, machte es klick. Sarahs Nachbarn. Sarah hatte sie Ann heute Nachmittag vorgestellt, auch wenn sie sich nicht mehr an Einzelheiten erinnern konnte. Seit sie vor ein paar Jahren eingezogen waren, hatte ihre Schwester oft von dem Jungen mit Downsyndrom und seiner Mutter gesprochen. Wie hießen sie noch?

Die Frau senkte schließlich die Arme, die sie ausgestreckt gehalten hatte, und strich ihrem Sohn über das feine Haar. „Ich bin Tammy. Das ist Kenny. Wir haben uns heute Nachmittag kennengelernt, erinnerst du dich? Wir sind Sarahs Nachbarn."

Ann nickte. All diese Dinge hatten nichts zu bedeuten. Sie konnten nicht ändern, was der Arzt gerade über Sarah gesagt hatte, sie konnten nichts von dem ändern, was geschehen war. Ann wandte sich wieder dem Arzt zu, aber er war schon aufgestanden. „Wie ich sehe, sind Ihre Freunde gekommen, um Ihnen zur Seite zu stehen. Die Damen am Empfang werden Ihnen dabei behilflich sein, die erforderlichen Schritte einzuleiten." Er schritt schwungvoll hinaus und ließ Ann im Wartezimmer zurück – mit einer fremden Frau, deren Sohn und der schlagartigen Erkenntnis, dass sie nun das einzige noch lebende Mitglied ihrer Familie war.

Dreißig Jahre alt und völlig allein.

Wie sollte sie damit umgehen?

Ann schüttelte diesen Gedanken ab und zwang sich zurück in die Gegenwart. Es gab dringende Aufgaben zu erledigen.

Sie wandte sich Tammy zu. „Woher hast du gewusst, dass ich hier bin?"

„Eric hat mich angerufen; er hat mir von dem Unfall erzählt. Ich bin so schnell hergefahren, wie ich konnte, aber wir sind erst in dem Moment gekommen, als der Arzt mit dir gesprochen hat. Oh Annie, es tut mir so leid." Tammy schlang die Arme um Ann und weinte an ihrer Schulter. „Sarah hat mir so viel bedeutet."

Ann versuchte Tammy auf die Schulter zu klopfen, um ihr in irgendeiner Form Trost zu vermitteln, aber hauptsächlich konzentrierte sie sich darauf, tief zu atmen und so zu tun, als wäre sie irgendwo anders. Sie hatte sich nie wohlgefühlt, wenn Fremde allzu viele Emotionen zeigten, auch früher nicht, als sie noch im Süden gelebt hatte. Nun, nach beinah zehn Jahren in New York, ging ihr so ein Verhalten fast noch mehr auf die Nerven. Sie versuchte sich auf Einzelheiten zu konzentrieren, um nicht verrückt zu werden und um das Gespräch in eine weniger emotionale Richtung zu lenken.

„Eric? Wieso hat der dich angerufen?“

„Nun, er war hier, weil ein Junge, den er kennt, einen Motorradunfall hatte. Und während er wartete, hat er dich erkannt. Er ist mein Cousin und er weiß, wie viel Sarah mir bedeutet. Er weiß, dass ich für sie da bin, wo ich kann. Und für dich.“

„Hmm.“ Ann starrte an die Decke, dankbar für die Betäubung, die sich über sie gelegt hatte wie eine schützende Decke.

Tammy schniefte, richtete sich auf und fuhr sich über die Augen. Ann hatte das deutliche Gefühl, dass ihre kühle Beherrschtheit Tammy ebenso sehr verunsicherte wie Tammys Umarmungen *sie* verunsicherten.

„Komm, wir füllen die Papiere aus, und dann fahre ich dich nach Hause“, meinte Tammy.

Nach Hause. Anns eigenes Zuhause – nun ja, ihre gegenwärtige Wohnung – war über tausend Kilometer entfernt. Aber sie nickte kommentarlos. „Gib mir die Papiere – bringen wir's hinter uns.“ Ann wollte hier keine Minute länger bleiben als erforderlich.

Als sie eine Stunde später die Notaufnahme verließen, fühlte Ann sich … der Realität entrückt. Sie hatte nur teilweise bemerkt, was mit Kenny vor sich ging, der jeden umarmt hatte, der sich neben ihn setzte. Er hatte auch dem ganzen Wartezimmer eine Imitation von Elvis – oder war es Johnny Cash? – geliefert und erst aufgehört, als Tammy ihn streng dazu ermahnt hatte, sich hinzusetzen. Schließlich hatte er seine Aufmerksamkeit dem an der Wand hängenden Fernseher zugewandt, wo die Wiederholung einer Folge von „American Idol“ lief. Dabei hatte er manchmal gerufen: „Dieser Mann ist gemein.“ Kennys überzogenes, auffälliges Benehmen trug nur noch zu dem Gefühl von Unwirklichkeit bei, das Ann schon den ganzen Abend über empfand.

Sie folgte Tammy und Kenny zu einem schwarzen Kleinwagen, der mindestens zwölf Jahre alt war. Stumm kletterte sie auf den Beifahrersitz und hoffte auf eine ruhige Fahrt.

„Bist du traurig, Annie?“ Kenny sprach langsam und war etwas schwer zu verstehen. Er lehnte sich vor und begann, ihren Arm zu reiben. Ann zuckte vor der unerwarteten Berührung zurück.

Tammy nahm sanft seine Hand und führte sie nach hinten, um sie wieder auf seinen Schoß zu legen. „Annie braucht jetzt ein bisschen Ruhe, ja, Kenny?“

„Okay.“

Sie fuhren ein paar Minuten schweigend weiter, dann machte Tammy einen Versuch. „Weißt du, Annie, wenn du nicht allein sein willst, kannst du heute gern bei uns übernachten.“

Ann fand das Angebot sehr freundlich, aber es verlockte sie nicht. Allein zu sein war etwas, woran sie gewöhnt war. Etwas, an das sie sich noch mehr würde gewöhnen müssen. „Nein, ich komme schon zurecht.“

„Wenn du deine Meinung änderst, kannst du jederzeit rüberkommen, egal, wie spät es ist. Klingele einfach.“

„Gut.“

Tammy schien den Wink mit dem Zaunpfahl, den Ann ihr durch ihre knappen Antworten gab, nicht zu begreifen. „Und morgen früh kommen wir rüber und helfen dir mit den Dingen, die du in die Wege leiten musst, ja?“

Ann nickte. „Danke.“ Sie hatte überhaupt nicht daran gedacht, dass es nun ihre Aufgabe war, die Beerdigung zu planen.

Als Tammy in die Straße einbog, verlangsamte sie das Tempo und sah zu Ann herüber. „Hast du einen Schlüssel fürs Haus?“

„Ja, habe ich.“ Ann hatte seit zwanzig Jahren einen Schlüssel, aber das musste Tammy ja nicht wissen.

Das Lied aus der Kapelle ging immer noch durch Anns Kopf. Plötzlich fragte sie sich, was für ein Lied es überhaupt war – ob es einen Text hatte und ob es möglicherweise von besonderer Bedeutung für Sarah gewesen war. Wie auch immer – es war jedenfalls die eindrücklichste, kraftvollste Musik, die sie je gehört hatte. Vielleicht sollten sie es bei der ... *nein!* Das hier war alles nur ein böser Traum, und es gab keinen Grund, an Lieder zu denken, die auf Sarahs Beerdigung gespielt werden könnten.

Sie brauchte jetzt erst mal ein paar starke Drinks und musste sich ordentlich ausschlafen. Dann würde sie am nächsten Morgen in New York aufwachen und feststellen, dass all dies nie passiert war. Ja, genau so würde sie es machen.

Kenny, der in den letzten Minuten geschwiegen hatte, beugte sich vor und fing wieder an, Anns Arm zu reiben. „Ich mag dieses Lied."

Seine Worte schlugen ein wie ein Blitz. „Welches Lied?" Hatte sie es laut gesummt? Das Autoradio war nicht an.

„Sie singen es mir manchmal vor. Wenn sie mir helfen. Helfen sie dir auch?" In seinen Augen leuchtete unschuldige Hoffnung.

„Wer singt es dir vor?"

„Meine Engel."

Ann hatte keine Ahnung, was für eine Antwort sie von Kenny erwartet hatte, was für eine Erklärung er für all die unwirklichen Geschehnisse hätte geben können. Sie sah Tammy an. „Engel?"

Tammy zuckte mit den Schultern. „Kenny scheint von Zeit zu Zeit Engel zu sehen und zu hören." Sie sagte es mit einer gewissen Müdigkeit in der Stimme, aber ohne eine Spur von Zweifel. Sie fuhr in die Einfahrt und stellte den Motor ab.

„*Okay* ... Danke." Mehr gab es nicht zu sagen. Ann stieg aus dem Auto und fragte sich, wie lange es dauern würde, hier etwas Vernünftiges zu trinken zu finden.

# Kapitel 4

*Sarah wand sich vor Schmerzen. Ann hielt das Gegengift in der Hand, aber so schnell sie auch lief, sie kam ihr nicht näher. „Halt durch, Sarah. Ich komme."*

*Sarah starrte an einer kahlen Wand empor. „Annie. Helfen. Bitte." Mit jedem Wort wurde die Musik im Hintergrund lauter, bis es schwierig für Ann wurde, Sarahs Stimme überhaupt noch zu hören.*

*„Ich bin hier, Sarah. Ich bin hier." Aber Sarah schien sie nicht zu hören. Sie hielt den Blick auf die kahle Wand hinter Ann gerichtet. „Annie. Helfen. Bitte." Sie nahm einen letzten Atemzug und fiel dann auf das Kissen zurück. Ihr Gesicht war plötzlich leer.*

Ann fuhr hoch; ihr ganzer Körper war schweißgebadet. Die Musik verklang langsam, während der Traum verblich. Ann atmete tief und versuchte ihre Gedanken zu ordnen, doch ihr brummte der Schädel. Die Sonne schien ihr direkt in die Augen. Ihr ganzer Körper schmerzte vom Schlafen auf der Zweisitzercouch, aber sie war nicht imstande gewesen, sich ins Schlafzimmer zu schleppen. Der Gedanke daran gab Ann solch ein Gefühl der Endgültigkeit. Sie war nicht bereit, wieder in dieses Zimmer zu gehen – das Zimmer, in dem sie einst ein Doppelbett mit ihrer Schwester geteilt hatte. Jetzt noch nicht. Nein, nie mehr. Sie würde während der Zeit, die sie hier verbringen musste, auf dem kleinen Sofa kampieren.

Ann rollte sich zur Seite, um aus dem grellen Licht herauszukommen, aber bei der Bewegung drehte sich ihr der Magen um. Sofort stürzte sie ins Badezimmer und würgte die Überreste von zu viel Wodka und dem Festessen vor dem Unfall in die Toilette. Trotz ihres schlimmen Katers entging ihr die bittere Ironie nicht, die in dieser Situation lag. Es gab an ihrem Besuch hier nichts Gutes, das sie behalten durfte – noch nicht einmal die Überreste des gestrigen Abendessens.

Der Wasserhahn war mindestens fünfzig Jahre alt und quietschte so laut, dass Anns Kopf von Neuem schmerzte. Sie spritzte sich kaltes Wasser ins Gesicht und tastete nach der Zahnbürste, die sie erst gestern auf dieses Regal gelegt hatte. In einem anderen Leben. In einem Leben, in dem es Freude auf die Zukunft statt einer schmerzhaften Vergangenheit gab. In einem Leben voller Hoffnung mit dem strahlenden Gesicht ihrer Schwester.

Ann stand in dem einzigen Badezimmer des kleinen Bungalows, den ihre Familie besessen hatte, solange sie sich erinnern konnte. Nun waren dieses kleine Haus und sie selbst das Einzige, was übrig geblieben war. Sie trat aus dem Badezimmer auf den Flur, an dem zu beiden Seiten ein Schlafzimmer lag. Links war der Raum, den sie in ihrer Kindheit mit Sarah geteilt hatte. Nanas Zimmer lag auf der rechten Seite. Obwohl Sarah in den letzten sechs Jahren, seit Nanas Tod, in diesem Raum geschlafen hatte, würde das für Ann immer Nanas Zimmer bleiben. Sie konnte es im Moment nicht ertragen, einen der beiden Räume zu betreten. So zog sie beide Türen fest zu und stellte sicher, dass die Schnapper eingerastet waren. Wenn sich doch die Erinnerung an ihren Traum und an die Musik ebenso leicht aussperren ließe.

Ann ging ins Wohnzimmer und ließ sich auf dasselbe rot-braun gestreifte Sofa fallen, auf dem sie eben noch geschlafen hatte, legte die Füße auf den beigefarbenen Sessel und blickte sich um. Sarah hatte Nanas alte Möbel in den letzten Jahren neu beziehen lassen. Sie waren immer noch durchgesessen, aber immerhin sahen sie jetzt besser aus als mit dem alten Blumenmuster. Neben dem Sofa stand Nanas ovales Kaffeetischchen. Hier war nichts verändert worden. Das Ahornimitat hatte eine gläserne Tischplatte, unter der Dutzende alter Fotos lagen. Nana hatte Sarahs und Anns Schulfotos immer daruntergesteckt, außerdem eine Reihe lustiger Schnappschüsse. Und nachdem Nana gestorben war, hatte Sarah die Fotos nie angerührt – sie hatte es einfach nicht übers Herz gebracht.

Ann schaute sich die Bilder an. Ihr Blick blieb an einem Foto ihrer

Mutter hängen. Sie stand vor Nanas Weihnachtsbaum, hielt die dreijährige Sarah auf dem Arm und lächelte. Ann stand im Hintergrund, eine magere Achtjährige mit braunen Rattenschwänzen, die hinter den Ästen hervorlugte und ihre Mutter mit großen Augen ansah. Ann hob die Glasplatte an und legte sie auf den Teppich. Dann nahm sie das Foto hoch und drehte es um. Sie schaute das nächste Bild an. Es zeigte Sarah und Ann, die barfüßig auf der Hollywoodschaukel saßen; Nana stand lächelnd hinter ihnen. Ann berührte das Foto mit dem Finger und konnte ihre Freudenschreie und Nanas leises Lachen förmlich hören, die Magnolien riechen … und wieder stellte sich ihr die Frage, die sie während ihrer ganzen Kindheit beschäftigt hatte – warum hatte ihre Mutter sie nicht gewollt?

Ann legte ihre flache Hand mitten auf den Tisch und drehte sie mit kreisförmigen Bewegungen, bis alle Fotos kreuz und quer durcheinander- und übereinanderlagen. Dann legte sie die Glasplatte wieder auf den Tisch. Sie lag nun nicht mehr flach auf, aber das war ihr egal. Wenigstens starrten die Bilder sie nicht mehr an. Ihre Schläfen pochten.

Sie schlurfte in die Küche und öffnete das Schränkchen über dem Kühlschrank; sie hoffte, dass Sarah dort ihre Medizin aufbewahrte. Bingo! Aber das Medizinschränkchen war nicht gerade übertrieben reich bestückt. Es enthielt nur drei Dinge: eine antibiotische Salbe, Tropfen gegen trockene Augen und ein ibuprofenhaltiges Schmerzmittel. Für Letzteres war Ann wirklich dankbar. Sie warf vier Tabletten ein und schluckte sie ohne Wasser herunter. Sie bezweifelte, dass sie wirklich helfen würden, aber sie musste es wenigstens versuchen. Die Wodkaflasche stand immer noch auf der Anrichte und lockte mit einer anderen Möglichkeit, um den Schmerz dieses Morgens zu betäuben. Ann wollte gerade danach greifen, als sie das Quietschen des Fliegengitters hörte und im nächsten Moment ein kurzes Klopfen an der Küchentür.

Die Spitzengardinen vorm Fenster waren durchsichtig genug, dass Ann Tammys Umrisse erkennen konnte. Kurz zog sie in

Betracht, so zu tun, als hätte sie nichts gehört und gesehen, Tammy einfach draußen stehen zu lassen – und mit ihr die Wirklichkeit, die ihre Gegenwart vermittelte.

Stattdessen öffnete Ann langsam die Tür und forderte die Nachbarin mit einer Handbewegung auf hereinzukommen. Tammy tätschelte ihr den Arm, als sie eintrat; dann traute sich Kenny hinter ihr hervor und tat dasselbe. „Hallo, Annie." Er lächelte und blieb direkt neben ihr stehen, obwohl seine Mutter in die Küche weitergegangen war. „Ich hab was für dich gemalt", sagte er.

Er zog ein Blatt Papier aus seiner Hosentasche und begann es auseinanderzufalten. Ann sah, wie seine Brille ihm die Nase herabrutschte. Er schob sie zurück, dann faltete er das nächste Stück auf, dann das nächste. Die Sache schien eine Ewigkeit zu dauern. In der Zwischenzeit bereitete sie sich darauf vor, irgendetwas Nettes über die Katze, den Hund oder die Sonne zu sagen, die er für sie gemalt hatte, aber als er die letzte Falte öffnete, starrte Ann das Bild sprachlos an und fragte sich, wie sie reagieren sollte.

„Danke, Kenny, das ist wunderschön", brachte sie schließlich hervor, obwohl das eher eine Lüge als eine Übertreibung war.

Er lächelte schüchtern und deutete auf ein Strichmännchen mit langen braunen Haaren. „Das bist du." Dann zeigte er auf ein anderes Strichmännchen, das Kreolen-Ohrringe trug und die Arme nach einem goldenen Farbklecks ausstreckte. „Das ist Sarah."

Ann zeigte auf den gelben Klecks, dessen Form an einen Tintenfisch erinnerte. „Was ist das?"

„Sarahs Engel. Er singt ihr vor, damit es ihr besser geht."

Kenny und seine Mutter waren erst ins Krankenhaus gekommen, nachdem Sarah tot war. Er konnte daher unmöglich wissen, dass im Krankenwagen irgendeine Art von Musik zu hören gewesen war. „Wie kommst du darauf, dass Sarahs Engel ihr vorsingt?"

Er zuckte verlegen mit den Schultern und ging zu seiner Mutter. „Darf ich nicht sagen. Ich weiß es halt."

Tammy breitete die Arme aus und zog ihn an sich. „Ist schon

gut, Schatz." Sie legte das Kinn auf seinen Kopf und sah nach oben. Dann blieb ihr Blick an einem Punkt hinter Ann hängen – genau dort, wo die fast leere Wodkaflasche auf der Anrichte stand.

In dem Versuch, Tammys Aufmerksamkeit auf etwas anderes zu lenken, fragte Ann: „Warum darfst du das nicht sagen?"

Kenny drehte sich zu ihr um und wischte sich eine Träne ab, die unter seiner Nickelbrille hervorrollte.

„Die mögen das nicht."

„Wer mag das nicht? Die Engel? Soll es ein Geheimnis bleiben?"

„Nicht die Engel, die Leute."

Ann sah Tammy an, die jetzt mit der linken Hand über Kennys Haar streichelte. Diese zuckte mit den Schultern. „Ein paar Leute aus unserer Gemeinde haben" – sie zögerte so lange, dass Ann nicht sicher war, ob sie fortfahren würde – „haben *verlangt*, dass Kenny nicht darüber spricht, dass er Engel sieht oder hört."

„Wirklich?" Ann dachte einen Moment darüber nach. Sie persönlich konnte sich vorstellen, dass Kennys Behauptungen manchen Menschen ein unangenehmes Gefühl vermittelten, aber dass es den Mitgliedern einer Kirchengemeinde so erging, konnte sie nicht nachvollziehen. „Ist das nicht genau das, was Christen tun sollen? Über Gott und Engel und all diese Dinge reden?"

Tammy zuckte erneut mit den Schultern und küsste Kenny auf den Kopf. „Über Engel anscheinend nicht."

„Wirklich? Warum?"

Kenny lehnte sich eng an seine Mutter und flüsterte etwas. Sie flüsterte zurück, und er antwortete irgendetwas.

Tammy sah Ann an und lächelte entschuldigend. „Dürfen wir mal auf die Toilette?"

Ann deutete mit einem Kopfnicken die Richtung an, in der sich das Badezimmer befand. „Wisst ihr, wo sie ist, oder soll ich es euch zeigen?"

„Wir kennen uns aus, glaub mir." Tammy lächelte.

Während die beiden im Bad waren, nahm Ann ein Glas aus dem

Schrank und hielt es unter den Wasserhahn. Vielleicht würde sie sich besser fühlen, wenn sie ein Glas kaltes Wasser trank. Doch dann hörte sie Motorgeräusche vorm Haus, zog die Gardine vorm Küchenfenster zur Seite und sah, wie eine silberfarbene Corvette in die Einfahrt bog.

Wenige Augenblicke später stieg eine kräftige Frau mit kurzem grauem Haar aus, die einen großen Korb trug. Sie kam die Einfahrt herauf und öffnete das Tor zu der halbhohen Mauer, die den Vorgarten des Hauses umgab. Aber statt durch den Garten zur Haustür weiterzugehen, blieb sie auf der Veranda stehen. Ann musste sich weit vorlehnen, um zu sehen, was die Frau tat. Nachdem sie ihren Korb auf einen Stuhl gestellt hatte, faltete sie eine Tischdecke auseinander und legte sie auf den runden Gartentisch.

Ann beeilte sich, die Haustür zu öffnen, hielt jedoch die Türklinke fest, falls die Frau irgendwie gestört war und sie sich schnell in Sicherheit bringen musste. Aber wahrscheinlich hatte die seltsame Besucherin sich nur in der Hausnummer geirrt. „Kann ich Ihnen helfen?"

„Nein, du kannst mir nicht helfen. Ich bin hier die Helferin." Sie sprach laut und mit schwerem Südstaatenakzent. Das Gesicht unter ihrer kleinen rechteckigen Brille wirkte völlig ungeschminkt.

„Kann es sein, dass Sie sich in der Hausnummer geirrt haben?"

„Oh Annie. Entschuldige bitte, ich bin manchmal so gedankenlos. Ich bin Danielle. Deine Schwester hat mir so viel bedeutet. Ich bin gekommen, weil ich dir helfen will, wo immer ich kann."

„Du kommst genau zur rechten Zeit, wie immer, Danielle." Tammy ging an Ann vorbei zu der überdachten Veranda.

*Zur rechten Zeit?* „Darf ich fragen, was hier eigentlich los ist?"

Tammy schien verwirrt. „Ich habe dir doch gestern Abend gesagt, dass wir um acht hier sein würden, um dir planen zu helfen."

Ann erinnerte sich tatsächlich nebelhaft daran, dass Tammy etwas in der Art gesagt hatte. „Ja, stimmt." Ann fuhr sich mit den

Fingern durch ihr zerzaustes Haar. „Ich bin wohl davon ausgegangen, dass du mit *wir* nur dich und Kenny meintest."

„Ich bin hier, Annie. Ich bin gekommen, um dir zu helfen." Kenny streckte die Hand hinter seiner Mutter hervor und berührte Anns Arm.

„Ähm …" Ann trat unwillkürlich einen Schritt zurück. „Ich …"

„Ja, du bist gekommen, um zu helfen, nicht wahr?" Sanft zog Tammy seine Hand zurück. „Tut mir leid, dass ich mich nicht genauer ausgedrückt habe. Ich bin so daran gewöhnt, dass Danielle zu uns gehört. Ich hatte ganz vergessen, dass du das vielleicht nicht weißt."

Danielle hatte begonnen, Teller auf den Tisch zu stellen. „Ich hab Muffins und Obst mitgebracht – oh, und dann hab ich das Schild *Frisch gebacken* bei *Krispy Kreme* gesehen. Da konnte ich einfach nicht widerstehen und hab noch ein paar Donuts geholt. Ich hoffe, das ist euch recht."

„Klar", sagte Tammy.

Ann sah die beiden an. Durch den Schock von gestern Abend und den Kater von heute Morgen fühlte sie sich so geschwächt, dass sie kaum begriff, was geschah, und erst recht nicht die Kraft aufbrachte, dagegen zu protestieren. Jedenfalls im Moment noch nicht.

„Und was machen wir jetzt?"

„Also, als Erstes frühstücken wir mal – ich dachte, es wäre nett, draußen zu essen. Ich hoffe, ihr habt nichts dagegen." Danielle stellte ihren Korb auf den Boden, setzte sich auf den nächsten Stuhl und blickte erwartungsvoll auf. „Tammy, würdest du fürs Essen beten? Wir müssen zusehen, dass wir in die Gänge kommen. Es gibt viel zu tun." Tammy setzte sich auf einen Stuhl, und Ann folgte ihrem Beispiel. Sie war froh, dass jemand anders da war, der das Denken übernommen hatte.

„Ich setze mich zu dir, Annie." Kenny rückte seinen Stuhl nah an ihren heran und nahm ihre linke Hand, während alle den Kopf senkten. Alle außer Ann.

Sie sah sie der Reihe nach an und ließ dann den Blick auf Tammys Gesicht ruhen, während diese betete: „Vater im Himmel, wir danken dir, dass du uns dieses Essen schenkst und dass wir einander haben. Danke für die Zeit, die wir mit Sarah verbringen durften. Danke, dass sie sich jetzt in der Wärme deiner Liebe sonnt. Hilf Annie, deinen Frieden und deine Gegenwart zu spüren, und gib uns allen Weisheit für die Zeit, die vor uns liegt. Amen."

„Amen", sagten alle im Chor.

Kenny drückte Anns Hand, bevor er sie losließ. „Amen."

„Dann lasst uns anfangen." Danielle sah zu Ann hinüber. „Was ist dir lieber – dass das Essen nach der Beerdigung hier stattfindet oder in der Gemeinde?"

„Ehrlich gesagt, hatte ich mir darüber noch ..."

„Sie renovieren gerade das komplette Kirchengebäude und der Gemeindesaal sieht im Moment richtig schlimm aus. Ich denke, wir sollten es hier machen, findest du nicht?" Tammy schaute Ann an und wartete auf eine Antwort.

„Ja, das klingt gut." So sehr Ann es normalerweise hasste, herumkommandiert zu werden, heute war sie fast dankbar dafür.

„Ich bin froh, dass du einverstanden bist. Ich habe mir schon erlaubt, ein paar Anrufe zu machen. Das Essen sollte Sonntagabend hier eintreffen, damit es am Montagmorgen da ist." Danielle sagte das sehr sachlich und biss ein Stück von ihrem Muffin ab.

„Was in aller Welt hättest du gemacht, wenn sie gesagt hätte, dass das Essen in der Gemeinde stattfinden soll?" Tammy sah die ältere Freundin mit einem halb amüsierten, halb ärgerlichen Gesichtsausdruck an.

„Ach Tammy, ich sage dir doch immer wieder: Es gibt keinen Grund, sich über Dinge zu sorgen, die geschehen hätten können, aber nicht passiert sind." Danielles hellgrüne Augen glitzerten. „Aber um deine Frage zu beantworten: Ich hätte sie zurückgerufen und ihnen gesagt, dass das Essen woanders stattfindet. Kein großes Ding. Aber da das nicht erforderlich ist, lasst uns weitermachen."

Danielle sah wieder auf ihren Block. „Wir müssen Kleidung für Sarah heraussuchen, und Annie, du musst einen Sarg auswählen. Tammy, du gehst mit ihr. Ich bringe die Kleider zum Bestatter, wenn wir so weit sind. Okay?“

„Ja, sicher.“

„Wo ist Sarah?“ Kenny stopfte sich den letzten Bissen seines Muffins in den Mund. „Ich geh sie holen.“ Er wollte zur Tür gehen.

Tammy sprang auf und nahm ihn am Arm. „Sarah ist nicht da, Schatz. Sie ist jetzt bei den Engeln, weißt du noch?“

Kenny blickte sich verwirrt um. „Wann kommt sie wieder?“

Ann brauchte ihre gesamte Kraft, um die Fassung zu wahren. Kennys Frage – nein, die Antwort darauf – war mehr, als sie ertragen konnte. Sarah kam nie wieder.

„Eines Tages sind wir wieder mit ihr zusammen. Wie wär’s, wenn du in der Zwischenzeit schon mal ein Bild für sie malst?“

„In Ordnung.“ Kenny ging hinüber auf die andere Seite der Veranda und begann, auf einen Block zu zeichnen, den seine Mutter ihm reichte.

Danielle ratterte eine ganze Liste von Aufgaben herunter, und in null Komma nichts wusste jede, was sie heute zu tun hatte.

„Vielen Dank …“ – Ann hatte Mühe, die Worte auszusprechen – „dass ihr alles organisiert. Ich weiß nicht, was ich ohne eure Hilfe tun würde.“ Sie war wie betäubt von alldem, was vorgefallen war – angefangen von dem Unfall bis hin zu dieser überwältigenden Demonstration der Solidarität, die diese völlig fremden Frauen ihr erwiesen.

Danielle sah sie überrascht an. „Ist doch klar, dass ich das organisiere. Das ist meine besondere Gabe. Das und Kommandos erteilen – darin bin ich besonders gut.“

„Das kann ich nur bestätigen.“ Tammy rollte die Augen, lächelte jedoch dabei. „Und da meine besondere Gabe anscheinend ist, Kommandos auszuführen, kommen wir prima miteinander aus.“

„Ja, darum erlaube ich dir auch, um mich herum zu sein. Ich

bewundere intelligente Frauen – und die Tatsache, dass du mir zuhörst, beweist deine Intelligenz." Danielle rieb über die Lehne des leeren Stuhles neben ihr, und ihre Miene wurde plötzlich ernst. „Ich weiß nicht, was wir ohne Sarah machen sollen. Wir brauchen sie – ohne sie ist unsere Gruppe einfach nicht mehr vollständig."

Eine Welle des Schmerzes rollte über Ann hinweg und nahm ihr den Atem; sie musste das irgendwie unter Kontrolle bekommen. „Was war … Sarahs Gabe?"

„Mitgefühl." Danielle rieb sich über die Stirn und beugte sich vor, bis ihre Ellbogen auf dem Tisch lagen. „Wie oft haben wir an diesem Tisch gesessen und über Probleme geredet und gebetet, bis es nichts mehr zu beten gab."

Tammy rückte an sie heran und legte ihr einen Arm um die Schulter. „Sie würde wollen, dass wir weitermachen, so gut wir können, das weißt du, Danielle."

„Ich weiß, aber wie sollen wir das schaffen?" Danielle sah auf, wischte sich eine Träne ab und sagte: „Außerdem hat sie die schönste Gartenveranda weit und breit. Wo denkt sie denn, dass wir uns in Zukunft treffen sollen?" Sie begann gleichzeitig zu lachen und zu weinen, und bald ging es Tammy genauso. Beide wischten sich die Augen, schluchzten, lachten und hielten sich in den Armen.

Kenny lief zu ihnen. „Geht's dir gut, Mama?"

Tammy tätschelte ihm die Hand. „Ja, alles in Ordnung, Schatz."

Danielle beugte sich zu Ann herüber. „So wie es aussieht, können wir nur eins machen: Annie adoptieren. Annie Fletcher, herzlich willkommen in unserer kleinen Chaotenfamilie. Wir sind vielleicht ein Haufen Verrückter, aber immerhin gehen wir miteinander durch dick und dünn." Tammy kam herüber und schlang die Arme um Ann, und Kenny folgte ihrem Beispiel.

Ann war sich nicht sicher, wie sie es fand, adoptiert zu werden. Aber es hatte nicht den Anschein, als hätte sie in dieser Angelegenheit irgendein Mitspracherecht.

*

Sarahs alter Computer stand auf einem schmalen Schreibtisch im Wohnzimmer. Eine zeitweilige Flucht war genau das, wonach Ann jetzt der Sinn stand, denn sie hatte den ganzen Morgen Sarahs Kleidung durchgesehen. Irgendwie musste sie ihre Gedanken ordnen.

Ja, sie würde sich hinsetzen und im Internet surfen. Vielleicht würde sie sogar eine kleine Recherche über nicht existierende Musik durchführen und herausfinden, was gestern mit ihr passiert war. Wenn sie sich ordentlich mit Fakten vollstopfte, konnte sie vielleicht wenigstens diesen Teil ihrer Erinnerungen vergessen.

Ann gab „akustische Halluzinationen" in die Suchmaschine ein. Dutzende von Links erschienen. Wahllos klickte sie auf einen davon.

Eine Untersuchung aus dem Jahr 1984 war zu dem Ergebnis gekommen, dass zehn Prozent der Bevölkerung zu irgendeinem Zeitpunkt ihres Lebens eine Halluzination erlebten. Interessant. Zehn Prozent waren viel. Falls es also eine Halluzination gewesen war, befand Ann sich in guter Gesellschaft.

Sie klickte noch ein paar weitere Links an.

Während sie Seite um Seite überflog, stolperte sie mehrmals über den Satz „ziemlich häufig bei psychotischen Zuständen, oft in Form von Stimmen". Zumindest hatte sie es nicht mit irgendwelchen Gruselstimmen zu tun gehabt. Wahrscheinlich war das etwas, über das sie froh sein musste. Und soweit sie wusste, hatte sie auch keine Psychose, ein weiterer Grund zur Dankbarkeit. Aber die Tatsache blieb bestehen, dass sie etwas gehört hatte, was nicht da war.

Ann las weiter, fest entschlossen, Antworten zu finden und eine Erklärung für dieses Lied, das sie gehört hatte. Schließlich fand sie einen Artikel über „Parakusis". Das war der wissenschaftliche Ausdruck dafür, dass jemand Dinge hörte, die nicht da waren. Für Ann hörte sich das besser an als „Halluzination", besonders, wenn es sie selbst betraf. Und noch besser: In dem Artikel stand, dass diese Gehörtäuschungen – zum Beispiel Pfiffe, Klatschen oder *Musik* – oft in besonders belastenden Situationen auftraten.

Na also!

Sie konnte sich kaum eine belastendere Situation vorstellen als das, was sie gestern erlebt hatte. Offensichtlich war diese ganze Musikgeschichte durch den Stress des Unfalls hervorgerufen worden. Dass die nicht existente Musik in der Kapelle wie Sarahs Lied klang, lag daran, dass ihr ungewisser Zustand die Ursache für Anns Stress gewesen war. Ja, so war es sicher. Und der Traum heute Morgen war nur ihrem Gehirn zuzuschreiben, das versuchte den traumatischen Verlust ihrer Schwester zu verarbeiten. Wenn sie die Realität dessen, was geschehen war, erfasste, dann würde die Parakusis zurückgehen. Dann würde dieses Lied nicht länger in ihren Träumen erklingen, sie würde es beim Aufwachen nicht in ihrem Zimmer hören, und sie würde bald vergessen, dass sie diese Töne mit jeder Zelle ihres Körpers wahrgenommen hatte. Zumindest hoffte sie, dass es so einfach sein würde.

# Kapitel 5

Um vier Uhr nachmittags dröhnte Ann zwar immer noch der Kopf, aber immerhin war sie allein. Im Moment jedenfalls. Sie zog die Gardinen zu, denn sie musste sich jetzt um andere Dinge kümmern, Dinge, die nichts mit dem Unfall, Sarah oder den Plänen für die Beerdigung zu tun hatten. Die würden zwar auch nicht angenehmer sein, aber zumindest waren sie ihr vertraut. Sie drückte die zweite Taste ihres Schnellwahlverzeichnisses.

„Marston Homestaging, Sie sprechen mit Jenny. Was kann ich für Sie tun?" Jennys muntere Stimme tat ihr sogar aus der Ferne gut.

„Hi, Jen, ich bin's."

„Also ich glaub's ja nicht, dass du so lange gebraucht hast, um mich zurückzurufen, Ann." Sie sprach in einem melodiösen, neckischen Tonfall. „Ich schätze, es ist ein bisschen spät geworden gestern Abend? Ja, ja. Du hast deine solide Schwester zu einer kleinen vorgezogenen Examensfeier ausgeführt, was? Ich hab dir doch gesagt, dass du sie rumkriegst, wenn du's nur lange genug probierst. Wusst ich's doch! Je mehr du darauf beharrt hast, was für ein Brävchen sie ist, desto sicherer war ich, dass du sie rumkriegst. Eins zu null für die bösen Mädchen! Aber du hast noch was vor dir, Ann." Sie lachte kurz auf. „Und mach dir mal bloß keine Sorgen wegen uns. Klar ist Margaret durchgedreht, als sie dich nicht erreicht hat, aber ich hab ihr gesagt, dass der Handyempfang in Charleston schlecht ist und dass du wohl deswegen nicht zurückgerufen hast. Du siehst – ich steh hinter dir, wie üblich."

„Nicht zurückgerufen?" Anns Handy war den ganzen Tag aus gewesen, aber sie hatte auch nicht erwartet, dass irgendjemand anrufen würde. „Warum habt ihr angerufen?"

„Eins nach dem anderen. Bevor wir die geschäftlichen Dinge

besprechen, musst du mir sagen, was ihr für heute Abend so alles geplant habt. Ein schickes Abendessen? Danach in die Disco? Füllt ihr euch mit Wein ab? Oder zieht ihr euch ein paar Tequila rein? Wie weit kannst du deine kleine Schwester von dem geraden, schmalen Weg abbringen? Es ist Freitagabend. Einzelheiten, ich brauche Einzelheiten!"

Sie hielt inne und wartete offenbar auf eine geistreiche Antwort, oder zumindest auf eine ironische, wie sie es von Ann gewöhnt war.

Ann fiel nicht das Geringste ein. Sie atmete tief und konzentrierte sich dann darauf, jedes Wort korrekt auszusprechen. „Es ist alles ein bisschen anders gekommen. Sarah wird morgen nicht zur Diplomverleihung gehen."

„Was? Du bist die ganze Strecke da runtergeflogen, und sie hat einfach kurz vor dem Ziel hingeschmissen? Du machst wohl Witze!"

„Nein, sie hat nicht hingeschmissen. Es ist ... ein Unfall passiert."

„Ein Unfall?" Ihre Stimme nahm einen ernsteren Ton an, aber sie wartete anscheinend immer noch auf die Pointe. „Was ist passiert?"

„Ein Auto hat eine rote Ampel überfahren. Es ist direkt in unser Auto gekracht. Sarah ... hat es nicht geschafft." Die Worte auch nur auszusprechen bedeutete, alles erneut zu erleben – Sarahs blasses Gesicht auf dem Kissen, das Blut, das Summen.

Jen schnappte hörbar nach Luft. „Nein."

Ann nahm einen weiteren tiefen Atemzug, um sicherzustellen, dass sie genug Luft zum Reden hatte. „Die Beerdigung ist am Montag. Ich glaube nicht, dass ich vor Mittwochnachmittag wieder im Büro sein kann."

Seltsam, sobald das Gespräch sich nicht mehr um den Unfall selbst drehte, sondern um das, was erledigt werden musste, fiel ihr das Sprechen leichter.

„Oh, Ann.“ Jens Stimme war jetzt leise und ruhig. „Das tut mir so leid.“

Ann blickte auf die Anrichte, auf der sich Lebensmittel türmten, und sagte: „Mir auch.“

Dann herrschte eine volle Minute lang Schweigen. Selbst der übersprudelnden Jenny hatte es bei dieser Nachricht die Sprache verschlagen. Schließlich sagte Ann: „Also, zurück zum Geschäftlichen. Warum hattet ihr versucht mich anzurufen?“

„Oh, ja. Es scheint, dass Sie, Miss Fletcher, einen Anruf von keinem Geringeren als Patrick Stinson selbst bekommen haben.“

„Du machst Witze.“ Ann dachte daran zurück, wie überrascht sie gewesen war, im Flugzeug seine Bekanntschaft zu machen. Es schien Jahrzehnte her zu sein. „Was hat er gesagt?“

„Nicht viel. Er wollte mit niemandem außer dir reden. Ich schätze, ihr habt euch irgendwo kennengelernt?“

„Na, so richtig kennengelernt haben wir uns nicht.“

„Du musst ihn jedenfalls ziemlich beeindruckt haben. Er hat nach deiner Handynummer gefragt. Ich habe ihm gesagt, dass ich nicht berechtigt bin, persönliche Informationen weiterzugeben. Margaret hat mich fast umgebracht, als sie das herausgefunden hat. Aber ich kann deine Nummer doch nicht irgendeinem Typen geben, der hinter dir her ist, stimmt's?“

„Danke, Jen, es gibt mir wirklich ein gutes Gefühl, zu wissen, dass du auf meiner Seite bist.“

„Weiß ich doch. Ich steh hinter dir. Margaret hat total rumgesponnen und ich hab echt gedacht, sie kriegt hier im Büro 'nen Herzinfarkt. Und dann“ – nun sprach sie so leise, dass Ann sie kaum hören konnte – „hab ich bemerkt, dass sie eine Zeit lang bei geschlossener Tür in ihrem Büro war. Also bin ich rein und hab so getan, als würd ich nach 'ner Akte suchen. Rat mal, mit wem sie telefoniert hat?“

„Jen!“

„He, eine Frau muss tun, was sie tun muss. Ich bin gerade in dem

Moment reingekommen, als Margaret gesagt hat, Marston wäre *sehr* daran interessiert, das Styling für sein neustes Gebäude zu übernehmen. Sie starrte mich an und zeigte mir mit einer Kopfbewegung, dass ich verschwinden solle. Aber ich bin geblieben, so lange ich konnte. So lange, dass ich beim Rausgehen noch gehört habe, wie sie gesagt hat: ‚Nur mit Ann?' Mit dieser Quietschestimme, die sie immer hat, wenn sie gestresst ist. Ich wette, er hat ihr gesagt, dass er nur mit dir arbeiten will."

„Wirklich?"

„Definitiv. Und wenn Blicke töten könnten, wär ich jetzt eine Leiche. Aber sie hat bisher noch nichts darüber gesagt."

„Und wenn sie rausgekommen wäre und dich auf der Stelle entlassen hätte?"

„Ach, sie ist so hin und weg von der Vorstellung, ein Projekt von Patrick Stinson zu bekommen, dass sie mich bestimmt total vergessen hat. Übrigens ... nur zu deiner Information ... ich hab das Gerücht gehört, dass er ab und zu ein bisschen ... übertrieben freundlich zu Frauen ist, mit denen er zusammenarbeitet. Und er hat beruflich mit ziemlich vielen Frauen zu tun. Ich bin sicher, du kannst damit umgehen. Ich wollte nur, dass du's weißt."

„Gut, ich werd's mir merken. Wenn ich tatsächlich mit ihm arbeite, sorge ich dafür, dass er auf Distanz bleibt."

„Glaub ich dir aufs Wort." Jen lachte. „Wie auch immer, Margaret ist förmlich durch die Gegend getanzt, seit er angerufen hat. Trotz allem anderen, was passiert ist."

Die Vorstellung, dass Margaret im Büro herumtanzte, hätte Ann zu jedem anderen Zeitpunkt zum Lachen gebracht. Heute nicht. „Was ist denn noch passiert?"

„Ach, die Sache mit Bekka, du weißt schon." Jen hielt einen Augenblick inne. „Ich meine, Bekka hat dich doch angerufen, oder? Ich bin davon ausgegangen, du wüsstest Bescheid."

„Welche Sache mit Bekka?"

„Bevor das heute Morgen mit Patrick Stinson passiert ist, hat

Margaret Bekka in ihr Büro geholt und ihr gesagt, dass sie zum Monatsende entlassen ist."

*„Was hat sie gemacht?"* Ann sprang auf. „Verbinde mich sofort mit Margaret." Bekka war Anns beste Freundin, seit sie gemeinsam die Fachschule absolviert hatten. Leider war Bekkas Verhältnis zu Margaret immer angespannt gewesen, und sie war oft zur Zielscheibe ihrer Launen geworden.

„Sag ihr bloß kein Wort davon, dass ich dir das erzählt habe." Jens Stimme wurde noch eine Spur leiser. „Du weißt, wie sie manchmal ist."

„Kein Wort, versprochen."

„Gut. Bleib dran, ja?" Es folgte eine lange Pause, in der klassische Musik ertönte. Ann war sicher, dass Jen Margaret gerade erzählte, was mit Sarah passiert war. Sie war aber auch ebenso sicher, dass Margaret nicht darauf eingehen würde. Es klickte in der Leitung.

„Erstaunliche Neuigkeiten, Ann. Patrick Stinson hat hier angerufen, und er will, dass Marston Staging ihm ein Angebot für seine nächste Immobilie macht. Ich habe schon damit angefangen, das Treffen vorzubereiten. Und ich will dich als Chefdesignerin für das Projekt haben."

*Sie* wollte Ann als Chefdesignerin haben. Toll. Glaubte sie wirklich, Ann würde nicht herausfinden, dass Patrick Stinson ausdrücklich nach ihr verlangt hatte? Aber wenn Margaret unbedingt ihr Spielchen mit ihr treiben wollte, konnte sie es haben. „In Ordnung. Natürlich möchte ich, dass Bekka bei der Präsentation mit mir zusammenarbeitet."

„Ich fürchte, das wird nicht gehen." Margaret stieß einen dramatischen Seufzer aus. „Bekka wird uns leider in ein paar Wochen verlassen. Bis dahin ist sie vollauf damit beschäftigt, ihre eigenen Projekte zu beenden. Aber dafür werde ich die ganze Zeit eng mit dir zusammenarbeiten."

„Bekka geht? Hat sie eine andere Stelle gefunden? Sie hat mir gar nichts davon gesagt."

„Es sind schwierige Zeiten, und ich musste ein paar schwere Entscheidungen treffen."

„Margaret, vielleicht erinnerst du dich daran, dass ich letzten Monat eine beträchtliche Gehaltskürzung akzeptiert habe, damit so etwas nicht passiert. Bekka leistet hervorragende Arbeit, und du weißt, dass sie diese Stelle braucht. Sie braucht die Krankenversicherung dringender als jeder andere im Büro." Bekkas Tochter litt unter rheumatoider Arthritis, und die Behandlungskosten waren immens. Margaret wusste das nur zu gut, aber wie immer handelte sie nur in ihrem eigenen Interesse.

„Sieh mal, ich will genauso wenig wie du, dass Bekka auf der Straße steht. Letzten Monat dachte ich, ich hätte einen Investor gefunden, jemanden, der als stiller Teilhaber agieren würde, aber das hat sich zerschlagen. Jetzt muss ich der harten Realität der heutigen Wirtschaftslage ins Auge sehen. Und leider hat es Bekka getroffen."

„Und was ist, wenn wir den Stinson-Auftrag an Land ziehen?"

„Dann würde ich das natürlich noch mal überdenken." Sie schwieg einen Augenblick, um ihre Aussage wirken zu lassen. „Ich bin sicher, du wirst alles tun, was erforderlich ist, damit wir ihn bekommen. Ich habe schon ein paar Fotos von Stinsons letztem Projekt gefunden. Ich schicke sie dir per Mail, damit du sie dir anschauen kannst. Ich will, dass du dir anguckst, was gemacht worden ist, und dass du es doppelt so gut machst."

„Doppelt so gut, definitiv." Ann spuckte die Worte aus, ohne wirklich zu wissen, worauf sie sich einließ.

„Ich erwarte perfekte Arbeit, auch wenn du im Moment ein paar *Probleme* hast. Ich weiß, dass die jetzige Zeit sehr schwierig für dich ist und dass du ziemlich fertig bist, aber diese Sache ist wichtig." Margaret schwieg einen Moment und Ann dachte schon, dass sie ihr kondolieren würde. Aber sie sagte nur: „Ich mache jetzt Schluss, damit du an die Arbeit gehen kannst" und legte auf.

*Nun denn.*

Ann wählte Bekkas Handynummer und wartete kaum ab, bis Bekka sich gemeldet hatte. „Warum hast du mich nicht angerufen?"

„Ach Ann." Bekka sprach sehr leise; sie wollte offensichtlich nicht, dass jemand im Büro mithörte. Ihre Stimme klang erstickt. „Ich konnte dich doch damit nicht belasten. Es ist weniger als zwölf Stunden her, dass du mir das mit Sarah erzählt hast. Da wollte ich dir meine Probleme nicht auch noch aufbürden."

„Dazu sind Freunde doch da."

„Du kümmerst dich jetzt nur um dich selbst, ja? Ich würde alles dafür geben, wenn ich jetzt bei dir sei könnte. Das weißt du doch, oder?"

„Ja, ich weiß." Und sie wusste es wirklich. Sie wusste aber auch, dass sie etwas für Bekka tun musste, und sie würde es tun, was auch immer erforderlich war.

*

Tammy strich ihrem Sohn durchs Haar und sang leise weiter, auch nachdem er sich in den Schlaf geweint hatte. Erst jetzt begann er die Wahrheit zu verstehen – dass Sarah von ihnen gegangen war und nie mehr wiederkommen würde. Er hatte es erst allmählich begriffen, aber dann war es ein harter Schlag gewesen. Er hatte geschluchzt, bis ihn die Kräfte verließen; dann hatte er nur noch leise gewimmert, bis er schließlich eingeschlafen war. „Schlaf gut, mein geliebter Schatz", flüsterte sie. Dann beugte sie sich vor und küsste ihn auf die Stirn. Trotzdem blieb sie an seinem Bett sitzen.

Wie sollten sie ohne Sarah weiterleben? Sie war wie ein drittes Mitglied ihrer Familie gewesen. Sarahs Leben war so sehr mit ihrem verbunden, dass ohne sie alles zusammenzubrechen drohte.

Tammy dachte an einen kalten Winterabend im vergangenen Jahr. Sarah hatte ihnen heiße Schokolade aus einer wunderschönen handbemalten Porzellankanne serviert. Tammy war mit dem Finger über die anmutige Biegung des Henkels gefahren. „Sie ist wunderschön."

„Danke. Sie hat meiner Urgroßmutter gehört. Ihr Vater war in Europa Porzellanmaler. Die Kanne war der einzige Gegenstand, den sie mitgenommen hat, als sie hierher gezogen ist."

Kenny trank einen Schluck und sagte: „Sie macht auch gute heiße Schokolade."

Sarah lächelte ihn an. „Das finde ich auch, Kenny. Sie macht die beste heiße Schokolade der Welt."

Einen Augenblick später stolperte er über eins seiner Stuhlbeine und stieß die Kanne mit einem Scheppern, das in der Küche widerhallte, zu Boden. Die Porzellanscherben schwammen in einer Kakaolache zu seinen Füßen.

Kenny beugte sich hinunter und betrachtete die Bescherung. „Ich bin so dumm. So dumm. Ich mach alles kaputt."

Sarah ging zu ihm hinüber; in ihren Augen glitzerten Tränen. Sie kniete sich neben ihn auf den Boden und schlang die Arme um ihn. „Danke, Kenny."

Er sah auf – Sarahs Worte kamen so überraschend, dass sie ihn vorübergehend davon abhielten, noch ärgerlicher auf sich selbst zu werden. „Warum? Sie war schön, und ich hab sie kaputt gemacht."

„Nun, du hast recht damit, dass sie schön war. Und ich hab schon lange gedacht, dass es schade ist, etwas so Schönes in einem dunklen Schrank aufzubewahren, wo es keiner sieht. Außer zu den seltenen Gelegenheiten, wenn wir miteinander heiße Schokolade trinken. Ich hatte mir überlegt, sie kaputt zu machen und zu einem Künstler zu bringen, der Mosaikfliesen macht. Dann könnte ich sie irgendwo aufhängen und immer anschauen. Und ich könnte mich den ganzen Tag darüber freuen."

„Wirklich?" Kenny fuhr sich über die Augen. „Denkst du das echt?"

„Klar. Und jetzt gehst du dir die Hände waschen, während ich die Scherben auflese. Warte nur ab, das Ergebnis wird wunderschön!“

Zwei Wochen später brachte Sarah eine kleine Mosaikfliese und schenkte sie Kenny. Sie selbst hatte eine ähnliche auf ihrer Anrichte zu Hause liegen, aber an der von Kenny war der Henkel befestigt, der beim Herunterfallen nicht kaputtgegangen war. „Ich möchte, dass du sie irgendwo hinstellst, wo du sie immer siehst. Dann erinnert sie dich immer daran: Selbst etwas, das zerbrochen ist, kann von einem Künstler in etwas verwandelt werden, das schöner ist als das Original.“

„So wie Jesus es mit uns macht“, hatte er in seinem einfachen, schlichten Glauben gesagt und die Fliese auf seiner Kommode in den Ständer gestellt, den Sarah ihm mitgebracht hatte. Selbst jetzt im Dunkeln konnte Tammy die Umrisse der Fliese auf der Kommode erkennen. Immer wenn irgendetwas schiefging, fuhr Kenny mit dem Finger darüber und sagte: „Das darf ich nicht vergessen.“

„Auch ich brauche diese Fliese“, flüsterte Tammy, als sie aus dem Zimmer ging. Sie wusste nicht, wie sie sich angesichts des Schmerzes, der auf ihr lastete, durch die nächsten Tage kämpfen sollte. Und Kenny – ja, mit ihm würde es auch schwierig werden, während er dies alles verarbeitete. Heute hatte er sie immer wieder gefragt, warum sie so traurig war, und dann wieder verzweifelt vor sich hingeschluchzt, weil er Sarah vermisste. Wahrscheinlich würde sich das in den nächsten Tagen ständig wiederholen. Tammy hatte Angst, dem nicht gewachsen zu sein.

Sie ging in die Küche und begann, die Spülmaschine auszuräumen. Dabei gingen ihr immer wieder Bilder von Sarah durch den Kopf. Das Bild, das sie am häufigsten vor sich sah, war Sarah am Küchentisch. Ihr blondes Haar stand nach allen Seiten von einem unordentlichen Knoten ab, und sie trug T-Shirt, Jogginghose und eine schwarze Hornbrille, die aussah wie die von Sandra Bullock. Überall um sie herum lagen dicke Bücher, und sie hatte einen Bleistift im Mund, einen weiteren in der Hand und einen dritten hinterm Ohr. Sarah sah immer so müde aus, wenn sie Prüfungen hatte oder eine Seminararbeit schrieb. Wie oft hatte sie sie darum beneidet. Wie war es wohl, bis zur Erschöpfung zu arbeiten und sich dabei tatsächlich auf ein Ziel zuzubewegen?

Tammy unterrichtete Kenny zu Hause, und so hatte sie selbst auch nur die Möglichkeit, von zu Hause aus zu arbeiten. Sie nähte gern, aber sie hatte keinerlei Hoffnung auf eine bessere Ausbildung, eine bessere Arbeit oder darauf, am Ende des Monats ein bisschen Geld übrig zu haben.

Sie schob die Gardinen auseinander und sah hinüber zu Sarahs Haus. In der Küche brannte Licht, und aus dem Wohnzimmerfenster drang der schwache bläuliche Schein des Fernsehapparates. Die arme Annie. Plötzlich erschien es Tammy so egoistisch, dass sie sich selbst bemitleidete. Sie hatte immerhin noch Kenny. Und Eric. Annie war ganz allein auf der Welt. Es war nicht auszudenken, was das für ein Gefühl sein musste.

Sie musste etwas tun, um Annie zu helfen, aber was? Sie dachte an die Kissen, die sie für Sarah zu nähen begonnen hatte, und beschloss, diese nun Annie zu schenken. Dann würde diese wissen, dass es immer noch Menschen gab, die für sie da waren, Menschen, die ihr halfen, so gut sie nur konnten. Tammy nahm sich vor, heute Nacht erst schlafen zu gehen, wenn sie die Kissen fertig hatte.

In ihrem Nähzimmer nahm sie all die Aufträge in Augenschein, die sie bis morgen Nachmittag fertigstellen sollte. Die mussten warten. Jetzt holte sie erst einmal den Stoff hervor, den sie vor ein paar Wochen ausgesucht hatte. Damals schienen die leuchtenden Farben so gut zu passen: Sarah machte Examen, und ihre Schwester kam zum ersten Mal seit Jahren zu Besuch. Der Stoff enthielt all die Farben, die für einen neuen, glücklichen Anfang standen. Jetzt wirkte er so unpassend. Aber trotzdem mussten sie darüber hinwegkommen, denn Sarah würde wollen, dass sie glücklich waren. Vielleicht konnte sie Annie mit dieser Geste ja eine kleine Freude machen.

Es war nach ein Uhr morgens, als Tammy schließlich aufstand und durch die Küche ins Wohnzimmer ging. Sie steckte eine Ladung Wäsche in die Waschmaschine und ging dann zu dem Stapel Buntstiftzeichnungen, die Kenny gemacht hatte.

Zuoberst lag ein Bild von Sarah – Tammy erkannte die Strichmännchen-Figur an den großen Kreolen-Ohrringen –, die dem Strichmännchen mit der Nickelbrille, das Kenny darstellte, einen Ball zuwarf. Tammy wusste nicht, ob sie bei dem Anblick lachen oder weinen sollte. Aber sie nahm an, dass das Malen für Kenny immerhin eine gesunde Art war, seinen Schmerz zu verarbeiten.

Das nächste Bild zeigte die dunkelhaarige Annie, die Sarah umarmte. Große blaue Tränen fielen von beiden Gesichtern, und ein gelber Glanz, der nur einen Engel darstellen konnte, schien auf sie herab. Auf der letzten Zeichnung sah man Sarah in den Wolken, mit strahlendem Lächeln und von lauter Engeln umgeben. Die Sonne hatte auf diesem Bild ein lachendes Gesicht, und selbst die Wolken lächelten. Kenny hatte darunter geschrieben: „Zabrochen aba schöhn."

Tammy schloss die Augen und ließ ihren Tränen freien Lauf. „Danke, Herr, dass du ihn mir geschenkt hast."

Sie wurde unvermittelt aus ihren Gedanken gerissen. „Mama, Mama!", hörte sie Kenny mit panischer Stimme rufen. „Mama!"

Tammy rannte durch den Flur in sein Zimmer. „Ich bin hier, Schatz, was ist denn?"

„Sarah. Bringen die Engel sie zurück?"

„Nein, mein Schatz, das tun sie nicht."

„Bitte, bitte. Sag ihnen, sie sollen sie zurückbringen." Ein neuer Schwall von Tränen, eine neue Welle von Schmerz, ein neuer Tag in Tammys Leben.

Sie nahm ihren Sohn fest in die Arme und flüsterte noch einmal: „Danke, Herr. Danke."

*

Ann blickte aus dem Seitenfenster zu Tammys Haus hinüber. Sie wusste nicht, ob sie den vergangenen Tag ohne ihre Hilfe überstanden hätte, aber irgendetwas an Tammy war ihr unbehaglich. Und Kenny … in seiner Gegenwart fühlte sie sich erst recht nicht wohl.

Sein Gefasel über Engel und seine Bilder von ihnen nährten ihre Halluzinationen – ihre Parakusis –, bis das Lied wieder und wieder in ihrem Kopf erklang und sie den Eindruck gewann, es wäre Realität. Und das war genau das Gegenteil von dem, was sie wollte.

Ann ging hinüber zum Computer, tippte Benutzernamen und Passwort ihres Postfachs ein und fand eine E-Mail von Margaret vor. Sie öffnete die Fotos der letzten für Stinson gestylten Immobilien und fühlte sich, als zöge sich ihre Haut zusammen und schnürte ihr das Gesicht, den Hals, die Brust zu. Das Gefühl verstärkte sich mit jedem weiteren Bild. Im ersten Raum befanden sich zwei graue Ledersofas – eins mit zwei Lehnen, eins mit einer – und ein schwarzer Läufer auf einem schwarz gefliesten Fußboden. Eine mundgeblasene blaue Glasvase fügte einen Hauch von Farbe hinzu und bildete einen vollendeten Kontrast zu der streng geometrischen Struktur des Raumes. Beschwingt und anspruchsvoll zugleich. Diese Designs waren großartig. Wie in aller Welt konnten ihre doppelt so gut werden?

Ann liebte es, neue Wege zu finden, um die positiven Seiten eines Wohnbereiches hervorzuheben, aber sie schien es nie zur Vollendung zu bringen. Sie dachte an das Wohnzimmer von Familie James. Wie oft hatte sie die Beistelltischchen hin- und hergerückt, die Bilder umgehängt, die Stühle um ein paar Zentimeter verschoben? Und sie wusste: Selbst jetzt würde sie, käme sie noch einmal in diesen Raum, wieder etwas finden, was sie ändern würde. Sie betrachtete das Foto auf ihrem Bildschirm und vermutete, dass der Designer, der diesen Raum eingerichtet hatte, nie irgendetwas neu arrangierte.

Nun, Ann musste sich an die Arbeit machen und alles daransetzen, ihr Allerbestes zu geben. Sie holte ihren Skizzenblock hervor, bereit, den Raum umzugestalten. Sie nahm ihren Bleistift, setzte ihn aufs Papier … und er bewegte sich nicht. Das Problem war, dass Ann nur kreativ sein konnte, wenn sie mit dem Herzen dabei war. Und im Moment konnte sie ihr eigenes Herz nicht spüren – es war wie tot.

Kurz nach Mitternacht, als sie den PC gerade herunterfahren wollte, drängte sich ein Gedanke in den Vordergrund, der schon längere Zeit in ihrem Hinterkopf rumort hatte. Vielleicht lag es daran, dass sie müde war, oder aber ihre Trauer war die Ursache dafür, dass sie für einen Moment die Arbeit Arbeit sein ließ. Was auch immer der Grund war, sie öffnete das Fenster der Suchmaschine und tippte „Engel“ ein.

Die ersten beiden Links bezogen sich auf das kalifornische Baseballteam „Angels of Anaheim“. Ann lachte laut auf. Erst in diesem Moment begriff sie, wie angespannt sie auf die Antwort gewartet hatte – so als hätte sie erwartet, der oberste und wichtigste Link würde „Leute, die den Verstand verlieren und Engel singen hören“ behandeln. „Reiß dich zusammen“, ermahnte sie sich.

Ann scrollte die Liste hinunter und klickte einen anderen Link an. Diese Seite bot einen „personalisierten Engeldruck“ an. Nachdem man ein Formular ausgefüllt hatte, in dem man angab, welches äußere Erscheinungsbild der Engel haben sollte, malte ein Künstler diesen entsprechend der persönlichen Vorstellungen und schickte ihn dem Besteller zu – „alles zu dem günstigen Preis von 29,99 Dollar“.

Sie änderte ihre Vorgehensweise und tippte „Engelslieder“ ein. Das führte sie zu einem YouTube-Video, das eine Gruppe Fünfjähriger darstellte, die Rauschgold-Heiligenscheine trugen und „Joy to the World“ sangen. Ann schmunzelte. Diese Suche war offensichtlich eine absolute Zeitverschwendung.

In einem letzten Versuch, dieses Kapitel endgültig abzuschließen, gab sie „Engel Wasser Musik“ ein. Vielleicht hatte das Plätschern des Zimmerbrunnens ja auch etwas mit der Musik zu tun gehabt. Hier erschien eine Liste von Anbietern, die Engel-Schneekugeln oder Engelstatuen für den Garten verkauften. Ein Link jedoch interessierte sie so sehr, dass sie ihn anklickte. Es erschien ein Bild von einem Engel, dazu die Worte:

*Jedes der Lebewesen darunter hatte zwei seiner Flügel zu der Gestalt neben sich ausgestreckt; mit den beiden anderen Flügeln bedeckte es seinen Leib. Wenn die vier sich bewegten, rauschten ihre Flügel wie das Brausen gewaltiger Wassermassen, wie die Stimme des allmächtigen Gottes. Es war so laut wie die Rufe einer großen Menschenmenge, wie der Lärm in einem Heerlager. Wenn sie stillstanden, ließen sie ihre Flügel herabhängen (Hesekiel 1,23-24).*

Ann verstand, dass das eine Stelle aus der Bibel war, aber sie hatte überhaupt nichts mit Musik zu tun – und ging es dabei wirklich um Engel? Da stand einfach „Lebewesen". Aber es musste doch einen Zusammenhang geben.

Noch lange, nachdem sie zu Bett gegangen war, hörte sie in ihrem Kopf die Musik an- und abschwellen. Sie war mit den Worten eingeschlafen: „*… rauschten ihre Flügel wie das Brausen gewaltiger Wassermassen …*" Die Erinnerung an das Lied durchflutete ihre Gedanken, und die Töne rollten wie Wellen an den Strand.

Die Musik besaß immer noch dieselbe urtümliche Kraft, und es sah auch nicht so aus, als würde sich das in nächster Zeit ändern. Ann hoffte, dass sie während der langen Tage, die ihr bevorstanden, nicht den Verstand verlor.

# Kapitel 6

Der Geruch von feuchter Erde und frisch gemähtem Gras hing über dem Friedhof. Die Schwüle, die an diesem frühen Nachmittag in der Luft lag, trug vielleicht dazu bei, ihn zu erhalten. Alles an diesem Tag war … schwer. Sogar die Wolken wirkten nicht leicht wie Flaum, sondern wie Brei. Während die Maihitze auf Hunderte von Grabsteinen niederbrannte, sah Ann zu, wie die letzten Trauergäste zu ihren Fahrzeugen zurückkehrten – zurück zu ihren Familien, ihrem Leben. Endlich konnte sie ein einziges, letztes Mal mit ihrer Schwester allein sein.

„Ich bleibe bei dir." Tammy legte Ann den Arm um die Schulter.

„Ich auch", sagte Kenny und schob sich zwischen die beiden Frauen, einen Arm um jede von ihnen gelegt.

Ann atmete tief ein und tat ihr Bestes, um ihrer Stimme einen freundlichen Klang zu geben, auch wenn es sie große Kraft kostete. Sie wollte Kenny nicht wehtun, der während des Gottesdienstes und am Grab laut und ungeniert geweint hatte. Ein Teil von ihr wollte Tammy bitten, ihn wegzuziehen, ein anderer Teil beneidete ihn um seine Hemmungslosigkeit. Sie selbst war fest entschlossen, sich nicht gehen zu lassen – zumindest nicht vor heute Abend, wenn sie allein war. „Ich wäre gern ein paar Minuten mit ihr allein."

„Oh Annie, das verstehe ich so gut. Bitte entschuldige – daran habe ich überhaupt nicht gedacht. Ich gehe zurück nach Hause und helfe mit, das Essen hinzustellen. Dann sehen wir uns dort."

„Soll ich bei dir bleiben, Annie?" Kenny sah sie mit roten, geschwollenen Augen an. „Ich bin ganz leise, wenn du willst."

„Kenny, Schatz, wir treffen Annie nachher zu Hause wieder. Sie braucht jetzt ein bisschen Zeit für sich."

„Aber was ist, wenn sie mich braucht?" Seine Stimme wurde lauter, während seine Aufregung wuchs. „Sie braucht mich vielleicht. Ich kann sie nicht allein lassen."

Ann sah schon den nächsten Gefühlsausbruch kommen und sie wollte Kenny nicht in der Nähe haben, wenn das Geheul seinen Höhepunkt erreichte. Sie beugte sich vor, bis sie beinah auf Augenhöhe mit ihm war. „Das ist schon in Ordnung, Kenny. Ich komme gleich nach. Ich will nur noch ein letztes Mal mit Sarah reden. Geh du schon mal vor und hilf deiner Mutter, ja?" Sie hoffte, dass ihre Stimme eher beruhigend als aufgeregt klang.

Kenny nickte und fuhr sich mit der Hand unter die Brillengläser. „Okay. Versprich mir, dass du anrufst, wenn du mich brauchst."

„Auf jeden Fall." Ann wandte sich von ihm ab und machte einen Schritt auf Sarahs Grab zu. „Ich komme in ein paar Minuten nach."

„Gut. Komm, Kenny."

„Tschüss Annie. Tschü-hüss. Tschüss."

„Bis nachher." Gegen ihren Willen drehte Ann sich um. Tammy hielt Kennys Hand und zog ihn hinter sich her zum Auto. Gott sei Dank!

Während er hinter Tammy herging, sah Kenny sich die ganze Zeit nach Ann um. Er beobachtete sie sogar, während er ins Auto stieg. Gerade als Tammy die Tür zumachen wollte, sprang Kenny auf und begann, Ann wie wild zuzuwinken. Selbst aus der Entfernung sah sie die Aufregung in seinem breiten Lächeln. „Die Engel sind bei dir. Jetzt ist alles gut. Tschüss, Annie. Sie passen auf dich auf." Er ließ sich auf seinen Sitz fallen, schob seine Brille hoch und winkte ihr im Wegfahren unablässig zu.

„Engel. Jaja." Während sich das Geräusch von Autoreifen, die über den Kies knirschten, allmählich verlor, versuchte Ann sich auf die Realität zu konzentrieren. Sie richtete ihre Aufmerksamkeit wieder auf den Sarg, der an dunkelblauen Riemen über dem offenen Grab hing. Der Bestatter stand ein paar Meter von ihr entfernt. Er sah sie mit ernster Miene an. „Sie können ein paar Minuten mit ihr allein sein, wenn Sie möchten. Ich gehe dann mal kurz telefonieren."

„Danke."

Ann trug das ärmellose schwarze Kleid, das sie heute zu Sarahs Abschlussfeier hatte anziehen wollen. Es fühlte sich so verkehrt an, es jetzt zu tragen, zu diesem Anlass. „Ach Say-say." Ann sagte den Spitznamen, den sie seit fünfzehn Jahren nicht mehr benutzt hatte. Allein der Klang ließ eine neue Welle des Schmerzes über sie hinwegschwappen. Sie fuhr mit den Fingern über den Stahl von Sarahs Sarg und war überrascht, wie kühl er an diesem schwülen Tag war. „Das sollte solch eine schöne Zeit werden. Dein Abschlussexamen als Sozialpädagogin – so eine große Leistung. Wie vielen Familien hättest du helfen können? Wie viele Kinder hättest du vor einem elenden Leben gerettet? Dieses ganze Studium, all dies Mitgefühl und Engagement von dir. Umsonst.

Ich weiß, dass du an Gott glaubst, und ich hoffe um deinetwillen, dass es ihn gibt und dass du jetzt im Himmel bist. Aber wenn es ihn wirklich gäbe, hätte er dich dann nicht all die guten Werke tun lassen? Alle, die dich kennenlernen durften, haben gesagt, was für ein wunderbarer Mensch du warst. Ein allmächtiges Wesen hätte das doch bestimmt bemerkt. Warum sollte er *dich* zu sich nehmen und jemanden wie mich hierlassen?"

Ann dachte daran, wie fest Kenny davon überzeugt gewesen war, dass die Engel jetzt hier waren. Bei ihr. Dass sie das alles hier Minute für Minute beobachteten. Sie erschauderte beim Anblick des Grabsteins ihrer Großmutter neben dem Loch in der Erde, das bald Sarahs letzte Ruhestätte sein würde. „Nana hat auch an Gott geglaubt, und was hat es ihr gebracht? Eine wertlose Tochter, einen schmerzhaften Tod, und jetzt ist ihr einziges anständiges Enkelkind einen Tag vor seiner Diplomverleihung tödlich verunglückt. Dieser Glaube hat keine Kraft. Die einzige Person, auf die ich mich verlassen kann, bin ich selbst, und ich werde meinen eigenen Weg finden, meine Träume zu verwirklichen."

Ihre Träume. Ihren eigenen Weg. Sie spürte, wie sie sich innerlich aufbäumte, wie sie wieder sie selbst wurde in diesem Moment. Mit absoluter Klarheit sah sie, was sie zu tun hatte.

„Sarah, Nana, ihr wart die Einzigen, die je an mich geglaubt haben, und ich möchte euch dafür danken. Ich weiß, dass ich dieses Vertrauen nicht verdient habe, aber das wird sich jetzt ändern. Ich verspreche euch beiden jetzt, dass ich mein Bestes tun werde, um das zu erreichen, was ihr für mich erhofft habt. Und um in jeder Hinsicht erfolgreich zu sein.“ Sie schaute Nanas Grabstein an. „Du selbst hast nie die Chance dazu gehabt, weil du für uns gesorgt hast.“ Dann blickte sie auf Sarahs Sarg. „Und du warst so nahe daran, so nahe. Ich verspreche euch beiden, dass ich das Beste aus meinem Leben machen werde. Und ich fange gleich damit an.“

Der Bestatter ging auf sie zu. „Wir müssen jetzt wirklich anfangen, Miss. Wenn Sie so freundlich sein würden …“

Sie drückte einen Kuss auf ihre Fingerspitzen und legte sie auf den Sarg. „Auf Wiedersehen, Say-say. Ich hab dich lieb.“ Ann trat ein paar Schritte zurück und sah zu, wie sie ihre Schwester in die Erde hinabließen. Die Tauben, die die Ecken des Sarges verzierten, hatten vor wenigen Tagen noch so kitschig gewirkt, aber nun fand sie es tröstlich, dass diese das Letzte waren, das sie von ihrer Schwester auf dieser Erde sah. Sie war froh, dass sie sich von Tammy zu diesem Sarg hatte überreden lassen. Tammy hatte recht gehabt: Sarah hätte sich das so gewünscht.

Ann ging zurück zu ihrem Mietwagen. Ihr graute vor dem, was sie vor sich hatte. Sie war sich ziemlich sicher, dass sie durchdrehen würde, wenn sie noch ein einziges weiteres Mal „Sie ist beim Herrn“, „Sie ist im Himmel“ oder „Sie ist jetzt so glücklich“ zu hören bekam. Sie wusste, dass die Leute es gut meinten, und wollte Sarah nicht dadurch Schande machen, dass sie unhöflich reagierte. Sie hatte begonnen, die Texte von sämtlichen Beatles-Songs, an die sie sich erinnerte, aufzusagen, damit ihre Gedanken beschäftigt waren. Sie konnte sagen: „Vielen Dank, dass Sie gekommen sind“, während sie an *Yellow Submarine* und *Sgt. Pepper's Lonely Hearts Club Band* dachte. Körperlich anwesend, aber in Wirklichkeit ganz woanders. Sie hatte diese Gabe im Laufe der Jahre perfektioniert.

Ann saß im Auto und verschloss die Türen von innen, steckte den Schlüssel jedoch nicht ins Zündschloss. In Gedanken an das Versprechen, das sie ihrer Großmutter und ihrer Schwester gerade gegeben hatte, öffnete sie ihre Brieftasche und nahm die Visitenkarte heraus, die sie erst vor ein paar Tagen hineingesteckt hatte. Sie wählte die Nummer darauf. „Hier ist Ann Fletcher. Ich würde gern mit Mr Stinson sprechen."

*

In den vergangenen Nächten war Eric von Albträumen gequält worden. Annie schrie um Hilfe; sie ertrank im aufgewühlten Meer, und niemand sonst schien sie zu hören. Nur er konnte sie retten, aber seine Arme und Beine waren so schwer. Zu schwer. Er schaffte es einfach nicht. Bevor sie unterging, war ihr Gesichtsausdruck immer der gleiche: Hohl. Leer. Allein.

Als er jetzt all die Autos anschaute, die die Straße säumten, und das leise Stimmengewirr der vielen Menschen im Haus hörte, wurde ihm klar, dass sie heute bei der Trauerfeier denselben Gesichtsausdruck gehabt hatte. Soweit er gesehen hatte, waren keine weiteren Angehörigen bei der Beerdigung gewesen, es war niemand aus New York gekommen, und es waren keine Freunde da gewesen, um ihr beizustehen. Hatte sie keine? Warum hatte er das Gefühl, dass er der Einzige war, der ihr helfen konnte?

Er suchte einen Vorwand, um draußen herumzuspazieren, und hing mehr oder weniger vor Annies Haus herum, bis er ihr Auto in die Einfahrt einbiegen sah. Er wollte etwas tun, um ihr zu helfen. Aber was?

Eric ging hinüber zur Garage und wartete, bis Annie ihre Sachen zusammengesucht hatte und ausstieg. So gern wollte er ihr etwas

Tröstendes sagen, aber er scheute davor zurück, hohle Phrasen zu benutzen.

„Hallo", sagte er.

Sie schien überrascht, ihn zu sehen, obwohl sie direkt an ihm vorbeigefahren war. „Hallo." Sie kreuzte die Arme vor der Brust. „Was machen Sie hier draußen?"

„Na ja, ich will Sie nicht fragen, wie's Ihnen geht. Ist ja 'ne dumme Frage. Aber ich wollte schauen, ob ich irgendwas tun kann. Irgendwas, um Ihnen zu helfen. Gibt es irgendwas, das Sie brauchen? Ich weiß, dass das auch 'ne dumme Frage ist, aber ich würd einfach so gern was tun. Irgendwas."

Annie schüttelte zunächst den Kopf, doch dann blickte sie auf die Autos, die die Straße säumten, und nickte. „Holen Sie alle da raus, damit ich in Frieden zusammenbrechen kann." Sie versuchte zu lächeln, vielleicht um so zu tun, als hätte sie gerade einen Scherz gemacht. Doch Eric war sich ziemlich sicher, dass er es besser wusste.

Er blinzelte ihr verschwörerisch zu. „Wissen Sie, was ich mach? Ich geh rein, lauf 'n bisschen 'rum und rede mit dem einen und anderen. Dann mach ich ordentlich Aufhebens darum, dass ich mich wieder verabschiede, und betone immer wieder, wie müde Sie sicher sind, und dass Sie nun bestimmt 'n bisschen Zeit für sich selbst brauchen, so was in der Art. Mal schaun, wie viele von den anderen ich ins Schlepptau nehmen kann, wenn ich geh." Sie sah wirklich müde aus, darum sollte die Sache nicht allzu schwierig werden.

„Da wäre ich Ihnen wirklich sehr dankbar."

„Also abgemacht."

Sie gingen zur Küchentür. Eric öffnete die Fliegengittertür und griff nach der Klinke. „Wollen wir?"

Sie hielt einen Augenblick inne, bevor sie durch die Tür ging, und sah ihn an. „Ich danke Ihnen. Wirklich."

„Kein Problem." Eric hielt die Tür, bis sie durchgegangen war, und folgte ihr gerade noch rechtzeitig, um zu sehen, wie Danielle einen Arm um Annie legte.

„Da bist du ja. Komm rüber und hol dir was zu trinken und einen Happen zu essen." Sie zog Annie zu dem Büfett, das auf der Anrichte aufgebaut war.

„Ich habe eigentlich nicht wirklich …"

„Vergiss es. Du musst bei Kräften bleiben. Lass mal sehen … wie wär's mit ein paar Sandwiches und einem Tässchen Früchtetee? Wenn ich fürs Essen zuständig bin, muss jeder zugreifen. Und außerdem hast du das Beste vom Leben verpasst, wenn du noch nie meine berühmte Pilzgrütze probiert hast. Stimmt's, Cindy?"

Die alte Mrs Edwards sah von ihrem Platz hinterm Büffet auf. „Lass Annie selbst entscheiden, was sie essen will, Danielle." Sie nickte Eric zu. „Sieht so aus, als würde unser Eric ihr schon zur Seite stehen. Sie braucht keine von uns alten Frauen. Weißt du nicht mehr, wie es war, als du jung warst?"

Eric hielt den Atem an. Mrs Edwards hatte die letzten fünf Jahre in dem festen Vorsatz verbracht, ihn „unter die Haube bringen" zu müssen. Sie konnte doch unmöglich die jetzige Situation dazu nutzen, ihr Vorhaben weiterzuverfolgen? Während sie über den Tisch griff und Annies Arm drückte, ließ er die Luft ausströmen, die er angehalten hatte. „Wie kommst du zurecht, Schätzchen?", erkundigte sich die alte Dame.

„Sie käme besser zurecht, wenn wir ein bisschen Essen in sie rein bekämen. Jetzt sag mir, was ich dir drauftun soll." Danielle schnappte sich einen Teller und begann ihn zu füllen, während Annie ihr mit leicht geöffnetem Mund zusah.

Eric lächelte, dankbar für diese Frauen, die Sarah geliebt hatten und alles in ihrer Macht Stehende tun würden, um ihrer Schwester zu helfen. Nun war es Zeit, dass er sich durch die Menge arbeitete und auf seine eigene Weise half.

Er stellte sich zu einer Gruppe nach der anderen und klinkte sich in die Gespräche darüber ein, was für ein wunderbarer Mensch

Sarah gewesen war. Und das stimmte ja auch. Wirklich wunderbar. Er dachte an all die Dinge, die sie in den letzten Jahren für Tammy und Kenny getan hatte, und an ihr Lächeln, das wirklich jeden aufmuntern konnte. Dass sie all dies verloren hatten, war beinah unerträglich. Es machte einfach keinen Sinn, und das ließ sich auch nicht schönreden. Aber im Moment machte er sich mehr Sorgen um Sarahs ältere Schwester; er konnte das überwältigende Bedürfnis, ihr helfen zu müssen, einfach nicht abschütteln. Also sagte er ein paar Sätze über Sarah und fügte dann hinzu: „Die arme Annie sieht ja völlig erschöpft aus." So hoffte er, sie alle für diese Tatsache zu sensibilisieren.

Er sah, wie Annie mit Mrs Williams sprach, einer grauhaarigen Frau in den Achtzigern mit einer riesigen Brille mit dicken Gläsern. Als er zu den beiden hinüberging, hörte er Mrs Williams gerade sagen: „Sarah hat immer nur gegeben. Sie hat sich ständig um andere gekümmert; sie hat mich überall hingefahren, als ich mir das Hüftgelenk gebrochen hatte, und für mich eingekauft. Und sie hat nicht nur mir geholfen, sondern auch vielen anderen. Der Himmel hat die schönste Blume für den Garten der Heiligen bekommen."

Annie verschluckte sich an dem Kaffee, den sie gerade getrunken hatte, und begann zu husten. „Den Garten der Heiligen?"

„Den Ort, an dem ihr Schöpfer sich immer an ihr erfreuen kann, so wie wir es konnten, während sie hier auf Erden lebte."

Etwas an Annies Gesichtsausdruck vermittelte Eric den starken Eindruck, dass sie nahe daran war, einen hysterischen Anfall zu bekommen. Er musste etwas tun – und zwar schnell. „Mrs Williams, dürfte ich Sie mal kurz um Ihre Hilfe bitten?"

Sie blickte eifrig zu ihm auf. „Aber ja, natürlich."

„Würden Sie eben mitkommen?" Eric führte sie ein Stück abseits, beugte sich zu ihr hinunter und flüsterte: „Annie sieht so erschöpft aus. Ich frag mich gerade: Denken Sie, wir sollten die Gäste allmählich darauf hinweisen, dass es Zeit wär zu gehen? Sie wissen schon, damit Annie 'n bisschen zur Ruhe kommen kann?"

Mrs Williams nickte heftig. „Ja, auf jeden Fall. Ich hatte gerade denselben Gedanken. Ich gehe gleich zu Mildred und Ethel hinüber und sage ihnen, dass sie Annies Gastfreundschaft nicht überbeanspruchen dürfen."

Eric war ziemlich sicher, dass sie nichts Derartiges gedacht hatte, aber sie war jetzt seine Verbündete, und er dachte nicht daran, ihre Aussage infrage zu stellen. „Danke. Ich red mit den Seidls und den Langmos."

„Gut." Mrs Williams ging schneller, als Eric sie seit Langem hatte gehen sehen. Schließlich war sie jetzt eine Frau mit einer Mission.

Eric ging zu Elli Seidl. „Das war so ein trauriger Tag, oder? Sarah war so ein wunderbarer Mensch." Er fuhr sich mit der Hand übers Gesicht und nickte dann in Annies Richtung. „Ich denk, ich geh jetzt. Das war 'n langer Tag für Annie, und ich weiß, dass sie noch viel zu erledigen hat. Die Ärmste muss völlig fertig sein. Ich geh nach Hause, damit sie 'n bisschen zur Ruhe kommt."

„Ja, stimmt, du hast wahrscheinlich recht. Wir sollten vielleicht alle gehen."

Fünf Minuten später begann ein Massen-Exodus. Eric ging an Annie vorbei, die gerade eine Gruppe von Gästen verabschiedete. Sie schaute in seine Richtung, und er deutete ein Nicken an. Sie griff sich in den Nacken und neigte den Kopf leicht nach vorn. Es schien, als sei dieses schweigende Einverständnis der Beginn einer Freundschaft.

*

*Der Garten der Heiligen?* Das waren die Worte gewesen, die beinah das Ende ihrer Selbstbeherrschung herbeigeführt hätten – mit allem Drum und Dran, Kreischen und Tränen –, aber Ann hatte gewusst, dass sie das vermeiden musste. Zumindest so lange, bis diese Leute gegangen waren und sie allein sein konnte. Sie hatte versucht, sich an den Text von „Eleanor Rigby" zu erinnern. Wie fing dieses Lied noch mal an? Damit, dass sie in der Kirche war? Die Worte hatten ihr nicht einfallen wollen, aber der Versuch, sich zu erinnern, hatte immerhin fürs Erste bewirkt, dass sie die Kontrolle über sich selbst behielt.

Eric war so etwas wie der Leitwolf der Herde gewesen, denn nach ihm hatten fast alle begonnen, sich zu verabschieden. Ann war noch nie jemandem so dankbar gewesen.

Nun war sie allein, abgesehen von Danielle, Tammy und Kenny. „Diese Platten müssen alle zurück in die Gemeinde." Tammy trocknete die letzte rechteckige Auflaufform ab und stellte sie neben die anderen sechs oder sieben. „Bei den anderen sind unten Namensschilder drauf."

„Gut." Danielle sah von dem Block hoch, auf den sie gerade schrieb. „Ich bringe sie morgen zurück." Sie sah Ann an und machte eine Kopfbewegung zur Anrichte. „Das da sind die Karten von den Blumen und Gestecken; ich dachte, du möchtest bestimmt darauf reagieren." Sie blickte sich im Raum um. „Alles fertig?"

„Ja, alles erledigt." Tammy wischte die Anrichte ab. „Du hast unsere Telefonnummern, ja? Du kannst uns alle zu jeder Tages- und Nachtzeit anrufen. Wir sind immer für dich da."

„Ja, die habe ich." Ann schaute zu der Liste, die Danielle an den Kühlschrank gehängt hatte. „Danke. Für alles."

„Dafür sind wir da." Danielle nahm sie in die Arme, und Ann, Tammy und Kenny gingen mit ihr hinaus und verabschiedeten sich von ihr.

Ann war ziemlich sicher, dass Tammy bleiben würde, bis sie gebeten wurde zu gehen, und da sie jetzt wirklich gern allein sein wollte, setzte sie dazu an, genau dies zu tun.

„Alles, was recht ist, Tammy – ich danke dir so sehr für alles, was du getan hast." Das „Alles, was recht ist" hatte sie absichtlich eingefügt; sie hatte vor langer Zeit gelernt, dass selbst die unhöflichste Bemerkung in den Südstaaten akzeptabel war, wenn man sie mit dieser Redewendung einleitete. Schade, dass Sarah das jetzt nicht gehört hatte. Sie hatte sich in den letzten Jahren immer wieder darüber beschwert, dass Ann sich mehr und mehr wie eine New Yorkerin benahm. Was hatte sie noch gesagt, als Ann ihr von einem Konflikt am Arbeitsplatz erzählt hatte? *„Annie, du bist ja schon total yankifiziert."* Ja, dieses Wort hatte sie benutzt. Und sie hatte es in einem so entsetzten Tonfall gesagt, als hätte Ann die Pest.

Sarah.

Der Gedanke warf sie beinahe zu Boden. Sarah. Sie war tot.

„Ach, das ist doch selbstverständlich. Ich bin so froh, dass ich dir helfen konnte. Du hast Sarah so viel bedeutet. Ich weiß, sie würde wollen, dass ich mich um dich kümmere." Tammy streckte die Hände aus und nahm Anns beide Hände in ihre. „Ich wette, Sarah sieht uns jetzt und lächelt. Ich bin sicher, sie freut sich, dass wir Freundinnen geworden sind." Sie ließ los und begann zurück zu Sarahs Haus zu gehen.

*Hm ... vielleicht brauche ich ein bisschen New Yorker Unverblümtheit, um diese Frau hier rauszubekommen.* Aber Ann war weiterhin entschlossen, wenigstens während dieser paar Tage so höflich wie möglich zu bleiben, Sarah zuliebe. „Weißt du, Tammy, ich bin wirklich müde. Ich denke, ich nehme ein heißes Bad und gehe früh zu Bett."

„Oh, natürlich bist du müde. Ja, leg dich in die Wanne und entspann dich. Und geh früh zu Bett. Das ist jetzt genau das Richtige für dich. Möchtest du, dass ich noch eine Weile hierbleibe?"

„Nein!" Es klang heftiger, als sie beabsichtigt hatte. „Du hast schon ... so viel getan. Ich glaube, es würde mir guttun, ein bisschen allein zu sein."

Tammy sah sie skeptisch an, aber sie blieb stehen. „Na gut, aber du musst mir versprechen, dass du Bescheid sagst, wenn du irgendwas brauchst."

Ann hielt zwei Finger in die Höhe, weil sie dachte, das sei das Pfadfinder-Zeichen für „Ehrenwort", aber da sie selbst nie zu den Pfadfindern gehört hatte, war sie nicht sicher. „Versprochen."

„Gut, dann sehen wir uns morgen früh. Ich bringe was zum Frühstück mit."

Frühstück? Zeit für eine weitere Runde Diplomatie. „Weißt du, ich esse morgens eigentlich kaum was. Wie wär's, wenn du einfach im Laufe des Tages irgendwann vorbeikommst?"

„Oh … ja, natürlich. Dann komme ich morgen Vormittag. Komm, Kenny, wir müssen nach Hause."

„Tschüss, Annie." Kenny schlang die Arme um Ann und drückte sie fest. „Ich hab dich lieb."

Die Worte erschütterten Ann bis ins Mark. „Ich …" Aber sie konnte nicht weitersprechen. Sie drückte ihn an sich, aber als das Verlangen, an seinem Hals zu weinen, sie zu überwältigen drohte, trat sie zurück. Die beiden mussten gehen, und zwar schnell, sonst würde sie an Ort und Stelle in Tränen ausbrechen. Ann konzentrierte sich darauf, tief zu atmen.

„Komm schon, Schatz, wir müssen jetzt wirklich heimgehen." Tammy nahm Kennys Hand, aber sie hielt den Blick auf Ann gerichtet. „Ruf mich an, wenn du irgendwas brauchst. Ich bin schneller hier, als du den Hörer aufgelegt hast. Du hast doch meine Nummer, oder?"

„Ja, ganz sicher."

„Gut. Komm, Kenny. Wir gehen Annie morgen wieder besuchen, ja?"

„Tschüss", sagte er noch einmal. Dann wandte er sich um und folgte seiner Mutter.

Ann ging zurück ins Haus und schloss die Haustür hinter sich. Das war der Augenblick, in dem nichts, aber auch nichts mehr ging.

# Kapitel 7

*Ann trieb im lauen Wasser, das Meer umspülte sie mit seiner Wärme. Hatte sie sich jemals schon so friedlich, so glücklich, so geliebt gefühlt? Während sie weiter dahintrieb, spürte sie ein Vibrieren, das im Rhythmus der Wellen, die in der Ferne an den Strand rollten, an- und abschwoll. Doch nein, es waren ja gar keine Wellen, es klang eher wie … Flügel. Jeder Flügelschlag schien auf den vorherigen abgestimmt zu sein, sodass eine eigentümliche Musik entstand, die Ann mit tiefem Frieden erfüllte. Sie wollte für immer hierbleiben.*

Ein dumpfer Schmerz im Rücken holte Ann aus dieser friedlichen Stimmung, aber sie hörte immer noch den leisen Klang der Musik. Er schien aus weiter Ferne zu kommen, doch die Melodie war eindeutig zu erkennen. War sie wach oder schlief sie noch? Mühsam setzte sie sich auf und knipste die Tischlampe neben dem Sofa an. Allmählich verklang die Musik und erstarb schließlich ganz.

Offensichtlich war es ein Traum gewesen. Wieder einmal. Ihre gegenwärtige Situation war doch schon albtraumhaft genug, auch ohne all diesen unrealistischen Blödsinn, der sie noch zusätzlich verwirrte. Diese Träume, diese Musik, sie mussten aufhören. Jetzt gleich. Der Uhr an der Wand zufolge war es erst zwei Uhr nachts. Ann dehnte die verkrampften Muskeln, nahm die Fernbedienung und verbrachte den Rest der Nacht damit, gedankenlos durch das Fernsehprogramm zu zappen. Sie blieb nie lange genug bei einem Kanal, um wirklich erkennen zu können, was gesendet wurde. Denn an Schlaf war überhaupt nicht mehr zu denken, so angespannt war sie – ob das an ihrer Trauer lag oder daran, dass sie sich davor fürchtete, wieder von der überirdischen Musik zu träumen, wusste sie nicht.

Kenny war schuld. Er war derjenige, der ihr das antat. Seinetwegen musste sie die ganze Zeit an Engel, Flügel und Lieder denken – akustische Halluzinationen, die man am besten vergaß. Vielleicht war es besser, wenn sie ihm heute ganz aus dem Weg ging.

Als die aufgehende Sonne durch die Spitzengardinen zu leuchten begann, stand Ann auf und streckte sich. Nach ein paar Nächten auf diesem zu kurzen, durchgesessenen Sofa konnte sie jedes einzelne ihrer dreißig Lebensjahre spüren. Zeitweise schien es sogar, als wären es noch mehr.

Morgen Nachmittag flog sie nach Hause. Wenn sie es schaffte, die nächsten anderthalb Tage zu überstehen, war sie weg von all dem, was sie ständig an das erinnerte, was sie verloren hatte. Weg von dem verwirrenden Nebel von Gesichtern und Namen, die sie sich nie und nimmer merken konnte. Den traurigen Mienen, den festen Umarmungen, den in verhaltenem Ton gesprochenen Worte. Und von den Blumen, den endlosen Blumenlieferungen. Die kamen, obwohl Ann darum gebeten hatte, stattdessen Geld an wohltätige Organisationen zu spenden. Sie begann den Stapel Karten durchzublättern, den Danielle ihr hingelegt hatte.

Eine Karte erregte ihre besondere Aufmerksamkeit: *Herzliche Anteilnahme, Patrick Stinson.*

Es machte sie wütend, dass Margaret es ihm erzählt hatte. Als Ann ihn gestern im Büro angerufen hatte, wusste er schon Bescheid. Sie fragte sich, ob Margaret es ihm gesagt hatte, weil sie ihn dazu bringen wollte, mit ihr selbst zu arbeiten statt mit Ann, oder ob sie sein Mitgefühl wecken wollte, damit er den Vertrag mit ihnen abschloss. Irgendwie hatte Ann den Verdacht, dass Patrick Stinson nicht viel Mitgefühl kannte, wenn es um geschäftliche Dinge ging. Aber immerhin erinnerte seine Karte sie daran, dass sie noch ein anderes Leben hatte. An einem Ort weit entfernt von alldem hier. An einem Ort, wo es Träume gab, die sie verwirklichen konnte.

Irgendwann während des gestrigen Beerdigungstrubels hatte sie begonnen, einen Plan zu entwerfen. Sie musste ihr Leben in die

Hand nehmen, und jetzt war es an der Zeit, den Anruf zu machen, der alles in Bewegung setzen würde.

Ann lächelte, als sie die Kurzwahltaste ihres Handys drückte. Der Adrenalinstoß bewirkte, dass sie sich so gut fühlte wie seit Tagen nicht mehr. „Marston Homestaging, Sie sprechen mit Jenny. Was kann ich für Sie tun?"

„Hi Jen, ich muss mit Margaret reden."

„Na hör mal, ich dachte, die Leute gehen in den Süden, um ein bisschen ruhiger zu werden und ihre Manieren aufzufrischen. Ich wusste gar nicht, dass das Gegenteil passiert und die Leute angespannt und unhöflich werden."

„Sorry. Hab nicht nachgedacht. *Bitte* und vielen Dank!"

Jen lachte. „Schon besser. Nicht direkt herzerwärmend, aber trotzdem besser."

„Wirklich, Jen, danke."

„Ja, ja, schon gut. Soll ich dir das jetzt noch glauben? Bleib kurz dran, ich stelle dich durch."

Unmittelbar darauf klickte es in der Leitung. „Ann, wie gut, von dir zu hören. Kommst du vorwärts mit der Stinson-Präsentation?"

„Genau darüber wollte ich mit dir reden, Margaret …" Ann holte tief Luft. „Also, es geht um Folgendes. Ich arbeite jetzt seit sechs Jahren für Marston Staging und habe mich dabei fast zu Tode geackert. Jetzt habe ich die Chance auf den größten Auftrag, den wir je hatten, an Land gezogen."

„Ja, du hast hart gearbeitet. Und ja, du hast Patrick Stinson kennengelernt, aber ich glaube kaum, dass er sich nur wegen dir für Marston Staging entschieden hat."

„Komisch, denn als ich gestern mit ihm telefoniert habe, hat er genau das gesagt: dass er sich meinetwegen für uns entschieden hat." Ann machte eine Pause, damit ihre Aussage die erwünschte Wirkung tun konnte. „Hat er denn zu dir etwas anderes gesagt?"

„Ich verstehe wirklich nicht …"

„Komm, vergiss es. Du hast gesagt, du suchst nach einem

Investor, einem stillen Teilhaber. Warum kann ich nicht eine Teilhaberin werden, die nicht still ist?“

„Worauf willst du hinaus?“

„Ich werde das Haus hier nächstes Jahr verkaufen; mit dem Geld könnte ich mich bei Marston Staging einkaufen. Aber bis dahin“ – Ann leckte sich die Lippen und holte ein letztes Mal tief Luft – „will ich einen Anteil von 50 % am Stinson-Auftrag. Und ich will, dass Bekka bleibt.“

„Aha.“ Margaret schwieg für einige Sekunden. Ihr in dieser Weise die Pistole an die Brust zu setzen, hätte zu jeder anderen Zeit Anns fristlose Entlassung zur Folge gehabt. Aber angesichts des im Raum stehenden Auftrags von Patrick Stinson würde Margaret nicht so überstürzt handeln. „Ich sage dir, was ich dir zugestehe. *Wenn* wir den Auftrag bekommen, dann würde ich dir einen 30 %-Anteil bewilligen, da du eine gewisse Rolle dabei gespielt hast, ihn an Land zu ziehen. Und *wenn* du innerhalb der nächsten zwölf Monate das Geld auftreibst, würde ich dir zugestehen, dich in die Firma einzukaufen. Allerdings höchstens bis zu einem Anteil von 45 %. Ich behalte weiterhin die Mehrheit der Anteile und damit die letzte Kontrolle.“

Ann dachte einen Moment darüber nach. „Gut, einverstanden.“

„Und was Bekka betrifft, haben wir im Moment nicht die Mittel, sie zu behalten. Der Stinson-Auftrag würde das natürlich sofort ändern. Meinetwegen kann sie bleiben, bis wir wissen, ob wir ihn kriegen oder nicht. Wenn wir erfahren sollten, dass es nicht klappt, muss sie noch am selben Tag gehen.“

„Margaret, das ist …“

„Das ist mehr, als sie sonst gehabt hätte, und es ist alles, was ich im Moment anbieten kann.“

„Also gut, abgemacht.“

„So, und jetzt mach dich an die Arbeit und tu alles, damit wir den Auftrag auch wirklich kriegen.“

„Das habe ich auch vor.“ Ann legte auf; sie war ziemlich zufrieden mit sich. Sie hatte die ersten Schritte getan, um ihre Ziele zu erreichen. „Seht ihr, Nana und Sarah? Ich bin schon auf dem richtigen Weg. Was sagt ihr nun?"

Die einzige Antwort war das Brüllen eines Rasenmähers ein paar Häuser weiter, aber das reichte Ann durchaus. Nun, da sie ein konkretes Ziel ins Auge gefasst hatte, wollte sie alles andere endgültig aus ihren Gedanken verbannen.

Sie tappte in die Küche und füllte sich Cornflakes in eine Schale, schnitt eine Banane hinein und übergoss alles mit Milch. Sie aß ein paar Löffel, dann schüttete sie Kaffee in den Filter und stellte die Kaffeemaschine an. Heute musste sie ein paar Erledigungen machen, und sie hatte vor, diese bis zum Mittagessen erledigt zu haben. Wenn sie sich früh genug auf den Weg machte, würde sie weg sein, bevor Tammy ihren Nachbarschaftsbesuch machte.

Gerade in dem Moment klingelte es. Zu spät!

Ann trug noch ihre Schlafsachen: ein schäbiges *Boston-Celtics*-T-Shirt und eine schwarze Hose, die gut und gerne zehn Jahre alt und zwei Nummern zu groß war. Ohne in den Spiegel schauen zu müssen, wusste sie, dass ihr Haar völlig zerzaust war, so wie jeden Morgen nach dem Aufstehen. Hoffentlich sah Tammy mit einem Blick, dass sie Ann geweckt hatte, und fühlte sich so schuldig, dass sie für eine Weile verschwand. Und Kenny und damit auch sein Engelsgeschwätz mitnahm, von dem man nur schlechte Träume bekam. Ja, Anns Anblick würde sie abschrecken!

Erst als Ann schon die Tür geöffnet hatte, erkannte sie ihren Denkfehler. Tammy würde nicht klingeln, denn sie kam nie zur Haustür; sie ging immer direkt zur Küchentür. Der Besucher, dem Ann gegenüberstand, war Eric McKinney.

Er grinste ein bisschen, während er sein Kinn an der Schulter rieb und den Blick abwandte. „Oh, tut mir leid. Ich wollt Sie nicht wecken. Es gibt was, das ich gern mit Ihnen besprechen würde, aber mir ist gerade eingefallen, dass ich noch woandershin muss. Ich komm dann heut Nachmittag noch mal vorbei, wenn's recht ist."

Noch während er redete, ging er ein paar Schritte zurück, und schaute sie dabei immer noch nicht an.

„Sie haben mich gar nicht geweckt. Ich habe gerade gefrühstückt."

Eric trat von der Türschwelle auf die Veranda, sodass Ann sich vorlehnen musste, um ihn im Blick zu behalten.

„Na, umso besser. Also, wie gesagt, ich komm vielleicht später noch mal. Vielleicht ruf ich vorher an, aber jetzt mach ich erst mal 'n paar Besorgungen. Ich muss 'n paar Sachen erledigen, ich weiß gar nicht, warum mir das jetzt erst einfällt."

Zum ersten Mal seit dem Unfall spürte Ann, wie irgendwo in ihrem Inneren ein echtes Lächeln entstand. Eric konnte mit seiner wirren Redeweise wirklich unterhaltsam sein, zumindest war sie ein erfrischender Gegensatz zu der abgehackten, kurzen wie direkten Sprechweise, der sie so oft in New York begegnete. Inzwischen hatte er schon das schmiedeeiserne Gartentor erreicht. Er zog an dem Riegel, der schepperte und schepperte, aber nicht aufging. „Dieses Ding klemmt aber auch ständig. Ich weiß nicht, warum Sarah mir nie erlaubt hat, diesen verdammten Riegel auszutauschen", murmelte er mehr oder weniger zu sich selbst, während er drückte und zog und wieder drückte.

Ann begann sich zu fragen, ob sie hinausgehen und ihm helfen sollte, aber das würde die Beschämung, die er ohnehin schon empfand, wahrscheinlich nur noch steigern. Schließlich ging das Tor auf und Eric riskierte einen Blick zurück. Ann hob die Hand und winkte ihm zu. Er nickte ihr mit hochrotem Gesicht zu und stürzte zu seinem Geländewagen.

Ann kicherte, als sie die Tür hinter sich zuzog. Sie richtete ihre Aufmerksamkeit wieder auf die Cornflakes, doch als sie Eric die Einfahrt hinausfahren hörte, verspürte sie das seltsame Verlangen, die Gardinen zurückzuziehen und ihm nachzuschauen. Der Gedanke, dabei entdeckt zu werden, reichte jedoch aus, um sie davon abzuhalten.

Nachdem sie ihr Frühstück beendet hatte, duschte Ann heiß und ausgiebig. Das nahm ihr zwar wenig von der Anspannung, die auf ihr lastete, aber immerhin hatte sie es versucht.

Danach war sie bereit, das Haus zu verlassen, und sie war fest entschlossen, dabei nicht Kenny oder Tammy in die Arme zu laufen. Langsam zog sie die Gardinen zurück, nur ein paar Zentimeter, und blickte hinüber zu Tammys Haus, um herauszufinden, ob es Anzeichen für einen bevorstehenden Besuch gab. Nichts bewegte sich. Eilig lief Ann aus der Küchentür und unterdrückte dabei das Verlangen, sich zu ducken und durchs Gras zu kriechen. Sie schob sich durch eine Seitentür in die Garage und schloss hinter sich ab. So weit, so gut. Ann stieg ins Auto, schloss auch die Wagentüren ab und ließ den Motor an, ehe sie die Fernbedienung für das Garagentor betätigte. Ihre Flucht musste ausgesehen haben wie eine Szene aus einem drittklassigen Film, aber bisher hatte alles funktioniert. Während das Tor sich quietschend öffnete, hielt sie den Atem an – unsicher, ob sie es aus Furcht, Kenny plötzlich vor sich zu sehen, tat oder aus Angst vor einer Kohlenmonoxidvergiftung. Schließlich war das Tor weit genug offen, um den Blick auf die leere Einfahrt freizugeben. Wow. Sie hatte es geschafft. Diesmal.

*

Eric parkte seinen Geländewagen wieder in Annies Einfahrt. Er hatte einen festen Vorsatz gefasst: Heute, jetzt gleich, würde er etwas finden, mit dem er Annie helfen konnte, es so schnell wie möglich erledigen und dann sein normales Leben fortsetzen. Diese Träume, dieses überwältigende Gefühl, dass sie seine Hilfe brauchte, und seine völlige Unfähigkeit, in ihrer Nähe einen klaren Gedanken zu fassen, mussten aufhören. Sofort. Er stieg aus dem Auto und eilte zur Haustür.

Es war beinah zwei Uhr; Annie musste inzwischen aufgestanden und in die Gänge gekommen sein. Trotzdem brauchte er seinen ganzen Mut, um auf die Klingel zu drücken. Wie oft konnte er es sich noch leisten, wirres Zeug zu faseln und ihr auf die Nerven zu gehen? Er wartete auf das Geräusch von Schritten, die sich der Tür näherten, aber er hörte nichts. Sein Blick fiel auf die Eichenbeschichtung der Haustür. Sie war zerkratzt und abgenutzt und musste dringend nachgebessert werden. Eric klingelte erneut und versuchte es dann mit lautem Klopfen. Immer noch nichts.

Na gut, dann würde er eben später noch einmal vorbeikommen müssen. Als er sich umdrehte, sah er Annies Mietwagen auf der Straße stehen. Sie selbst kam mit einer großen Kiste die Einfahrt hinauf. Sie ging leicht nach hinten gelehnt, mit ausgestreckten Armen und vor Anstrengung gerötetem Gesicht. Er lief ihr entgegen. „Oh, da sind Sie. Oh nein, hab ich mit meinem Auto Ihre Einfahrt blockiert? Tut mir leid, ich hab gar nicht nachgedacht, ich hab einfach angenommen, Ihr Auto wär in der Garage. Bin überhaupt nicht auf den Gedanken gekommen, dass Sie nicht hier sein könnten. Und dass Sie nach Hause kommen und dann nicht in Ihre Garage können, und dass Sie was Schweres tragen würden …"

*„Das ist. Kein. Problem."* Sie betonte jedes einzelne Wort, um seinen Redefluss zu unterbrechen.

„Hier, ich nehm das", sagte Eric und griff nach der Kiste. Er hatte es schon wieder geschafft, nur verworrenes Zeug von sich zu geben.

„Das geht schon. Sie müssen mir wirklich nicht helfen."

„Natürlich mach ich das." Als das volle Gewicht der Kiste auf seinen Händen lastete, stöhnte er auf. „Mann, ist das schwer. Jetzt fühl ich mich wirklich miserabel. Wenn ich das gewusst hätte, hätt ich Ihre Einfahrt echt nicht blockiert. Ihnen zusätzliche Mühe zu machen, ist doch das Letzte, was ich will."

„Ich weiß." Sie sagte das in einem leicht seufzenden Tonfall. Was hatte das zu bedeuten? Dass sie müde war? Dass sie seiner überdrüssig war? Oder einfach nur traurig?

Sie ging vor ihm her zur Küchentür und schloss auf. „Sie können sie einfach hier auf die Anrichte stellen."

„Sicher, gern." Er folgte ihr ins Haus. Zu seinem Erstaunen war der ganze Küchentisch voller ordentlich geschichteter Papierstapel. Er stellte die Kiste ab und deutete auf die Papiere. „Das sieht nach 'nem Haufen Arbeit aus."

Annie nickte. „Ja, das wird es wahrscheinlich werden."

Eric betrachtete die Kiste, die er gerade auf die Anrichte gestellt hatte. Es war eine Art Aktenschrank. So einer, der feuerfest, wasserdicht und erdbebensicher war. Beinah musste er über diese übertriebene Vorsichtsmaßnahme lachen, aber er nahm an, dass Annie nach dem, was ihr passiert war, keinerlei Risiko mehr eingehen wollte. Irgendwie musste er ihr helfen, aber wie? „Also, das ist einer der Gründe, warum ich vorbeigekommen bin. Gibt es irgendwas, das ich für Sie tun kann? Ich würd mich freuen, wenn ich mich irgendwie nützlich machen könnte."

„Ich komme schon zurecht." Sie zuckte mit den Schultern. „Das meiste von dem Papierkram muss ich machen, weil ich die letzte Überlebende der Familie bin." Die Worte klangen so endgültig, so schwer in Erics Ohren.

So führte das nirgendwohin. „Was ist mit Ihrer Haustür?"

„Meiner Haustür?" Sie sprach ganz langsam, als wollte sie sich vergewissern, dass sie ihn richtig verstanden hatte.

„Sie … sie muss renoviert werden. Ich könnt das für Sie machen. Sie schön in Ordnung bringen."

Annie starrte ihn mit leicht geöffnetem Mund an. „Meine Haustür." Dann lächelte sie schwach und begann, das Klebeband von der Kiste zu lösen, die Eric auf die Anrichte gestellt hatte. „Man muss wohl wirklich etwas daran tun, aber das kann ich das nächste Mal machen, wenn ich in der Stadt bin."

„Die Böden müssten auch erneuert werden." Was brockte er sich da gerade ein? „Die Wände könnten auch 'nen neuen Anstrich gebrauchen."

„Ja, und ich bin absolut imstande, all dies selbst zu tun."

*Mann, diese Frau ist stur. So selbstständig, dass es schon nicht mehr vernünftig ist.* „Ja, imstande bestimmt. Aber haben Sie mit Ihrer Zeit nicht Wichtigeres anzufangen?"

Sie blickte von der Kiste auf. „Nun, wenn ich darüber nachdenke … In diesem Haus muss viel gemacht werden, bevor ich es zum Verkauf anbieten kann. Wenn Sie mir hier in der Nähe vielleicht einen tüchtigen Handwerker empfehlen könnten? Das wäre schon eine große Hilfe."

Eric legte eine Hand auf die Brust und versuchte eine gekränkte Miene aufzusetzen. „Was erlauben Sie sich eigentlich? 'nen Handwerker, den Sie bezahlen würden? Wollen Sie mich beleidigen? Ich bin zutiefst verletzt, dass Sie mir überhaupt so 'ne Frage stellen."

Annie lehnte sich zurück an die Anrichte, verschränkte die Arme und sagte mit einer Andeutung von einem Lächeln: „Was ist so schlimm an dieser Frage?"

„Ich bin ein professioneller Dienstleister. Ich würd nicht im Traum zulassen, dass jemand aus meinem Freundeskreis sich 'nen Handwerker nimmt."

„Ich weiß nicht, ob ich einen professionellen Dienstleister bezahlen kann."

Er legte eine Hand an die Stirn und warf mit theatralischer Miene den Kopf zurück. „Jetzt bin ich wirklich verletzt." Eric sprach mit künstlich hoher Stimme und übertriebenem Südstaatenakzent. „In einer solchen Situation würde ich doch kein Geld nehmen. Wenn Sie darauf bestehen, dieses Gespräch fortzusetzen, werde ich vermutlich gleich in Ohnmacht fallen."

Diese Bemerkung entlockte Annie tatsächlich ein Lächeln, aber es verschwand genauso schnell, wie es gekommen war. „Ich bin nicht auf Ihre Wohltätigkeit angewiesen."

„Das hat ihre Schwester auch immer gesagt. Darum hab ich ihr vorgeschlagen, quasi als Examensgeschenk 'n paar handwerkliche Arbeiten für sie zu erledigen. Das konnte sie mir ja schlecht abschlagen. Ich hab ihr immer wieder gesagt, und sag es jetzt auch Ihnen: 'nem Freund zu helfen, das ist, was 'nen Freund zu 'nem Freund macht. Was für Freunde wären wir denn, wenn wir uns nicht gegenseitig helfen würden? Das ist es doch, was Freunde tun – anderen Freunden helfen. Einfach deshalb, weil sie Freunde sind." Eric begann sich zu fragen, wie lange er so noch weitermachen musste, bis sie ihn unterbrach. Sie würde es tun, wie immer, aber ihm fielen allmählich keine weiteren „Freundschaftsargumente" mehr ein. Er war jedoch fest entschlossen, so lange weiterzumachen, bis sie aufgab. „Was sonst wär der Sinn der Freundschaft? Freunde sind …"

„Selbst wenn es um Freunde geht, die Sie seit zehn Jahren nicht mehr gesehen haben?"

Er versuchte, sich die Genugtuung über diesen schwer erkämpften Etappensieg nicht allzu sehr anmerken zu lassen. „Na ja, Sie sind doch Designerin, oder?"

Annie zuckte die Schultern. „Ja."

„Wie wär's mit 'nem Deal? Wenn Sie mir helfen, ein oder zwei Immobilien möglichst ansprechend zu präsentieren, dann helf ich Ihnen dafür, Ihr Haus zu renovieren. Das wär ein faires Geschäft – eine Hand wäscht die andere!"

„Das klingt ziemlich vernünftig. Sind es Ihre Immobilien oder gehören sie jemand anderen?"

„Die gehören anderen Leuten. Die meisten Häuser, an denen ich arbeite, haben einen oder zwei Vorbesitzer gehabt … in den letzten hundert Jahren oder so." Er grinste. „Ich würd gern Ihre Meinung einholen über einige der Häuser, die ich gerade renoviere, damit die Eigentümer sie verkaufen können."

„Inwiefern würde ich Ihnen denn damit helfen? Ist es nicht so, dass Sie für Ihre Arbeit bezahlt werden, ob jemand das Haus kauft oder nicht?"

„Doch, schon, aber ich möcht meinen Auftraggebern helfen, so gut ich kann." Annie begann den Kopf zu schütteln, und Eric merkte, dass er sich jetzt wieder in die Wohltätigkeitsfalle hineinmanövriert hatte. „Ich mein, es ist doch in meinem eigenen Interesse, dass sich die Häuser, die ich renoviere, gut verkaufen. So spricht es sich dann rum, dass meine Arbeit was Besonderes ist. Verstehen Sie, was ich mein?“

Bei seinen letzten Sätzen blitzten Annies Augen auf. „Das leuchtet mir ein. In meinem Beruf ist es genauso. Aber alte Häuser? Hmm …“ Sie verdrehte die Augen. „Das ist nicht wirklich mein Fachgebiet.“

„Aber Sie können es machen, stimmt’s?“

„Ich weiß auch noch nicht genau, wann ich wieder hierherkomme. Vielleicht erst in ein paar Monaten.“

*Gewonnen. Jetzt war es Zeit, den Sack zuzubinden, bevor ihr eine neue Ausrede einfiel.* „Sie machen mir ’nen ehrlichen Eindruck, und Fachgebiet hin oder her, ich würd mich gern auf den Handel mit Ihnen einlassen. Sollen wir uns die Hand drauf geben oder brauchen wir ’nen offiziellen Vertrag? Hier im Süden gilt ein Handschlag als Ehrenwort, aber wenn ich Ihnen nicht allzu vertrauenerweckend vorkomm, können wir es auch auf die New Yorker Art tun. Ich weiß, dass man in der großen Stadt vorsichtiger sein muss mit diesen …“

Annie streckte die Hand aus. „Alles klar, das klingt nicht schlecht.“

Ihre Hand fühlte sich so zerbrechlich an, als er sie in der seinen hielt. So klein und blass im Gegensatz zu seiner, die groß und gebräunt war. „Sieht aus, als hätten wir ’nen Deal.“ Er ließ ihre Hand los und deutete mit dem Kopf zur Tür. „Haben Sie Lust, die Einzelheiten beim Abendessen zu besprechen? *Magnolia’s Plantation* macht immer noch die beste Krabbensuppe in der Stadt.“ Die Einladung war heraus, bevor er darüber nachgedacht hatte.

Annie blieb für die Dauer von zwei Herzschlägen reglos stehen. Schließlich sagte sie: „Können wir das auf einen anderen Tag verschieben? Ich habe einen Haufen Papierkram zu erledigen, und außerdem ist von gestern Abend noch so viel Essen übrig.“

„Gut, dann ein andermal. Ich werd darauf zurückkommen." Diesmal machte Eric keine überflüssigen Worte. Sie sollte wissen, dass er es ernst meinte.

Annie wandte sich wieder ihrer Kiste zu und fuhr fort, sie auszupacken. Mit einem kurzen Blick über die Schulter meinte sie: „Jetzt mache ich mich besser wieder an den Papierkram."

„Gut, dann bis zum nächsten Mal." Er trat aus der Tür und hoffte, dass es bis zum nächsten Wiedersehen nicht allzu lange dauern würde.

# Kapitel 8

Ann musste unbedingt frische Luft schnappen. Nachdem sie mehrere Stunden lang Papiere durchgesehen hatte, fühlte sie sich, als würden all diese Informationen ihren Kopf bald zum Platzen bringen. Ja, eine kurze Runde um den Block würde ihr helfen, ihre Gedanken zu ordnen.

Allerdings würde ihr dies kaum gelingen, ohne von Tammy und Kenny gesehen zu werden. Aber obwohl sie ihnen gestern aus dem Weg gegangen war – heute spürte sie zu ihrem Erstaunen, dass sie hoffte, ihnen in die Arme zu laufen.

Ann zog sich eine Trainingshose und ein altes T-Shirt mit dem Logo ihrer Fachhochschule an, schnürte ihre Laufschuhe und ging absichtlich aus der Küchentür statt aus der Haustür. Tammys Haus war ein Eckhaus, daher stand seine Rückseite der seitlichen Wand von Sarahs Haus gegenüber. Ann wollte ihren Nachbarn genügend Zeit geben, sie zu sehen, falls sie herauskommen und mit ihr reden wollten. Sie wusste, dass das dumm war. Tammy würde mehr als erfreut sein, wenn Ann bei ihr klingelte, aber irgendwie konnte sie sich nicht dazu aufraffen, hinüberzugehen, und es kam niemand heraus. Sie würde also wohl allein laufen gehen müssen.

Am Ende ihrer Einfahrt wandte Ann sich nach rechts. Sie hatte vor, das gesamte Wohnviertel zu umrunden, da es nicht sehr groß war. Direkt vor sich sah sie eine schlanke Frau in leuchtend gelben Radlerhosen und einem weißen T-Shirt, die gerade ihre Waden dehnte. Ann murmelte ein „Hallo“ im Vorübergehen.

Die Frau richtete sich auf. Ihr rotes Haar glänzte im Sonnenlicht. „Oh, hallo. Tut mir leid, ich habe Sie gar nicht gesehen. Ich wollte mich gerade noch eine Runde abkühlen gehen. Kann ich Sie begleiten?“

„Klar.“ Als Ann der Frau ins Gesicht schaute, durchzuckte sie die

Erkenntnis, dass sie sich schon einmal gesehen hatten. „Sie waren bei dem ... also, Sie haben mir neulich abends das Wasser gegeben. Im Stadtzentrum. Bei dem Unfall."

Die Frau nickte. „Darum kamen Sie mir irgendwie bekannt vor. Ich freue mich, dass es Ihnen anscheinend gut geht." Aus dem Augenwinkel konnte Ann sehen, dass die Frau sie musterte. „Wie geht es Ihrer Schwester?"

„Sie ... hat es nicht geschafft."

„Das tut mir leid."

Irgendetwas an der Art, wie sie das sagte, war tröstlich. Kein verlegenes Mitleid und auch keine übermäßige Emotionalität – die Frau sprach einfach aus, was sie empfand.

„Ich bin übrigens Eleanor."

Eleanor schien Mitte vierzig zu sein, aber mit der glatten Haut und ihrer klassischen Schönheit hätte sie genauso gut erst halb so alt sein können. Und ihr Haar hatte die hübscheste Farbe, die Ann je gesehen hatte. Nicht wirklich rot, aber auch nicht braun.

„Ich bin Ann."

„Freut mich, Sie kennenzulernen."

Sie ging im gleichen Tempo neben Ann her, und beinah fünf Minuten lang sagte keine von beiden ein Wort.

Schließlich fragte Ann: „Wo wohnen Sie denn hier?"

„Ich? Ich wohne eigentlich gar nicht hier in der Nähe. Ich bin Immobilienmaklerin und habe mich auf das Viertel West Ashley spezialisiert. Darum komme ich manchmal zum Joggen her, um die Gegend im Auge zu behalten. Außerdem ist es hier angenehm eben. Die äußere Runde ist fast genau eine Meile lang. So kann ich, wenn ich die Zeit stoppe, gleich erkennen, ob ich mich verbessert habe. Ich denke, ich werde ein paar 10-Kilometer-Läufe machen, vielleicht sogar einen Halbmarathon. Wie ist es mit Ihnen, joggen Sie gern?"

„Nicht so sehr. Zu Hause gehe ich eher ins Fitnessstudio."

„Ach, Sie sind gar nicht von hier? Irgendwie dachte ich, Sie wären aus Charleston."

„Ich bin hier in der Gegend aufgewachsen, aber ich bin schon vor langer Zeit weggezogen. Meine Schwester lebt … lebte hier. Das letzte Haus vor der Ecke."

„Schräg gegenüber von Tammy?"

„Ja, genau. Kennen Sie sich?"

„Eigentlich nicht persönlich, aber ich kenne Kenny. Er ist ein ganz erstaunlicher Junge."

Ann nickte. „Ich habe ihn gerade erst kennengelernt."

„Man muss den Burschen einfach lieben, finde ich. Eine Menge Leute scheint irgendwie Anstoß an ihm zu nehmen, obwohl ich nie verstanden habe, warum. Fühlen Sie sich in seiner Gegenwart auch unwohl?" In ihrer Frage schwang keinerlei Urteil mit, nur Interesse.

Ann zuckte die Schultern. „Er spricht viel über Engel; er glaubt tatsächlich, dass er sie sieht und hört. Das gibt mir schon ein – sagen wir, seltsames Gefühl."

„Glauben Sie an Engel?"

„Nicht wirklich. Wenn es sie gäbe, und wenn sie tatsächlich mit Kenny reden würden, warum tun sie dann nichts, um ihm zu helfen?"

„Vielleicht ist Kenny genau so, wie Gott ihn gewollt hat. Ich bin sicher, wenn er wirklich Engel sieht, dann sind sie aus einem ganz bestimmten Grund zu ihm geschickt worden. Wir kennen ihn nur nicht. Und wenn jemand anderer – Sie zum Beispiel – Engel sehen oder hören würde, könnte das aus einem ganz anderen Grund geschehen."

Ann schauderte. „Lassen Sie uns über etwas anderes sprechen, ja?"

„Gute Idee." Eleanor hob ihr Gesicht für einen Moment zum Himmel und schloss die Augen. „Was für ein unglaublicher Tag."

„Ja. Noch nicht zu heiß – im Moment zumindest."

„Haben Sie Tammys Cousin Eric schon kennengelernt? Das da drüben ist sein Haus." Eleanor zeigte auf ein weißes Haus mit grünen Fensterläden und einer walförmigen Wetterfahne auf dem Schornstein. Es war genau die Art von Haus, die zu ihm passte.

„Ja, ich habe ihn kennengelernt. Ich wusste aber nicht, dass das sein Haus ist."

„Ich habe ihm geholfen, es zu finden. Es ist bei Weitem nicht das Haus, das er sich leisten *könnte,* aber es ist das perfekte Haus für ihn." Sie lächelte zufrieden.

„Was macht es so perfekt?"

„Diese Gegend hier gilt als Wiege von Charleston, wussten Sie das? Das Viertel ist erst etwa sechzig Jahre alt, aber die erste feste Niederlassung war hier in West Ashley – Charles Towne Landing, um genau zu sein. Wie bei Eric gehen die Wurzeln also weit zurück. Sein Vater baut protzige neue Wohnanlagen an der Küste Floridas, aber Eric war schon immer jemand, der das Potenzial in den Dingen sieht, die schon da sind. In dem, was die meisten Leute übersehen. Harte Arbeit, liebevolle Zuwendung – und wenn Eric fertig ist, kann jeder die Schönheit sehen, die die ganze Zeit über schon da war."

„Ich schätze, er hat ganz schön was drauf."

„Seine Arbeiten werden immer in Fachzeitschriften besprochen, und man muss beinah ein Jahr warten, wenn man ihn für ein Projekt haben will. Aber er nimmt weniger, als er verlangen könnte, und beschränkt sich auf wenige Mitarbeiter. Er sagt, er will nicht, dass Arbeit und Erfolg das Wichtigste in seinem Leben sind."

„Was ist denn dann das Wichtigste?" Inzwischen waren sie bei Sarahs Einfahrt angekommen, und Ann blieb stehen, um auf die Antwort zu warten.

Eleanor lächelte in einer Art, die ein lang gehütetes Geheimnis vermuten ließ. „Das müssen Sie ihn schon selbst fragen."

„Du bist ja da!" Kennys Ausruf hallte die Einfahrt hinunter, während er auf sie zurannte. Er kam direkt zwischen den Frauen zum Stehen und sah sie abwechselnd an, als sei er im Zweifel, welche er zuerst umarmen sollte. Schließlich schlang er die Arme um Ann, wandte sich jedoch Eleanor zu. „Ich wusste doch, dass ihr euch mögen würdet."

„Kenny! Kenny! Wo bist du?" Tammys Stimme kam aus dem Garten.

„Bin hier vorne, Mama. Bei Ann und …"

Eleanor beugte sich vor, um Kenny zu umarmen. „Ich muss jetzt los. Wir sehen uns bald wieder, ja?" Sie schaute Ann an. „Es war schön, Sie zu treffen, Ann. Darf ich Ihnen meine Karte geben?" Sie öffnete einen Reißverschluss am Hosenbein und zog ein kleines Portemonnaie hervor. Sie klappte es auf und entnahm ihm eine Karte. Neben einem Foto von ihrem lächelnden Gesicht stand:

*Eleanor Light*
*Träume können wahr werden!*
*555-5723*

„Vielen Dank. Ich melde mich."

„Ja, tun Sie das unbedingt." Eleanor joggte davon.

Kenny nahm Anns Hand und sagte: „Jetzt musst du mit zu mir kommen. Wir müssen uns ein bisschen Zeit füreinander nehmen."

„Also, ich glaube nicht, dass das jetzt geht. Ich muss wirklich …" Ann schaute in seine aufrichtigen blauen Augen und sah den ernsten Ausdruck in seinem Gesicht. So sehr sie allen aufwühlenden Gesprächen aus dem Weg gehen wollte – diesem Gesicht konnte sie nichts abschlagen. „Das klingt wirklich gut." Und seltsamerweise fühlte sie, dass das irgendwie auch stimmte.

*

*Fünf alkoholbedingte Unfälle innerhalb von zwei Tagen.* Ann sah die Überschrift in der Tageszeitung und wusste, dass sie nicht weiterlesen würde. Sie wollte keine Details von ihrem Unfall erfahren. Sie wollte nicht wissen, wie der Mann hieß, der in sie hineingerast war, ob er eine Familie gehabt oder wo er gearbeitet hatte.

Sie blätterte zur nächsten Rubrik der Zeitung, aber das Unglück war schon passiert. Ihre Gefühle überwältigten sie, und ihre Gedanken überschlugen sich. Warum hatte dieses Monster seinen Alkoholkonsum nicht unter Kontrolle gehabt? Warum hatte er nicht ein bisschen mehr Selbstdisziplin besessen? Wenn er unbedingt sein Leben aufs Spiel setzen wollte, warum musste er seine Todessehnsucht im Straßenverkehr ausleben? Sie blätterte in der Zeitung herum, ohne sich auf irgendetwas anderes konzentrieren zu können, bis ihr Blick auf eine Schlagzeile fiel, die ihre Aufmerksamkeit erregte und sie von ihrer Wut ablenkte: *Stinson junior kommt nach Charleston.*

Der Artikel stand hinten im Bereich „Leben heute", einer Rubrik, die Ann selten auch nur überflog. Sie zog die Zeitung näher heran, sodass sie den Rest von Charlene Perbertons „sozialer Kolumne" lesen konnte:

> Patrick Stinson, erfolgreicher Immobilienunternehmer aus New York City und Sohn unserer Mitbürgerin Marisol Stinson, ließ sich gestern Abend im Dock Street Theatre sehen. Er kam nicht nur, um die großartige Oper *Flora* von Neely Bruce zu sehen, sondern auch, um an dem anschließenden Abendessen teilzunehmen, das zu Ehren seiner Mutter stattfand. Marisol Stinson wurde gewürdigt für ihren unermüdlichen Einsatz für die Oper, das Spoleto Festival im Allgemeinen und die Förderung der schönen Künste in Charleston.
>
> Mr Stinsons Anwesenheit versetzte einige der begehrtesten Schönheiten unserer Stadt in Aufregung und er befand sich stets in Begleitung einer bildhübschen Gefährtin. Sein junger Neffe Cedric schien ebenfalls erfreut zu sein, dass sein Onkel gekommen war – auch wenn er, darauf angesprochen, nur erklärte: „Sein Flugzeug ist in New York kaputtgegangen, und

sie haben es nicht rechtzeitig reparieren können. Er hatte mir versprochen, mich in seinem eigenen Flugzeug mit zurückzunehmen, und jetzt geht das nicht."

Die Redaktion hofft, dass Cedric seinen Onkel an sein Versprechen erinnert und ihn so vielleicht dazu bewegt, wieder einmal in unser schönes Städtchen zu kommen. Und zwar bald! Patrick Stinson, wir warten!

*Sein Flugzeug ist in New York kaputtgegangen?* So viel zu dem Thema, die persönliche $CO_2$-Bilanz niedrig zu halten. So viel zum Thema Ehrlichkeit. Ann würde im Umgang mit dem charmanten Mr Patrick Stinson besonders vorsichtig sein müssen – sowohl in geschäftlicher als auch in privater Hinsicht.

# Kapitel 9

Ann war noch nie so froh gewesen, die New Yorker Skyline zu sehen. Hier war ihre Welt in Ordnung. Hier hatte sie ihr Leben fest im Griff. Nun musste sie nur noch sicherstellen, dass der Stinson-Auftrag Teil dieses Lebens wurde.

Sie fuhr mit dem Taxi direkt zum Büro, wo bestimmt schon ein Stapel Rechnungen und eine Menge anderer Papiere auf sie warteten. Die Fahrstuhltür öffnete sich in der vertrauten zehnten Etage. Ann ging über den langen Flur und zog ihren Koffer an Türen vorbei, hinter denen sich neben Anwaltskanzleien sogar die Firmenzentrale eines Plastikperlen-Herstellers befand. Das war es, was sie an dieser Stadt am meisten liebte: die Vielfalt.

Vor der Glastür, die zu Marston Homestaging führte, blieb sie stehen. Hier gehörte sie hin; hier würde sie hoffentlich ihr seelisches Gleichgewicht wiederfinden. Sie betrat das kleine Wartezimmer, das geschmackvoll in den Farben Beige und Taupe gehalten war. Ein bisschen zu braun für Anns Geschmack, aber Margaret war für „Wärme" gewesen. Seltsam, ihr Einrichtungsstil war das Einzige an Margaret, das man als „warm" bezeichnen konnte. Aber es würde sich lohnen, Margarets schroffes Wesen in Kauf zu nehmen, wenn alles so funktionierte, wie Ann es sich vorstellte.

Jen lächelte ihr von der Empfangstheke aus zu. „Gott sei Dank bist du wieder da. Hier ist der Bär los."

„Hier ist immer der Bär los."

„Ja, aber heute war es noch schlimmer als sonst. Für dieses Penthouse in der Fifth Avenue ist heute Morgen die Treuhandfrist abgelaufen, und Mrs Trumbull hat alle fünf Minuten angerufen, um zu fragen, warum wir den Vertrag noch nicht verlängert haben. Sylvias Auftrag in diesem Loft in Chelsea ist nicht zustande gekommen. Und Ms Simpkins hat in letzter Minute beschlossen, dass wir die Vierzimmerwohnung am Gramercy Park doch stylen sollen, aber sie hat sich geweigert, mit irgendjemandem außer dir auch nur zu reden. Sie hat gesagt, mit dir hat sie nur gute Erfahrungen gemacht und darum will sie niemand anderes."

Ann schüttelte den Kopf, teils vor Verzweiflung, teils vor Genugtuung darüber, dass sie hier gebraucht wurde. „Ich rufe sie sofort an." Sie machte ein paar Schritte in Richtung des Großraumbüros, in dem sich auch ihr Arbeitsplatz befand, blieb dann jedoch stehen und drehte sich um. „Ist Margaret da?"

„Ja, schon, aber ich würde da jetzt nicht reingehen. Sie ist in der miesesten Laune, in der ich sie je erlebt habe."

Ann warf einen Blick auf die Glastür am anderen Ende des Ganges und beschloss, den Stier bei den Hörnern zu packen. „Ich denke, ich riskier's. Wenn ich in ein paar Minuten nicht wieder draußen bin, könnt ihr das Spezialeinsatzkommando alarmieren, okay?"

„Als ob die irgendwas gegen Margaret ausrichten könnten." Sie machte eine kurze Pause. „Vielleicht, wenn ihre Pistolen mit Silberkugeln geladen wären oder wenn sie ein paar Leute hätten, die auf Exorzismus spezialisiert sind – aber selbst da hätte ich meine Zweifel."

Ann stellte ihren Koffer neben ihrem Schreibtisch ab und blätterte schnell durch den Papierstapel, der sie erwartete. Heute würde es spät werden, bis sie endlich in ihr kleines Apartment zurückkonnte. Höchste Zeit, mit der Arbeit anzufangen. Doch als Erstes musste sie Margaret gegenübertreten.

Sie klopfte an die Glastür, drückte sie ein Stück auf und streckte den Kopf ins Zimmer. Margaret saß wie immer am Schreibtisch und hatte ihr Bluetooth-Earpiece im Ohr. Sie winkte Ann mit einer Hand herein und hob die Finger der anderen, um ihr damit zu bedeuten, dass sie still sein sollte. „Der Vertrag, den Sie unterzeichnet haben, besagt ausdrücklich, dass wir nicht die Verantwortung für den Verkauf übernehmen."

Sie rollte mit den Augen und schüttelte den Kopf, während sie sich anhörte, was auch immer ihr Gesprächspartner gerade sagte. „Was ich gesagt habe, war: Einem kürzlich in der Newsweek erschienenen Artikel zufolge lässt sich eine gestylte Immobilie durchschnittlich nach etwa sieben Tagen verkaufen, eine ungestylte dagegen erst nach etwa drei Monaten. Wir haben Ihnen ganz bestimmt nicht zugesichert, dass Ihr Loft innerhalb von sieben Tagen verkauft ist."

Margaret drehte den Kopf von einer Seite zur anderen und dehnte ihren Hals. Es war ein bekannter Scherz im Büro, dass man sich von Margaret fernhalten musste, wenn sie anfing, Dehnungsübungen zu machen oder sich an den Haaren zu zupfen. Jen hatte also recht gehabt. Dies war nicht der Zeitpunkt für ein wichtiges Gespräch.

Ann zeigte auf die Tür und machte eine Handbewegung, die andeuten sollte, dass sie in ihr Büro gehen und später wiederkommen würde, wenn es besser passte. Aber Margaret sprang auf und schüttelte energisch mit dem Kopf. Sie zeigte auf den Stuhl, von dem Ann eben aufgestanden war.

Oh, oh.

„Ich bin gern bereit, unser Gespräch zu einem späteren Zeitpunkt fortzusetzen, denn jetzt habe ich eine Besprechung. Doch ich bin sicher, wenn Sie Ihren Vertrag noch einmal durchlesen, werden Sie feststellen, dass sich weitere Gespräche im Moment erübrigen. Auf Wiederhören!" Margaret drückte eine Taste an ihrem Tischtelefon, nahm das Earpiece ab und ließ sich wieder auf ihren Schreibtischstuhl fallen. „Idiot. Ich fasse es einfach nicht, wie viele *bekloppte* Menschen es auf der Welt gibt. Wie schaffen die es bloß, ihre Kindheit zu überstehen?"

„Guck mich an." Ann drehte beide Handflächen nach oben und gab ihr Bestes, um ein verständnisvolles Schulterzucken zustande zu bringen.

Margaret schüttelte noch einmal den Kopf, als wollte sie das ganze Gespräch, das sie gerade geführt hatte, von sich abschütteln.

„Willkommen zurück."

Ann nickte. „Es ist gut, wieder hier zu sein. Sieht aus, als hätte ich ein paar Dinge aufzuarbeiten."

„Ja, aber was noch wichtiger ist: Wir haben morgen um neun Uhr eine Besprechung mit Patrick Stinson. Ich hoffe, du hast dich ordentlich darauf vorbereitet."

„Ja, ich bin bereit." Das stimmte nicht wirklich. Ann hatte zwar in den letzten Tagen ein bisschen an dem Projekt gearbeitet, aber sie hatte sich auch um ziemlich viele andere Dinge kümmern müssen, die dringender waren. Daher würde sie heute Abend noch einiges an Feinarbeit leisten müssen.

Vielleicht lag es an ihrer Erschöpfung oder auch an ihrer Trauer um Sarah, dass es Ann in diesem Moment völlig egal war, ob Margaret ausflippte. „Wenn wir den Stinson-Auftrag unter Dach und Fach haben, muss ich mir in den nächsten Monaten ein paar Mal freinehmen, um das Haus meiner Schwester zu verkaufen", platzte sie heraus. „Aber ich bleibe natürlich hier auf dem Laufenden, was die Arbeit betrifft."

„Das Haus *deiner Schwester*?" Margaret hielt einen Moment inne, als versuchte sie sich daran zu erinnern, ob Ann tatsächlich eine Schwester hatte. „Deine Schwester. Ja, stimmt. Es tat mir leid, das zu hören." Das war so etwa das Höchste, was man von Margaret an Mitgefühl erwarten konnte, daher ließ Ann es gelten. „Natürlich brauche ich dich in der nächsten Zeit in der Stadt, bis die Sache mit Stinson in trockenen Tüchern ist."

„Ja, natürlich. Apropos – ich habe mich gefragt, was du den anderen erzählt hast. In Bezug auf unser Abkommen, meine ich."

„Kein Wort natürlich. Ich will nicht, dass es einen Haufen Gerede und Spekulationen gibt, das würde doch nur alle von ihrer Arbeit ablenken. Und Bekka habe ich bloß gesagt, dass wir sie hier brauchen, solange wir uns um den Stinson-Auftrag bemühen, und dass ich beschlossen habe, sie zu behalten, wenn wir ihn kriegen."

*Dass du beschlossen hast, sie zu behalten? Na schau mal an.* Ann nickte. „In Ordnung. Ich hab einiges zu tun, ich geh dann mal an die Arbeit." Sie ging aus dem Büro und stolperte über Bekka, die ihr sofort die Arme um den Hals schlang. „He, wie geht's dir? Kommst du zurecht?"

„Ich komm schon klar, danke." Ann musste das Thema wechseln, wenn sie die Fassung bewahren wollte. „Wie geht es Gracie?"

Bekkas Blick war immer noch besorgt, doch sie antwortete: „Es geht ihr von Tag zu Tag besser. Die neuen Medikamente wirken erstaunlich gut."

„Das freut mich zu hören."

Bekka lächelte und drückte Anns Arm. „Ich bin dir so dankbar, Ann, dass du den Stinson-Auftrag an Land gezogen hast."

„Wie kommst du darauf, dass ich irgendwas damit zu tun hatte?"

„Na hör mal, ich bin doch nicht blöd. Ich habe gehört, wie Jen gesagt hat, dass er angerufen und nach dir gefragt hat. Schon auf der Fachhochschule – wie viele Hundert Jahre ist das her? – warst du doch immer diejenige, die die dicken Fische an die Angel bekam und die Aufmerksamkeit von Männern wie Patrick Stinson erregt hat. Außerdem wäre Margaret nie von sich aus darauf gekommen, mir noch eine Gnadenfrist zu geben – das musste ja von dir kommen."

„Wenn ich jemals eine Privatdetektivin brauche, werde ich dich anrufen. Dir kann man ja anscheinend nichts verheimlichen."

„Ja, und wenn ich sehe, wie angespannt du die Schultern hochziehst, vermute ich mal, dass du dringend an die Arbeit gehen musst. Also häng nicht länger mit der Hilfsarbeiterin rum und sieh zu, dass du die Ärmel aufkrempelst."

„Wird gemacht, Boss." Ann salutierte.

„Übrigens, ich würde dich gern irgendwann diese Woche zum Essen einladen. Ich habe ein neues Wokrezept, das dir die Schuhe auszieht."

„Klingt gut." Ann setzte sich an ihren Schreibtisch. Sie betrachtete die Broschüre von Patrick Stinsons Firma in ihrer Hand und eine plötzliche Welle der Trauer überwältigte sie. *Nein, sie musste durchhalten, bis sie heute Abend in ihrer Wohnung war.* Arbeit, harte Arbeit war das Einzige, was ihr durch diese Sache hindurchhelfen konnte. Vielleicht war der Stinson-Auftrag ja gerade das, was sie jetzt brauchte, um nicht durchzudrehen. Denn sie musste sich wirklich sofort in die Arbeit stürzen, wenn sie irgendeine Chance haben wollte, alles bis morgen zu schaffen.

Es war beinah zwei Uhr morgens, als Ann zu ihrem Apartment im achten Stockwerk hinauffuhr. Sie zündete eine Duftkerze mit Fresh-Linen-Aroma an und ging in die Küche, in der Hoffnung, irgendetwas Essbares zu finden. Aber das Einzige, was sich abgesehen von Gewürzen und Dressing-Saucen in ihrem Kühlschrank befand, waren zwei Dosen Tomatensaft, eine Cola light und ein Sixpack Wasserflaschen.

Ann nahm eine Flasche Wasser heraus und schraubte den Deckel ab. Sie musste einkaufen gehen, aber das würde bis morgen Abend warten müssen.

Immerhin war sie endlich zu Hause. Sie blickte sich in ihrer kleinen Wohnung um und war einfach nur erleichtert. Das schwarze Bett mit der weißen Bettdecke, das weiße Sofa, die weißen Arbeitsplatten, das verchromte Kaffeetischchen. Es war so ein gutes Gefühl, wieder in dieser geordneten kleinen Welt zu sein, egal, wie chaotisch ihr Leben sonst war.

Ann öffnete die Schiebetür zu ihrem kleinen Balkon und blickte auf die Straße hinunter, in der das Leben immer noch pulsierte, obwohl es mitten in der Nacht war. Ja, das war ihre Welt. Und hier, in ihrer eigenen Wohnung, freute sie sich auf eine erholsame Nachtruhe. Ohne Albträume, ohne Erinnerungen und ohne Musik, die es nicht gab.

*

„Wie gesagt, dies ist eine sehr interessante Mappe, und Ihre Firma hat eine äußerst beeindruckende Erfolgsbilanz aufzuweisen." Patrick Stinson sah Margaret über die Fotos, die sie auf seinem Schreibtisch platziert hatte, hinweg an. „Ich sehe hier definitiv das Potenzial für eine langfristige Partnerschaft."

„Ich bin absolut Ihrer Meinung. Das bietet sich einfach an." Margarets Tonfall war so ruhig, als hätte man ihr gerade mitgeteilt, dass der Himmel blau war, doch ihr linker Zeigefinger begann auf den Schreibtisch zu klopfen.

„Und ich muss sagen, dass Ms Fletcher hinsichtlich des Ansatzes, den sie bei ihrer Arbeit verfolgt, hervorragend zu unserem Team passt. Ich möchte, dass sie persönlich an diesem Projekt beteiligt ist." Er sah Ann mit einem neutralen, freundlichen Gesichtsausdruck an, aber in seinen Augen war ein Glanz, der andere Absichten vermuten ließ. Während er sie anlächelte, bildete sich in seiner rechten Wange ein leichtes Grübchen. Für Anns Geschmack war er ein bisschen zu selbstsicher.

Sie musste an Jennys Warnung denken, machte sich aber keine Sorgen. Sie hatte im Laufe der Jahre eine Menge solcher Männer kennengelernt und sie wusste, wie sie mit ihnen umgehen musste.

Sie würde ganz unschuldig und naiv mitspielen und dafür sorgen, dass der Vertrag unter Dach und Fach kam. Wenn Patrick Stinson dann anfing, ihr zu nahezutreten, würde sie ihm erklären, dass sie sich zwar sehr geschmeichelt fühlte, dass sie jedoch Geschäft und Privatleben prinzipiell voneinander trennte.

Natürlich war Patrick Stinson charmanter als die meisten Männer, und viele Leute waren auf diesen Auftrag angewiesen. Sie musste daher besonders darauf achten, ihn nicht vor den Kopf zu stoßen – jedenfalls im Moment noch nicht.

Er nahm einen der Entwürfe in die Hand, um ihn genauer zu betrachten. „Wie wäre es, wenn wir uns ein bisschen Zeit nehmen, diese Dinge zu überdenken, und wenn ich mit meinem Team gesprochen habe, setzen wir uns wieder zusammen?"

Margaret nickte bereits. „Das wollte ich auch gerade vorschlagen."

„Darf ich die Damen zum Mittagessen einladen? Dann könnten wir noch ein wenig über das Projekt reden."

Die Einladung klang nicht sehr verlockend. Ann wollte Distanz zu Patrick Stinson halten, bis der Auftrag in trockenen Tüchern war, denn sie hatte keine Lust, sich irgendwelche Schwierigkeiten einzuhandeln. Außerdem war es nie besonders spaßig, mit Margaret zu Mittag zu essen.

Sie stand auf und nahm ihre Aktentasche. „Bestimmt möchten Sie beide sich noch über die geschäftlichen Details unterhalten, darum will ich nicht stören. Ich habe noch verschiedene Dinge im Büro zu erledigen."

Margaret packte sie am Arm und zischte: „Ich glaube kaum, dass da irgendwas dabei ist, das sich nicht aufschieben lässt." Sie lächelte Patrick an. „Ja, einen Happen zu essen wäre jetzt wirklich wunderbar."

So war Ann während der nächsten beiden Stunden gezwungen, ihre Arbeit liegen zu lassen und sich stattdessen die zunehmend flirtenden Bemerkungen Patrick Stinsons anzuhören. Er *war* charmant, und Ann stellte fest, dass sie seine Gesellschaft genoss. Das schien Margaret auf die Nerven zu gehen, was der Sache noch einen besonderen Kick gab. Irgendwo in ihrem Hinterkopf wusste sie zwar, dass sie sich in gefährliches Fahrwasser begab, aber nach einer Weile bemerkte sie, dass ihr das im Moment schlicht und einfach egal war.

# Kapitel 10

Ann hatte sich Essen vom Chinesen bestellt; sie war zu erschöpft, um zum Markt zu gehen. Während sie an ihrem Küchentresen stand und Kung Pao Chicken aus der Box aß, blätterte sie den Stapel Post durch, den sie beim Heimkommen aus dem Briefkasten geholt hatte.

Ein paar Rechnungen, die neuste Ausgabe von *Elle Decor* und viel Werbepost. Dann fiel ihr Blick auf einen hellblauen Umschlag. Die Absenderadresse fehlte, aber der Brief war in Charleston abgestempelt worden. Sie riss den Umschlag auf und sah, dass er ein einzelnes weißes, zusammengefaltetes Blatt Papier enthielt. Ann zog es heraus, faltete es auseinander und starrte auf eine Buntstiftzeichnung: ein Strichmännchen, das eine Frauengestalt mit langem dunklem Haar darstellte. Tränen tropften von ihrem Gesicht zu Boden. Auf der anderen Seite des Blattes war ein anderes Strichmännchen, kleiner, mit einer dicken Brille. Zwischen den beiden befand sich ein großer goldener Fleck, von dem tintenfischartige Arme in alle Richtungen ausgingen. Instinktiv wusste sie, was das Bild darstellen sollte: sie selbst, Kenny und einen Engel in ihrer Mitte.

Sie hatte die letzten vierundzwanzig Stunden damit verbracht, sich davon zu überzeugen, dass nichts in Charleston irgendeine Bedeutung für sie hatte. Erfolgreich hatte sie all die Menschen, die Ereignisse und die Musik fast völlig aus ihren Gedanken verdrängt, bis ein Kinderbild ihr all dies wieder in Erinnerung gerufen hatte. Auf keinen Fall durfte sie dem nachgeben; sie brauchte jetzt all ihre Kraft – koste es, was es wolle. Kurzerhand knüllte sie das Blatt zusammen und warf es in den Müll.

Ann ließ die restliche Post liegen und trat auf den Balkon hinaus. Die Geräusche, die von der Straße heraufklangen, hatten etwas

Tröstliches – ein Stimmengewirr, das von all den Menschen dort unten ausging. Manche lachten, manche schrien, manche unterhielten sich einfach nur. Gemeinsam bildeten sie eine Art Orchester, das dafür sorgte, dass keine der einzelnen Stimmen zu viel Bedeutung erhielt. So gefiel es Ann. Stimmen, die sich in sicherer Entfernung befanden. Leute, die ihr nicht zu nahekamen. Die sie nicht in die Arme nahmen und ihr sagten, wie sehr sie sie liebten. Und vor allem nicht über Lieder sprachen, die es nicht gab und die von Engeln gesungen wurden, die nicht existierten. Ja, eine gute Portion realer Geräusche war alles, was Ann gebraucht hatte, um wieder einen klaren Kopf zu bekommen.

Sie versuchte sich wieder auf ihre Arbeit zu konzentrieren. Am Nachmittag hatte sie eine Küche für Mrs Benson entworfen, doch irgendetwas daran stimmte noch nicht ganz; irgendetwas fehlte.

Als die Erschöpfung sie zu überwältigen drohte, ging Ann zurück in ihre Wohnung. Ein Blick zum Papierkorb brachte sie auf eine Idee. Was Mrs Bensons Küche brauchte, war mehr Farbe – etwas Kräftiges, das leuchtete wie Kennys Tintenfisch. Hochglänzende gelbe Oberflächen, vielleicht sogar eine gelbe Decke. Das würde wunderbar mit dem ozeanblauen Granit der Arbeitsplatten kontrastieren und die Küche in ein abstraktes Kunstwerk verwandeln.

Bevor sie recht begriff, was sie tat, ging sie zum Papierkorb und faltete Kennys Bild wieder auseinander. Ihre Hände schienen sich zu verselbstständigen, während sie die Knicke und Falten herausstrich. Dann ging sie zum Kühlschrank und befestigte das Blatt an dem Clip, den sie normalerweise für ihren Einkaufszettel oder ihre To-do-Liste benutzte.

Sie legte die Finger an die Lippen und drückte sie dann auf das Bild. „Ich halte nicht viel von deinen Engeln, Kenny, aber die Farbkombination ist super. Danke!"

*

In dieser Nacht träumte Ann von Kenny. Sie sah sein gespenstisch weißes Gesicht, seine blassen Lippen, und hörte, wie er nach Luft schnappte. Hinter ihm stand ein Engel. Zuerst war es die pummelige Kleinkindversion, die oft in Gemälden dargestellt wurde. Dann nahm der Himmel eine leuchtend goldene Farbe an, die um Kenny herumfloss und immer neue Formen bildete, bis eine von Kennys tintenfischartigen Gestalten entstand, atemberaubend und gleichzeitig beängstigend. Musik strömte wie Wasser von allen Seiten auf ihn ein und erfüllte den Raum, das Haus und sogar die Luft, die er atmete. Kenny lächelte schwach in den Glanz hinein, der sich über ihm lagerte. „Ich wusste, dass du kommen würdest", krächzte er. „Ich wusste es."

Als Ann aus dem Schlaf hochfuhr, konnte sie die Musik immer noch hören. Kam sie etwa hier aus ihrer Wohnung?

In diesem Moment wusste sie, dass eingetreten war, wovor sie sich gefürchtet hatte: Das Lied, diese ganze verrückte Geschichte, *war* ihr nach New York gefolgt. Und Ann würde die Gedanken an Charleston – und die akustischen Halluzinationen – erst los sein, wenn sie alle Fesseln, die sie an diesen Ort banden, abgeworfen hatte.

So schnell sie konnte, zog sie sich an und nahm Stift und Papier mit zum Café an der Ecke. Dort trank sie einen *Chai Latte* und stellte eine Liste der Dinge zusammen, die sie erledigen musste, bevor sie Sarahs Haus zum Verkauf anbieten konnte; dann nummerierte sie die einzelnen Punkte ihrer Priorität entsprechend. Sie würde Eric einstellen, um das Haus zu renovieren. Wenn sie ihn bezahlte, wäre ihr Tauschgeschäft hinfällig, und sie bräuchte kein schlechtes Gewissen zu haben, wenn sie nicht nach Charleston zurückkehrte, um ihm zu helfen.

Erleichtert, dass sich alles so einfach lösen ließ – zumindest auf dem Papier –, verließ sie das Café mit neuem Schwung. Sie würde finanziell an ihre Grenzen stoßen, aber die Ergebnisse – das Stinson-Projekt, ihre neue Partnerschaft mit Margaret und ihre geistige Gesundheit – waren es wert.

Es war erst kurz nach sieben, als Ann im Büro eintraf. Während der nächsten Stunde würde sie die Einzige hier sein und die Möglichkeit haben, eine ordentliche Menge Arbeit zu erledigen. Allerdings war das Licht schon an, und die Tür zu Margarets Büro stand offen. Das war kein gutes Zeichen. Und ein noch schlechteres Zeichen war die handgeschriebene Notiz, die auf Anns Schreibtisch lag. *Komm in mein Büro, sobald du da bist.*

Sie fragte sich, was wohl schiefgegangen war, seit sie Margaret gestern in so übersprudelnder Laune gesehen hatte. Ann hatte sich doch schon durch einen gehörigen Berg Papierkram auf ihrem Schreibtisch hindurchgearbeitet, und die Präsentation für Stinson war gut angekommen. Im Laufe des gestrigen Nachmittages war es ihr sogar gelungen, die mega-überspannte Stephanie Simpkins zu beruhigen, und sie hatte ihr versprochen, noch heute Vormittag vorbeizuschauen, um mit ihr über das Projekt am Gramercy Park zu sprechen. Was auch immer Margarets Problem war, am besten ging sie es gleich an. Sie hatte heute viel zu tun und wollte so bald wie möglich damit anfangen.

„Guten Morgen, Margaret", sagte Ann, während sie in das Büro ihrer Chefin trat.

Margaret legte die Hand aufs Herz. „Gott sei Dank, dass du da bist. Gestern Abend hat Patrick Stinson angerufen. Er will definitiv mit uns zusammenarbeiten."

„Das ist doch toll." Ann freute sich, aber irgendetwas an Margarets Tonfall ließ sie befürchten, dass es einen Haken an der ganzen Sache gab.

„Ja. Ja, natürlich. Er hat seinen Anwälten die Verträge gegeben, aber anscheinend sind die im Moment noch mit einer anderen Sache beschäftigt. Er hat uns gebeten, in der Zwischenzeit schon mal mit seinem Projekt anzufangen."

„So was machen wir nicht." Die Worte waren heraus, bevor Ann nachdenken und sie herunterschlucken konnte.

Margaret starrte sie an, die nachgezeichnete linke Augenbraue beinah bis zum Haaransatz hochgezogen. „Ach nein?“ Ihre Worte waren kalt und hart.

„Das ist doch deine Regel; du weißt, dass wir das nicht machen. Wir haben noch nie mit einem Projekt angefangen, bevor die Verträge nicht in trockenen Tüchern waren.“

Margaret dehnte ihren Nacken und drehte den Kopf nach rechts und links. „Stimmt. Aber wir hatten auch noch nie einen Kunden von Stinsons Kaliber. Wenn wir ihn bei Laune halten und dafür sorgen, dass seine Geschäfte laufen, steht uns der Himmel offen!“

Ann wusste, dass Margaret recht hatte. Sie wusste auch, dass Patrick Stinson am längeren Hebel saß; er war nicht darauf angewiesen, Marston Homestaging zufriedenzustellen. Margaret war der Boss. Wenn sie bereit war, ihre Firma aufs Spiel zu setzen, war das ihre Entscheidung – zumindest so lange, bis Ann ihre Partnerin war. Im Moment kam das Ganze schließlich auch ihr entgegen. „Okay, dann fange ich mal an, die Sachen zusammenzustellen.“

„Gut. Und übrigens, nächsten Donnerstagabend stellt die Stinson Company der Öffentlichkeit die neue Wohnanlage in der Sechsundachtzigsten Straße vor, und Patrick Stinson will, dass wir kommen.“

„Warum?“ Sie hatten das Projekt nicht betreut, und sie hatten schon Fotos davon gesehen. Es machte keinen Sinn.

„Das ist doch egal. Er ist unser Kunde, der größte Kunde, den wir je hatten. Wenn er will, dass wir an einem Event teilnehmen, ist es mir egal, ob das die Bar-Mizwa-Feier seines Sohnes oder die Beerdigung seiner Großmutter ist – wir gehen hin!“

Dass die Sache am Abend stattfand, schuf perfekte Voraussetzungen dafür, sich näherzukommen, als Geschäftsbeziehungen erforderten – und das wollte Ann im Moment unbedingt vermeiden. „Müssen wir beide hingehen?“

„Als Firmeninhaberin bin ich natürlich unentbehrlich, und als Designerin, die Patrick Stinson ausdrücklich für dieses Projekt haben will, musst auch du unbedingt da sein.“

„Nun ja, ich würde wirklich gern hingehen. Es ist nur so, dass ich Donnerstagabend nach Charleston fliegen wollte – ich hatte vor, mir ein verlängertes Wochenende zu nehmen.“ Sie hatte es gesagt, ehe sie darüber nachgedacht hatte. Doch in diesem Fall würde sie den Abend lieber mit einem von Engeln schwätzenden Zwölfjährigen verbringen, als mit dem charmanten, aber gefährlichen Patrick Stinson.

„Nächstes Wochenende? Du willst nächstes Wochenende weg?“ Margarets Stimme überschlug sich beinah – solch ein Kontrollverlust war bei ihr selten. „Das kommt überhaupt nicht infrage. Du musst deine Pläne ändern, wir brauchen dich bei diesem Empfang. Das ist nicht der richtige Zeitpunkt, um Patrick Stinson vor den Kopf zu stoßen.“

Margaret hatte keine Ahnung, dass Ann genau das versuchte – sicheren Abstand zu wahren, um jeder Gefahr, ihn zu kränken, aus dem Weg zu gehen. „Ich denke, ich könnte meinen Flug auf Freitagmorgen umbuchen. Dann könnte ich Dienstagmorgen zurückkommen.“ Wenn Margaret wüsste, dass sie die Tickets noch gar nicht gekauft hatte – und der Flug gar nicht geplant gewesen war –, würde sie der Sache sofort einen Riegel vorschieben, und das durfte Ann nicht zulassen. Zumindest war ein Flug am nächsten Morgen eine gute Entschuldigung dafür, frühzeitig nach Hause zu gehen.

Margaret rieb sich die Schläfen. „Kann ich davon ausgehen, dass das dann in absehbarer Zeit der letzte von diesen Ausflügen ist?“

„Es könnte noch das eine oder andere Mal vorkommen, dass ich nach Charleston muss, aber ich bemühe mich darum, dass es so selten wie möglich ist, und fliege immer am Wochenende.“ Sie schwieg kurz und setzte dann hinzu: „Ich bleibe natürlich auf dem Laufenden mit meinen Projekten hier. Ich sorge dafür, dass die Arbeit nicht darunter leidet.“

„Das ist wirklich die absolut unpassendste Zeit für solche Eskapaden. Kannst du diese Geschichte mit dem Haus nicht einen oder zwei Monate aufschieben? Was sollte das schon schaden?“

Mehr, als Margaret ahnte, aber es war besser, ihr nüchterne Fakten zu präsentieren, die sie verstehen konnte. „Margaret, soweit ich mich erinnere, haben wir eine Abmachung, dass ich mich als Partnerin bei dir einkaufen kann. Mir liegt sehr viel daran, die Sache mit Stinson unter Dach und Fach zu bekommen. Außerdem habe ich mich, wie du bestimmt noch weißt, vor ein paar Monaten dazu bereit erklärt, eine beträchtliche Gehaltskürzung in Kauf zu nehmen, damit die Firma keine Leute entlassen muss – und dann ist das doch passiert. Ich schaffe es im Moment kaum, meine Miete und meine Unkosten zu bestreiten; ich kann mir die Belastung, einen zweiten Wohnsitz zu haben, wirklich nicht leisten." Ann erwähnte absichtlich nicht, dass das Haus abbezahlt war und die finanzielle Belastung sich auf Internet und Kabelfernsehen, Strom und Wasser beschränkte. „Ich sorge dafür, dass du mich vom Büro aus jederzeit erreichen kannst."

„Das will ich dir auch geraten haben. Sonst kannst du dich nämlich auf was gefasst machen." Ihre Stimme hatte nicht den leisesten Hauch eines scherzhaften Untertons.

# *Kapitel 11*

Als Eric in Tammys Einfahrt einbog, warf er einen Blick auf das leer stehende Haus nebenan. Nur um sicherzugehen, dass alles in Ordnung war. Einfach, um es im Auge zu behalten. Es hatte absolut nichts mit Annie zu tun oder mit dem immer noch drängenden Gefühl, dass er ihr irgendwie helfen musste, auch wenn sie wieder in New York war. Obwohl – oder vielleicht gerade weil – sie störrisch auf ihre Unabhängigkeit beharrte und jede Hilfe ablehnte.

Wie kam es nur, dass all ihre Beteuerungen, keine Hilfe zu benötigen, sein Verlangen und seine Entschlossenheit, ihr zu helfen, nur noch steigerten? Sarahs Selbstständigkeit hatte bei ihm nie solche Gefühle ausgelöst, aber in Bezug auf Annie empfand er beinah eine Art Besessenheit. Und dann hatte sie da natürlich diese *eine* Sommersprosse auf dem rechten Wangenknochen, die er so wahnsinnig gern einmal berühren würde.

Nein, das bedeutete alles nichts. Er hatte wahrscheinlich nur aus Gewohnheit zu dem Haus hinübergeschaut, weil er so viele schöne Erinnerungen an die Zeit hatte, als Sarah noch lebte und er oft mit ihr, Tammy, Kenny und Danielle auf der Veranda zu Mittag gegessen hatte. Während er sein Auto abstellte, ermahnte er sich selbst: *Was auch immer du tust, frag Tammy nicht, ob sie was von ihr gehört hat. Wenn du dir in dieser Hinsicht eine Schwäche leistest, werden bald noch weitere folgen.*

„Hallo, Eric." Kenny kam schon winkend die Treppe herunter, bevor Eric überhaupt ausgestiegen war. „Lust zu spielen?" Er hatte einen kleinen Football in der Hand.

Eric kletterte aus dem Geländewagen und hielt beide Hände hoch. „Na klar! Wirf mich ab, ich bin bereit!"

Kenny warf den Ball und fiel dabei beinah um. Der Ball schlug ein paar Schritte vor Eric auf den Boden. „Ach Mann, ich krieg das nie richtig hin. Tschuldigung, Eric."

„Wie ich dir schon mal gesagt hab, Kumpel, auch Profisportler müssen sich vor ihren großen Spielen aufwärmen. Ich hätte 'n bisschen näher bei dir stehen müssen für deine Aufwärmwürfe."

„Kenny, hab ich dir nicht gesagt, dass du dich nicht immer sofort auf Eric stürzen sollst, wenn er hier auftaucht?"

Eric hob die Hände. „Meine Schuld. Ich hab ihm gesagt, ich bin bereit."

Tammy rollte die Augen und lächelte. „Du könntest zumindest erst mal das Dessert reinbringen. Vor allem, wenn du mal wieder schnell noch beim Supermarkt gehalten und eine Fünfliterpackung Eiscreme geholt hast. Die fängt nämlich an zu schmelzen, wenn du sie noch lange in deinem Auto liegen lässt."

„Eiscreme?" Eric versuchte den Gekränkten zu spielen, aber er hatte den Verdacht, dass ihm das nicht besonders gut gelang. „Wie kommst du denn auf die Idee? Ich hab selbst gebackene Brownies mitgebracht, schönen Dank auch."

„Du? Hast Brownies gebacken?"

„Das hab ich nicht gesagt. Ich sagte, ich hab selbst gebackene Brownies *mitgebracht.*"

„Und wer hat sie gebacken?"

„Du kennst doch diese Leute mit dem Haus aus der Kolonialzeit, das ich renoviert hab, oder? Ihre jüngste Tochter hat gerade ihren Highschool-Abschluss gemacht, und sie hatten gestern Abend eine Riesenfamilienfete. Heute Nachmittag haben sie mir ein paar Kartons mit Resten mitgegeben."

„Du meinst, du bringst uns recyceltes Essen?"

„So würd ich das nicht gerade nennen. Das klingt so … *eklig.*"

Tammy lachte. „Okay, bring die Brownies rein, bevor sie schlecht werden."

Eric öffnete die Beifahrertür und nahm ein Tablett mit Brownies vom Sitz, das mit Plastikfolie abgedeckt war. Mit einem Kopfnicken deutete er auf Sarahs Haus. „Hier wird's nie mehr so sein, wie es mal war, stimmt's?"

„Nein." Tammy schüttelte den Kopf. „Ich vermisse sie so sehr." Sie fuhr sich über die Augen.

„Soll ich dir mal was Seltsames sagen? Kenny spricht die ganze Zeit von Annie und von Engeln, die auf sie aufpassen, und ich habe gemerkt, dass auch ich Annie vermisse. Beinah so sehr wie Sarah, auch wenn das sicher komisch klingt. Vielleicht liegt es einfach daran, dass Kenny ihr jeden Tag ein neues Engelsbild schickt und ich diejenige bin, die es dann zur Post bringen muss – ich meine, dass ich vielleicht deshalb so oft an sie denke. Ich habe sie gerade erst kennengelernt, aber irgendwie habe ich einfach das Gefühl, dass sie hierhergehört. Das klingt doch verrückt, oder?"

Eric verstand das besser, als Tammy ahnte. „Wirklich? Sie scheint doch durch und durch eine New Yorkerin zu sein. Glaubst du wirklich, sie könnte hier leben?"

„Du nicht?" Die Frage war absolut eindeutig. Man konnte sie nicht missverstehen.

„Na ja, ich ..." *Keine Schwäche zulassen. Bloß keinen Millimeter nachgeben ...*

„He, Eric, bist du bereit?"

Eins musste man Kenny lassen – sein Timing war perfekt. „Ja, klar, Kumpel."

*

Anns Monitor hüllte ihren Schreibtisch in diffuses grünliches Licht. Sie brauchte an ihrem Arbeitsplatz definitiv bessere Beleuchtung – woher sollte sie in diesem schummrigen Ambiente ihre Inspirationen bekommen?

„Habe ich in letzter Zeit mal erwähnt, wie dankbar ich dir bin, dass du den Stinson-Auftrag an Land gezogen hast?" Bekka lehnte sich über die niedrige Wand, die ihre Arbeitsplätze voneinander trennte. „Ich weiß, dass ich es dir gestern gesagt habe, aber heute doch noch nicht, oder?"

Ann blickte in die müden Augen ihrer Freundin, und sie wusste in diesem Moment: Was immer es kosten würde, dieses Projekt durchzuziehen, es war die Sache wert. „Du kannst mir danken, wenn ich noch am Leben bin, nachdem wir die Sache hinter uns haben."

Bekka lachte; sie ahnte nicht, wie viel Wahrheit in Anns Worten steckte. „Ja, klar, Miss *Cooler-als-die-Räume-die-sie-stylt.* Ich wette, du wirst keinen einzigen Schweißtropfen vergießen. Sicherlich weißt du schon genau, was du mit all den zwanzig Geschäftsräumlichkeiten im Erdgeschoss machst. Hab ich recht?"

Erst in diesem Moment wurde Ann klar, welch eine Selbstsicherheit sie ausstrahlen musste. Es beruhigte sie, dass noch nicht einmal Bekka wusste, wie viel Angst sie in Wirklichkeit hatte. „So ziemlich." Es hatte keinen Sinn, jetzt ihren Schutzpanzer fallen zu lassen. Bekka brauchte ihre Stärke, und Ann würde sich durchmogeln, solange sie konnte.

„He, ich muss ein paar Sachen in das Penthouse am Central Park bringen – du weißt schon, das in der Museumsmeile. Hättest du ein bisschen Zeit, um mich zu begleiten? Ich weiß immer noch nicht, was ich mit den Terrassen machen soll, und würde gern deine Meinung dazu hören."

„Als ob dir die Gartenmöbel, die ich für irgendwas ausgesucht habe, jemals gefallen hätten." Ann grinste – sie wusste doch, dass Bekkas konservativer Geschmack nicht zu Anns trendigen Designs passte.

„Ich dachte eigentlich mehr an die Bepflanzung. Du hast schon immer einen guten Blick für Proportionen gehabt." Bekka sah sie an. „Bitte. Wir können uns während der Mittagspause ein bisschen im Metropolitan Museum of Art umschauen. Da ist gerade eine Ausstellung von einem meiner Lieblingsmaler, und es sind ein paar Bilder dabei, von denen ich einfach nicht genug kriegen kann. Wenn ich die ansehe, kann ich immer richtig auftanken."

Ann hatte noch einen Riesenberg Arbeit vor sich, aber sie wusste, wenn sie nicht mitging, würde Bekka auch nicht zu dieser Ausstellung gehen. Und wenn irgendjemand sich ein bisschen Zeit nehmen musste, um aufzutanken, dann sie. „Okay, hört sich gut an."

„Danke, Ann. Du bist ein Schatz."

„Ach komm, das sagst du immer, wenn du mich zu irgendwas überredet hast."

„Stimmt." Bekka warf ihr ein Lächeln zu.

„Aber lass mich eben noch die Sache, an der ich gerade bin, fertigmachen. Es dauert nur ein paar Minuten."

„Natürlich, nimm dir ruhig Zeit. Du weißt doch, was Mrs Crawford im Designkurs immer gesagt hat: ‚Gute Arbeit macht man nicht im Handumdrehen.' Außerdem verlasse ich mich darauf, dass deine genialen Ideen uns alle eines Tages reich und berühmt machen."

Ann wusste, dass Bekka sich wirklich auf sie verließ. Nicht, um reich zu werden, sondern um zu überleben. Hoffentlich führten Anns Bemühungen, sich für Bekka einzusetzen, auch zum gewünschten Erfolg.

*

„Komm mal hier rüber und guck dir das an. Ist das nicht unglaublich?"

Ann starrte das Gemälde an und versuchte verzweifelt herauszufinden, was in aller Welt Bekka darin sah. „Na ja, ähm … sieht schön aus."

„Schön? *Schön?* Sieh es dir doch an, Ann. Spürst du das Gefühl nicht, das aus der Leinwand herauspulsiert?"

„Nicht wirklich. Außerdem ist es nicht Leinwand, sondern Holz. Guck, da steht es: ‚Öl auf Holz.'"

„Jetzt sei doch nicht so pingelig. Schau dir lieber mal das Bild richtig an und sag mir, was du siehst."

„Na ja, ich sehe eine sehr blasse, deprimiert wirkende Frau, die ein Blatt Papier in der Hand hält."

„Gebrauch mal deine Fantasie. Es ist ein Brief. Von wem? Ist er von ihrem Geliebten, der ihr schreibt, dass er am morgigen Tag zurückkehren wird? Ihr Gesicht drückt nicht Depression aus, sondern Sehnsucht. Sie hat im Moment nicht das, was sie will, aber sie wird es so bald bekommen, dass sie es jetzt schon spürt. Die Erfüllung ihrer Träume ist zum Greifen nahe."

„Am morgigen Tag? Seit wann drückst du dich so geschwollen aus?"

„Ich doch nicht – sie! Das ist es, was sie denkt – darum habe ich das so gesagt. Jetzt entspann dich doch mal."

„In Ordnung, mache ich. Gleich beim nächsten Bild. Das ist ein bisschen mehr mein Stil. Eine Stadt in Flammen. Na, das war ja bestimmt eine Riesenfete!"

„Ach, hör doch auf."

„Guck, es ist sogar dieselbe Malerin, Camille Corot. Die ist anscheinend im Alter ein bisschen lockerer geworden. Statt zu warten, bis ihr Geliebter *am morgigen Tag* zurückkehrt, hat sie beschlossen, eine Fete zu feiern, als gäbe es kein Morgen." Ann hatte Bekka schon immer gern gefoppt, doch in der letzten Zeit waren das die einzigen Gelegenheiten, bei denen sie ihre Freundin lächeln sah. Ann hielt inne, als sie am oberen Rand des Gemäldes eine Figur entdeckte. „Wow, oben steht ein Engel, der das ganze Feuer da runterschleudert, stimmt's? Ja, genau."

„Ja, das sind Sodom und Gomorrha, du Niete. Komm, gehen wir weiter. Guck, hier ist noch eins von *seinen* Bildern. Er ist einer meiner Lieblingsmaler."

„Camille Corot ist ein Kerl?"

„Sein vollständiger Name ist Jean-Baptiste Camille Corot, falls dir das was sagt."

„Mehr, als ich wissen wollte, danke! Komm, lass uns ein paar moderne Kunstwerke angucken, ich muss auch ein bisschen auftanken."

„Warte mal, das nächste ist mein anderes Lieblingsbild – *Hagar in der Wüste.*“

Ann betrachtete das Bild einer Frau – wahrscheinlich einer Mutter –, die neben einem Kind auf dem Boden kniete. Es sah aus, als sei es tot. Die Mutter hielt eine Hand in die Höhe und mit der anderen fasste sie sich an die Stirn. Sie weinte verzweifelt. „Was in aller Welt siehst du in diesem Bild? Das ist nicht bloß deprimierend, das ist schlicht und einfach grauenhaft.“

„Nein, du musst es dir richtig angucken, damit du das ganze Bild siehst.“

„Lass mich raten. Du hast dir für das hier auch eine Geschichte ausgedacht.“

„Das brauche ich nicht, die steht in der Bibel.“

„Was?“

„Du weißt doch, wer Abraham ist, oder?“

„So ungefähr.“

„Nun, Hagar war Abrahams Dienerin – na ja, die Dienerin seiner Frau Sarah. Und als Sarah keine Kinder bekam, hat sie Hagar mit Abraham schlafen lassen, damit die von ihm schwanger wurde. Der Junge, der da am Boden liegt, ist ihr Sohn. Er hieß Ismael.“

„Ach du meine Güte, welche Frau würde denn so was vorschlagen? Und welche Dienerin würde da mitmachen?“

„Das waren eben andere Zeiten.“

„Wahrscheinlich. Ja, und dann wollten sie das Kind nicht mehr, als es größer war, oder was?“

„Sarah bekam später noch einen eigenen Sohn, Isaak. Ismael war nicht besonders nett zu ihm.“

„Kann ich gut nachvollziehen.“

Bekka lachte. „Ich auch. Na ja, Sarah wurde schließlich so wütend, dass sie darauf bestand, dass Abraham Hagar und Ismael wegschickte. Er trieb die beiden in die Wüste.“

„So, und jetzt erklär mir bitte, was es dir bringt, so ein Bild anzugucken.“

„Schau mal auf den Himmel. Siehst du den Engel?"

Ann sah ihn. Er schwebte über den Bäumen im Hintergrund. „Ja, was ist damit?"

„Ich weiß, dass in den schwärzesten Zeiten meines Lebens Engel über mich gewacht haben."

Ann wusste, dass Bekka tiefgläubig war, auch wenn sie selten darüber redete. „Scheint der Frau aber nicht viel zu helfen." *Oder dir und Gracie.*

„Doch. Gleich wird sie seine Stimme hören, die zu ihr sagt, dass ihr Sohn der Stammvater eines großen Volkes werden wird. Und sie wird eine Wasserquelle finden, aus der sie und ihr Kind trinken können. Der Engel ist bei ihnen, auch wenn sie es noch nicht wissen."

Ann musste an die Handvoll Engelsbilder denken, die in ihrer oberen Kommodenschublade lagen. Sie brachte es nicht übers Herz, sie wegzuwerfen, auch wenn sie daran dachte. Eins der Bilder zeigte Ann, die in den Himmel schaute, ganz ähnlich wie Hagar hier, und einen Engel im Hintergrund. „Ich … ich muss jetzt zurück ins Büro."

Bekka schlang einen Arm um sie. „Weißt du eigentlich, was für ein Schätzchen du bist?"

„Schätzchen? Willst du mich beleidigen?"

Ann sah das rote Haar einen Augenblick, bevor sie das Gesicht sah, aber sie erkannte die Frau sofort.

Das konnte doch nicht sein.

„Oh, hallo Ann! Was für eine nette Überraschung, Sie hier zu treffen!" Eleanor Light trat von links auf sie zu. Sie hatte einen beigen Hosenanzug an und ein Lächeln auf dem Gesicht. „Schauen Sie sich ein paar Corot-Bilder an? Er gehört zu meinen Lieblingsmalern."

„Zu meinen auch." Bekka lächelte. „Ich bin übrigens Bekka."

Eleanor gab ihr die Hand. „Eleanor." Sie sah Ann an. „Irgendwie kann ich nicht ganz glauben, dass er auch einer von Anns Lieblingsmalern ist."

„Ich mag das Bild mit dem Brief." Ein bisschen Höflichkeit kostete ja nichts.

Bekka stupste sie am Arm. „Stimmt ja gar nicht. Du hast mir gerade gesagt, dass du es grauenhaft findest."

„Ach", sagte Eleanor, „das war vielleicht, bevor sie die nächsten gesehen hat – die sind noch ein bisschen schlimmer als das erste." Sie beugte sich vor, als wolle sie das Bild von Hagar genauer studieren. „Komisch, ich habe immer festgestellt, wenn ein Kunstwerk mich irgendwie nervt, dann enthält es etwas, das mich selbst betrifft. Etwas, das ich daraus lernen kann. Ich frage mich, was dieses Bild uns wohl sagen will!"

„Dass wir bei moderner Kunst bleiben sollten." Ann versuchte zu lachen, aber es gelang ihr nicht recht. Zeit, das Thema zu wechseln. „Was führt Sie nach New York?"

„Ich habe hier ein paar Tage geschäftlich zu tun. Und da dachte ich, es wäre nett, ins Museum zu gehen, solange ich hier bin." Eleanor trat näher an das Gemälde von Sodom und Gomorrha heran. „Interessant, nicht, was für unterschiedliche Aufgaben die Engel haben. Dieser hier zerstört eine Stadt; der andere hilft einer Ausgestoßenen in der Wüste. Zwei ziemlich unterschiedliche Stellenbeschreibungen." Sie sah auf die Uhr. „Oh je. Ich will wirklich nicht unhöflich sein, aber ich muss los. Hat mich sehr gefreut, Sie kennenzulernen, Bekka." Sie drückte Anns Unterarm. „Bis bald, hoffentlich." Eleanor wandte sich ab und eilte aus dem Saal.

Bekka seufzte. „Wow, die hat ja tolle Haare. Es ist genau derselbe Farbton wie diese marokkanische Schale aus brüniertem Kupfer, die ich gerade für das Loft von Ms Brown gekauft habe. Ich hab sie dir gezeigt, nicht wahr?"

„Komm, lass uns rausgehen."

„Eleanor hat recht. Du bist genervt."

„Zurück ins Büro. *Sofort.*"

# Kapitel 12

Durch die blitzblanken deckenhohen Fenster sah Ann, wie Dutzende elegant gekleideter Gäste durch das neue Foyer flanierten. Während sie aus dem Taxi stieg, fragte sie sich, ob es eine gute Idee gewesen war, allein zu kommen. Sie war sicher, dass sie hier niemanden kennen würde, und sie war nicht in der Stimmung, Small Talk zu machen. Eigentlich war sie nicht in der Stimmung, überhaupt mit irgendjemandem zu reden.

Hätte sie nur Richard mitgenommen. Er war immer gut für eine abendliche Veranstaltung. Irgendwie schaffte er es, sich bei einer Party mit einer Unmenge von Leuten zu unterhalten, ohne dabei jemals lästig zu wirken. Sie empfand seine Anwesenheit immer als sehr entlastend, und er war der ideale Begleiter für gesellschaftliche Ereignisse wie dieses. Meist ließ er sich auch ganz kurzfristig einladen. Aber sie wollte heute Abend so schnell wie möglich wieder nach Hause, und die Dinge waren immer etwas komplizierter, wenn man noch auf eine weitere Person Rücksicht nehmen musste.

„Herzlich willkommen. Würden Sie mir bitte Ihren Namen nennen?“, fragte eine Frau im schwarzen Hosenanzug, die an einem Tisch neben der Tür stand.

„Ann Fletcher.“

Die Frau lächelte wissend. „Ms Fletcher, richtig.“ Sie ging die Namensliste durch und machte ein Häkchen. Dann deutete sie in den Raum und sagte: „Zu beiden Seiten des Foyers sind Bars aufgebaut. Und sehen Sie sich ruhig ein bisschen um.“ Sie lächelte. „Ich wünsche Ihnen einen schönen Abend.“

„Vielen Dank.“ Ann ging zur Bar und versuchte sich zu entscheiden, ob ein paar Drinks zur Beruhigung ihrer Nerven das benommene Gefühl am nächsten Morgen wert sein würden. Ja, absolut.

Der Barkeeper trug eine schwarze Weste und ein weißes Oberhemd. „Womit darf ich Sie verführen?"

„Chardonnay, bitte."

Er drehte sich um und nahm eine grüne Flasche aus einem Eiskübel. Der Korken war schon herausgedreht und lag locker auf dem Flaschenhals. Bevor er ihr einschenken konnte, sagte eine Stimme hinter ihr: „Geben Sie ihr nicht diesen. Ann ist ein Ehrengast; sie kriegt den guten."

Der Mann nickte, ohne ein Wort zu sagen, und griff unter die Theke. Ann drehte sich zu Patrick Stinson um. „Das ist wirklich nicht nötig."

„Doch, das ist es. Sehr wahrscheinlich werden wir ja bald für längere Zeit zusammenarbeiten, und darum möchte ich, dass Sie gut behandelt werden, wenn Sie in meinem Territorium sind – so wie Sie sich in Ihrem gut um mich kümmern." Seine dunkelbraunen Augen waren von dichten dunklen Wimpern umrahmt. Alles an ihm war … *perfekt.*

Ja, sie hätte definitiv jemanden mitbringen sollen. „Danke. Ich freue mich auf unsere gemeinsamen Projekte."

„Ich auch." Er hob sein Glas und Ann stieß mit ihm an. „Ich denke, wir könnten vielleicht nachher …"

„Du hast dich selbst übertroffen, Patrick. Das hier ist das Beste, was ich je von dir gesehen habe." Der Mann im Armani-Anzug sorgte gerade für genug Ablenkung, um Patrick Stinsons magnetische Anziehungskraft zu brechen.

*Zeit, woanders hinzugehen.* Sie murmelte etwas darüber, auf der anderen Seite des Foyers noch mit jemandem reden zu wollen, und nutzte die Gelegenheit, um die Flucht zu ergreifen.

„Hallo, ich bin Meredith Radke. Sie sind sicher die neue Homestagerin."

Ann sah die atemberaubend schöne Blondine an, die gerade auf sie zugekommen war, und fragte sich, wo sie sie einordnen sollte. „Ja, ich bin Ann Fletcher. Ich arbeite an dem Stinson-Towers-Projekt."

Meredith warf ihre goldenen Locken über die nackten Schultern. „Wie gefällt Ihnen die Inszenierung der Eigentumswohnungen in diesem Gebäude?“

„Ich bin noch nicht durchgelaufen, aber ich habe Fotos gesehen. Um die Wahrheit zu sagen: Ich habe noch nie etwas so Erstaunliches gesehen.“ Ann hätte hinzusetzen können: „Ich bin absolut unwürdig, in diese Fußstapfen zu treten, und habe schrecklich Angst, dass mich das alles völlig überfordert.“ Aber sie tat es nicht und sagte stattdessen: „Hier stimmt einfach jedes Detail.“

Meredith starrte Ann lange und eindringlich an, so als wollte sie herausfinden, ob sie ihr Glauben schenken konnte oder nicht. Schließlich sagte sie: „Ich habe sie gestylt.“

Ann spürte, wie ihr die Röte ins Gesicht stieg. Es schien so unpassend, dass sie einen Empfang besuchte, bei dem die Arbeit der Person gefeiert wurde, die ihre Firma nun ersetzen sollte. Aber es war ja nicht ihre Idee gewesen. „Dann freue ich mich besonders, Sie kennenzulernen. Meiner Meinung nach haben Sie eine besondere Begabung.“

Meredith nickte, aber ihre Augen blickten zweifelnd. „Vielleicht können Sie seine Aufmerksamkeit ja länger fesseln als ich. Ich wünsche Ihnen viel Glück dabei.“ Sie warf ihr Haar über die Schulter und ging zur Bar.

Ann sah ihr nach. Wie sollte sie das verstehen? War es der Neid auf das nicht länger Erreichbare oder eine weitere berechtigte Warnung, Patrick Stinson nicht zu nah an sich herankommen zu lassen?

„Ann, du siehst so wunderbar aus wie immer.“ Margarets vierter Ehemann kam auf sie zu und stellte sich zu ihr.

„Danke, Edward. Und wo ist deine wunderbare Frau?“

Er zuckte mit den Schultern und kippte beinah den ganzen Inhalt seines Martiniglases hinunter. „Sie ist hier irgendwo unterwegs. Du kennst sie doch.“

„Ja, allerdings.“ Ann lächelte, als wäre es lustig, dass Margaret ihrem Mann bei Partys aus dem Weg ging, weil er bei gesellschaftlichen Anlässen gewöhnlich zu viel trank. Sie wollte gerade mit einer Entschuldigung weitergehen, als sie sah, dass Patrick sich durch den Raum auf sie zubewegte. „Hast du Lust, mit mir einen Rundgang zu machen, Edward? Ich bin furchtbar neugierig darauf, die Eigentumswohnungen anzuschauen, und würde mich über Gesellschaft freuen."

„Gern. Lass uns vorher noch kurz an die Bar gehen, ja?"

Nach zwei Stunden und einigen weiteren Barbesuchen gelang es Ann, sich aus der Tür zu stehlen und ein Taxi herbeizuwinken. Als es am Straßenrand anhielt, hörte sie hinter sich eine Stimme. „Sie werden doch jetzt noch nicht nach Hause fahren? War meine Party nicht interessant genug für Sie?"

„Sie war großartig. Aber ich habe morgen einen frühen Flug, darum muss ich leider jetzt schon nach Hause."

„Jetzt, wo mein Projekt beginnt, verlassen Sie die Stadt?"

„Ich muss für ein paar Tage zurück nach Charleston – Immobilienangelegenheiten."

Er nickte. „Wissen Sie, ich habe über ein paar Projekte im Süden nachgedacht. Vielleicht können wir einige meiner neuen Ideen besprechen, wenn Sie zurück sind."

Ann nickte. „Machen Sie sich keine Sorgen. Ich werde weiter an Ihrem Projekt arbeiten, auch wenn ich in Charleston bin."

„Gut, es wäre mir auch nicht recht, wenn Sie mich vergessen würden, während Sie dort unten sind." Seine Stimme klang völlig neutral. Das würde keine einfache Geschichte werden.

Ann schaute ihn an, als hätte er gerade den Wetterbericht für morgen zitiert, und sagte: „Dann noch viel Spaß bei der Party." Sie stieg in das Taxi und winkte dem gut aussehenden Patrick Stinson zum Abschied.

# Kapitel 13

Ann zog ihren Rollkoffer durch den Charleston International Airport, stellte sich in die Schlange am Schalter der Mietwagen-Firma und fuhr zum Haus – alles mithilfe ihrer inneren Autopilot-Funktion. Es gab viel zu erledigen. Sich immer auf die jeweils nächste Aufgabe zu konzentrieren war die einzige Möglichkeit, wie ihr das gelingen würde.

Sie bog in die Einfahrt zu Sarahs Haus ein und lenkte die Räder ihres Wagens auf die beiden schmalen Betonspuren, zwischen denen sich ein Grasstreifen befand, der dringend gemäht werden musste. Sie trat auf die Bremse. Der Autopilot schaltete sich aus, die Realität brach über sie herein. Und Ann war gezwungen, allein mit ihr zurechtzukommen. Erst in diesem Moment, als sie auf die Fassade des grauen Hauses blickte, das das Zuhause ihrer Kindheit gewesen war, brach die Erkenntnis, dass sie nun ganz und gar allein dastand, mit voller Wucht über sie herein. Endgültig. Sie war allein. Sie würde immer allein sein. Die einzigen beiden Menschen, die sie geliebt hatten, waren für immer von ihr gegangen – Nana, die vor mehreren Jahren an Krebs gestorben war, und Sarah, die vor gerade zwei Wochen verunglückt war. Ann war dreißig Jahre alt und hatte noch ein ganzes Leben in Einsamkeit vor sich.

Bei laufendem Motor blieb sie im Auto sitzen und begann zu schluchzen. Ihr Unterbewusstsein schien ein grausames Spiel mit ihr zu treiben, denn das Timing war einfach nur schrecklich. Warum war ihr das nicht zu Hause in New York passiert? In ihrem eigenen Apartment, wo sie anders damit hätte umgehen können?

„Annie, geht's dir gut?" Die Stimme drang leicht gedämpft durch die geschlossene Fensterscheibe der Fahrerseite, aber sie erkannte gleich, dass es Kenny war, der diese Frage stellte. Als sie aufschaute, sah sie sein Gesicht direkt vor der Scheibe, die Augen mit beiden Händen gegen den Lichteinfall von oben abgeschirmt.

„Ja, mir geht's gut", schnauzte Ann ihn an, ohne sich die Mühe zu machen, das Fenster herunterzulassen. Sie nahm vorsichtig den Fuß von der Bremse, und als sie sicher war, dass sie Kenny nicht über den Fuß fahren würde, ließ sie den Wagen zu der kleinen separaten Garage rollen. Sie griff in ihre Handtasche, um nach der Fernbedienung zu suchen. Unter Brieftasche, iPod und der neusten Fachzeitschrift ertastete sie schließlich das kleine Plastikgehäuse. Sie drückte den Knopf und sah zu, wie sich das alte Holztor langsam hob. Vorsichtig fuhr sie den Wagen hinein, schaltete den Motor aus und bereitete sich auf Kennys nächsten Angriff vor.

„Du siehst traurig aus." Natürlich war Kenny ihr gefolgt und drückte sein Gesicht jetzt direkt an die Scheibe, die Hände ein paar Zentimeter über der Stelle, an der sie vor wenigen Sekunden Schmutzspuren hinterlassen hatten. In dem diffusen Licht, das in der Garage herrschte, wirkte sein Gesicht blass. Sehr blass. Sie musste sich unwillkürlich an den Traum erinnern, den sie in New York gehabt hatte.

Ann drückte vorsichtig die Tür auf und achtete darauf, Kenny nicht zu stoßen. Sie fuhr sich mit der Hand übers Gesicht und stieg aus dem Auto. „Hallo Kenny. Ich freue mich, dich zu sehen, aber ich habe gerade sehr viel zu tun. Wir reden später miteinander, ja?"

Sie ging an ihm vorbei zur Haustür. Sobald sie drinnen war, würde sie die Tür hinter sich abschließen und ihren Tränen freien Lauf lassen können.

„Oh Annie, ich freue mich so, dich zu sehen. Wir haben gehofft, dass du bald zurückkommst."

Tammys Südstaatenakzent klang noch schwerer als sonst, aber das lag vielleicht daran, dass Ann die letzte Woche in New York verbracht hatte. Oder daran, dass sie es eilig hatte und ihr die schleppende Redeweise dadurch umso mehr auf die Nerven ging.

Ann wandte das Gesicht ab. Kenny ließ sich vielleicht täuschen, aber Tammy würde auf den ersten Blick sehen, dass sie geweint hatte. „Ja, ich will nur ein bisschen was am Haus machen. Je schneller ich es auf Vordermann bringe, desto früher kann ich es verkaufen.“ Ann öffnete die Fliegengittertür und steckte den Schlüssel ins Schloss.

Die Stille, die nun folgte, ließ sie hoffen, dass Tammy den Hinweis verstanden hatte. Oder so gekränkt war, dass sie einfach gegangen war. Ann warf einen Blick über ihre linke Schulter, um sich zu vergewissern, dass Tammy weg war. Aber die stand mit aufgerissenem Mund unten an der Treppe. „Du willst das Haus verkaufen?“

Ann drehte den Schlüssel herum. „Ja, es ist doch niemand da, der drin wohnen will. Es wäre Unsinn, es zu behalten.“ Ann ging hinein und warf ihre Handtasche auf den Küchentisch. Sie wusste instinktiv, dass Tammy und Kenny ihr folgen würden.

Ein muffiger Geruch erfüllte das Haus. Es hatte weniger als zwei Wochen leer gestanden, aber es schien, als würde die Tatsache, dass es nicht mehr bewohnt wurde, bereits ihren Tribut fordern. Ann hörte Tammys Schritte hinter sich, und ihr fiel eine glänzende neue Taktik ein. „Ich weiß, dass du gern in einer netten Umgebung wohnst, und ich fände es schrecklich, wenn du neben einem Haus leben müsstest, um das sich niemand kümmert. Der Rasen ist jetzt schon eine Katastrophe, und merkst du, wie es hier riecht? Und dabei bin ich gerade mal eine gute Woche weg gewesen.“

„Ich hatte angenommen ... oder einfach gehofft ... dass du vielleicht in Erwägung ziehen würdest, wieder hier zu wohnen. Ich weiß, dass dieses Haus schon lange im Besitz deiner Familie ist; ich dachte, du möchtest es vielleicht noch eine Weile behalten.“

Es gab sehr wenige Dinge aus ihrer Vergangenheit, die Ann gern behalten wollte, und ein traditionelles Anwesen in Charleston gehörte definitiv nicht dazu. Sie schüttelte den Kopf. „Nein, ich glaube nicht.“ Sollte Tammy doch damit anfangen, was sie wollte.

„Wie schade.“ Tammy sagte weiter nichts, aber sie machte auch keine Anstalten zu gehen. Diese Frau reagierte wirklich langsamer auf einen Wink als jeder andere Mensch, dem Ann je begegnet war.

„So, ich hole jetzt meinen Koffer herein, und erledige dann ein paar Einkäufe und so weiter. Wir sehen uns später, ja? Lieb, dass ihr vorbeigekommen seid, alles, was recht ist."

„Oh, natürlich. Natürlich hast du Dinge zu erledigen." Tammy drehte sich zu Kenny um, der in der Tür stehen geblieben war und Ann schüchtern anlächelte. „Komm, Kenny, wir helfen Ann, ihre Sachen aus dem Auto zu holen, ja?"

„Ja!" Er verschwand ohne ein weiteres Wort, und sie folgte ihm.

„Das ist wirklich nicht nötig." Es waren überflüssige Worte; Ann wusste das, schon während sie es sagte. „Ich bin sehr gut imstande, meine Sachen selbst zu holen."

„Natürlich machen wir das; gleichgültig, ob du dazu selbst imstande bist. Wir wollen dir helfen, wo wir nur können, stimmt's, Kenny? Das tun Freunde doch, sich gegenseitig helfen. Und außerdem muss ich auch einkaufen gehen. Warum machen wir keine gemeinsame Shoppingtour daraus? Solche Pflichten sind doch immer viel schöner, wenn man sie gemeinsam macht."

„Nein, ich kann wirklich allein ..."

„Kommt überhaupt nicht infrage. Lass mich bloß eben meinen Einkaufszettel holen und das Haus abschließen. Soll ich vorbeikommen und dich abholen oder kommst du zu uns rüber?"

Ann stellte sich vor, wie Kenny im Flur herumstand und ihr von seinen Engeln erzählte, während Tammy draußen wartete. Die Vorstellung war so fürchterlich, dass sie sagte: „Ich komme rüber. Gib mir fünf Minuten."

„Gut. Komm einfach, wenn du fertig bist." Tammy und Kenny gingen über den Rasen zu ihrem Haus.

Was war da gerade passiert? Ann lebte in New York, verdammt noch mal! Sie stand mit beiden Beinen im Geschäftsleben und hatte niemals Probleme damit, sich mit irgendwem anzulegen. Wie konnte es dann sein, dass diese Frau mit der misslungenen Dauerwelle und dem aufdringlichen Sohn sie dazu brachte, etwas zu tun, das sie absolut nicht tun wollte? Und dass ihr dies wieder und wieder gelang?

Dann erinnerte Ann sich an ihren Traum, und sie begann sich zu fragen, ob sie sich das nur einbildete oder ob Kennys Gesicht heute wirklich extrem blass aussah.

Ann schüttelte den Kopf. Anscheinend ging nun, da sie zurück in Charleston war, ihre Fantasie wieder mit ihr durch. Es war Zeit, das in den Griff zu kriegen. Diese Träume waren nicht real, und durch ihre bloße Willenskraft würde es ihr gelingen, sie aus ihren Gedanken zu vertreiben.

# Kapitel 14

„Wir helfen dir, deine Einkäufe reinzubringen." Tammy war ausgestiegen und holte die Tüten aus dem Kofferraum, noch bevor Ann protestieren konnte. Kenny folgte ihr mit einer Großpackung Mineralwasser und summte dabei leise vor sich hin.

„Danielle wird traurig sein, dass sie dich verpasst hat. Sie ist im Ausland. Hat sie dir von ihrer Fotosafari erzählt?"

„Safari? In Afrika?" Ann hatte Schwierigkeiten, sich Danielle irgendwo anders vorzustellen als in einem Haus mit Klimaanlage und allen sonstigen Annehmlichkeiten.

„Ja. Sie unternimmt öfter solche Reisen und dann ist sie immer gleich ein paar Monate am Stück unterwegs. Das ist einer der Vorteile, wenn man nie geheiratet hat: Man kann sein Rentenalter nach seinen eigenen Vorstellungen verbringen und muss auf niemanden Rücksicht nehmen." Tammy sagte es beinah wehmütig. „Komm, ich helfe dir, das alles zu verstauen."

„Ich schaffe das schon, wirklich. Willst du vielleicht, dass dein Eis schmilzt, während wir hier herumstehen und reden?" Tammys Hilfsbereitschaft erstickte Ann förmlich. Es war nicht so, dass sie diese nicht zu schätzen wusste – sie brauchte nur einfach keine Hilfe.

„Danke, dass du mich zum Supermarkt mitgenommen hast. Wir sehen uns später, ja?" Das klang ein bisschen mehr nach New Yorker Schroffheit, als sie beabsichtigt hatte; darum setzte sie hinzu: „Du hast einfach schon so viel für mich getan – alles, was recht ist."

Ann wusste, dass Tammy als Nächstes etwas sagen würde wie: „Ich habe einen Schmorbraten gekauft und den können wir zu zweit gar nicht schaffen. Möchtest du nicht zum Abendessen rüberkommen?"

Ann bereitete sich darauf vor, freundlich, aber bestimmt abzulehnen, aber Tammy sagte: „Okay, alles drin. Dann sehen wir uns morgen, ja?"

Was? Diese Reaktion verblüffte Ann so, dass ihr keine passende Antwort einfiel. Schließlich brachte sie ein „Klingt gut" heraus. Das Seltsame dabei war, dass Ann sich, nachdem Tammy die Tür hinter sich geschlossen hatte, ein bisschen zurückgewiesen fühlte. Sie war doch nicht *so* unhöflich gewesen, oder? Warum lud Tammy sie nicht zum Abendessen ein?

Lächerlich. Absolut lächerlich.

Ann stellte den Tetrapak Milch in den Kühlschrank und legte dann ein paar Tomaten auf die Fensterbank, damit sie nachreifen konnten. Genauso hatte Nana es immer gemacht, und die Erinnerung daran ließ den Schmerz, den sie einige Stunden zuvor empfunden hatte, wieder aufflammen. Sie begann wieder zu weinen, diesmal jedoch ohne die lauten Schluchzer, die sie zuvor geschüttelt hatten. Stattdessen war es tiefe, überfließende Trauer, die still ihre Wangen hinabrann.

Es klingelte. „Einen Moment, bitte." Ann hoffte, dass sie laut genug gerufen hatte, um gehört zu werden. Sie spritzte sich kaltes Wasser ins Gesicht und trocknete sich mit einem Geschirrtuch ab. Dann ging sie zur Tür und öffnete.

„Ich wollt nur mal eben Hallo sagen." Eric McKinney stand auf der obersten Treppenstufe. Seine Haare waren ein bisschen feucht. „Ich hab gehört, dass Sie wieder da sind."

Ann brauchte ihn nicht zu fragen, von wem er das erfahren hatte. Sie sah zu Tammys Haus hinüber und fragte sich, ob er der Grund dafür war, dass Tammy sie nicht zum Essen eingeladen hatte. „Ja, ich bin gerade erst gekommen und muss mich noch ein bisschen organisieren."

Er nickte. „Hab ich Sie bei irgendwas gestört?" Er achtete darauf, ihr nicht direkt in die Augen zu sehen. Vermutlich sah man ihr an, dass sie geweint hatte, und Eric hatte beschlossen, es zu ignorieren. Sie war ihm dafür sehr dankbar.

„Ach, ich bin bloß dabei, die Einkäufe zu verstauen. Möchten Sie hereinkommen und etwas trinken?“ Jetzt wäre eine gute Gelegenheit, um mit Eric über ihren neuen Plan zu sprechen. Schon seit sie sich in dem Café in New York überlegt hatte, wie sie vorgehen wollte, hatte sie vorgehabt, ihn anzurufen.

Er schien sich nicht sicher zu sein. „Also, ich möcht mich wirklich nicht aufdrängen. Ich mein, ich weiß, dass Sie gerade erst angekommen sind. Und ich weiß, dass Sie lange unterwegs waren. Und ich weiß, dass die Dinge hier …“

„Nein, das ist schon in Ordnung, kommen Sie einfach herein.“ Sie hielt die Tür ein bisschen weiter auf, bis er schließlich eintrat. „Ich muss bloß noch ein paar Sachen in den Kühlschrank legen, aber ich wollte sowieso mit Ihnen über etwas sprechen. Kommen Sie doch mit in die Küche.“

„Darf ich helfen? Ich stell bestimmt alles an den verkehrten Platz, aber man kann nicht so viel falsch machen, wenn man Gemüse in den Kühlschrank legt, stimmt's?“ Er nahm eine Einkaufstüte und ging zum Kühlschrank hinüber. „Worüber wollten Sie mit mir sprechen?“

Ann packte das Brot und ein Päckchen Weizencracker in das Einbauregal, das als Vorratsraum diente. „Ich muss dieses Haus schneller verkaufen, als ich ursprünglich dachte, und ich habe in New York im Moment furchtbar viel zu tun. Ich weiß, dass wir einen Tauschhandel abgeschlossen haben, aber es würde die Sache sehr vereinfachen, wenn ich Sie einfach bezahlen könnte und Sie dann das Haus herrichten, während ich weg bin.“

„Es macht mir nichts aus, hier zu arbeiten, wenn Sie nicht da sind, aber wie schon gesagt: In Ihrem Fall arbeit ich nicht für Geld.“

„Dann muss ich jemanden finden, der das tut.“ Ann drehte sich um und lehnte sich an den Küchentresen, die Arme vor der Brust verschränkt.

Eric schaute sie ruhig an und sagte schließlich: „Wie lang sind Sie hier?“

„Bis Dienstag."

„Gut. Wie wär's, wenn ich 'n paar Schleifmaschinen miete, und wir schleifen die Holzböden zusammen ab?" Er deutete mit einer Kopfbewegung auf den zerkratzten Fußboden unter dem Küchentisch. „Die sind ziemlich mitgenommen. Ich könnt so kurz vor zwölf hier sein. Dann müssten wir zumindest die hinteren Räume schaffen."

„Das ist jetzt wahrscheinlich das letzte Mal, dass ich für längere Zeit hier bin. Ich muss Sie darauf hinweisen, dass ich meinen Teil des Abkommens daher nicht einlösen kann."

„Das ist doch dann mein Problem, oder?" Eric legte eine Handfläche an die Wand neben der Küchentür. „Wissen Sie, wenn wir die Wand hier einreißen und diesen kleinen Durchgang wegnehmen würden, hätten wir Platz für 'ne richtige Vorratskammer. Ich bin sicher, das würd sich sehr günstig auf den Verkaufspreis auswirken. Küchen und Bäder sind das, worauf die Interessenten als Erstes schauen." Er sah Ann an und errötete ein bisschen. „Na, das brauch ich Ihnen bestimmt nicht zu sagen. Sie kennen sich mit diesen Dingen wahrscheinlich ebenso gut aus wie ich, wahrscheinlich sogar besser, denn in New York ist man bestimmt …"

„Gar keine schlechte Idee." Wie oft konnte man eigentlich jemanden unterbrechen, ohne ihn zu beleidigen? Wahrscheinlich würde sie bei Eric irgendwann an diesen Punkt kommen.

Ann besah sich die Wand und dachte über das nach, was er gerade gesagt hatte. Sie war an kleine Räume gewöhnt, da sie in einem Apartment in New York wohnte, aber sie wusste, dass heute viele Kunden eine größere Küche bevorzugten. „Das wird ein bisschen teurer, als ich ursprünglich gedacht hatte. Aber was meinen Sie, wird sich das am Ende bezahlt machen?"

„Ich hab Ihnen doch gesagt, dass ich umsonst arbeite."

„Und ich habe Ihnen gesagt, dass ich nicht auf Ihre Wohltätigkeit angewiesen bin. Außerdem müssten wir dann noch Trennwände einziehen und so weiter. Das Material allein würde schon einiges kosten. Und … es würde mehr Zeit erfordern, als ich eigentlich in dieses Projekt investieren wollte."

„Das macht mir nichts aus."

Ann war sich nicht sicher, ob er das Material oder die zusätzliche Zeit meinte. Sie beschloss anzunehmen, dass es um das Material ging. „Lassen Sie mich darüber nachdenken, aber Sie könnten recht haben."

„Hätten Sie Lust, heut Abend das *Magnolia's* zu testen? Dann können wir unsere Pläne beim Abendessen genauer besprechen."

„Ich glaube nicht, dass …" Ann suchte fieberhaft nach einer Entschuldigung, die glaubwürdig genug klang, um ihn nicht zu verletzen, als ihr Handy klingelte. „Entschuldigen Sie mich einen Augenblick."

„Kein Problem." Er lehnte sich an den Tresen, die Hände in die Hüften gestemmt, und schien sich völlig zu Hause zu fühlen.

Ann ging ins Wohnzimmer. Eric würde sie immer noch hören können, aber zumindest stand sie nicht direkt vor seiner Nase. „Ja, hier ist Ann Fletcher."

„In der Tat." Patrick Stinsons Tonfall konnte man seidenweich nennen … oder aalglatt? – „Ich rufe an, um mich zu vergewissern, dass Sie an mich denken – so wie Sie versprochen haben."

„Ich denke an Ihr Projekt, wie ich versprochen habe. Schon während des Fluges habe ich mich mit ein paar Zeichnungen beschäftigt – Details überarbeitet, die wir besprochen haben, und einige neue Ideen festgehalten."

„Gut, das höre ich gern. Ich möchte, dass unsere Partnerschaft sich weiterentwickelt, denn ich glaube, wir zwei sind ein tolles Paar." Er machte eine Pause, um ihr – wie sie vermutete – Gelegenheit zu geben, ein paar zustimmende Worte zu äußern. Ihr war nicht entgangen, dass er *Paar* statt *Team* gesagt hatte. Daher verzichtete sie bewusst auf eine Antwort und verbarg sich hinter der nun eingetretenen Stille wie hinter einem Schutzschild.

Schließlich räusperte er sich und lachte. „Ich glaube, ich mag Ihren Stil, Ann Fletcher. Sehen Sie zu, dass Sie wieder nach New York kommen." Ohne ein weiteres Wort beendete er das Gespräch. Ann klappte ihr Handy zu und kämpfte gegen das unangenehme, beinah ekelhafte Gefühl an, das von ihr Besitz ergriffen hatte. Es war wirklich albern; er hatte nichts getan oder gesagt, was wirklich falsch gewesen wäre. Vielleicht war dieses Gefühl nur ein weiteres Anzeichen für ihre überaktive Fantasie. Sie erschauderte kurz und ging zurück in die Küche.

Dort lehnte Eric McKinney – der König der wirren Sätze – immer noch am Tresen. Irgendwie fühlte sie sich in seiner Anwesenheit gleich besser. Seine Nähe befreite sie von dem unangenehmen Nachgeschmack, den das Telefongespräch bei ihr hinterlassen hatte. Vielleicht war ein Abendessen mit einem normalen Menschen ja genau das, was sie brauchte. „Wissen Sie was? *Magnolia's Plantation* klingt super."

*

Eric sah sie über den Rand der Speisekarte hinweg an. „Ich hab gesehen, dass Sie 'ne Menge Sojasprossen und so Zeug eingekauft haben. Aber auch wenn Sie sich sonst nur fettarm ernähren, können Sie nicht hier im *Magnolia's* essen und keine Krabbensuppe bestellen. Das geht einfach nicht."

„Ich glaube nicht, dass diese Regel auch für mich gilt. Ich bin in Charleston aufgewachsen – ich muss nicht alles tun, was man als Tourist macht."

„Das kommt drauf an. Wie lang ist es her, seit Sie zum letzten Mal hier waren – ich mein, abgesehen von Ihrem Aufenthalt vor zwei Wochen?"

Ann nahm langsam ihre Serviette und legte sie auf ihren Schoß. Dann trank sie einen Schluck Wasser. „Ein paar Jahre, denke ich."

„Wie viele Jahre sind ‚ein paar'?"

Ann nahm noch einen Schluck Wasser. „Sieben." Sie flüsterte das Wort, als täte es ihr weh, es auszusprechen.

Er hatte es ohnehin gewusst. Er trank selbst auch einen Schluck. „Seit der Beerdigung Ihrer Großmutter."

„Woher wissen Sie das?"

Sarah hatte oft darüber gesprochen, dass sie versuchte, Annie zu einem Besuch zu überreden. Sie hatte auch über ihre schwierige Kindheit gesprochen. Und darüber, wie Annie aus Charleston geflohen war, so als ob die Stadt zu verlassen sie von ihrem Schmerz befreien könnte. Sarah hatte aufgrund ihrer Ausbildung die Angewohnheit, alles und jeden zu analysieren, aber Anns Weigerung, nach Hause zurückzukehren, machte ihr besonders zu schaffen. „Na ja, ich war auch bei ihrer Beerdigung, und ich erinner mich daran, dass ich Sie dort gesehen hab. Das war kurz nachdem ich mein Gewerbe als professioneller Dienstleister angemeldet hab, und das ist jetzt gut sieben Jahre her."

Ann schlug die Augen nieder und spielte mit ihrem Besteck. Wahrscheinlich war er ihr zu nahegetreten; das schien ihm bei ihr immer wieder zu passieren. Er vermutete, dass sie nach über zehn Jahren in New York daran gewöhnt war, dass die Leute etwas zurückhaltender waren. Er lehnte sich zurück und lächelte. „Also, wenn es sieben Jahre her ist, sind Sie definitiv eine Touristin, und darum müssen Sie die Suppe essen. Außerdem müssen wir ein paar Ausflüge in ein paar historische Bezirke, die ich Ihnen gern zeigen würde, einplanen. Und vielleicht einen Besuch im Fort Sinter. Sie müssen sich doch hier wieder eingewöhnen."

Ann sah auf, offensichtlich überrascht, dass er das Thema gewechselt hatte. Sie beugte sich vor, stützte die Ellbogen auf den Tisch und lächelte ein bisschen. „Geschichte hat mich eigentlich nie sehr begeistert."

„Sie hatten eben noch nie den richtigen Führer." *Nimm dich in Acht, Junge. Begib dich jetzt nicht in gefährliches Fahrwasser.* Eric beugte sich vor; irgendeine Kraft zog ihn gegen seinen Willen in ihre Richtung. „Ich kenn da vielleicht jemanden, der Ihnen helfen kann, Ihre Meinung zu diesem Thema zu ändern." Ach, war sie schön. Das Kerzenlicht tanzte in ihren Augen und legte einen leichten Glanz auf ihr dunkles Haar.

„Haben Sie schon gewählt?" Plötzlich stand die Kellnerin neben ihnen und schaute Ann an.

„Ja, ich nehme einen Salat an Honig-Senf-Dressing." Sie lächelte Eric an. „Und eine Krabbensuppe."

„So ist's brav, mein Mädchen." Nein. Sie war nicht sein Mädchen. Aber ein Mann durfte doch träumen, oder?

# Kapitel 15

Während ihr Traum verblasste, wich auch das Gefühl völligen Friedens. Und als sie ihre Augen öffnete, verschwand es völlig und machte einer nagenden Leere Platz. Ann sehnte sich danach, in den Kokon zurückzukehren, der sie mit so viel Wärme und Liebe umgeben hatte. Nur die Musik war noch da, und die schien noch lange, nachdem sie völlig aufgewacht war, durch das Haus zu klingen. Aber das konnte doch nicht sein.

Sie horchte angespannt. Es klang, als käme die Musik von irgendwo hinter dem Haus. War sie jetzt völlig verrückt geworden? Ann beschloss, dieser Parakusis ein für alle Mal den Garaus zu machen. „Du bist nicht real", sagte sie laut, während sie die Bettdecke zurückwarf und den kurzen Flur zwischen den beiden Schlafzimmern betrat. Sie blieb bewegungslos stehen und wagte kaum zu atmen. Kam die Musik etwa aus ihrem alten Zimmer?

Sie griff nach dem Türknopf und brachte es irgendwie fertig, ihn zu drehen, obwohl alles in ihr dagegen protestierte. Dann drückte sie gegen die Tür und machte unwillkürlich einen Schritt zurück, als sie sich öffnete. In diesem Moment verstummte die Musik.

Ann wagte einen Blick in den Raum. Es war ziemlich dunkel darin; die Gardinen aus ihrer Kindheit, die mit Verdunkelungsfutter versehen waren, erfüllten auch nach all diesen Jahren noch ihren Zweck. Sie wartete ein paar Sekunden, dann tastete sie nach dem Lichtschalter.

Die alte Tischlampe erwachte zum Leben, flackerte ein paar Augenblicke und erlosch. Nun, eine Glühbirne auszutauschen war ja kein Problem. Ann ging zum Wäscheschrank, in dem sie Ersatzbirnen gesehen hatte, nahm eine 75-Watt-Birne heraus und ging zurück zu ihrem alten Zimmer. Bei weit offener Tür und eingeschaltetem Flurlicht durchquerte sie den Raum und zog die Gardinen zur Seite. Das Morgenlicht fiel schräg ins Zimmer und warf ein helles Rechteck auf den Fußboden neben der Kommode. Sie tauschte die Glühbirne aus und sagte dabei immer wieder leise: „Das war nicht real. Das war nicht real."

Die Lampe ging an und Ann sah sich um. *Na also. Nichts.* Ihr Atem ging leichter. Die Tagesdecke war nicht mehr die aus ihrer Kindheit. Damals war es eine weiß-rosafarbene Spitzendecke gewesen. Nun war es ein Überwurf in lila-pinkfarbenem Blütenmuster, das sie an ältere Damen mit weißen Handschuhen und Hüten denken ließ. Was in aller Welt hatte Sarah dazu bewogen, sich für solch einen wild gemusterten Stoff zu entscheiden?

Ann ging zum Wandschrank hinüber, neugierig, was sich wohl darin befinden würde. Ein kleiner Staubsauger, ein Staubwedel und eine große, durchsichtige Plastiktüte, die Bettzeug enthielt. Ein Gegenstand darin war so groß, dass es eine Steppdecke oder ein Federbett sein musste. Ann öffnete die Tüte. Tatsächlich, sie enthielt eine dunkelblaue Baumwollsteppdecke und zwei weiße Leintücher. Alles sah aus wie neu.

Gut, das würde sie als Erstes tun: das Bett neu beziehen. Diese blaue Decke würde sich nicht nur bei künftigen Besichtigungen besser machen, sie selbst konnte so vermutlich auch in dem Bett schlafen. Nach ein paar Nächten auf der Couch war sie dazu sogar bereit. Doch sie konnte sich nicht vorstellen, dass ihre Seele unter dem grellen Blütenmuster zur Ruhe kommen würde, und einem potenziellen Käufer würde es ebenso ergehen. Neutrale Farben ermöglichten es den Interessenten, sich selbst in dem Haus zu sehen.

Die weißen Leintücher rochen sauber, aber sie wusste nicht, wie lange sie schon dort aufbewahrt wurden. Sicherheitshalber steckte Ann sie in die Waschmaschine neben der Küche und deponierte die Steppdecke neben der Haustür. Sie musste einen Waschsalon finden, in dem es eine Waschmaschine gab, die groß genug für die Decke war. Darum würde sie sich im Laufe des Tages kümmern.

Wo sie schon dabei war, konnte sie ein paar weitere Dinge in

Angriff nehmen. Punkt eins auf ihrer To-do-Liste war, die Fenster auszumessen. Sie würde gleich mit ihrem alten Zimmer beginnen.

Während sie die Schiebefenster ausmaß, wanderten ihre Gedanken zurück zu dem gestrigen Abendessen mit Eric. Er hatte völlig entspannt und souverän gewirkt, ganz anders als der Eric, den sie zuvor kennengelernt hatte. Sie musste zugeben, dass ihr diese neue Seite an ihm gefiel, auch wenn seine andere, unbeholfene Seite auch ihren Charme hatte. Seine Gesellschaft war auf jeden Fall erfrischend gewesen – Ann hatte schon viel zu viel Zeit mit den viel zu geschliffenen, unechten Typen vergeudet, von denen es in New York nur so wimmelte.

Aber das war egal. Eric war der bodenständige Typ, der ein paar Kinder bekommen und in einem Haus mit Garten und weißem Lattenzaun leben würde – bestimmt kein zukünftiger Partner für sie. Es war Zeit, die Gedanken an ihn zu verbannen und die nächsten Fenster auszumessen. Sie ging in Nanas Zimmer.

Sarahs Kleidung hing noch im Wandschrank, und ihre Bücher lagen aufeinandergestapelt auf der Kommode, als würden sie auf sie warten. Sogar ihr digitaler Wecker zeigte die Uhrzeit in roten Ziffern, als hätte sich nichts verändert. Ann atmete tief ein und zwang sich dazu, die Sache hinter sich zu bringen. Das Zimmer roch ein bisschen staubig, aber darunter lag, selbst nach all diesen Jahren, ein anderer Geruch. Es roch nach … *Nana.* Ein Hauch von Lavendel, Jergen's Bodylotion und selbst gebackenem Brot, gemischt zu einem nostalgischen Duft, der beinah unerträglich war. Ann drehte sich um und ging aus dem Zimmer. Die Fenster würden warten müssen.

*

Das Klopfen an der Küchentür konnte nur eins bedeuten. Ann machte auf, und vor ihr stand Tammy. Wie üblich versteckte Kenny sich hinter ihr und schaute Ann mit großen Augen an. „Guten

Morgen, wie hast du geschlafen?" Tammy kam bereits herein, während sie die Frage stellte.

„Ganz gut eigentlich." Mit dem Schlafen hatte Ann weniger Probleme als mit dem Wachwerden. Aber das würde sie Tammy nicht auf die Nase binden.

„Hier, Annie, das hab ich für dich gemacht." Kenny hielt ihr eine Zeichnung mit dem üblichen Ann-Strichmännchen hin, das völlig in einen goldenen Himmel eingehüllt war. Diesmal waren es keine abgegrenzten Tintenfischarme, sondern einfach ein großer Kreis von strahlendem Licht. „Sie sind überall um dich herum, siehst du?"

Das Bild erinnerte Ann an ihren Traum von dem warmen Meer. Sehr sogar. „Ja, ich sehe es. Danke." Sie ging zum Kühlschrank, um es aufzuhängen, während die Erinnerung an den Frieden, den sie verspürt hatte, sie wie eine Welle überspülte.

„Weißt du, wenn es dir schwerfällt, hier allein zu sein, kannst du selbstverständlich bei uns wohnen. Wir würden uns sehr freuen." Tammy starrte auf die Decke und das Kopfkissen auf dem Wohnzimmersofa. Sie schüttelte beinah unmerklich den Kopf. „Ich weiß, dass ich dir das schon mal gesagt habe, aber ich meine es wirklich ernst. Und ich möchte, dass du das weißt."

„Ja, ich weiß. Aber ich komme wirklich gut allein zurecht. Ich bin nur noch nicht so weit, dass ich in meinem alten Zimmer schlafen kann. Da ist das Sofa genau das, was ich brauche. Es ist sehr bequem."

„Außer, dass es vielleicht einen halben Meter zu kurz ist." Tammy starrte immer noch auf das Bettzeug, doch sie hob die große Tasche hoch, die sie in ihrer rechten Hand trug, und stellte sie auf den Tisch. „Ich habe dir etwas mitgebracht. Eigentlich habe ich es schon während deines letzten Besuches gemacht, aber irgendwie war nie der richtige Zeitpunkt da, um es dir zu geben." Ihre Stimme versagte.

„Du hast etwas für mich gemacht?"

Tammy nickte verlegen. „Ja.“ Sie griff in die Tüte und holte mehrere Sofakissen heraus, die mit demselben bunten Stoff umhüllt waren, aus dem die Tagesdecke auf Anns altem Bett war. „Die Tagesdecke hatte ich rechtzeitig zu deinem Besuch fertig, aber dann sind mir ein paar dringende Aufträge dazwischengekommen und darum hat es mit den Kissen nicht mehr geklappt. Nach dem Unfall … nun ja, da wollte ich so gern etwas Schönes für dich machen, und da habe ich die Kissen fertig genäht.“

Ann schluckte. „Du … hast die Tagesdecke im Gästezimmer genäht?“

Tammy strahlte vor Stolz. „Richtig. Sarah hat immer so viel für mich getan, und ich war so froh, dass ich auch mal etwas für sie tun konnte. Sie hatte mal gesagt, dass der Raum so trist wirkte mit der dunkelblauen Decke, und dass sie Angst hätte, er würde dich deprimieren. Da habe ich einfach eine gemacht, die ein bisschen farbenfroher ist, und sie damit überrascht.“

Ann musste an die blaue Steppdecke denken, die neben der Haustür lag und darauf wartete, zur Wäscherei gebracht zu werden. Tammy wäre schrecklich verletzt, wenn sie das wüsste. Ann könnte zwar behaupten, dass sie die Decke aussortiert hätte, aber sobald Tammy entdeckte, dass Ann das Bettzeug gewechselt hatte, würde die Lüge auffliegen. So legte sie Tammy stattdessen den Arm um die Schultern und lotste sie von der Haustür weg. „Danke, dass du mir die Kissen gebracht hast. Ich gehe gleich rüber und lege sie auf das Bett. Und dir wünsch ich einen schönen Tag, ja?“, sagte sie munter und schob Tammy dabei auf die Küchentür zu.

„Ich komme noch eben mit. Ich möchte so gern sehen, wie die Sachen zusammen aussehen.“

Inzwischen hätte Ann auf diese Hartnäckigkeit vorbereitet sein müssen. Sie überlegte kurz, wie sie Tammy ins Gästezimmer und wieder hinaus lotsen konnte, ohne dass diese zur Haustür sah. „Gern. Komm hier lang.“ Während sie durch den Flur gingen, achtete Ann darauf, Tammy mit ihrem Körper den Blick auf die Haustür zu versperren. „Dann schauen wir mal, wie die Kissen aussehen, ja?“

„Die sehen bestimmt hübsch aus.“ Kennys Stimme direkt hinter ihnen ließ Ann zusammenfahren. Sie hatte nicht daran gedacht, was *er* sehen oder sagen könnte.

Erst als sie alle im Gästezimmer waren, konnte Ann sich richtig entspannen. *Geschafft!*

Tammy drapierte die Kissen auf dem Bett; dann legte sie den Kopf zur Seite und tippte sich mit dem Zeigefinger ans Kinn. „Weißt du was? Ich finde, das wirkt ein bisschen zu überladen. Vielleicht hätte ich für die Kissen einen einfarbigen Stoff nehmen sollen. In Lila *oder* Pink.“ Sie schaute Ann erwartungsvoll an. „Du bist die Designerin. Was meinst du?“

Ann zögerte einen Moment, bevor sie antwortete. Wenn sie Tammy recht gab, würde das wahrscheinlich dazu führen, dass diese noch mehr Kissen nähte und herüberbrachte. Es konnte jetzt eigentlich nur noch schlimmer werden. „Ich bin mir nicht sicher. Es ist einige Zeit her, dass ich mit Blumenmustern gearbeitet habe.“

„Wirklich? Was verwendest du denn dann?“ Tammy klang geradezu entrüstet.

„Nun ja, vor allem Weiß, Schwarz und Chrom. Diese Farben sind sozusagen mein Markenzeichen.“

Tammy biss sich auf die Lippen, und Ann wusste, dass es nur ihrer tief verwurzelten Südstaatenhöflichkeit zu verdanken war, dass sie keine Grimasse schnitt. Irgendwie weckte diese Tatsache in Ann den Wunsch zu kichern. Aber dann flackerte die Lampe auf, erlosch für einen Augenblick und erhellte dann von Neuem den Raum. „Komisch. Ich habe die Birne gerade gewechselt.“

Tammy sagte: „Wahrscheinlich ist es ein Kurzschluss in der Lampe selbst. Das ist mir auch schon bei meiner Lieblingslampe passiert. Aber Eric hat sie neu verdrahtet – er ist ja so ein Goldstück.“ Sie ging zur Tür, ehe Ann reagieren konnte.

Schnell schloss sie zu ihr auf und positionierte sich so, dass sie sich auf dem Rückweg wieder zwischen Tammy und der Haustür befand. Das erwies sich jedoch als unnötig, denn Kenny begann hinter ihnen irgendetwas zu murmeln. Er klang aufgeregt, brachte aber keine Worte heraus, die Ann verstanden hätte. Tammy drehte sich zu ihm um. „Was ist los, mein Schatz?“

„Ich weiß nicht, warum … Warum machen sie das?“

„Was denn?“, fragte Tammy.

„Das Licht flackert.“

Ann vermutete, dass das flackernde Licht ihn erschreckt hatte. Der arme Junge musste anscheinend dringend wieder nach Hause. Sie sah Tammy an. „Vielen Dank noch mal, dass du mir die Kissen gebracht hast. Du hast schon so viel für mich getan, dass ich mich richtig schuldig fühle. Ich wünschte, ich könnte irgendetwas für dich tun.“

Tammy legte den Kopf zur Seite und musterte Ann einen Moment lang. „Na ja, wenn du wirklich etwas für mich tun willst, dann gäbe es da schon etwas.“

Ann wäre nie auf den Gedanken gekommen, dass Tammy ihr Angebot annehmen könnte. Was hatte sie sich da nur eingebrockt? „Natürlich – was kann ich tun?“

Angesichts Tammys hintergründigen Lächelns hätte Ann besser gleich die Flucht ergriffen. Stattdessen stand sie eine halbe Stunde später in Tammys Haus auf einem kleinen Schemel und ertrank in einem Meer von blauem Satin, der glockenförmig von ihren Hüften herabwallte. Das Oberteil des Kleides war ihr ein paar Nummern zu groß, sodass der u-förmige Ausschnitt lose um ihre Schultern hing und den Blick auf das schwarze T-Shirt freigab, das sie daruntertrug. All dies war ja noch zu ertragen, aber was sie beinah verrückt machte, war der Reifrock, den sie unter dem Kleid trug. Tammy hatte vergessen zu erwähnen, dass dies ein Teil des Handels war.

Tammy schwatzte fröhlich, während sie mit dem Mund voller Stecknadeln um Ann herumwuselte und geschäftig hantierte.

„Wusstest du eigentlich, dass ich diese Kleidungsstücke für ein paar historische Plantagenführungen in der Gegend hier mache?"

„Nein, das hast du mir nicht erzählt." Definitiv nicht.

Ann sah sich in Tammys Haus um. Es war ein bisschen kleiner als Sarahs, und die Möbel waren alt und schäbig, aber *trist* sah es hier bestimmt nicht aus. Grellbunte Kissen schmückten jedes erdenkliche Möbelstück, und die Gardinen waren gerüscht und farbenfroh. Ann hatte den Eindruck, dass sie Tammys Geschmack – oder besser gesagt, dessen Nichtvorhandensein – nun ein bisschen besser begriff. Offensichtlich musste sie auf manche materiellen Annehmlichkeiten verzichten, und so war sie bestrebt, ihre Umgebung so hell und fröhlich wie möglich zu gestalten. Dafür musste Ann sie fast ein bisschen bewundern.

Kenny saß zufrieden am Küchentisch, der eine Resopal-Tischplatte mit Holzmuster besaß, und zeichnete mit Buntstiften auf ein weißes Blatt Papier. Ann musste sich eingestehen, dass er ihr mit seinem einfachen, freundlichen Wesen ans Herz gewachsen war. Sie sah zu, wie konzentriert er zeichnete, und dachte wieder, dass er ein bisschen blass aussah. Nein. Diesen Gedanken würde sie jetzt nicht weiterverfolgen. Sie musste mit beiden Beinen auf dem Boden bleiben.

„Prima, alles erledigt. Vielen, vielen Dank." Tammy hatte immer noch mindestens ein halbes Dutzend Stecknadeln im Mund.

„Ich freue mich, dass ich dir helfen konnte." Das war keine bloße Floskel. Ann fühlte sich richtig gut. „Ist es nicht gefährlich, mit all den Stecknadeln im Mund zu reden?"

Tammy zog sie heraus. „Ja, bestimmt. Aber es ist einfach viel praktischer, wenn du verstehst, was ich mein?"

„Ja, ich glaube schon." Ann zog sich das Kleid über den Kopf und passte auf, dabei den abgesteckten Saum nicht zu berühren. „Na, dann gehe ich mal wieder rüber."

„Vielen Dank noch mal."

„Hier, Annie." Kenny blieb sitzen, hielt Ann aber eine Zeichnung hin, als sie vorbeiging.

Sie blieb stehen und nahm sie ihm aus der Hand. „Danke, Kenny. Das ist ein tolles Bild." Es sah aus wie ein Tisch, aber sie war nicht ganz sicher. Darauf eine Lampe, die einen hellen Schein auf die Wand warf.

Er zeigte darauf. „Guck, das ist dein Zimmer, stimmt's?"

Ann nickte. „Es sieht genau wie mein Zimmer aus. Ich mag es, wie die Lampe die Wand beleuchtet."

„Tut sie nicht."

„Bist du sicher? Ich finde, es sieht richtig hell aus."

„Die Lampe leuchtet nicht." Er zeigte auf den Lichtschein an der Wand. „Das ist der Engel. Er macht die Lampe an und aus."

Ann lächelte über seine Unwissenheit. „Das war kein Engel, Kenny. Die Lampe ist einfach alt, das ist alles."

„Nein! Es war ein Engel!" Zornige Tränen stiegen in seine Augen. „Er war da. Ich habe ihn gehört."

„Was hast du gehört, Kenny?" Tammy kam und kniete sich neben seinen Stuhl.

„Musik. Engelsmusik."

„In der Lampe?", fragte Tammy.

„Nein. In der Wand. Die Musik ist in der Wand. Ann hört sie bestimmt auch."

Ann stürzte zur Tür, das Bild in der Hand. „Wisst ihr was? Ich rechne damit, dass Eric jeden Moment auftaucht. Er wollte Schleifmaschinen für uns ausleihen. Ich muss jetzt wirklich gehen." Fluchtartig verließ sie das Haus.

# Kapitel 16

Ein paar Stunden später stützte Ann sich müde auf die elektrische Schleifmaschine. „Ich denke ernsthaft darüber nach, in der Küche Fliesen legen zu lassen."

Eric schüttelte den Kopf und lächelte. „Kommt überhaupt nicht infrage. Ich weiß schon, was du … was Sie vorhaben, aber Sie kommen nicht darum herum, diese Böden abzuschleifen – und zwar *alle.*"

„Sagen wir doch du", entschloss sich Ann kurzerhand.

„Gerne".

Sie hatten die letzten paar Stunden damit verbracht, die beiden Schlafzimmerböden abzuschleifen; Eric hatte in Anns altem Zimmer gearbeitet und Ann in dem von Nana.

„Gut. Ja, außerdem würden Fliesen den Rahmen deines Budgets sprengen, das weißt du doch, und sie würden dem Haus einen Teil seiner Originalität und Gemütlichkeit nehmen."

Ann spürte den Holzstaub auf ihrem Gesicht, in ihren Haaren und sogar zwischen den Zähnen. „Da hast du vielleicht recht, was das Vor-der-Arbeit-Drücken betrifft, aber an der ‚Originalität und Gemütlichkeit' dieses Hauses liegt mir nicht besonders viel. Wenn ich es ein bisschen modernisieren könnte, würde ich das mit Freuden tun."

Eric hielt sich die Ohren zu. „Lass meine empfindlichen Ohren bloß nie wieder so hässliche Worte hören. Dieses schöne alte Haus modernisieren?" Er ging in die Hocke, legte die rechte Hand auf sein Herz und die linke auf den Boden. „Bitte vergib ihr, denn sie weiß nicht, was sie sagt."

Ann versuchte ein ärgerliches Gesicht zu machen, aber irgendwie wurde ein Lachen daraus. Auch er begann zu lachen und stand dann langsam auf. Während er auf sie zuging, sah er ihr voll ins Gesicht, und sie erwiderte seinen Blick. Nur wenige Zentimeter vor ihr blieb er stehen. „Es ist gut, dich lachen zu sehen, auch wenn du überall Holzstaub hast." Sein Finger fuhr leicht über ihre Wange und wischte ein paar hellbraune Staubkörnchen ab, die langsam zu Boden trudelten. Anns Herz begann zu rasen und hörte dann für einen Moment ganz auf zu schlagen, als er noch näher an sie herantrat. Seine Hand bewegte sich auf ihre rechte Schulter zu, und sie wartete darauf, seine Umarmung zu spüren.

Im nächsten Augenblick war das Zimmer von ohrenbetäubendem Lärm erfüllt. Er hatte an ihr vorbeigegriffen und den Schalter des Schleifgerätes umgelegt. „So, die Arbeit ruft!" Das Lächeln auf seinem Gesicht war vielleicht eine Spur zu selbstgefällig.

Ann sah ihm nach, während er wieder in das andere Zimmer ging. Eigentlich war es gut, dass nichts passiert war. Sie konnte hier keine zusätzlichen Komplikationen brauchen – in New York war ihr Leben schon kompliziert genug. Patrick Stinson war zwar nicht der ideale Partner für eine langfristige Beziehung, aber sie hatten zumindest einige gemeinsame Interessen.

Die nächste Pause machten sie am frühen Nachmittag. Ann bereitete Truthahn- und Käsesandwiches zu, während Eric bei den Schleifmaschinen das Sandpapier mit der 80er-Körnung durch das feinere 150er-Papier ersetzte. „Wir kommen vorwärts."

„Ja, in zwei Räumen", stöhnte Ann. Obwohl sie es mit einem scherzhaften Unterton gesagt hatte, war es ihr ernst. Das Schleifen war Schwerarbeit.

„Nur Geduld. Was lange währt, wird endlich gut. Oder, wie wir in unserem speziellen Fall sagen könnten: Schlechte Böden, … die in tagelanger harter Arbeit abgeschliffen wurden, … werden endlich gut."

„Ich wusste gar nicht, dass du eine philosophische Ader hast."

„Eins meiner verborgenen Talente." Er nahm sein Sandwich und setzte sich neben sie an den Küchentisch. „Du musst doch zugeben, dass es ein Geniestreich war, zwei Schleifgeräte zu besorgen, damit wir doppelt so schnell vorankommen."

„Mr McKinney, ich bewundere Ihre Genialität. Ich bin Ihnen zu tiefstem Dank verpflichtet, denn ich werde so froh sein, wenn wir das hier hinter uns haben."

„Nach dem Abschleifen sind die Böden aber noch lang nicht fertig. Wir müssen Beize auftragen und dann noch drei Schichten Polyurethanlack. Solang du noch hier bist, wirst du im Wohnzimmer schlafen müssen."

Ann zuckte die Schultern. „Kein Problem."

„Und wann hast du vor, wieder herzukommen?"

„Nachdem du mir erlaubt hast, dich zu bezahlen. Ich komme zurück, wenn das Haus so weit ist, dass man es inserieren kann."

„Das hatten wir doch schon. Wenn du möchtest, dass ich hier arbeite, während du weg bist, tu ich das gern. Aber ich bin nicht dein Angestellter, und das werd ich auch niemals sein, Miss Fletcher."

„Das ist so unfair. Du weißt doch, dass ich dich nicht all diese Arbeit umsonst tun lassen kann, ohne mich irgendwie erkenntlich zu zeigen."

„Na, so 'n Pech." Das klang überhaupt nicht bedauernd. „Also, wann hast du gesagt, kommst du zurück?"

Ann biss von ihrem Sandwich ab – sie wollte ein bisschen Zeit gewinnen, um sich eine Antwort zu überlegen. Schließlich zuckte sie mit den Schultern und fand sich damit ab, dass er – zumindest im Moment – diese Schlacht gewonnen hatte. „Ich bin nicht ganz sicher. Um die Wahrheit zu sagen: Ich hatte eigentlich auch nicht vor, dieses Wochenende zu kommen, es hat sich einfach so ergeben. Aber ich würde das alles schon gern so schnell wie möglich über die Bühne bringen." Nachdem sie aufgegessen hatten, stand Eric auf und sagte: „So, jetzt tauschen wir die Zimmer. Du nimmst das rechte und ich das linke."

„Warum?"

„Na ja, manchmal ist es einfacher zu sehen, wo jemand anders was vergessen hat, als seine eigenen Fehler zu bemerken."

„Willst du damit etwa behaupten, dass ich irgendwelche Stellen vergessen habe?“ Ann war sich nicht sicher, ob sie nur die Entrüstete spielte oder ob sie tatsächlich gekränkt war.

„Auf keinen Fall. Ich will damit sagen, dass *ich* wahrscheinlich ein paar Stellen übersehen hab. Mein Gehirn schaltet oft auf Autopilot, meine Gedanken schweifen ab und bevor ich es bemerkt hab, ist ein ganzes Stück Fußboden verdorben – oder woran ich sonst gerade arbeite.“

„Ah ja, ich verstehe.“ Ann war ziemlich sicher, dass Eric nur einen Vorwand suchte, um ihre Arbeit zu überprüfen; *er* war ja schließlich der Handwerker. Aber sie wollte auch, dass die Arbeit ordentlich gemacht wurde, selbst wenn das für sie bedeutete, wieder in ihr altes Zimmer zurückzumüssen. Und vielleicht war das ja auch ganz gut. Bei Tageslicht wirkte nichts so unheimlich wie früh am Morgen, und bei dem Krach, den die Schleifgeräte machten, bestand wenig Gefahr, irgendwelche Musik zu hören.

Nun, da alle Möbel aufeinandergestapelt im Wohnzimmer standen, war ihr ehemaliges Zimmer sowieso nur noch eine leere Hülle. Es erinnerte sie nicht mehr so sehr an den Ort, an dem sie so viel Zeit verbracht hatte.

Bevor sie das Gerät anstellte, ging Ann auf und ab und suchte den Fußboden nach Stellen ab, die nicht ordentlich genug abgeschliffen waren. Sie war fest entschlossen, Eric einen seiner Fehler zu zeigen, bevor er einen von ihren fand. Aber er hatte nicht den kleinsten Kratzer übersehen. Als sie das brummende Geräusch der Schleifmaschine aus dem Nebenzimmer hörte, schaltete sie ihr eigenes Gerät ebenfalls ein.

Sie begann an der äußeren Wand und arbeitete sich dann zu dem kleinen begehbaren Wandschrank vor. Plötzlich wurde sie von einer Erinnerung überwältigt, die so stark war, dass sie sich beinah in die Vergangenheit zurückversetzt fühlte. Sie sah sich als Siebenjährige in der Ecke dieses Wandschranks sitzen, die Knie an die Brust gezogen und die Arme um die Beine geschlungen in dem Versuch, sich selbst zusammenzuhalten. Wenn sie losließ, würde sie explodieren und in Millionen kleiner Stücke zerbrechen – so, wie ihr Herz bereits zerbrochen war.

Wie hatte alles nur so schiefgehen können? Der Tag hatte ganz normal angefangen, ein Schultag wie jeder andere auch. Nein, sogar besser – sie hatte es endlich geschafft, schneller durch das Klettergerüst zu kommen als Jacky Sharitz. Dann hatte Nana sie wie immer von der Schule abgeholt, aber etwas war anders gewesen: Nana tanzte beinah vor Freude. „Weißt du was, Annie? Heute Abend kommt deine Mama."

„Mama? Wirklich?" Jetzt tanzte auch Ann. Vielleicht hatte ihre Mutter endlich die Arbeit gefunden, die sie gesucht hatte, und sie konnten wieder eine Familie sein. „Sie kommt wirklich zu uns? Heute Abend?" Ann drehte sich im Kreis und sah zu, wie ihr Kleid sich um sie herum zu einer Glocke aus geblümtem Stoff aufblähte. Heute war ein wunderbarer Tag!

„Ja, und das ist noch nicht alles. Sie bringt noch eine ganz besondere Überraschung mit."

„Juchhu! Eine Überraschung!" Ann drehte und drehte sich, und die rosafarbenen Blumen auf ihrem Kleid tanzten mit ihr im Sonnenlicht. „Was ist es denn?"

„Das darf ich nicht verraten. Sonst wär's ja keine Überraschung mehr, oder?"

„Ich krieg's bestimmt noch raus." In Gedanken sah sie alles Mögliche vor sich – Mama, die auf der Veranda stand und einen Teller mit selbst gebackenen Plätzchen in der Hand hielt, oder vielleicht einen Pullover, den sie gestrickt hatte … vielleicht sogar eine neue Puppe. Ann hüpfte auf und ab und musste sich größte Mühe geben, nicht wie ein Baby zu quietschen. Sie wollte doch, dass Nana ihrer Mutter sagte, was für ein großes Mädchen sie geworden war. Mit diesem Ziel vor Augen rannte sie, sobald sie zu Hause war, direkt in ihr Zimmer. Sie stopfte einen herumliegenden Socken in die Kommode, schob die Schublade fest zu und ordnete die Kissen und

Stofftiere auf ihrem Bett immer wieder neu. Dann holte sie einen Lappen und staubte jedes einzelne Möbelstück mindestens zweimal ab. Alles musste perfekt sein, wenn Mama kam.

*Ding dong.*

Ann rannte so schnell sie konnte zur Haustür, aber Nana war vor ihr da. Ihre kräftige Figur versperrte Ann die Sicht. Sie stellte sich auf die Zehenspitzen, um einen Blick auf das schöne Gesicht ihrer Mutter zu erhaschen.

Nana beugte sich vor, als würde sie sich bücken, um einen Koffer oder etwas Ähnliches hochzuheben. „Hallo, du süße Kleine. Warte, ich heb dich hoch. Nein, das kann ich einfach nicht glauben." Als sie wieder aufrecht stand, hielt sie … *ein Baby* in den Armen. Nana drehte sich wieder und wieder im Kreis. „Ach, was bist du süß, meine Kleine. Du bist ja schon ein richtig großes Mädchen!" Sie küsste das Baby auf die Stirn, auf das Haar und die Arme.

*Moment mal.* Nanas Umarmungen standen *Ann* zu, nicht diesem *Baby*.

„Wer ist das?"

Nana drehte sich um; ihr Gesicht strahlte vor Freude. „Komm, mein Schatz, sag Hallo zu Sarah. Ist sie nicht süß? Sie ist zwei Jahre alt, und sie ist deine Schwester."

„Meine was?" Erst jetzt sah Ann ihre Mutter in der Tür stehen. Sie beugte sich ein wenig zu ihr herab und lächelte sie so strahlend an, wie Erwachsene es oft tun, wenn sie wollen, dass ein Kind etwas glaubt, was nicht stimmt.

„Hallo, mein Schatz, ich hab dich vermisst."

Ann blickte von ihrer Mutter zu ihrer tanzenden Großmutter und dann zu dem Baby. „Nein!" Sie flüchtete in ihr Zimmer, schloss die Tür zu und krabbelte in die hinterste Ecke dieses Wandschranks. Hinter dem Flanellnachthemd, das so schön frisch gewaschen roch, blieb sie sitzen, die Arme um die Knie geschlungen. Vor und zurück schaukelte sie, vor und zurück, und versuchte zu verstehen, was gerade geschehen war.

Ihre Mutter, die sie vor so langer Zeit verlassen hatte, um „Arbeit zu suchen“, hatte dieses Baby hierhergebracht. Ihre Schwester – ja, genau. Ann war vielleicht erst sieben, aber sie war nicht dumm. Anscheinend hatte Mama genug Geld, um diese *Rotznase* aufzuziehen.

In diesem Moment erkannte Ann die Wahrheit. Es war nicht so, dass Mama weggegangen war, um eine Stelle zu suchen, wie sie ihr immer erzählt hatte. Die Wahrheit war: Sie war weggegangen, um eine bessere Tochter zu bekommen.

Ein paar Tage später saß Ann wieder in diesem Wandschrank, wie ein Igel zusammengerollt. Mama war gegangen und hatte das Schreibaby mitgenommen. Und Ann hiergelassen. Weil sie nicht gut genug war.

Die Schleifmaschine funktionierte plötzlich nicht mehr und riss Ann aus ihren Erinnerungen. Dieses „technische Versagen“ war genau zum richtigen Zeitpunkt eingetreten. Ann schaltete auf „Aus“ und ging ins andere Zimmer.

Eric schaltete sein Schleifgerät ab, sobald sie das Zimmer betrat. „He, was ist los? Hast du schon eine Stelle gefunden, die ich übersehen hab?“ Sein Lächeln erstarb, als er ihr Gesicht sah. „Hast du dich verletzt?“

War sie verletzt? Nicht in dem Sinn, wie er es meinte. Sie blickte zurück in den anderen Raum, froh darüber, seinem forschenden Blick ausweichen zu können. „Die Maschine hat sich abgeschaltet. Ich weiß nicht, was passiert ist.“

„Hm, lass mich mal nachsehen.“ Er folgte ihr in das andere Zimmer, holte das Schleifgerät aus dem Wandschrank und legte den Schalter um. Mit lautem Getöse sprang die Maschine an. Er lächelte und schaltete sie wieder aus. „Suchst du vielleicht ’nen Vorwand, um dich vor der Arbeit zu drücken?“

„Nein“, sagte sie scharf und legte die Hände an die Griffe. „Während ich gearbeitet habe, ist sie plötzlich ausgegangen. Da habe ich sie abgestellt.“

„He, ich wollt dich doch nicht beleidigen.“ Er schaltete das Gerät ein und dann wieder aus. „Jetzt funktioniert sie jedenfalls. Vielleicht hatte sie sich überhitzt oder so.“

„Ja, das war es bestimmt.“ Eric sah sie immer noch besorgt an.

Obwohl ihr nicht danach zumute war, scherzte sie: „Nix wie rüber mit dir nach nebenan … wir haben einen Zeitplan einzuhalten.“

„Du bist mir ja 'ne strenge Chefin. Ich denk, ich muss vielleicht 'ne Gehaltserhöhung verlangen, bevor wir fertig sind.“ Er lächelte, während er durch die Tür verschwand.

Ann ging wieder an die Arbeit und konzentrierte sich darauf, nur an das Hier und Jetzt zu denken. Sie dachte über das Stinson-Projekt nach und begann sich die Modell-Apartments vorzustellen, die sie inszenieren sollte. Sie würde mehr exklusive Einrichtungsgegenstände benötigen als sonst. Zum Glück kannte sie einen Lieferanten, der über die stilvollen Objekte verfügte, die sie wollte. Und er machte keine Probleme, wenn sie erst einige Wochen später zahlten – dieses Entgegenkommen würden sie brauchen, bis die Verträge unterzeichnet waren und die Gelder zu fließen begannen. Ja, morgen früh würde sie dort als Erstes anrufen und einen Termin ausmachen.

Sie hatte eine Baccarat-Lampeninstallation im Flur vor Augen, und schwarzen Granit in der Küche. Während sie sich den Raum vorstellte und die schwarzen Arbeitsflächen ihre ganze Aufmerksamkeit auf sich zogen, brach wie aus dem Nichts eine andere Erinnerung über sie herein. Diesmal sah sie sich vor einer schwarzen Tür stehen.

Nana hatte Ann ins Auto gepackt und nicht gesagt, wohin sie fuhren. Doch Ann hatte sich über das seltene Vergnügen einer Autofahrt aufs Land gefreut und nicht nach Einzelheiten gefragt. Sie war acht Jahre alt, und nachdem sie, wie ihr schien, stundenlang unterwegs gewesen waren, bog Nana in einen Feldweg ein. Ann konnte sich auch jetzt noch gut an das kleine Steinhaus mit den schwarzen Läden und der schwarzen Tür erinnern.

„Komm mit, mein Schatz. Ich hab eine Überraschung für dich."

„Schimpfen die Leute, die hier wohnen, nicht, wenn wir in ihrer Einfahrt stehen bleiben?"

„Nein, nein, ganz bestimmt nicht. Ich glaube, du wirst sie sehr gern haben." Nana führte sie zur vorderen Veranda und klingelte.

Ann musste ganz dringend auf die Toilette, und sie hoffte, dass die Leute, die hier wohnten, schnell zur Tür kamen. Dann öffnete sich die Haustür, und da stand das Schreibaby – ein Jahr älter als beim letzten Mal. „Annie, Schwesterchen, mein Schwesterchen ist hier." Das Schreibaby hüpfte auf und ab.

Dann kam Anns Mutter zur Tür, schaute ihr direkt ins Gesicht und sagte: „Willkommen zu Hause, mein Schatz."

„Zu Hause?" Ann blickte von Nana zu Mama.

„Ja, mein Schatz, du wohnst jetzt bei mir. Wir werden für immer zusammen sein." Mama sah so glücklich aus.

Ihre Mutter wollte sie – sie wollte sie wirklich. Sie wollte, dass Ann zu ihr kam und für immer bei ihr wohnte. Das Glück dieses Augenblicks explodierte in ihrem Inneren mit unfassbarer Intensität.

„Iiih!" Das Schreibaby hielt sich die Nase zu und zeigte auf Ann, die bis zu jenem Augenblick die Nässe, die an ihren Beinen hinunterlief, nicht gespürt hatte.

Die Schleifmaschine verstummte, und Ann rannte aus dem Zimmer. Sie blieb erst stehen, als sie keuchend auf der vorderen Veranda stand. Was ging hier vor sich? Warum wurde sie von all diesen Erinnerungen überfallen, und warum wirkten sie so real? Sie stützte die Hände auf die Knie und versuchte tiefer zu atmen.

„Geht's dir gut, Annie?" Eric stand neben ihr. Sie hatte gar nicht gehört, dass die Tür sich geöffnet hatte.

„Nenn mich nicht Annie. Ich heiße Ann." Sie richtete sich auf, aber sie sah ihn nicht an. „Und es geht mir gut. Ich habe bloß ein bisschen frische Luft gebraucht."

„Okay, *Ann,* hier draußen gibt es reichlich frische Luft, wenn's das ist, was du brauchst." Er lehnte sich an die Tür und wartete.

Schließlich sah sie ihn an. „Entschuldigung, ich wollte dich nicht angiften."

„Ich bin froh, dass du hier draußen bist. Als ich gesehen hab, dass du das Schleifgerät angelassen hast, dachte ich, du bist gekidnappt worden oder so was. Ich wusste doch, dass du nie freiwillig aufgehört hättest zu arbeiten." Er grinste sie an.

„Das Schleifgerät war an?"

„Ja. Ich bin rübergegangen, um zu gucken, wie weit du bist. Und da sah ich, wie das Gerät allein über den Boden fuhr. Ich hab es ausgeschaltet und bin rausgekommen, um die wilden Tiere zu vertreiben, die dich verschleppt haben."

*Die Schleifmaschine war an gewesen.* Ann versuchte es abzuschütteln, das Thema zu wechseln und so zu tun, als hätte das alles nichts zu bedeuten. Aber das hatte es. Oder nein, hatte es *nicht.* Sie musste sich selbst beweisen, dass es nichts zu bedeuten hatte, und sie musste es jetzt gleich tun. „Weißt du was? Diese Steckdose, an die das Gerät angeschlossen ist, das ist dieselbe, in der gestern der Stecker von der Lampe steckte. Und die ist immer wieder ausgegangen, auch, nachdem ich die Birne gewechselt hatte. Können wir mal nachprüfen, ob die vielleicht einen Kurzschluss hat?"

Aber es ging Ann nicht um einen möglichen Kurzschluss. Sie dachte an all die Zufälle, an Kennys Zeichnungen und an ihre ständige Panik wegen einer Musik, die gar nicht existierte. Sie wollte diese Wand aufbrechen und sich selbst beweisen, dass da überhaupt nichts war. Keine Probleme. Keine Musik. Und keine Engel.

# Kapitel 17

„Hier sieht alles gut aus. Die Verbindungen sind fest. Und der Voltmesser zeigt die korrekte Spannung an." Eric sah von dem Kabelsalat auf. „Ich weiß nicht, wo das Problem liegt, aber es scheint nichts mit dieser Steckdose zu tun zu haben."

Ann nahm die große Stablampe aus Erics Werkzeugkasten und leuchtete in das kleine Loch in der Wand hinein, um nachzuschauen, ob dort … *Flügel* zu sehen waren. Die bloße Vorstellung war lächerlich. Natürlich war dort nichts. Da war nie etwas gewesen. Niemals. Sie legte die Stablampe zurück und fühlte sich albern. Und erleichtert.

Eric wollte die Blende wieder aufstecken, aber sie passte nicht recht. Er zog sie wieder heraus, ging mit dem Gesicht nah an die Wand heran und griff nach der Lampe. „Was ist das?"

„Was denn? Was meinst du?"

„Da steckt irgendwas drin." Er ging mit dem Kopf zurück, steckte jedoch die Hand in das Loch.

Ann blieb das Herz stehen. „Etwas … Lebendiges?"

„Nein. Das hoff ich jedenfalls nicht. Und falls doch, ist es hoffentlich nicht giftig. Hast du mal gelernt, wie man Gift aus 'nem Schlangenbiss saugt?"

„Nimm die Hand da raus!"

„Nun kreisch doch nicht so. Es ist …" Mit einiger Mühe schob er seine Hand noch weiter in die Wand hinein. „Ein Stück Papier, glaub ich." Schließlich zog er sie wieder heraus und brachte ein zusammengerolltes Blatt Papier zum Vorschein, das von einem Gummiband zusammengehalten wurde.

„Na, das ist ja mysteriös!" Er blickte zu ihr auf und zog die Augenbrauen hoch, aber Ann war nicht danach zumute, auf seinen scherzhaften Unterton einzugehen.

„Was ist das?“

„Keine Ahnung. Das ist dein Haus. Willst du es aufmachen?“ Er hielt ihr das Papier hin.

Ann ließ beide Hände fest am Boden liegen und schüttelte den Kopf.

„Mach du das.“

Das Papier war vergilbt, und das Gummiband brach, sobald Eric daran zog. Er entrollte das Blatt und inspizierte es mit vor Konzentration zusammengezogenen Augenbrauen.

„Es ist ein handgeschriebener Brief. *Für meine Töchter, von Lorelei.* Kennst du ’ne Lorelei?“

„Ja.“ Allein beim Klang des Namens wollte Ann sich die Ohren zuhalten und einfach nur weglaufen. Sie versuchte ein unbeteiligtes Gesicht zu machen, aber es kostete sie große Anstrengung.

„Eine Cousine?“

Sie blickte auf ihre Hände hinab, die plötzlich fest ineinander verschränkt waren.

„Meine Mutter.“

Die Worte taten so weh, dass sie sie nur flüsternd aussprechen konnte.

„Ich schätz mal, das ist mein Stichwort, aufzuhören – das geht mich wirklich nichts an. Hier, ich nehm an, du möchtest das lesen. Soll ich dich ’n bisschen allein lassen?“

Während er Ann das Blatt reichte, rollten sich die Ränder wieder ein.

„Weißt du was? Ich denke, ich hebe mir das für später auf. Ich würde gern heute noch mit dem Schleifen fertig werden.“

Ann warf das Papier lässig in den Flur, als wäre es ein unbedeutender Werbebrief.

Eric sah ihr ruhig zu. „Sicher?“

„Ganz sicher.“ Ann stöpselte die Schleifmaschine in eine andere Steckdose und machte sich wieder an die Arbeit.

*

Es war kurz nach fünf, als sie endlich mit dem Abschleifen fertig waren und den Dreck, der dadurch entstanden war, beseitigt hatten. Eric war von Kopf bis Fuß mit feinem Holzstaub bedeckt. Unterhalb der Kappe war sein sonnengebleichtes Haar von kleinen braunen Körnchen durchsetzt. Ann lächelte ihm zu. „Du gehst jetzt am besten nach Hause und stellst dich unter die Dusche. Ich bin dir definitiv ein Abendessen schuldig, und ich zeige mich in der Öffentlichkeit nicht mit einem Mann, der so aussieht wie du im Moment – auch wenn er gerade den ganzen Tag in meinem Haus gearbeitet hat."

„Und ich lass mich von keiner Frau zum Abendessen einladen. Ich weiß nicht, wie ihr das in New York handhaben, aber hier in Charleston ist ein Mann immer noch ein Mann, und das Abendessen bezahl ich."

„Siehst du, das ist dein Problem. Du bist der Vergangenheit verhaftet. Alte Häuser, alte Böden und alte Verhaltensweisen. Schau dir mal an, was es um dich herum Neues gibt; es ist viel befreiender, in der Gegenwart zu leben."

„Da liegst du total falsch. Wir brauchen das Alte, um …"

Es klopfte.

„Siehst du? Selbst das Universum ist auf meiner Seite. Das ist doch perfektes Timing, oder?" Ann grinste, während sie zur Tür ging. Da es an der Küchentür geklopft hatte, musste sie nicht darüber nachdenken, wer das sein konnte. Sie machte auf und sagte: „Kommt doch herein, Tammy und Kenny." Nicht, dass sie das nicht sowieso tun würden. Aber wenn die Einladung von ihr ausging, konnte Ann wenigstens so tun, als hätte sie das Sagen. „Ihr kommt gerade rechtzeitig, um euch von Eric erklären zu lassen, warum er mit seinem Leben ein paar Jahrzehnte hinterherhinkt."

„Ja. Und dann kann Annie" – er warf einen Blick in ihre Richtung – „Tschuldigung, *Ann,* uns mit ihren Erläuterungen zum Thema ‚Wegwerf-Lebensstil' erfreuen."

„Wie bitte?"

„Eric, ich wusste gar nicht, dass du hier bist." Kenny sprang so aufgeregt auf und ab, dass ihm die Brille von der Nase fiel. Er bückte sich und hob sie auf, wand sich aber weiterhin vor Aufregung. „Oh Mann!"

„He, Kumpel, wie geht's?"

„Gut." Kenny grinste von einem Ohr zum anderen. „Willst du mit mir Football spielen?"

„Na ja, ich wollte gerade nach Hause fahren, um mich zu duschen, damit ich Ann nachher zum Abendessen ausführen kann. Sie musste den ganzen Tag hart arbeiten und jetzt hat sie Hunger."

„Annie kommt heute zu uns zum Abendessen. Kommst du auch?"

Tammy lächelte gequält. „Was Kenny meint, ist: Wir sind rübergekommen, um zu fragen, ob Annie mit uns zu Abend essen möchte. Ich wusste nicht, dass du noch da bist, Eric. Ich habe dein Auto nicht draußen stehen sehen."

„Das steht hinterm Haus. Wir hatten ein paar schwere Sachen abzuladen, da bin ich zur hinteren Veranda gefahren."

„Na ja, jedenfalls grillen wir Hamburger, und ich wollte schauen, ob Annie auch einen möchte. Du bist auch herzlich eingeladen." Ihre Blicke wanderten zwischen Ann und Eric hin und her, und Ann sah ihr an, wie gern Tammy sie beide verkuppelt hätte. „Aber wahrscheinlich möchtet ihr lieber zusammen irgendwo hingehen, oder?"

„Bitte, Eric, kommst du zu uns?"

Eric blickte von Ann zu Kenny, offensichtlich hin und her gerissen. Und zum ersten Mal schien er keine Worte zu finden. Das wirkte bei all seiner Dickköpfigkeit wirklich liebenswert.

„Ich mache keine Zugeständnisse, aber für heute Abend schlage ich einen Waffenstillstand vor. Lass uns bei Tammy essen", meinte sie.

Eric lächelte gutmütig. „Ja, keine Zugeständnisse. Wir setzen die Diskussion später fort. Du wirst schon noch einsehen, dass du falsch liegst, da bin ich ganz sicher."

*Später.* Irgendwie gefiel ihr dieses Wort sogar fast ein bisschen. Der Gedanke war ihr unangenehm, und sie wandte sich an Tammy. „Was kann ich mitbringen?"

„Gar nichts. Ich habe den ganzen Tag über eure Schleifmaschinen gehört, und ich habe mich schlecht gefühlt, weil du so schwer arbeitest und ich nicht genug getan habe, um dir zu helfen. Also war ich schon im Supermarkt und habe alles eingekauft. Ich will, dass ihr rüberkommt, euch einfach nur hinsetzt und ausruht."

Tammy brachte Ann doch immer wieder zum Staunen. Sie führte ein Leben, das die meisten Leute als schwer und kräftezehrend ansehen würden. Und doch versuchte sie ständig, Ann – einem Menschen, den sie kaum kannte, – auf jede nur erdenkliche Art und Weise zu helfen. Sicher, Tammy und Sarah hatten sich nahegestanden, aber Tammys Selbstlosigkeit ging weit über das normale Maß hinaus. Ann fragte sich wirklich, was dieser Frau die Kraft zu alldem gab.

Eric fragte: „Kann ich erst noch nach Hause fahren und duschen?"

„Natürlich, wir warten so lange." Tammy blickte von Ann zu Eric und wieder zurück. „Jetzt geht ihr euch frisch machen, und danach kommt ihr so schnell wie möglich rüber. Dann lassen wir es uns schmecken und machen es uns gemütlich."

„Tschüss, Annie, bis gleich." Kenny lächelte ihr vorsichtig zu und sah dann Eric an. „Ich lege meinen Football schon mal raus."

„Eric hat den ganzen Tag gearbeitet, mein Schatz. Er ist zu müde, um heute Abend Football zu spielen."

„Jetzt denkst du schon wieder wie 'n Mädchen, Tammy – was ja vermutlich auch in Ordnung ist, denn du bist ja eins. Aber ich bin ein Mann, und 'ne Runde Football ist bei mir immer drin. Vor allem mit meinem Kumpel Kenny."

Tammy sah ihn an, und es schien fast, als ob ihr Tränen in den Augen standen. Mit den Lippen formte sie ein „Danke", dann wandte sie sich an ihren Sohn. „Komm, Kenny, wir decken den Tisch für vier Leute."

„Juchhu!" Kenny schlang die Arme um seine Mutter. „Wir feiern 'ne Party!"

Die beiden gingen, und Eric folgte ihnen. Unten an der Treppe drehte er sich noch einmal um. „Bis gleich."

Ann nickte. „Klingt gut." Und das tat es wirklich.

*

Ann ging zurück in das leere Haus und wunderte sich darüber, wie sehr sie sich auf den Abend freute. Es war beinah, als hätte sie eine neue Familie gefunden.

Bei diesem Gedanken warf sie einen Blick auf das zusammengerollte Blatt Papier, das jetzt auf dem Küchentresen lag.

Ein Brief von der Mutter, die sie kaum gekannt hatte. Ein Teil von ihr wollte ihn lesen, ein anderer wollte ihn verbrennen. Was sollte dieser Brief schon nützen? Wenn er irgendwelche Erklärungen enthielt, wollte Ann sie nicht hören. Gab es irgendeinen Grund, der rechtfertigen würde, dass eine Mutter ihre Kinder „für ein Wochenende zu Nana" brachte, dann mitten in der Nacht verschwand und nichts als einen Zettel hinterließ, auf dem „Ich gehe" stand? Wie oft hatte ihre Mutter ihnen vorgespielt, sie zu lieben – nur um sie dann wieder im Stich zu lassen? Und falls sie in dem Brief um Verzeihung bat …

Die Luft im Haus wirkte plötzlich stickig. Sie hatte heute ja noch gar nicht nach der Post geschaut, und es waren wahrscheinlich Rechnungen gekommen, die bezahlt werden mussten. Ann ging nach draußen und vermied es absichtlich, den Brief ihrer Mutter anzusehen. Sie ließ sich für den Weg zum Briefkasten alle Zeit der Welt – blieb stehen, um vereinzelte Blätter aufzuheben, die auf den

Beton gefallen waren, und wich vom Weg ab, um das eine oder andere Unkraut auszurupfen.

„Sie sehen aus, als würden Sie sich vor irgendetwas drücken."

Ann blickte auf und war überrascht, Eleanor am Ende der Einfahrt knien zu sehen; sie war gerade dabei, ihren Laufschuh zu schnüren. „Hallo, Eleanor. Wie kommen Sie denn auf den Gedanken?"

Obwohl ihr Haar straff zurückgebunden war, glänzte es im Sonnenlicht, während Eleanor sich aufrichtete. „Na ja, ich glaube, ich habe noch nie jemanden so langsam gehen sehen. Und Sie haben mehr Gründe gefunden, um stehen zu bleiben, als ich für möglich gehalten hätte."

Ann lachte. „Sie haben mich ertappt." Sie bemerkte, dass Eleanors Gesicht gerötet war. „Haben Sie gerade Ihre Runde beendet?"

„Ja, und heute habe ich meine Bestzeit um zwanzig Sekunden unterboten."

„Wie schön."

„Ja." Eleanor griff hinter sich und nahm ihren rechten Fuß in beide Hände, um ihre Oberschenkelmuskeln zu dehnen. „Oft habe ich gar keine Lust, meine abendliche Runde zu laufen, aber wissen Sie, was ich immer wieder festgestellt habe?"

„Nein, was denn?"

„Wenn es irgendetwas gibt, dem ich aus dem Weg gehen will, dann nehme ich diese Sache am besten so schnell wie möglich in Angriff." Sie stellte ihren rechten Fuß ab und ergriff den linken. „Und wenn es so aussieht, als wäre sie schwer zu bewältigen, dann erledige ich einfach nur einen Teil davon. An Tagen, an denen ich den Eindruck habe, dass ich keine zwei Meilen schaffe, nehme ich mir eine vor. Oder eine halbe. Aber ich gestatte mir nicht, mich komplett davor zu drücken."

„Das ist wahrscheinlich die richtige Einstellung."

„Wissen Sie, was meiner Ansicht nach Ihr erstes Ziel sein sollte?"

„Nein, welches?"

„Zu duschen. Sie sehen aus, als hätten Sie ein Pfund Sägemehl auf dem Kopf."

„Tja, von nichts kommt eben nichts. Sie werden das noch zu schätzen wissen, wenn es mal darum geht, ein Haus zu verkaufen."

„Ganz bestimmt. Dann noch einen schönen Abend." Eleanor lief wieder los. Während sie die Straße hinunterjoggte, tanzte ihr Pferdeschwanz im Wind.

Vielleicht sollte Ann den Brief wirklich lesen. Aber jetzt hatte sie wegen ihrer Trödelei keine Zeit mehr dazu. Sie musste sich beeilen, wenn sie vor Eric bei Tammy sein wollte.

# Kapitel 18

Tammy lächelte. Annie beobachtete Eric und Kenny durch das offene Küchenfenster. Obwohl sie immer noch mechanisch Gemüse zerkleinerte, war sie in Gedanken definitiv woanders. *Ach, wäre das schön, wenn …*

Ann drehte den Kopf kurz zur Seite und sah, dass Tammy sie beobachtete. Sie zeigte mit dem Messer nach draußen: „Eric kann wirklich prima mit Kenny umgehen."

Tammy nickte, obwohl sie bezweifelte, dass Annie es sah. „Ich weiß nicht, was ich ohne ihn machen würde."

Eric rannte mit erhobenem linken Arm über den Rasen und rief: „Los, schieß die Bombe ab – gib alles, was du hast!"

Kenny warf, doch statt sich spiralförmig zu drehen wie bei einem professionellen Footballspieler, geriet der Ball ins Trudeln. Eric sah sofort, dass er weit vor ihm landen würde. Also änderte er die Richtung, rannte auf Kenny zu und fing den Ball im Flug. Triumphierend hielt er ihn in die Höhe, wie um dem Schiedsrichter zu zeigen, dass er ihn gefangen hatte, und schrie: „Ein Punkt für uns!"

„Jippie!", schrie Kenny und riss siegesgewiss die Arme hoch.

Eric warf den Ball zurück zu Kenny. Er prallte von seinen Händen ab und traf ihn im Gesicht. „Aua." Kenny bedeckte seine Nase mit beiden Händen.

In diesem Augenblick kam ein schwarzer Sportwagen um die Ecke gebraust. Durch die offenen Fenster dröhnte laute Musik. Ein junger Mann lehnte sich heraus und rief: „Was'n los, Spasti? Packst du's nicht, dein Babybällchen zu fangen?" Mit quietschenden Reifen stob das Auto davon, während das Gelächter der Halbstarken in der Straße nachhallte.

Tammy spürte, wie ihre Finger den Kartoffelschäler fester umklammerten. Wie sehr wünschte sie sich, diese Kerle nur für einen einzigen Tag aus ihrem sorglosen Leben voller schicker Autos, Sportmannschaften und Partys herauszureißen und dafür in Kennys Haut stecken zu können. Damit sie sahen, was für ein Gefühl es war, ein Zimmer voller Fremder zu betreten, in der Erwartung, willkommen zu sein, weil man selbst immer alle willkommen hieß. Und dann feststellen zu müssen, dass man ignoriert, ausgeschlossen oder sogar ausgelacht wurde. Und doch steckte Kenny das wieder und wieder weg. Wenn doch alle mit offenen Augen durchs Leben gingen – dann würden sie erkennen, dass derjenige, den sie für schwach hielten, in Wirklichkeit der Stärkste von ihnen war.

„Wie hältst du das aus?" Ann schleuderte das Ende einer Gurke in den Mülleimer. „Willst du diesen Jungs nicht einfach nur hinterherrennen und ihnen Manieren einprügeln?"

Tammy schüttelte langsam den Kopf und zwang sich, ruhiger zu sprechen, als sie es tatsächlich war. „Manchmal schon. Wenn ich ehrlich bin, sogar ziemlich oft." Sie schnitt die Tomate, die vor ihr lag, in Scheiben. „Ich wünschte nur, die könnten alle mal so weit runterdrehen, dass sie ihn wirklich wahrnehmen würden. Dann würden sie sehen, wie wunderbar er in Wirklichkeit ist."

Ann erstarrte sichtbar; ihr Messer blieb in der Gurke stecken, die sie gerade schnitt. „Ich weiß es zu schätzen, dass ich die Gelegenheit dazu bekommen habe."

„Lyle – mein Exmann – hat mich kurz nach Kennys Geburt verlassen. Es hat ihn schon richtig aus der Fassung gebracht, als wir erfuhren, dass Kenny das Downsyndrom hat. Und dann litt Kenny als Baby auch noch unter schrecklichen Koliken und schrie jeden Abend stundenlang. Wahrscheinlich hat die Vorstellung, ein Leben lang mit einem behinderten Sohn zusammenzuleben, ihn so geängstigt, dass er die Flucht ergriffen hat."

„Als du mit Kenny schwanger warst, wusstest du da, dass etwas … ähm …?"

Tammy ordnete die geschnittene Tomate fächerförmig auf dem Teller an und begann dann Salatblätter zurechtzuzupfen. „Erst ganz zum Schluss. Ich war schon etwas älter, darum haben sie die üblichen Tests mit mir gemacht, auch eine Fruchtwasseruntersuchung. Wir erhielten die Nachricht, dass alles in Ordnung sei, und so stellten wir uns auf ein gesundes Baby ein. Aber zwei Wochen, bevor Kenny geboren wurde, bekamen wir einen Anruf aus der Praxis. Es hatte eine Verwechslung gegeben. Sie hatten meine Untersuchungsergebnisse einer anderen Frau geschickt und mir ihre."

Anns Messer rutschte ab und fuhr ihr in den Finger. „Autsch." Sie hielt den Finger unter den Wasserhahn und sah Tammy an. „Was, im Ernst? Die andere Frau hat die ganze Zeit gedacht, dass ihr Baby …"

Tammy nickte. „Ja, sie hat die ganze zweite Hälfte ihrer Schwangerschaft über gedacht, dass ihr Baby das Downsyndrom hat. Und ich habe während dieser Zeit gedacht, mein Baby wäre vollkommen gesund."

Tammy dachte wieder daran, wie sie sich drei ganze Tage lang in ihrem Schlafzimmer eingeschlossen hatte, nachdem sie den Anruf erhalten hatte. Sie hatte sich geweigert, mit irgendjemandem zu sprechen, und kaum etwas gegessen. Die ganze Zeit über hatte sie geglaubt, ihr Leben sei ruiniert.

„Jetzt im Rückblick sehe ich, dass Gott bei alldem seine Hand im Spiel hatte. Die andere Frau war immer noch schwanger, als der Irrtum herauskam. Sie hatte offensichtlich vorgehabt, ihr Kind zu behalten, und hatte sich auf die damit verbundenen Probleme eingestellt. Ich … nun ja, wenn ich ganz ehrlich bin – ich hätte damals nicht so gehandelt."

Während sie damit fortfuhr, die Salatblätter auf dem Teller zu arrangieren, stieg ihr Schamesröte ins Gesicht. „Ich bin nicht gerade stolz darauf, aber es ist die Wahrheit." Sie starrte aus dem Fenster auf Kenny, der jetzt im Schatten seiner Lieblingseiche saß und den Football in seinen Händen drehte, während er mit Eric sprach.

„Ich habe nicht an Gott geglaubt, bis Kenny auf die Welt kam. Heute weiß ich, dass Gott die ganze Zeit gewusst hat, dass ich

Kenny brauche, und dass er einen besonderen Platz in dieser Welt einnehmen würde. Ich bin so dankbar, dass es genau so gekommen ist und nicht anders." Das war die reine Wahrheit, so schwer ihr Leben oft auch war.

„Sag mal, glaubst du wirklich, dass Kenny … Engel sieht?"

„Ja, ganz bestimmt. Ich denke, er ist vielleicht weniger abgelenkt durch das, was die meisten von uns ablenkt, darum kann er Dinge sehen, die uns allen entgehen."

Ann rieb sich die Schläfen, als verursache dieser Gedanke ihr Kopfschmerzen.

„Wenn Engel um ihn herum sind, warum helfen sie ihm dann nicht wenigstens, einen Football zu fangen, wenn irgendwelche Vollidioten vorbeifahren? Ich meine, welchen Sinn hat es, wenn sie bloß herumspuken und einem Angst einjagen?"

„Herumspuken?" Tammy sah Annie an. „Das ist ja eine interessante Wortwahl."

Ann zuckte mit den Schultern. „Wie soll man das denn sonst nennen? Ein Haufen Gespenster, die irgendwo herumschwirren, sich ab und zu mal blicken lassen und ansonsten kaum was Sinnvolles machen."

„Und wenn es ganz anders ist?" Tammy schaute nach draußen, wo Eric Kenny gerade irgendeinen Football-Kniff zeigte. Kenny lächelte, hatte den Kopf jedoch an den Baum gelehnt. „In der Bibel steht ein Vers über Engel, in dem es heißt: *Gott sendet sie aus, damit sie allen helfen, denen er Rettung schenken will.* Ich glaube, die Engel helfen Kenny so, wie er es braucht – nicht mit körperlicher Kraft, sondern mit geistiger. Kenny hat einen Herzfehler, der oft zu Lungenproblemen führt. Er ist manchmal lange Zeit krank. Die Engel machen ihn vielleicht nicht gesund, aber jedes Mal, wenn es vorbei ist, hat Kenny hinterher mehr Kraft und mehr inneren Frieden als zuvor."

„Er und Eric haben auf jeden Fall viel Spaß miteinander. Kenny sieht jetzt schon ganz erschöpft aus vor lauter Freude." Anns Stimme hatte den betont fröhlichen Ton angenommen, den man oft benutzt, um ein schwieriges Gespräch in eine andere Richtung zu lenken.

„Ja, Kenny hat nicht viel Ausdauer. Wenn wir diese Sachen nicht sofort auf den Tisch kriegen, schläft er uns noch vor dem Essen ein." Tammy lehnte sich vor und rief aus dem Fenster: „He, Eric, kannst du mal die Burger vom Grill nehmen? Alles andere ist so gut wie fertig."

Eric sprang auf. „Bin schon dabei." Ein paar Minuten später kam er mit einem Teller voller Burger herein.

Ann stöhnte. „Ich bin kein großer Fleischesser – ich kann mich gar nicht daran erinnern, wann ich zum letzten Mal einen Burger gegessen habe – aber ich muss euch gestehen: Der Geruch von Holzkohle und Rauch ist so verlockend, dass ich froh bin, für heute meine Ernährungsprinzipien über Bord geworfen zu haben."

„Ich wusste, dass wir dich schließlich rumkriegen würden. Warte mal, ehe du dich versiehst, isst du Steaks mit uns." Eric stellte den Teller auf den Tisch.

Tammy sah den Glanz in seinen Augen. Er war dabei, sich in Annie zu verlieben, daran bestand kein Zweifel. Sie wollte eine Bemerkung einwerfen, verzichtete jedoch darauf, um das, was sich zwischen den beiden entwickeln mochte, nicht zu stören.

„Ach ja?" Ann lachte. „Sei dir da mal nicht zu sicher. Ich denke, du bist mir demnächst mal einen Besuch in einer Sushibar schuldig."

„Igitt. Das kannst du vergessen." Er tat, als würde er sich gleich den Finger in den Hals stecken, und begleitete die Bewegung mit einem würgenden Geräusch.

„Herausforderung angenommen! Mein neues Lebensziel ist es, dich Sushi essen zu sehen."

„Sushi? Ich liebe Sushi. Kann ich mitkommen?" Kenny blinzelte zu Annie hoch, ein schiefes Lächeln auf dem Gesicht.

„Du hast doch noch nie Sushi gegessen, mein Schatz." Tammy küsste ihn auf die Stirn. „Und jetzt geh dir die Hände waschen."

Kenny ging folgsam zum Spülbecken und sagte dabei: „Macht nichts, ich mag's trotzdem."

„Und woher willst du das wissen?"

„Wenn Annie es mag, mag ich es auch."

Ann ging zu ihm und nahm ihn in die Arme. „Dann solltest du auf jeden Fall mitkommen. Oder, Eric?" Sie drehte sich zu ihm um und lächelte herausfordernd.

Eric nahm eine Ketchupflasche vom Küchentresen und brachte sie zum Tisch. „He, Kumpel, sie mag es nicht, wenn man sie Annie nennt. Sag *Ann* zu ihr, ja?"

„Wirklich?" Tammy sah Ann an und hoffte darauf, dass sie widersprach. „Wir haben dich die ganze Zeit Annie genannt. Warum hast du nichts gesagt? Jetzt fühle ich mich richtig schlecht."

Ann zuckte mit den Schultern. „So haben mich alle genannt, als ich ein Kind war – als ich hier gelebt habe. Und als ich dann nach New York gezogen bin, dachte ich, es wäre Zeit, erwachsen zu werden. Seitdem bin ich Ann. Nur für Sarah bin ich natürlich immer Annie geblieben." Annie setzte sich wieder hin. „Aber ich glaube nicht, dass es gerade um meinen Namen ging. Soweit ich weiß, haben wir über Sushi gesprochen, und dass Kenny gern mitkommen möchte."

Kenny sprang auf und ab und sagte: „Sushi, Sushi."

Eric sah ihn an und schüttelte den Kopf. „Sieht aus, als wär ich überstimmt."

Tammy schlug mit dem Geschirrtuch nach ihm. „Ich glaube eher, überlistet. Aber wie dem auch sei, du hast verloren."

„Das kommt mir irgendwie unfair vor." Eric setzte sich hin, aber der Ausdruck auf seinem Gesicht gab Tammy das Gefühl, dass er sich letztlich doch als Gewinner betrachtete.

# Kapitel 19

Eric stand neben Ann am Spülbecken. Er wusch die Teller kurz ab, reichte sie ihr und sie räumte sie in die Spülmaschine. Sie war ihm so nah, so unglaublich nah, und jedes Mal, wenn sie den Kopf wandte, umwehte ihn ihr angenehmer, fruchtiger Duft. Er wollte sich näher zu ihr beugen und ihn ganz in sich aufsaugen. Stattdessen schrubbte er die Überreste von Ketchup, Senf und weißen Bohnen noch ein bisschen energischer von den Tellern.

„Ich kann mich nicht daran erinnern, wann ich mich zum letzten Mal so vollgestopft gefühlt habe. Es ist Jahre her, seit ich einen Hamburger gegessen habe." Annie – Ann – legte eine Hand auf ihren Bauch und stöhnte.

„Gib's ruhig zu: Als du den ersten Bissen im Mund hattest, hast du dich gefragt, was in aller Welt dich geritten hat, die ganze Zeit darauf zu verzichten."

Ihre Schulter berührte seine. „Ja, ich geb's zu. Aber im Moment weiß ich ganz genau, warum ich so lange keinen mehr gegessen habe … ich platze gleich!"

„Ich wette, in New York isst du die ganze Zeit nur in schicken Restaurants."

„So oft nun auch wieder nicht." Mit nachdenklichem Blick stellte sie einen Teller in die Spülmaschine. „Na ja, manchmal schon."

Eric fragte sich, wer Ann wohl in New York in feine Lokale ausführte. Er konnte sich den Kerl beinah vorstellen – er trug sicher einen teuren Anzug und sprach mit europäischem Akzent. „In Charleston gibt's auch 'n paar nette Lokale. Ich hätte Tammy sagen sollen, dass wir heut Abend ausgehen wollten."

„Ich war doch diejenige, die gesagt hat, dass wir bei ihnen essen würden. Und um ganz ehrlich zu sein, kann ich mich nicht erinnern, wann ich zuletzt so einen netten Abend hatte." Sie spielte mit den drei Gabeln herum, die sie in der Hand hielt, und steckte sie dann in den Besteckkorb. „Es ist schon komisch … so sehr ich auch all die Jahre vermieden habe, hierherzukommen, heute beim Abendessen habe ich mich beinah so gefühlt, als wäre ich … nach Hause gekommen.“ Sie richtete sich auf.

Erics Hand schien sich von selbst zu bewegen. Sie würde nicht innehalten, bis sie Anns Haar berührt hatte. Er wusste das, aber er schien keine Kontrolle darüber zu haben. Das dunkelbraune Haar war so schlicht – lang und glatt – und es sah so weich, so unglaublich weich aus. Schon bei ihrer allerersten Begegnung hatte er das Verlangen verspürt, es zu berühren. Seine Finger waren nur noch wenige Zentimeter von ihrem Kopf entfernt, als er hörte, wie sich im Flur hinter ihnen Kennys Zimmertür schloss. Seine Hand sank herab – sie hatte ihr Ziel verfehlt. Jedenfalls im Moment.

„Er schläft tief und fest“, sagte Tammy, als sie in die Küche kam. „Vielen Dank, dass ihr heute Abend herübergekommen seid, Ann und Eric. Ihr könnt euch nicht vorstellen, wie viel es ihm – und mir! – bedeutet, Gesellschaft zu haben.“

„Danke, dass du uns eingeladen hast“, sagten Eric und Ann gleichzeitig. Alle drei mussten lachen.

„So, jetzt werd ich Ann wohl besser nach Hause begleiten.“ Eric hoffte, seine Stimme klang cool und lässig. Doch er war ziemlich sicher, dass man ihm deutlich anhörte, wie sehr er sich wünschte, sie würde auf sein Angebot eingehen.

„Glaubst du wirklich, dass mich auf den paar Metern irgendjemand überfallen könnte?“ Ann sah ihn mit einem Blick an, in dem entweder Koketterie oder Verärgerung lag. Wie in aller Welt sollte er den Unterschied erkennen?

„Na ja, normalerweise würde ich so ’ne Frage verneinen – das ist ’ne ziemlich ruhige Gegend. Aber angeblich ist hier in der letzten Zeit so ’ne verrückte New Yorkerin aufgetaucht. Du weißt ja, wie diese Yankees sind – man weiß nie, was die aushecken. Ich denk, wir sollten vorsichtshalber ’nen Wachdienst beauftragen – und bis dahin möcht ich dich einfach nicht allein im Dunkeln so 'ner Gefahr aussetzen."

Ihr Lachen bestärkte seine Hoffnung, dass es Koketterie gewesen war. „Sag mir jetzt nicht, dass ein Gentleman aus dem Süden sich vor einer kleinen New Yorkerin fürchten würde."

„Also, erstens hab ich nicht gesagt, dass *ich* Angst hab, sondern, dass ich *dich* beschützen möchte. Und zweitens, lass es dir bloß nicht mehr einfallen, mich mit 'nem Gentleman zu verwechseln."

„Ups." Ann breitete die Arme aus und drückte Tammy, was sie beide zu überraschen schien. „Also, gute Nacht dann. Wir sehen uns ja bestimmt morgen." Die Art, wie sie es sagte, klang, als würde sie sich darauf freuen. Ein sehr gutes Zeichen.

„Verlass dich drauf." Tammy umarmte Eric und hielt ihnen dann die Tür auf.

„Gute Nacht."

Sie gingen langsam über den Rasen zu Anns Haus. So nah waren sie einander, dass Eric leicht nach ihrer Hand hätte fassen können. Beim Gedanken daran kribbelten ihm die Finger, aber er wollte jetzt nichts Dummes machen. Er hatte schließlich keine Ahnung, wie sie darauf reagieren würde.

Inzwischen standen sie vor der Küchentür. Eric nahm all seinen Mut zusammen und berührte ihre Hand. „He, hast du Lust, morgen früh mit mir zur Kirche zu gehen? Der Gottesdienst beginnt um neun. Und Tammy und Kenny werden auch da sein."

„Zur Kirche? Ähm …" Ann sah ihm ins Gesicht, und ihre Stimme klang fest, beinah hart. „Ich gehe nicht in die Kirche."

„Nicht?" Eric wusste, dass seine Stimme verriet, wie überrascht er war. „Ich … na ja, ich dachte, wenn man in New York lebt, gibt es doch so viele Gemeinden, unter denen man auswählen kann … Aber vielleicht ist es in so 'ner großen Stadt schwer, eine zu finden, die genau die richtige Zusammensetzung für einen hat? Ich glaub, unsere hier würd dir gut gefallen. Sarah ist hingegangen und auch viele ihrer Freunde. Tammy geht hin und Kenny – aber das hab ich schon gesagt, oder?"

„Eric, wenn ich sage, dass ich nicht in die Kirche gehe, dann meine ich damit: Diese ganze Sache mit Gott interessiert mich nicht."

*Was?* Wie hatte er so unaufmerksam sein können, dass ihm das völlig entgangen war? Er zog seine Hand zurück; die Endgültigkeit dieser Aussage brannte ihm in den Adern. Sie war tabu. Als jemand, der das nicht mit ihm teilte, war Ann tabu für alles, was mehr war als Freundschaft. Und er empfand ganz bestimmt mehr als Freundschaft für sie.

Noch immer sah sie ihn mit herausforderndem Blick an und wartete auf eine Reaktion, aber er war so schockiert, dass ihm keine sinnvolle Antwort einfiel.

„Wirklich? Ich hab einfach angenommen … Ich mein, du bist Sarahs Schwester, und eure Großmutter … sie war … weißt du … Und ich glaub, ich hab einfach gedacht, bei so 'ner Familie würdest du …"

„Ja, bei so einer Familie … Guck doch, was es ihnen gebracht hat."

„Wie meinst du das?"

„Meine Großmutter hat monatelang furchtbar gelitten, bis sie schließlich an ihrem Krebs gestorben ist. Sarah ist zwei Tage vor ihrer Diplomfeier überfahren worden. Und selbst Tammy… Sie ist gläubig und hat einen behinderten Sohn – der ihr bestimmt sehr, sehr viel bedeutet, keine Frage! –, aber ihr Leben ist einfach furchtbar schwer. Wenn es einen Gott gäbe, sollte er sich dann nicht besser um die Leute kümmern, die an ihn glauben?"

Eric lehnte sich an den Türrahmen und schaute sie an. Schon oft war es ihm so ergangen, dass er sich im Gespräch mit ihr gewünscht hätte, die richtige Antwort zu haben – aber noch nie so sehr wie jetzt. Unten am Strand bei den Surfern fiel es ihm so leicht, über seinen Glauben zu sprechen. Dort, unter den vom

Testosteron (oder anderen Substanzen) beflügelten Adrenalin-Junkies, die auf die richtige Welle warteten, flossen die Worte nur so aus ihm heraus. Hier, weit entfernt vom Strand und auf derselben Veranda, auf der er schon Tausende von Malen gestanden hatte, blieb er stumm. In Anns Gegenwart fielen ihm einfach nie die richtigen Worte ein, noch nicht einmal jetzt, wo es wirklich darauf ankam. *Hilf mir, Gott. Sie hat ein ganzes Meer an Schmerzen in sich, das sie nicht rauslassen will, weil sie Angst hat, darin zu ertrinken. Hilf mir, ihr zu zeigen, dass sie nicht allein damit zurechtkommen muss.*

„Ich weiß nicht, ob ich Gott verstehen kann, und ich will bestimmt nicht versuchen ihn zu erklären. Aber ich weiß, dass er deine Großmutter und deine Schwester und Tammy und auch dich mehr liebt, als du dir vorstellen kannst."

„Wenn es dir hilft, das zu glauben, ist das in Ordnung, aber mir hilft es nicht." Sie kreuzte die Arme vor der Brust.

Das lief nicht gut. Es würde auch in Zukunft nicht gut laufen. Eric hatte den Eindruck, dass er nicht der Richtige war, um dieses Gespräch mit ihr zu führen, und er musste verschwinden, ehe er es noch schlimmer machte. „Ich wünschte nur …" Er brachte es nicht fertig, den Satz zu beenden. *Bleib dran, Eric, sie ist es wert.* „Ich wünschte nur …"

Er bemerkte ein Flackern unter dem harten Glanz in ihren Augen, und in diesem Moment begriff Eric. Im Inneren war sie ein ängstliches kleines Mädchen, das sich hinter Worten versteckte, hinter denen sie sich sicher wähnte.

„Ich wünschte, du würdest dein Herz öffnen, Ann. Du musst dich den Schmerzen der Vergangenheit stellen, statt so zu tun, als gäbe es sie nicht."

„Und woher willst du das wissen?"

„Das ist so offensichtlich wie die Wand, die du um dich rum aufbaust. Du musst lernen, wieder an was zu glauben."

Ann sah ihn fest an, und man konnte nur erahnen, dass ihr

Tränen in die Augen zu steigen begannen. „Ich …" Sie zwinkerte zweimal und wandte den Blick ab.

„Ich weiß nicht, wie." Dann öffnete sie die Tür, ging ins Haus und zog die Tür wieder zu, ohne sich umzusehen.

Er hatte mal wieder das Falsche gesagt. Er hatte keinen anderen Wunsch, als ihr zu helfen. Aber das Einzige, was er schaffte, war, alles zu vermasseln.

# Kapitel 20

Als Ann sich an diesem Abend auf dem Sofa in ihre Decke kuschelte, war sie viel zu aufgeregt, um einschlafen zu können. Sie hatte hier so wenig Platz, dass sie sich nicht hin- und herwälzen konnte, wie sie es in ihrem Bett in New York wahrscheinlich getan hätte. Schließlich stand sie wieder auf und lief im Zimmer auf und ab – so gut das eben ging bei all den Möbeln, die dort herumstanden.

Auf Sarahs Nachttisch lag der Brief, den sie in der Wand gefunden hatten, und Ann musste daran denken, was Eleanor gesagt hatte. Es war besser, eine Sache so bald wie möglich in Angriff zu nehmen. Nicht alles auf einmal, sondern nach und nach, einen Schritt nach dem anderen. Ja, vielleicht las sie jetzt einfach mal die ersten paar Zeilen oder so. Ann holte sich das noch immer zusammengeknüllte Papier und setzte sich damit wieder auf das Sofa.

Ein paar Minuten lang hielt sie den Brief einfach in der Hand und überlegte, was sie tun sollte. War es nicht albern, wie sehr es ihr widerstrebte, dieses Blatt zu entrollen? Wie schlimm konnte es schon werden? Es war nur ein Brief, den ihre Mutter vor vielen, vielen Jahren geschrieben hatte. Wahrscheinlich hatte dessen Inhalt überhaupt keine Bedeutung für sie und ihr Leben. Aber trotzdem – irgendetwas an der Situation brachte die Alarmglocken in ihrem Kopf zum Schrillen.

Schließlich entrollte sie das zusammengeknüllte Papier doch.

*3. April 1988*

Ann warf einen Blick auf das Datum und ließ das Blatt sinken. Diesen Brief hatte ihre Mutter einen Tag, bevor sie ihre Töchter endgültig verlassen hatte, geschrieben. Wie kam es, dass sie Zeit gefunden hatte, einen solchen Brief zu schreiben, und gleichzeitig nicht imstande gewesen war, sich mit einem einzigen Wort von ihrer Familie zu verabschieden? *Feigling.* Zorn stieg in Ann auf, und sie fühlte sich plötzlich stärker, nicht mehr so verletzlich. *Na gut, Mutter, wollen wir doch mal sehen, wie du dich rechtfertigen wirst. Denk ja nicht, dass ich dir irgendwas abkaufen werde, das kann ich dir jetzt schon sagen.*

Sie strich das Papier glatt und las weiter.

*Meine lieben Mädchen,*
*ich hab nicht den Mut, es euch persönlich zu sagen. Feige, wie ich bin, schreib ich euch also einen Brief. Es macht sowieso keinen Unterschied, weil ihr selbst ihn wahrscheinlich nie zu Gesicht bekommen werdet. Ich bin viel zu feige, um ihn irgendwo hinzulegen, wo ihr ihn finden könnt, weil ich Angst davor habe, was ihr über mich denkt. Ich versteck ihn dort, wo ich sonst immer das Marihuana vor Mama versteckt hab. Was bin ich doch für ein Angsthase!*

*Ich hoff, dass ich diesen Brief irgendwann mit euch zusammen lese. Das würde dann nämlich heißen, dass ich mich endlich zusammengerissen hab und zu euch zurückgekommen bin. Jetzt kommt mir das noch wie ein Traum vor, der in weiter Ferne liegt, aber ich hoffe so sehr, dass er irgendwann in Erfüllung geht. Wenn irgendwas schiefläuft, wenn ich es nicht schaffe, jemals zurückzukommen, dann wird niemand wissen, wie sehr ich alles versucht hab. Dieser Brief wird dann wohl eines Tages unter den Trümmern dieses Hauses begraben werden und das wäre wahrscheinlich auch genau das Richtige. Denn wenn ich nicht mehr zurückkomme, bedeutet das, dass ich endgültig gescheitert und untergegangen bin, und darum ist es nur richtig, wenn mit diesem Brief dasselbe passiert. Ihr werdet ihn nicht finden. Es sei denn, Gott selbst hätte seine Hand im Spiel. Aber von Gottes Eingreifen in meinem Leben hab ich in letzter Zeit wirklich nicht viel gemerkt.*

Ann warf das Blatt Papier auf den Boden. Was sie bis jetzt gelesen hatte, war wirklich mehr als genug für eine Nacht. *Aber in einem*

*Punkt hattest du recht, Mutter. Du warst schon zu kaputt, um noch mal umkehren zu können. Leider hast du dich geirrt, was diesen Brief betrifft. Er liegt nicht unter den Trümmern dieses Hauses begraben. Ich sitze hier und lese ihn.*

Die Worte, die sie gelesen hatte, kreisten wieder und wieder in ihrem Kopf. *Wenn irgendwas schiefläuft, wenn ich es nicht schaffe, jemals zurückzukommen, dann wird niemand wissen, wie sehr ich alles versucht habe. Dieser Brief wird dann wohl eines Tages unter den Trümmern dieses Hauses begraben werden und das wär wahrscheinlich auch genau das Richtige.*

Selbst ihre verrückte, verwirrte Mutter hatte gewusst, dass der Brief lange Zeit nicht gefunden werden würde. Immerhin war diese Wand jahrelang das perfekte Versteck für ihr Marihuana gewesen. Die Bitterkeit fraß in Anns Inneren. Aber sie verflog, als sie zu begreifen begann, dass die Hoffnungen ihrer Mutter nicht in Erfüllung gegangen waren. Vielleicht hatte sie wirklich vorgehabt, ihr Leben zu ändern, aber dann starb sie an einer Überdosis – auf den Straßen Atlantas und mit niemandem in der Nähe, der ihr hätte helfen können. Fast eine Woche war damals vergangen, ehe Nana überhaupt davon erfahren hatte.

Und jetzt hatte – welch eine Ironie des Schicksals – doch jemand den Brief gefunden. Und zwar, weil Ann aufgewacht war und gedacht hatte, sie hörte Musik aus diesem Zimmer. Und weil Kenny behauptete, in der Wand sei ein Engel und es komme Musik aus ihr heraus. Und wegen der Elektrogeräte, die an- und ausgingen, obwohl Eric ihr versicherte, dass mit der Verkabelung alles in Ordnung sei.

So hatten sie den Brief in dieser Wand entdeckt. Es war fast, als hätte irgendjemand – oder irgendetwas – gewollt, dass er gefunden wurde. *Aber von Gottes Eingreifen in meinem Leben habe ich in letzter Zeit wirklich nicht viel gemerkt.*

Ann ging noch einmal zu Sarahs Nachttisch und öffnete die oberste Schublade. Wie sie geahnt hatte, lag eine Bibel darin. Ann nahm sie heraus und blätterte ein paar Minuten gedankenverloren darin herum. Dann schlug sie das Buch hinten auf, um nach dem Inhaltsverzeichnis zu suchen. Sie wollte nachsehen, was die Bibel über Engel und Engelslieder und blinkende Lichter zu sagen hatte, und sie wollte eine Erklärung dafür, warum die guten Menschen immer so früh sterben mussten, während es anderen, die es offensichtlich nicht verdient hatten, so gut ging.

Im hinteren Teil fand sie etwas, das mit „Konkordanz" überschrieben war und eine Art Inhaltsverzeichnis zu sein schien. Unter dem Begriff „Engel" standen viele Verweise, die Ann schnell überflog – bis ihr das Wort *Hagar* ins Auge sprang. Das war doch die Frau in dem Bild in der Ausstellung? Die Frau mit dem Engel, der so überhaupt nicht hilfreich zu sein schien?

Das ergab doch alles keinen Sinn. Warum hatte Gott überhaupt zugelassen, dass diese schlimme Geschichte passierte? Wo war er, als all dies geschah?

Die Geschichte, das Bild, … die ganze Sache ließ ihr keine Ruhe. Ehe Ann wusste, was sie da tat, saß sie an ihrem Computer und öffnete die Homepage des Metropolitan Museum of Art. Nach einer Weile fand sie Bekkas Gemälde und druckte es aus. Dann – sie wusste selbst nicht, wieso – tippte sie die Stichworte „Hagar" und „Gemälde" in eine Online-Suchmaschine ein. Es stellte sich heraus, dass viele Künstler diese Geschichte dargestellt hatten. Mehrere der gefundenen Bilder faszinierten sie, und sie druckte diese ebenfalls aus.

Eins davon war Guercinos „Abraham verstößt Hagar und Ismael". Im linken Teil des Gemäldes stand Sarah, die dem Betrachter den Rücken zuwandte und deren Profil von einem dunklen Schatten bedeckt war. Im Zentrum des Bildes sah man Abraham. Mit sorgenvollem Gesicht wies er Hagar und Ismael den Weg in die Ferne. Hagar hatte den Blick auf Sarah gerichtet, während sie den weinenden Ismael an sich drückte. Das Bild strahlte eisige Kälte aus.

Diese arme Frau. Sie wurde zusammen mit ihrem Sohn in die

Wüste geschickt, wo sie der sichere Tod erwartete. Und zwar vom Vater ihres Kindes und von der Frau, die überhaupt erst verlangt hatte, dass sie dieses Kind bekam. Und es gab niemanden, den das kümmerte. Sie war ganz allein.

Ann dachte darüber nach, ob ihre Mutter wohl denselben kalten Blick wie diese Sarah aus der Bibel gehabt hatte, als sie ihre Habseligkeiten ins Auto gepackt und sich endgültig aus dem Staub gemacht hatte. Es war mitten in der Nacht gewesen, also konnte es keiner wissen. In ihrer eigenen Version dieser Geschichte war Nana diejenige gewesen, die die weinende Sarah an sich drückte wie Hagar Ismael. Ann hatte nicht geweint, nicht zu diesem Zeitpunkt. Ein paar Monate lang hatte sie im Haus ihrer Mutter gewohnt, immer in Angst, weil sie wusste, dass es auch diesmal nicht für immer sein würde. Als ihre Mutter schließlich verschwand, war sie fast erleichtert darüber, dass es endlich geschehen war. Und das Ganze hatte noch etwas Gutes: Diesmal hatte ihre Mutter auch Sarah zurückgelassen. Endlich war Ann nicht mehr die Einzige, die nicht gut genug war.

Über diesen Gedanken schlief sie schließlich ein und träumte von der ungeliebten, unerwünschten Hagar. Sie hörte ihr verzweifeltes Klagen, ihr Schluchzen in der grausamen Einsamkeit der Wüste. Im Laufe der Nacht bahnte sich das Lied aus der Kapelle einen Weg in Anns Träume. Kurz darauf verstummten Hagars Klagerufe.

*

Ann erwachte schweißgebadet. Eine Nacht voller Träume von Hagar, Engeln und unheimlicher Musik lag hinter ihr, aber damit war es noch lange nicht vorbei. Das wusste sie genau. „Warum? Warum?“, schrie sie durch das menschenleere Haus. Warum war sie diejenige, die allein zurückgeblieben war und von Träumen und seltsamer Musik verfolgt wurde? Der Mann, der all das verschuldet hatte, lag jetzt auf irgendeinem Friedhof und hatte seine Ruhe. Warum war er nicht derjenige, der mit dem Schmerz zurechtkommen musste … derjenige, der sich fragte, ob er allmählich den Verstand verlor? Das war alles so ungerecht.

Ann richtete sich auf und rieb sich die Augen. Dann stand sie auf und taumelte in die Küche, um sich ein Glas Wasser zu holen. Jeder Muskel ihres Körpers schmerzte. Sie setzte sich an den Küchentisch, stützte ihre Stirn auf die linke Hand und fragte sich, wie lange sie das noch aushalten konnte, bevor sie daran zerbrach. Vielleicht sollte sie sich professionelle Hilfe holen, sobald sie wieder in New York war. Vielleicht gab es irgendwelche Medikamente, die sie nehmen konnte. Aber nun musste sie vorläufig erst einmal dafür sorgen, dass sie so viel zu tun hatte, dass ihr keine Zeit zum Nachdenken blieb.

Heute hatte sie vor, die Schlafzimmerböden zu beizen und zu polieren und anschließend die erste Schicht Polyurethanlack aufzutragen. Sie versuchte die einzelnen Schritte zu planen, aber ihre Gedanken wanderten zu Eric, Tammy und Kenny. Sie dachte daran, wie wohl sie sich am Abend zuvor bei Tammy gefühlt hatte – so, als würde sie richtig dazugehören. Aber jetzt, in der Klarheit des Morgens, sagte sie sich, dass all dies nur Illusionen waren, die sie sich gemacht hatte – Illusionen, dass es Menschen gab, die ihr wichtig waren. Menschen, denen sie wichtig war. Ja, und Illusionen von Engeln. Und von einem Gott, dem so viel an einem einzelnen Menschen lag, dass er ihm einen Engel schickte. Ja, sie musste jetzt definitiv in die Gänge kommen und etwas Sinnvolles tun, bevor sie vollends den Verstand verlor.

Sie aß eine Banane zum Frühstück und stürzte sich dann sofort in die Arbeit. Zuerst zog sie sich alte Kleider an und legte alles bereit, was sie brauchte. Dann begann sie die äußerste Ecke ihres alten Schlafzimmers zu bearbeiten. Sie wollte diesen Raum als Erstes hinter sich bringen. Bestimmt würde sie wieder von Erinnerungen überfallen werden, und sie vermutete, dass sie damit morgens leichter umgehen konnte als im Laufe des Tages, wenn ihre Verteidigungsbereitschaft nicht mehr so hoch war.

Ann verteilte die Beize mit kreisförmigen Bewegungen, wobei sie die Bodenfläche gedanklich in Quadratmeter große Bereiche einteilte. Sie versuchte sich vollkommen auf diese Aufgabe zu konzentrieren. Aber wie es bei solch eintönigen Arbeiten oft der Fall ist, drifteten ihre Gedanken bald ab und sie dachte über den gestrigen Tag, die vergangene Nacht und alle möglichen anderen Dinge nach.

Als sie mit ihrem Zimmer fertig war, taten ihr Rücken und Arme weh. Im Badezimmer wusch sie sich die Hände und ging in die Küche, um ein Glas Wasser zu trinken. Dann ließ sie sich aufs Sofa fallen und machte eine kurze Pause.

So sehr sie sich auch bemühte, in eine andere Richtung zu sehen, es half nichts. Der zusammengeknüllte Brief, den sie auf dem Boden liegen gelassen hatte, sprang ihr förmlich in die Augen. „Du hast keine Macht über mich." Noch während sie dies sagte, ging sie wieder in die Küche und füllte ihr Glas erneut mit Wasser. Sie war diejenige, die für ihr Leben verantwortlich war. Sie war diejenige, die entscheiden würde, wann beziehungsweise ob sie diesen Brief je wieder anschauen würde. Auf jeden Fall war sie ihrer Mutter zu nichts verpflichtet, so viel stand fest.

Zwei Jogger liefen draußen an ihrer Einfahrt vorbei. Sie sahen aus wie Teenager und sie liefen sehr schnell. Ob sie für den Charleston Marathon trainierten? Ann musste an Eleanor denken. Was hatte sie noch mal gesagt? „Wenn es irgendetwas gibt, dem ich aus dem Weg gehen will, dann nehme ich diese Sache am besten so bald wie möglich in Angriff."

Vielleicht hatte sie recht. Vielleicht sollte Ann einfach mit dieser dummen Sache abschließen, dann konnte sie das alles vergessen und ihr Leben weiterleben. Sie hob den Brief auf.

*Annie, mein lieber Schatz, obwohl ich noch ein Teenager war, war ich überglücklich, als der Schwangerschaftstest positiv ausfiel. Es war, als hätte ich endlich einen Sinn für mein Leben gefunden. Damals war es schon länger her, dass ich die Schule geschmissen hatte und von zu Hause ausgezogen war. Ich hatte gedacht, es wäre herrlich, allein zu leben und niemanden zu haben, der einem sagt, was man zu tun oder zu lassen hat. Aber manchmal war es schwer, vor allem, wenn die Leute, die ich aus der Schule kannte, mit ihren Freundinnen, Kollegen oder sonst wem ins PizzaHut kamen. Dann saßen sie beim Essen, lachten miteinander, machten Witze und redeten über das letzte Footballspiel oder den Abschlussball. Und währenddessen hatte ich einen Vollzeitjob, um irgendwie das Geld für die Miete zusammenzukriegen. Miete und Alkohol, das war so ziemlich das Einzige, wofür das Geld reichte. Ansonsten waren da noch Männer, aber die gab es ja immerhin umsonst. Ich wünschte, ich könnte dir sagen, wer dein Vater ist, aber ich hab wirklich keine Ahnung. Solche schrecklichen Dinge sollte ich dir wahrscheinlich gar nicht erzählen, du bist jetzt bestimmt total schockiert. Aber, wie gesagt – falls du das liest, habe ich mich geändert.*

Ihre Mutter wusste nicht einmal, wer ihr Vater war? Ann erinnerte sich daran, wie oft sie von ihrem Vater geträumt und sich vorgestellt hatte, was für ein Mensch er wohl war. Sie hatte sich vorgestellt, dass er nach Charleston kommen würde. Natürlich wohnte er nicht mehr in der Stadt, sonst wäre er ja immer bei ihr gewesen. Und er würde sie anschauen und sagen: „Dieses hübsche Mädchen muss meine Tochter sein. Warum hat Lorelei mir denn nicht gesagt, dass sie schwanger war? Ich wäre nie im Leben weggegangen, wenn ich es gewusst hätte." Dann würde er Ann in die Arme nehmen und in seinen schicken Wagen heben. Sie würden die Stadt zusammen verlassen und für immer miteinander glücklich sein.

„Oder auch nicht." Ann nahm den Brief, ging damit in die Küche und schleuderte ihn in den Mülleimer. „Jetzt reicht's mir endgültig." Die Worte klangen mutig und selbstbewusst. Aber dann zerbrach etwas in ihrem Inneren, und sie begann haltlos zu weinen.

# Kapitel 21

Eric fuhr auf den Parkplatz der Kirche und brachte seinen Geländewagen an der gewohnten Stelle zum Stehen. Er konnte sich jedoch nicht dazu durchringen, den Motor abzustellen. Alles in ihm sehnte sich danach, umzukehren und zu Anns Haus zu fahren. Aber das war sicher nicht richtig. Ganz bestimmt war es falsch.

Als Christ wollte er doch verbindlich sein, oder? Wie sah das denn aus, wenn er nicht zum Gottesdienst ging, um stattdessen Zeit mit einer Frau zu verbringen? Noch dazu nach dem, was diese am gestrigen Abend gesagt hatte? In der Bibel stand doch klipp und klar, dass ein Gläubiger keine ungläubige Frau heiraten sollte. Und auch wenn an Heiraten im Moment bestimmt nicht zu denken war, hatte er doch den guten Sinn hinter der Regel mit dem gemeinsamen Ziel, dem gemeinsamen Glauben vor langer Zeit auf die harte Tour gelernt. Weil beides gefehlt hatte. Diesen Fehler würde er nicht noch einmal machen. Aber woher kam dann dieses Gefühl, zu Ann fahren zu müssen?

Schließlich schaltete er doch den Motor ab und zwang sich, aus dem Auto zu steigen. Dabei sprach er leise ein schnelles Gebet. *Gott, bitte hilf mir, meine Gedanken zu ordnen, damit ich mich ganz auf dich konzentrieren kann.* Er sah ein paar Freunde und ging zu ihnen hinüber. Während er ihnen zur Begrüßung zuwinkte und lächelte, sehnte er sich mit jeder Faser seines Wesens zurück ins Auto. *Also gut, Gott, wenn dieser Drang, umzukehren, aus irgendnem Grund von dir kommt, wenn ich wirklich genau jetzt zu Ann gehen soll, dann brauch ich ein klares Zeichen von dir. Ansonsten gib mir bitte die Kraft, dieser Versuchung zu widerstehen.* Er zwang sich weiterzugehen, aber es war, als würde er gegen einen Hurrikan ankämpfen.

„Hi, Eric." Stephanie Jones winkte ihm zu, als er näher kam. „Ed sucht dich gerade."

„Hallo, Mr Eric." Die vierjährige Samantha blickte mit ihren großen braunen Augen zu ihm auf. „Hallo, Samantha. Und, wie geht's dir heute?"

„Gut. Ich unterrichte gleich die kleinen Kinder im Kindergottesdienst." Die Worte „die kleinen Kinder" sprach sie sehr langsam, um ihrer Aussage noch mehr Nachdruck zu verleihen.

„Echt? Du ganz allein?"

„Na ja, Mama hilft mir ein bisschen. Du weißt ja, wie Zweijährige so sind. Die können ganz schön anstrengend sein. Aber ich erzähle die Geschichte. Möchtest du sie hören?"

„Na klar, erzähl sie mir."

„Also, es geht um diesen Mann, der heißt Sam Arita. Er hat einem armen, verletzten Menschen geholfen, der dringend Hilfe brauchte."

Eric schaute über Samantha hinweg die Mutter des kleinen Mädchens an. Stephanie lächelte. „Ich glaube, du meinst den barmherzigen Samariter."

„Ja, das hab ich doch gesagt. Die ganzen religiösen Leute sind einfach an dem armen Mann vorbeigelaufen, mussten schnell in die Kirche und so. Die hatten nicht mal Zeit, kurz mit ihm zu reden. Aber Sam Arita war ganz anders. Er hat gesehen, dass der Mann verletzt war. Da ist er stehen geblieben und hat ihm ganz viel geholfen. Und so sollen wir's auch machen."

Wenn sie Eric mit einem Baseballschläger auf den Kopf gehauen hätte, wäre die Wirkung nicht durchschlagender gewesen.

„Weißt du was, Samantha? Da hast du vollkommen recht." Er sah Stephanie an. „Kannst du Ed bitte ausrichten, dass ich ihn später anruf? Mir ist gerade eingefallen, dass ich unbedingt noch was erledigen muss."

„Gut, mach ich." Stephanie nahm Samantha bei der Hand. „Komm mit, mein Schatz, wir Lehrerinnen müssen doch pünktlich sein."

Eric machte auf dem Absatz kehrt und rannte zurück zu seinem

Auto. *Gott, das war doch sicher von dir, oder? Ich soll Ann also aus irgendnem Grund helfen?*

Er setzte sich ins Auto und fuhr los. Hoffentlich war es wirklich Gottes Führung, die ihn dazu bewegte, und nicht nur seine eigenen egoistischen Gedanken. Es dauerte – zumindest seinem Empfinden nach – nur wenige Sekunden, bis er das Gartentor öffnete, über die Veranda ging und vor Anns Haustür stand. Ehe er es sich noch einmal anders überlegen konnte, hatte er schon auf die Klingel gedrückt.

Keine Reaktion.

Er ging um die Garage herum, schaute durch ein Fenster hinein und sah Anns Mietwagen. Vielleicht machte sie gerade einen Spaziergang? Oder war sie vielleicht bei Tammy? Nein, Tammy war ja im Gottesdienst. Er hatte ihr Auto auf dem Gemeindeparkplatz gesehen.

Eric ging zurück zur Haustür und klingelte noch einmal. Immer noch keine Antwort, aber es war ihm, als höre er von drinnen ein leises Schluchzen. Sein erster Gedanke war, fortzugehen und sie nicht zu stören. Aber was, wenn er gerade aus diesem Grund hier war? Diesmal klopfte er. Laut. „Ann, ist alles in Ordnung?" Er klopfte noch einmal. „Ann?"

Jetzt konnte er hören, wie sich von drinnen schlurfende Schritte näherten. Ann öffnete die Tür. Ihre Augen waren rot und geschwollen, ihre Wangen nass von Tränen. „Schau mich gut an. Dann weißt du, wie verkorkst mein Leben ist."

Einen Moment lang war er wie gelähmt vor Schreck, aber dann wurde ihm bewusst, dass es ihm egal war, was sie von ihm dachte. Es war ihm egal, ob sie es merkwürdig fand, dass er gekommen war. Und er dachte auch nicht darüber nach, ob er der Richtige war, um ihr in dieser Situation zu helfen. Er musste es einfach versuchen und alles geben. Es riskieren, auch wenn es schiefging. Es war ein Schritt im … Glauben. Ohne um Erlaubnis zu bitten, trat er ein und ließ die Tür hinter sich ins Schloss fallen.

„Was ist passiert?“, fragte er.

Ann schüttelte den Kopf. „Nichts ist passiert. Das bin bloß ich mit meinem verkorksten und kaputten Leben.“ Instinktiv legte er ihr den Arm um die Schulter und führte sie zum Sofa. „Setz dich hin und erzähl mir davon. Bitte.“

Da saßen sie nun, Seite an Seite, aber Ann sagte kein Wort. Sie schluchzte nur leise vor sich hin. Nach ein paar Minuten warf sie einen Blick auf die Uhr. „Es ist halb zehn. Solltest du jetzt nicht im Gottesdienst sein?“

Er zuckte mit den Schultern. „Ja, du hast recht. Gerade ist Gottesdienst und normalerweise wär ich jetzt dort. Aber heut hatte ich irgendwie das Gefühl, dass ich hier mehr gebraucht würde als in der Kirche. Und wenn ich mir dein Gesicht so anschau, dann hat mich mein Gefühl nicht getäuscht.“

„Meinst du, ja? Aber du kannst mir sowieso nicht helfen. Also kannst du genauso gut wieder dahin gehen, wo du hingehörst. Gib dich lieber mit denen ab, die so sind wie du und Tammy – Leute, die ihr Leben auf die Reihe kriegen, die nicht solche armseligen Chaoten sind wie ich.“

„Leute, die ihr Leben auf die Reihe kriegen? So was denkst du von uns?“

Ann nickte. „Darum geht es doch bei dieser Gemeindegeschichte, oder nicht? Dass da Leute zusammenkommen, die nicht so kaputt sind wie wir anderen?“

Eric lachte lauthals und schüttelte den Kopf. „Da liegst du grundfalsch – du kennst mich doch jetzt schon lang genug. Da solltest du doch eigentlich mehr Ahnung haben. Aber … ich will wissen, was mit *dir* los ist. Was ist passiert?“

„Ich hab's dir doch gesagt – es ist einfach deshalb, weil ich so bin, wie ich bin.“

*

Er sah sie schweigend an und wartete. Normalerweise hätte er nun irgendein nervöses Gespräch begonnen, aber diesmal wollte er einfach darauf warten, was sie als Nächstes sagte. Offenbar hatte sie dieselbe Absicht, denn die Stille wurde unerträglich. Sein Blick fiel auf ein paar Blätter, die neben dem Sofa auf dem Boden lagen, und er beugte sich vor, um sie aufzuheben. Es waren Ausdrucke von Gemälden. Er blätterte sie durch und versuchte zu erkennen, wieso sie Ann ansprachen – vielleicht war sie einfach eine Kunstliebhaberin, aber wie er sie einschätzte, waren die viel zu traditionell für ihren Geschmack. Auf jeden Fall würde er sie nicht fragen, denn er würde diesen Wettstreit des Schweigens gewinnen, selbst wenn es den ganzen Tag dauern würde. Also tat er einfach so, als interessiere er sich für die Gemälde, während er im Stillen um Gottes Führung betete.

Schließlich beugte Ann sich vor und zeigte auf eins der Bilder. „Siehst du diese Frau mit dem Kind, das weint, während die andere Frau ihnen den Rücken zuwendet? Das ist Hagar." Sie würgte den Namen förmlich heraus. „Weißt du, wer das ist?"

Er nickte. „Sicher. Sie war Sarahs Dienerin und Ismaels Mutter."

„Und es hat niemanden einen Dreck interessiert, ob sie starb oder nicht. Da, das ist der Vater ihres Kindes – er schickt sie einfach weg, weil seine Frau das von ihm verlangt. Und dabei war sie doch diejenige, die darauf bestanden hat, dass er mit Hagar schläft! Jetzt steht sie einfach da und wendet ihnen den Rücken zu, als ob sie das alles nichts anginge."

Eric blätterte zum nächsten Bild, dankbar, dass er die Ausdrucke angeschaut hatte. „Hier ist das Bild, das beweist, dass du unrecht hast. Ihren Mitmenschen war es vielleicht egal, was aus ihr wurde, aber Gott nicht. Schau mal, er hat ihr 'nen Engel geschickt, um ihr zu helfen." Er zeigte auf ein Bild, das Hagar und ihr Kind in der Wüste darstellte, während ein Engel über die Bäume hinweg auf sie zuflog.

„Ich habe dieses Gemälde in New York mit einer Freundin angeschaut. Ich dachte, es wäre ein schreckliches Bild von einem sterbenden Kind und seiner armen Mutter. Meine Freundin sagt dasselbe wie du, aber ich bin da anderer Meinung. Engel oder nicht, es gibt keinen Trost für sie. Schau doch ihr Gesicht an!"

„Sie weint, weil sie noch nicht weiß, dass er da ist. Hier – wir können deutlich sehen, dass er über sie wacht, auch wenn sie sich völlig allein fühlt. Alle, die sich um sie hätten kümmern sollen, haben sie im Stich gelassen – schlimmer noch, sie haben sie weggeschickt und einem ungewissen Schicksal ausgeliefert. Aber es gibt jemanden, der sie die ganze Zeit nicht aus den Augen gelassen hat. Sie fühlt sich allein und ungeliebt, aber das ist nicht wahr. Gott war die ganze Zeit bei ihr, auch wenn sie ihn nicht gespürt oder gesehen hat. Dasselbe gilt auch für uns. Wir sind niemals allein."

Er blätterte zum nächsten Bild. Es hatte den Titel „Ein Engel erscheint Hagar und Ismael in der Wüste" und war von Salvator Rosa. Hagar stand diesmal unter einem Baum; die ganze Landschaft war wild, sturmgepeitscht, und Ismael lag auf einem Felsen. Es war schwierig, den Engel, der vom Baum aus auf Hagar herabblickte, von den Wolken im Hintergrund zu unterscheiden.

„Ich mag das hier", sagte er. „Schau mal, wie der Engel beinah mit dem Hintergrund verschmilzt. Man könnte ihn leicht übersehen, oder? Aber er ist da, und Hagar bemerkt ihn. So ist es mit Gott, Ann. Auch wenn wir ihn nicht sehen oder spüren, ist er da und versucht unsere Aufmerksamkeit auf sich zu lenken. Er weiß, was wir brauchen."

„Warum gibt er es uns dann nicht? Warum hat er Hagar nicht an irgendeinen sicheren Ort gebracht, statt zuzulassen, dass sie in diese Situation gerät? Warum hat er meine Schwester nicht vor diesem betrunkenen Fahrer beschützt?"

„Ich weiß es nicht. Aber ich glaub fest, dass er Sarah geliebt hat, dass er bei ihr war und ihr bis zum letzten Moment Trost gespendet hat. Hast du das je in Erwägung gezogen?"

„Nein." Das klang eher nach einer Verteidigung als nach einem Zugeständnis.

„Und wie sieht's damit aus, dass du diesen Brief von eurer Mutter gefunden hast? Wie wahrscheinlich war das denn? Wenn er wer weiß wie viele Jahre in der Wand gesteckt hat und wir *zufällig*" – er hob die Hände und deutete mit den Fingern Anführungszeichen an – „auf ihn gestoßen sind, während du hier im Haus warst, dann muss er doch irgendwas Wichtiges enthalten."

Ann stand auf, ging zum Papierkorb und griff hinein. Sie zog das zusammengerollte Blatt heraus und schlug damit bei jedem Punkt, den sie ansprach, in die Luft. „Ja, zum Beispiel die Tatsache, dass meine Mutter noch nicht einmal wusste, wer mein Vater war, oder dass sie eine Art Bekennerschreiben verfasst hat, um ihr Gewissen zu beruhigen, nachdem sie uns hier sitzengelassen hat." Sie schleuderte das Papier weg und ließ sich wieder neben die Drucke aufs Sofa fallen.

Sie blätterte zum ersten Bild zurück, demjenigen, das zeigte, wie Hagar fortgeschickt wurde. „Vielleicht geht mir diese Geschichte deshalb so nah. Das war meine Mutter, die mir den Rücken zugewandt hat, als sie mich hierließ." Sie tippte auf Abrahams Finger, mit dem er Hagar den Weg in die Wüste wies. „Ich wurde nicht fortgeschickt, ich blieb bei meiner Großmutter, die mich liebte und so gut für mich sorgte, wie sie nur konnte. Aber im Stich gelassen zu werden ist einfach ein schreckliches Gefühl." Ann begann wieder zu weinen.

Eric drehte sich um und nahm sie in die Arme. Er wusste nicht, wer von ihnen überraschter war, aber sie blieb sitzen und weinte an seiner Schulter. Er wiegte sie sanft, strich ihr übers Haar und sagte kein Wort, während sie Eimer voller Schmerz ausgoss. Schließlich schien sie sich ausgeweint zu haben. Sie machte sich los, blickte zu ihm auf und fuhr sich über die Augen. „Entschuldige bitte."

Er streckte die Hand aus und strich ihr über die feuchte Wange. „Du musst dich nicht entschuldigen. Ich bin froh, dass ich für dich da sein konnte. Du hast 'ne schwere Zeit hinter dir, und nach Sarahs Unfall hast du dich verdammt gut gehalten."

„Das muss ich doch. Ich hab niemanden, der mir hilft."

„Wir beide haben mehr gemeinsam, als du vielleicht denkst. In meiner Version der Geschichte wär mein Vater derjenige, der mir den Rücken zukehrt. Es war schwer für mich, und auch wieder ganz anders als bei dir, aber wie du schon sagst: Im Stich gelassen zu werden ist einfach 'n schreckliches Gefühl. Während dieser Zeit hab ich die Liebe Gottes erlebt – er lässt uns niemals im Stich." Er legte beide Hände auf ihre Schultern und senkte den Kopf, sodass er ihr direkt in die Augen schauen konnte. „Ann Fletcher, du bist nicht allein." Mit jeder Faser seines Wesens sehnte er sich danach, sich vorzubeugen und sie zu küssen. Zu trösten. Sie war so nah, so unglaublich nah. Aber er konnte … nein, er *wollte* es nicht tun.

Sie starrte ihn so intensiv an, als würde sie versuchen etwas zu sehen, das tief in seinem Inneren vergraben war. Nach etwa einer Minute nahm sie einen tiefen Atemzug, wandte sich ab und zuckte ein bisschen zu lässig mit den Schultern. „Na ja, wenn du schon mal hier bist – willst du mir mit den Böden helfen? Das kleinere Zimmer habe ich schon gebeizt. Willst du mir bei dem großen helfen?"

„Ich … bin dabei, aber du musst mir versprechen, dass du 'ne Mittagspause machst und mir erlaubst, dich zu 'nem besonderen Essen einzuladen. Es ist Zeit für unser nächstes Touristenabenteuer."

„Meine Charlestoner Krabbensuppe habe ich doch schon gegessen. Was muss ich denn noch erledigen?"

„Das Essen ist diesmal nicht so außergewöhnlich, aber der Ort, an den ich dich hinbringe, macht das mehr als wett."

„Aber nur, wenn da nicht zu viel los ist."

„Es ist so ungefähr der ruhigste Ort, den du dir vorstellen kannst."

Ann nickte leicht. „Na gut."

Eric stand auf und streckte die Hand aus, um ihr aufzuhelfen. „Dann lass uns an die Arbeit gehen." Ja, er brauchte dringend etwas, um sich zu beschäftigen. Nun, da er sie – wenn auch aufgrund außergewöhnlicher Umstände – im Arm gehalten hatte, würde es ihm umso schwerer fallen, Abstand zu wahren.

# Kapitel 22

„Weißt du was, vielleicht solltest du mir deine Hausschlüssel geben."

Ann stemmte mit gespielter Beleidigung die Hände in die Hüften. „Wie bitte? Für was für eine Frau hältst du mich denn?"

Erics Gesicht überzog sich mit einer tiefen Röte. „Ich hab nicht gemeint ... wirklich, ich ..."

Es war kurz nach eins und sie hatten den Boden von Nanas Zimmer fertig gebeizt und den von Anns altem Zimmer mit der ersten Schicht Polyurethanlack überzogen. Sie wusste, was er meinte, aber Erics Sprachlosigkeit amüsierte sie derart, dass sie ihn nicht so einfach davonkommen lassen wollte. „Und was genau *hast* du gemeint?"

„Ich dachte halt, ich könnt hier vorbeikommen, wenn du wieder in New York bist, die Möbel wieder hinstellen und vielleicht mit dem Abschleifen der Böden im Wohnzimmer und in der Küche beginnen. Du weißt schon, einfach 'n bisschen weitermachen, damit es vorwärtsgeht. Du hast doch gesagt, du möchtest, dass das Haus bald fertig ist."

„Klar, das hast du also gemeint. So etwas höre ich von den Männern in New York dauernd. ‚Gib mir deinen Wohnungsschlüssel, Baby, dann komm ich vorbei und schleif den Boden ab und stell die Möbel um.' Kannst du dir nicht ein bisschen was Originelleres ausdenken?"

„Wirklich, ich ..."

Sie sah ihn an und brach in Gelächter aus. „Oh, Eric, hör schon auf. Ich weiß doch, dass du es nicht so gemeint hast."

Er grinste, aber seine Wangen waren immer noch leicht gerötet. „Mann, und ich dachte schon, du bist wirklich sauer."

„Eins kannst du mir glauben: Wenn ich einmal sauer auf dich

bin, werde ich dir das so unmissverständlich klarmachen, dass du nicht den geringsten Zweifel daran hast."

„Ich kann's mir in etwa vorstellen … Dann verschwinde ich mal lieber, bevor ich mir noch mehr Ärger einhandle. Ich muss kurz nach Hause fahren und meine Arbeitsklamotten ausziehen, bevor wir unseren Ausflug machen. Ich bin in 'ner halben Stunde wieder hier, ja?"

„Sagen wir lieber, in einer Dreiviertelstunde. Du weißt ja, wie lange wir Südstaatenschönheiten brauchen, um uns schick zu machen."

„Gut, dann in 'ner Dreiviertelstunde." Während er hinausging, hörte Ann ihn irgendetwas murmeln. Es klang wie „Hab das doch nicht *so* gemeint", aber sie war sich nicht sicher. Jedenfalls musste sie darüber schmunzeln.

Als sie in ihren Koffer sah, wünschte sie sich plötzlich, sie hätte etwas Hübscheres mitgenommen als die T-Shirts und Shorts, die sie eingepackt hatte. Aber eigentlich gab es überhaupt keinen Grund, sich für Eric hübsch zu machen. Ihre Zukunft lag in New York, und nur dort hatte sie die Chance, ihre Träume zu erfüllen und das Versprechen einzulösen, das sie Sarah und Nana gegeben hatte. Patrick Stinson konnte ihr vielleicht ein bisschen gefährlich werden, aber ansonsten gab es dort unendlich viele Möglichkeiten für sie.

Ann duschte kurz und entschied sich dann für ein enges schwarzes T-Shirt und Jeansshorts. Sie bürstete sich die Haare, legte ein bisschen Lippenstift und Rouge auf und tuschte sich die Wimpern.

*Ann Fletcher, du bist nicht allein.*

Erics Worte kamen ihr immer wieder in den Sinn. Es gelang ihr nicht, sie abzuschütteln. Was genau hatte er damit gemeint? Wer war seiner Ansicht nach bei ihr? Er ... oder Gott? Oder Engel, die unsichtbar über sie wachten und ihr überirdische Musik vorspielten? Welche dieser Vorstellungen irritierte sie mehr? Momentan wusste sie keine Antwort auf die Frage; deshalb lenkte sie sich dadurch ab, dass sie das Spülbecken sauber machte.

Als Eric sie abholte, trug er eine Baseballmütze mit der Aufschrift *Atlanta Braves*, ein blaues T-Shirt und knielange Khakihosen. „Bist du fertig?"

„Ja." Doch als Ann zur Tür hinausgehen wollte, hielt Eric sie mit ausgestreckter Hand zurück. „Hast du 'ne Sonnenbrille dabei?"

„Ja, in meiner Tasche."

„Gut, du wirst sie brauchen." Es war das Letzte, was sie für die nächsten zwanzig Minuten miteinander redeten. Er fuhr den Highway 17 hinunter, der in nordsüdlicher Richtung die Küste entlang verlief, wie Ann noch aus ihrer Kindheit wusste. Sie stellte fest, dass sie in Richtung Savannah fuhren, und ihre Neugier war geweckt. Aber sie war fest entschlossen, nicht zu fragen. Schließlich fuhr Eric bei einem kleinen Einkaufszentrum ab, stieg aus dem Wagen, ging um ihn herum und öffnete ihr die Tür.

„Das verstehe ich jetzt nicht."

Er lächelte und zeigte auf eine Subway-Filiale. „Ich hab dir doch versprochen, dass ich dich zum Mittagessen einlade, oder etwa nicht?"

„Ich will ja nicht undankbar sein, aber ich bin ziemlich sicher, dass es einen Subway gibt, der wesentlich näher bei meiner Wohnung ist. Und dieses kleine Einkaufszentrum scheint mir auch keine besondere Touristenattraktion zu sein."

„Wir essen ja auch nicht hier. Wir holen uns bloß 'n paar Sandwiches und fahren weiter."

„Also ein Picknick?"

Er lächelte, antwortete aber nicht. „Wird nicht verraten." Ein paar Minuten später bog er vom Highway 17 auf die Main Road ab, eine zweispurige Durchgangsstraße, die, wenn Ann sich richtig erinnerte, zum Strand führte.

„Warte mal. Das ist die Straße zu Johns Island. Du willst mich über einen Schleichweg nach Folly Beach bringen, stimmt's? Wie heißt der Strand noch, der bei euch Surfern so beliebt ist? Washout?"

Er schwieg einen Moment und sagte dann: „Ich sag dir noch

nicht, wohin es geht. Aber glaub mir, ich hab genug gesunden Menschenverstand, um mit dir nicht zum Washout zu fahren."

„Ach wirklich? Und warum nicht, bitte schön?"

„Machst du Witze? Die Surfsaison hat gerade angefangen. Da unten wimmelt es nur so von Kerlen, die auf große Wellen und schöne Frauen warten. Und momentan bist du Charlestons Geheimtipp. Ich fahr doch nicht mit dir zum Washout und lass zu, dass sie dich alle begaffen. Am Ende werd ich noch zu Brei geschlagen, wenn ich versuch, deine Ehre zu verteidigen."

„Stimmt." Ann wollte ihm erklären, dass seine Vorsicht nicht nötig war, weil sie Surfer eigentlich immer schon langweilig gefunden hatte. Aber als sie Eric ansah und spürte, wie ein freudiger Schauder über sein Kompliment durch ihren Körper lief, fragte sie sich, ob sich an dieser Einstellung wohl inzwischen etwas geändert hatte.

Schließlich fuhren sie auf einen Parkplatz. Während Eric das Essen und die Getränke auslud, starrte Ann auf einen Baum, der so unglaublich war, dass sie es nicht glauben konnte. Es war eine Eiche, zumindest nahm sie das an, obwohl diese Äste dicker waren als so mancher Eichenstamm. Mehrere der schweren unteren Äste mussten durch besondere Stützpfeiler gehalten werden. Die Baumkrone befand sich in ungefähr zwanzig Metern Höhe und breitete sich in alle Richtungen aus wie ein abstraktes Kunstwerk.

„Sie ist wunderschön, oder?", sagte er. „Hurrikan Hugo hat ihr ziemlich böse mitgespielt, aber sie hat ihre Wurzeln in die Erde gekrallt und ihm getrotzt. Wusstest du, dass sie rund tausendfünfhundert Jahre alt sein soll? Stell dir das mal vor: Dieser Baum stand hier schon sage und schreibe *eintausendzweihundertfünfzig* Jahre, bevor die Vereinigten Staaten gegründet wurden."

„Wow!" Ann holte tief Luft. Sie ging hinüber und berührte die Rinde des Baumes, einfach um sich klarzumachen, dass er wirklich da war. „Wie heißt der Ort hier?"

„Angel Oak – Engelseiche." Er stellte das Essen auf einen der

Picknicktische. „Deine Engelsbilder von heut Morgen haben mich auf die Idee gebracht. Vor allem das eine mit dem Engel oben im Baum, der beinah mit den Wolken verschmilzt. Die Leute sagen, dieser Baum heißt so, weil er wie ein Engel aussieht."

„Das kann ich jetzt nicht nachvollziehen." Ann blickte in das Gewirr der Äste hinauf. „Obwohl ich zugeben muss, dass er mich ein wenig an Kennys Engelsbilder erinnert."

„In Wirklichkeit wurde er nach den Leuten benannt, denen das Land hier gehörte. Ihr Familienname war Angel." Er biss in sein Sandwich und sah sie an. „Das ist vermutlich die wahre Geschichte, aber wenn ich ehrlich sein soll, gefällt mir die andere besser."

Ann betrachtete die wuchtigen Äste über ihrem Kopf. Darüber konnte sie Wolkenfetzen ausmachen. Ein Windstoß ergriff eine Serviette, wirbelte sie durch die Luft und ließ sie dann über den Boden flattern. Instinktiv trat Ann mit dem Fuß darauf, um sie festzuhalten. Die Zweige über ihnen schaukelten im Wind und vollführten eine Art spontanen Tanz. Ganz oben raschelten die kleineren Blätter im Rhythmus des Windes. Es klang wie Musik.

Beinahe.

„Mir gefällt die andere Geschichte auch besser", sagte sie leise.

*

Später an diesem Nachmittag gingen sie die Auffahrt zu Anns altem Haus hinauf. Eine leichte Brise hatte die Luft gerade so weit abgekühlt, dass die warme Sonne, die durch die Wolkenfetzen schien, etwas angenehmer wurde. Es war ein beinah vollkommener Augenblick. „Möchtest du noch ein bisschen reinkommen?" Sie trat ein wenig näher an Eric heran, so nah, dass sich ihre Arme berührten. Heute Morgen, als sie geweint hatte, hatte sie sich in seinen Armen so wohl und sicher gefühlt. Wann war sie das letzte Mal so vollkommen geborgen gewesen? Ann sehnte sich danach, diesen Frieden wieder zu spüren.

„Ich …“ Er blieb stehen und drehte sich zu ihr um. Mit seiner linken Hand berührte er ihre Wange und strich ihr eine herabhängende Haarsträhne aus dem Gesicht. „Also ich …“

Er schloss die Augen. Ein paar Sekunden lang stand er bewegungslos da. Er schien kaum zu atmen. Dann schlug er die Augen wieder auf.

„Es geht nicht.“ Er tat drei Schritte zurück. „Es gibt da noch ’n paar Dinge, die ich erledigen muss.“

„In Ordnung.“

„Und morgen hab ich im Geschäft wirklich viel zu tun. Wahrscheinlich schaff ich es nicht, vorbeizukommen. Ich stell die Möbel dann Ende der Woche wieder ins Haus, ja? Ich versuch alles wieder so hinzukriegen, wie es war. Dann ist das Haus fertig, wenn du das nächste Mal kommst. Wann auch immer das ist. Bis dahin hab ich alles erledigt.“ Rasch ging er zu seinem Auto zurück. „Bis zum nächsten Mal. Gute Reise.“ Er winkte ihr flüchtig zu, als er in den Wagen sprang.

„Alles klar.“ Ann versuchte zu schmunzeln, aber in ihrer Brust brannte ein stechender Schmerz. Eric sprach wieder in diesen wirren Sätzen und es schien, als habe er sich in den Fluchtmodus zurückgezogen. Verlor er die Nerven? Oder wies er sie etwa zurück?

# Kapitel 23

*„Annie. Helfen. Bitte."*

*Ann rannte mit ausgestreckten Armen auf Sarah zu. „Sarah, ich bin hier. Ich helfe dir."*

*„Da können Sie nicht rein." Die bullige Schwester versperrte ihr den Weg. Über ihre Schulter hinweg sah Ann, wie sie Sarah wegschoben. Eine der Schwestern blickte zu ihr auf und lächelte – ihre Miene strahlte solch eine heitere Gelassenheit aus, dass ihr Gesicht zu leuchten schien.*

*Genau in diesem Moment hörte Ann die Musik.*

Sie fuhr hoch und rang nach Luft. Die Musik war immer noch da. Sie schüttelte den Kopf, um aufzuwachen, obwohl sie wusste, dass sie längst wach war. „Du bist nicht real. *Das* ist nicht real!" Sie zog sich das Kissen über den Kopf. „Ich weigere mich, das zu akzeptieren. Du bist nichts – nichts weiter als eine akustische Halluzination." Langsam, Ton für Ton, verklang die Musik, bis sie ganz verstummt war.

Wow. Vielleicht konnte sie das doch in den Griff bekommen. Ja, natürlich konnte sie das. Das Einzige, was sie dazu brauchte, waren Zeit und Entschlossenheit.

Es war gut, dass Montag war und Eric den ganzen Tag arbeitete. Jedes Mal, wenn er vorbeikam, drohte sie aus den Augen zu verlieren, was sie zu tun hatte. Es war mehr als offensichtlich, dass sie hier wegmusste. Und wegbleiben musste. Erics überstürzter Aufbruch gestern zeigte, dass er wahrscheinlich derselben Ansicht war.

Ann zog ihre Arbeitskleidung an und bestrich den Boden in den Schlafzimmern mit der letzten Schicht Polyurethanlack. Der Hersteller empfahl, die Möbel erst nach mehreren Tagen wieder aufzustellen und Teppiche erst nach einer Woche darauf auszulegen. Nun, das war ja kein Problem. Sie hatte nicht vor, so schnell wieder herzukommen. Sie musste zurück nach New York und sich darum kümmern, dass ihre Karriere wieder in Schwung kam. Erstaunlicherweise freute sie sich sogar darauf, Patrick Stinson wiederzusehen. Was machte es schon, dass er ein Schürzenjäger war? Sie konnte sich ruhig mit ihm treffen und sich ein bisschen amüsieren, oder? Dieses Gefühl der Ungebundenheit, dieses Leben für den Moment hatte etwas Befreiendes. Es machte Spaß. Es war aufregend. Warum sollte sie sich die Mühe machen, nach etwas anderem zu suchen?

Zur Mittagszeit war sie in einem Großmarkt, der auf moderne Fensterdekoration spezialisiert war. Genau das war es, was das Haus brauchte. Modernisierung. Ann hatte sich auch dazu entschlossen, ein Geschäft zu suchen, bei dem sie Möbel für den „Tag der offenen Tür" mieten konnte. Sie würde den größten Teil des alten Familienmobiliars, das sich momentan im Haus befand, verkaufen. Die Zeit war gekommen, das Alte loszuwerden und den frei gewordenen Platz mit Neuem zu füllen.

Als sie wieder zu Hause war und gerade die Kartons mit Jalousien aus dem Auto lud, kamen Tammy und Kenny über den Rasen auf sie zu. Die beiden hatten das unheimliche Talent, immer dann aufzukreuzen, wenn es am unpassendsten war. „He, Ann, ich wollte dich fragen, ob du mir heute eventuell noch mal als Modell zur Verfügung stehen könntest. Ich weiß, du hast wirklich viel zu tun, aber ich muss nur noch ein Stück des Saums umnähen und da ist es so praktisch, wenn einem jemand Modell steht."

„Ich habe keine ..."

„Und wenn du bei uns bist, zeige ich dir meinen neuen Elefanten. Der ist so süß." Kenny strahlte sie an.

Trotz ihrer festen Absicht, die beiden schnell wieder wegzuschicken, konnte Ann der Versuchung nicht widerstehen, Tammy zu fragen: „Seinen Elefanten?"

„Er hat heute eine Ansichtskarte von Danielle bekommen. Sie ist irgendwo in Kenia, glaube ich."

Ann versuchte sich die Danielle, die sie kennengelernt hatte – die

Tische gedeckt, Muffins und Donuts serviert und alle herumkommandiert hatte –, vorzustellen, wie sie monatelang in der Wildnis von Afrika lebte. Irgendwie gelang ihr das nicht.

„Ich mal dir auch ein Bild." Kenny, der inzwischen neben ihr stand, grinste wie ein Honigkuchenpferd.

Ann blickte in sein unschuldiges Gesicht und dachte an all das, was er Tag für Tag durchmachte. Die Ausrede, die ihr schon auf der Zunge gelegen hatte, wollte ihr nicht mehr über die Lippen. Sie drehte sich zu Tammy um, wedelte geziert mit der Hand, als würde sie sich Luft zufächeln, und klimperte mit den Augen. „Was sagst du da? Ich armes Mädchen vom Land soll Modell für dich stehen? Also, so was Süßes hab ich ja noch nie gehört."

Tammy brach in Gelächter aus. „Sarah hatte recht, du bist wirklich zum Schießen." Sie schaute auf die Kartons, die Ann trug. „Komm, wir helfen dir, die Sachen ins Haus zu bringen."

„Das ist wirklich nicht nötig, danke."

„Ich helfe dir, Annie." Kenny hob einen langen Karton hoch und schleppte ihn zur Tür, ehe Ann ihn aufhalten konnte.

„Ihr müsst mir nicht helfen. Ich kann das doch selbst machen."

Tammy griff in den Kofferraum. „Natürlich kannst du das, aber wir können es auch. Und denk dran, Kenny, wir müssen Ann zu ihr sagen."

„Stimmt. Tut mir leid, Annie, hatte ich vergessen."

„Macht nichts."

Tammy nahm ein paar Kartons und ging zum Haus. „Was ist da drin?"

„Jalousien für die Fenster."

„Du hast Jalousien gekauft? Oh Ann, ich wünschte, du hättest mir was gesagt! Ich hätte so gern ein paar Gardinen für dich genäht."

Ann schoss eine erschreckende Vision von Blümchenmustern und Paisleyornamenten mit verschiedenen Rosa-, Violett- und Gelbtönen durch den Kopf. „Ach Tammy, du kannst mir doch nicht alles abnehmen. Außerdem wollte ich dem Haus ein bisschen was von meinem eigenen Stil geben."

„Von deinem eigenen Stil, wirklich? Dann bleibst du vielleicht doch hier?" Die Hoffnung in ihrer Stimme war nicht zu überhören.

„Nein, ich gehöre nach Manhattan. Ich versuche nur, alles ein bisschen auf Vordermann zu bringen, damit es nach etwas aussieht, wenn ich das Haus zum Verkauf anbiete."

Mittlerweile waren sie im Haus angekommen. Da die Schlafzimmermöbel ins Wohnzimmer gequetscht worden waren, gab es kaum eine freie Stelle auf dem Boden. „Stellt die Kartons einfach irgendwo ab, wo Platz ist. Ich will gerade mal ausprobieren, wie diese Jalousie hier sich über der Spüle macht."

„Ich bin so neugierig, was du ausgesucht hast. Aber wolltest du nicht noch streichen? Wäre es nicht besser, die Jalousie erst danach aufzuhängen?"

„Ich will sie ja auch noch nicht aufhängen, nur mal hinhalten, um zu sehen, ob sie mir gefällt."

Als Ann die semitransparente, in verschiedenen Weißtönen gehaltene Rolljalousie aus dem Karton nahm, hörte sie Tammy nach Luft schnappen. Ohne sich zu ihr umzudrehen, ging sie zum Fenster und hielt die Jalousie dagegen. Sie zog sie ein Stück herunter und bewunderte ihre schlichte, klare Form. Viel besser als dieser ganze Spitzenkram. „Na, was sagst du?"

„Ja, doch, hübsch." Tammys Gesichtsausdruck verriet, was sie wirklich dachte. Aber sie würde nichts sagen, das wusste Ann. Tammy sah sie an. „So, bist du bereit rüberzukommen und ein paar Minuten lang meine Südstaatenschönheit zu spielen?"

Warum hatte sie nur zugelassen, dass Kenny sie in seiner lieben, sanften Art dazu überredet hatte? Am besten brachte sie es sofort hinter sich. „Klar, gehen wir."

Kenny saß am Küchentisch, das Kinn in die Hand gestützt und besah sich die Jalousie. Nach einem langen Gähnen sagte er: „Die ist wirklich hübsch, Annie. Mir gefällt sie."

*Darum. Wie konnte irgendjemand dem widerstehen?* Bevor sie wusste, was sie tat, beugte sie sich hinab und umarmte ihn. „Es ist wirklich prima, dass du da bist, Kenny. Ich weiß nicht, wie ich all die Sachen allein hier reingebracht hätte."

Er lächelte und erwiderte ihre Umarmung. „Ich hab dich lieb, Annie."

Sie konnte nicht anders, als ihm spontan einen Kuss auf die Stirn zu drücken. „Ich dich auch." Es waren nicht ganz die richtigen Worte ... aber es war alles, was sie zustande brachte.

*

Tammy versuchte ein ernstes Gesicht zu machen, als sie an Ann, die in einem cremefarbenen Spitzenkleid vor ihr stand, hinaufschaute. Doch sie musste sich auf den Saum konzentrieren, wenn sie vorankommen wollte. Wenn sie zu lange zu ihr aufsah, würde sie nur lachen müssen.

„Was passiert eigentlich mit all diesen Kleidern?", fragte Ann. Ihr Tonfall war ebenso amüsiert wie ihr Gesichtsausdruck.

„Diese hier werden auf einer Auktion versteigert, bei der Geld für die Historische Vereinigung gesammelt wird."

„Jetzt kommen die Wiggles. Magst du die Wiggles, Annie?" Kenny stand am Fernseher, wo er soeben eine Kassette in den Videorekorder geschoben hatte. Er zeigte aufgeregt auf vier Männer in schwarzen Hosen und leuchtend bunten Hemden, die gerade ein Lied sangen.

„Hm ... ich ..." Ann sah Tammy fragend an.

„Das ist eine Fernsehshow für Kinder." Sie nickte Kenny zu. „Kenny mag sie sehr."

Kenny spreizte beide Zeigefinger ab und bewegte seine Hände in schnellen Kreisbewegungen. „Jetzt kommen die Wiggles", sang er wieder und hüpfte gegen den Rhythmus der Musik hin und her. „Du magst sie doch, Annie, oder?"

Ann nickte. „Na klar, jetzt, wo ich weiß, wer sie sind." Sie kicherte, als sie sich Tammy wieder zuwandte, und flüsterte: „Ich glaube, ich weiß, was ich als Nächstes auf meinen iPod lade."

„Na klar. Und jetzt halt still."

„Es gibt also Leute, die für so ein Kleid Geld ausgeben. Wieso? Das kann man doch nie tragen."

„Manchmal werden historische Bälle veranstaltet, außerdem kann man sie zu Halloween anziehen."

„Irgendwie habe ich damit Schwierigkeiten, mir vorzustellen, dass ich in Manhattan auf einer Halloween-Party so rumlaufe. Es sei denn, ich wäre Scarlett O'Hara. Dann würde ich das wahrscheinlich machen. Die hab ich irgendwie schon immer bewundert."

„Du *bewunderst* Scarlett O'Hara? Ich hoffe, das ist ein Scherz."

„Ganz bestimmt nicht. Ich glaube, weil sie so eine starke Frau ist. Das Leben hat ihr übel mitgespielt, aber sie hat sich immer wieder zusammengerissen und weitergemacht. Dadurch hat sie die Plantage ihrer Familie gerettet. Eine Frau, die mit beiden Beinen im Leben steht – die würde es in New York zu etwas bringen."

„Dann bin ich froh, dass ich nicht in New York lebe." Tammy steckte die nächste Nadel fest, bevor sie weitersprach. „Denk mal daran, wie viele Menschen sie auf ihrem Weg verletzt hat."

Ann zuckte die Schultern, was zur Folge hatte, dass der Saum Tammy aus der Hand glitt. „Die meisten von denen hätten mit ihr irgendwann genau dasselbe gemacht. Sie ist ihnen nur zuvorgekommen."

Wow. Was sollte man darauf antworten? *Gott, bitte gib mir jetzt die richtigen Worte. Diese arme Frau! ist innerlich total kaputt, aber ich weiß nicht, wie ich ihr helfen kann, ohne ihr weh zu tun.*

„Was bekommst du für so ein Kleid?"

„Das hängt davon ab, wie die Bieter drauf sind. Normalerweise gehen die Kleider für ein paar Hundert Dollar weg. Das teuerste Stück, an das ich mich erinnern kann, brachte über tausend Dollar ein."

„Ich kletter' wie ein Affe." Kenny sang laut und falsch. „Wie ein Affe, wie ein Affe."

„Du bist ein bisschen zu laut, mein Schatz. Hast du nicht versprochen, Ann ein Bild zu malen?"

„Oh, stimmt. Tschuldigung." Er setzte sich wieder hin und begann zu malen, sang aber weiter, nur etwas leiser als zuvor.

„Tausend Dollar?" Annie stieß einen Pfiff aus. „Ist das zu glauben? Weißt du, ich verstehe nicht, warum manche Leute sich überhaupt so wie früher anziehen wollen. Das ist so, als wollten sie etwas sein, das sie nicht sind."

„Das musst gerade du sagen." Die Worte waren ihr einfach herausgerutscht, und Tammy wünschte sofort, sie könnte sie zurücknehmen. Ihr Mund war voller Stecknadeln und Kenny sang immer noch; vielleicht hatte Annie nichts gehört. Tammy arbeitete weiter, ohne aufzuschauen.

„Wie meinst du das?"

Nun, was gesagt war, war gesagt und da konnte sie ruhig auch noch den Rest ausspucken. Sie nahm die Nadeln aus dem Mund und legte sie auf den Tisch. „Ann, du weißt, dass ich dich schrecklich gern habe. Aber die Wahrheit ist: Du versuchst mit aller Macht, anders zu sein, als du bist. Du läufst, so schnell du kannst, vor dir selbst davon, aber du wirst dieses Rennen nie gewinnen." Sie sprach in einem bittenden Ton, als wolle sie Ann anflehen, der Wahrheit ins Auge zu sehen.

„Ich weiß nicht, wovon du redest."

„Wirklich nicht? Nimm nur mal diese Jalousien. In einem New Yorker Hochhaus machen die sich vielleicht gut, aber in dem alten Haus deiner Großmutter sehen sie aus, als wolltest du etwas daraus machen, was es nicht ist. Das funktioniert nicht, bei einem Haus ebenso wenig wie bei einem Menschen."

„Du hast keine Ahnung, wovon du sprichst." Anns Stimme war so laut, dass Kenny von seinem Bild aufsah.

„Was das Einrichten von Wohnungen betrifft, könntest du recht haben.“ Tammy deutete mit einer ausladenden Geste auf ihr Wohnzimmer und lächelte. „Ja, ganz bestimmt sogar. Aber was dich betrifft – ich glaube, da liege ich richtig.“

„Du täuschst dich.“

„Ach Ann, hör doch auf, ständig davonzurennen. Komm einfach mal zur Ruhe und gib zu, dass du sehr schlimm verletzt worden bist. Gib Gott die Chance, dich zu heilen.“

Kenny stand auf und kam zu ihnen herüber. „Die Engel von Gott helfen dir. Mir helfen sie auch.“

„Machen deine Engel, dass es dir besser geht, Kenny?“ Ann sah ärgerlich aus, aber sie schien froh darüber, dass das Gespräch eine andere Wendung nahm.

„Von außen nicht, aber innen drin. So wie wenn du hinfällst und dir das Knie aufschlägst und deine Mama dich in die Arme nimmt und dir ’nen Kuss gibt. Dein Knie tut dann noch weh, aber es geht dir trotzdem besser. Wenn die Engel für mich singen, bin ich innen drin ganz glücklich.“

„So wie bei den Wiggles?“

Kenny schüttelte den Kopf. „Die Wiggles sind nicht echt. Das sind Schauspieler, sonst nix. Die Engel, die sind echt.“

Ann wurde blass. „Bist du fertig, Tammy? Ich muss jetzt wirklich zurück und die letzte Schicht Polyurethanlack auftragen. Mein Flug geht morgen in aller Frühe.“

Wenige Augenblicke später huschte Ann durch die Tür und eilte zu ihrem Haus, als fliehe sie vor einem Verfolger. Tammy wusste auch, was sie verfolgte.

Die Wahrheit.

# Kapitel 24

Hoch oben im 20. Stock spiegelten sich die heißen Sonnenstrahlen auf den Fensterscheiben. Sie warfen ihre sengende Hitze hinab auf die Gehwege und entluden sich auf Dutzende von Menschen, die aus den U-Bahn-Tunnels hinauf ans Tageslicht strömten. Die Luft war durchtränkt von Parfüm und Schweiß, Kaffee und Ruß, Adrenalin und Verzweiflung. Die Widersprüchlichkeit New Yorks im Sommer faszinierte Ann immer wieder. Es war ein Ort, an dem alles möglich war.

Als Ann ihren Koffer durch die Eingangstür von Marston Homestaging rollte, fühlte sie sich voller Energie. „Hi, Jen."

„Margaret hat gesagt, wenn du da bist, sollst du sofort in ihr Büro kommen." Der sorgenvolle Ausdruck auf Jens Gesicht verriet Ann mehr über Margarets momentane Stimmung, als ihr lieb war.

„In Ordnung." Ann stellte den Koffer an ihrem Arbeitsplatz im Großraumbüro ab und ging dann in Margarets Büro. „Du wolltest mich sprechen?"

Margaret stand auf. „Ja, allerdings. Patrick Stinson hat mich heute schon ein paarmal angerufen. Er behauptete, du würdest seine Anrufe nicht annehmen."

„Margaret, ich war im Flugzeug. Wie du weiß, gibt es dort Regeln, die besagen, dass man sein Handy ausschalten muss."

„Du hättest gleich nach der Landung deine Nachrichten überprüfen und ihn dann sofort zurückrufen müssen."

„Ich habe meine Nachrichten überprüft, und er hat keine hinterlassen." Ann schaute nochmals auf ihr Handy. „Nein, nichts."

„Seine Nummer in der Liste der entgangenen Anrufe wäre doch wohl Grund genug gewesen, ihn zurückzurufen!"

Wieder sah Ann auf ihr Handy. „Ich habe hier vier Anrufe in Abwesenheit, alle mit unterdrückter Rufnummer. Soll ich mich jedes Mal bei Patrick Stinson melden, wenn ich einen Anruf bekomme, den ich nicht zuordnen kann? Das würde bestimmt prima ankommen."

Margaret setzte sich auf ihren Stuhl, lehnte sich vor und stützte die Ellbogen auf den Tisch, ihr Gesicht zeigte keine Spur eines Eingeständnisses. „Wie dem auch sei, ich will, dass du ihn jetzt sofort anrufst."

„Natürlich. Das mache ich." Ann stand auf, um zu ihrem Schreibtisch zurückzugehen.

„Ann, die Arbeitsplätze vieler Menschen hängen von diesem Vertrag ab. Das ist dir doch klar, oder?"

„Absolut, Margaret, absolut."

„Gut."

Ann kehrte zu ihrem Schreibtisch zurück, nahm sich aber einen Moment Zeit, um tief durchzuatmen, bevor sie zum Telefon griff. Ruhig und klar zu denken – darauf kam es jetzt an. Sie tippte Patrick Stinsons Nummer ein. Zwei Sekretärinnen und drei Minuten später hörte sie ihn sagen: „Ann, Sie sind zurück. Ich nehme an, Ihre Zeit in Charleston war erfolgreich."

„Ja, das war sie. Ich habe eine neue Kunsthandlung gefunden, bei der wir meiner Ansicht nach ein paar Gemälde und Skulpturen für Ihre Wohneinheiten beziehen können. Ich würde Ihnen gern ein paar Muster mailen."

„Ich mochte es noch nie, am PC zu arbeiten. Ich bin eher der altmodische Typ und habe die Dinge lieber direkt vor Augen. Wissen Sie, was ich meine?" Seine Frage enthielt den leisen Hauch einer Anspielung.

Sie ging nicht darauf ein. „Natürlich. Soll ich Ihnen vielleicht eine Kopie ausdrucken und mit der Post schicken?"

„Wie wäre es, wenn Sie mir die Muster persönlich geben? Heute Abend beim Essen?"

Alles, was Ann sich wünschte, lag vor ihr, eingewickelt in ein Päckchen namens Patrick Stinson. Sie musste bloß nach diesem

Geschenk greifen, das ihr das Leben anbot. Warum antwortete sie ihm dann nicht? Warum brachte sie keinen einzigen Ton heraus?

„Ich komme Sie abholen. Um halb acht."

„Nein." Komisch. Patrick Stinson servierte ihr die Zukunft sozusagen auf dem Silbertablett, und sie widersetzte sich immer noch. Was stimmte nicht mit ihr? „Ich kann Ihnen doch nicht so viel Mühe machen", ergänzte sie. „Ich habe sowieso einiges in der Stadt zu erledigen. Am besten treffen wir uns im Restaurant. Wo möchten Sie hingehen?"

Im Hintergrund hörte sie eine Tastatur klappern, daher wusste sie, dass er noch am Apparat war. Er antwortete nur nicht.

Schließlich sagte er mit seidenweicher Stimme: „Es widerspricht meiner altmodischen Einstellung, aber wenn Sie darauf bestehen, treffen wir uns um acht im *La Maison.*"

„In Ordnung."

„Ich freue mich." Er machte eine Pause, und Ann wusste, er wartete nun darauf, dass sie ebenfalls sagte, wie sehr sie sich auf den Abend freute. Sie konnte sich nicht dazu überwinden, aber schließlich gelang ihr ein „Ja, es ist immer sehr anregend, sich über neue Designideen zu unterhalten".

Er kicherte ins Telefon. „Bis heute Abend dann." Die Leitung war tot.

*

Es war fast sieben, als Ann zu Hause ankam. Bevor sie hinauffuhr, ging sie zum Briefkasten, was sie sonst nicht tat, wenn sie in Eile war. Es war dumm, doch sie hatte sich so an Kennys tägliche Bildersendungen gewöhnt, dass sie auch heute darauf wartete. Aber das war reine Zeitverschwendung – sie war ja erst vor zwölf Stunden in Charleston abgeflogen. Selbst wenn er heute ein Bild weggeschickt hatte, konnte es noch nicht hier sein. Als sie den Schlüssel umdrehte und den Briefkasten öffnete, fand sie einen Stapel

Rechnungen und ein paar Prospekte vor. Natürlich war sonst nichts dabei.

Doch kaum ging sie den Gang zu ihrem Apartment entlang, sah sie einen Brief, der an ihrer Wohnungstür lehnte. Es war ein blauer Umschlag mit einem gelben Post-it-Zettel, auf dem stand:

*Ann, dieser Brief ist in meinem Briefkasten gelandet. Willkommen daheim. Christine.*

Während sie die Wohnungstür aufschloss, riss sie den Umschlag auf. Sie zog eine Zeichnung heraus, die sie selbst darstellte. Die Ann auf dem Bild zeigte mit ausgestrecktem Arm auf einen gelben Klecks neben sich. Es sah aus, als hielte sie ein liegendes „M" in der Hand. Hinter dem gelben Fleck, der – wie Ann wusste – der Engel in der Zeichnung war, befand sich etwas, das die Form eines Zylinders hatte.

Dieses Bild war etwas schwieriger zu deuten als die meisten anderen. Sie legte es auf den Kühlschrank und dachte, dass sie es am besten mitnahm, wenn sie das nächste Mal nach Charleston flog. Dann konnte Kenny ihr erklären, was es bedeutete. Bei diesem Gedanken schmerzte etwas in ihrem Inneren. Nun, im Moment hatte sie keine Zeit, sich darüber Gedanken zu machen.

Obwohl sie zu spät kommen würde, wenn sie sich nicht beeilte, wählte Ann ihre Kleidung besonders sorgfältig aus. Sie wollte gut aussehen, aber nicht zu attraktiv. Sie würde Patrick Stinsons Spielchen mitmachen, es sogar genießen, aber sie wollte, dass die Verträge unter Dach und Fach waren, bevor ihre Beziehung in irgendeiner Weise persönlich wurde. Daher entschied sie sich für eine schwarze Hose und eine kurzärmelige weiße Seidenbluse. Professionell, attraktiv und zeitlos genug, um weder trendig noch unmodern zu wirken.

Sie hastete aus der Tür, rief ein Taxi und erreichte das Restaurant um drei Minuten vor acht. Das *La Maison* war ein nettes kleines Lokal mit Kerzen auf den Tischen und einem Pianisten, der auf einem Flügel klassische Musik spielte. Patrick Stinson war noch nicht da, aber der Restaurantchef geleitete sie an ihren Tisch. Sofort erschien ein Kellner, um ihren Getränkewunsch aufzunehmen. An diesem Abend würde sie nichts trinken, was ihr Urteilsvermögen beeinträchtigen konnte. „Nur Wasser, danke."

Ein paar Augenblicke später kam Patrick Stinson. „Ann, es tut mir furchtbar leid, dass ich Sie habe warten lassen. Ich habe einen dringenden Anruf von einem unserer Immobilienunternehmer bekommen. Das Problem habe ich gelöst, aber dadurch musste ich meine bezaubernde Verabredung leider warten lassen. Bitte entschuldigen Sie vielmals."

„Entschuldigung angenommen."

Er trug einen schwarzen Rollkragenpullover und ein teures graues Jackett. Sein leicht gewelltes Haar und das Grübchen auf der linken Wange verliehen ihm einen jungenhaften Charme. Dazu dieses selbstsichere Auftreten – er wusste, wer er war und dass er immer bekam, was er wollte. Eine unglaublich anziehende Mischung. „Ich konnte es kaum erwarten, bis Sie wieder in der Stadt sind."

„Ich möchte Ihnen ein paar von den Kunstgegenständen zeigen, die ich entdeckt habe. Außerdem haben wir vor Kurzem einige wirklich schöne Möbelstücke gekauft, die meiner Ansicht nach gut zu Ihrem Gesamtkonzept passen." Ann zog ihre Mappe unter dem Stuhl hervor.

Er nahm sie entgegen und berührte dabei wie zufällig ihre Hand. „Mal sehen, was Sie da haben." Er öffnete die Mappe und begann darin zu blättern. „Sieht gut aus. Ja, sieht wirklich alles sehr gut aus." Dann sah er sie an und legte die Mappe beiseite. „Ich wusste, dass mir die Arbeit mit Ihnen Spaß machen würde."

„Wir bei Marston Homestaging arbeiten als Team eng zusammen. Da bin nicht nur ich, es gibt viele Leute, die im Hintergrund an diesem Projekt mitarbeiten." Sogar Ann wusste, dass ihre Worte gezwungen und gestelzt klangen, aber sie musste ihn ein bisschen bremsen. Sie brauchte Zeit zum Nachdenken.

„Natürlich. Ich weiß die Arbeit all dieser Leute hinter den Kulissen wirklich zu schätzen. Aber worum es mir in erster Linie geht, ist Ihre Arbeit hier in der ersten Reihe. Ich will nicht nur von Ihrem Können profitieren, sondern auch Ihre Gesellschaft genießen."

Ann beobachtete die Flamme der kleinen Kerze, die zwischen ihnen auf dem Tisch stand. Jedes Mal, wenn die Tür aufging, begann sie zu flackern und hin und her zu tanzen, ganz den äußeren Einflüssen ausgeliefert. Genauso fühlte sie sich. Sie war eine Flamme, die sich den Launen anderer fügen musste, ohne Kontrolle über sich selbst. Die Vorstellung gefiel ihr nicht. „Ich würde gerne mal mit Ihnen über die Büroräume reden. Was haben Sie sich da vorgestellt?"

„Nehmen wir doch spaßeshalber einfach einmal an, dass dort *Ihr* Büro hineinkäme. Wie würden Sie es einrichten?"

In Patrick Stinsons Stimme lag ein neuer Unterton, der Ann beunruhigte. Aber sie ließ sich nichts anmerken. „Nun, ich denke, für Ihre Kundschaft käme ein schicker Moura-Starr-Century-Schreibtisch infrage – in schlichtem Weiß, mit weißer Lederoberfläche. Absolut fantastisch. Ein paar weiße Lederstühle mit schwarzer Umrandung. Dann würde ich eventuell noch einen Konferenztisch dazunehmen – Edelstahl und Glas. Elegant, modern und niveauvoll. Noch ein paar effektiv platzierte Kunstgegenstände und die Sache ist perfekt. Ich habe ein paar Bilder mitgebracht."

„Das wollte ich nicht wissen. Ich habe gefragt, wie *Sie* es einrichten würden, wenn es *Ihr* Büro wäre."

„Aber ich bin nicht Ihre Kundin, und ich habe sicher eine ganz andere Idealvorstellung als derjenige, der es sich leisten kann, dieses Büro zu mieten."

„Wenn es Ihr Büro wäre, Ihr *Traum*büro, wie würden Sie es einrichten?"

Ann zuckte die Achseln. Immerhin sprachen sie noch über die Arbeit. „Ich würde mit diesem fantastischen Schreibtisch beginnen, den ich vor ein paar Wochen entdeckt habe. Die Oberfläche ist aus geätztem Mattglas, die schmale Umrandung transparent. Eher ein Kunstwerk als ein Schreibtisch – aber was für ein Gefühl muss es sein, daran zu arbeiten! Dazu gläserne Hängeregale in unregelmäßigen Abständen, ein paar Chromteile und einige geschickt platzierte schwarze Gegenstände, nur für den Kontrast. Und dann vielleicht ein Teppich in einem grellen, leuchtenden Farbton, um das Ganze aufzupeppen." Ann konnte es sich lebhaft vorstellen. Ein wunderbares Bild.

„Und wenn ich sagte, das Büro gehöre Ihnen?"

„Wie meinen Sie das?"

„Ich spiele mit dem Gedanken, meine eigene Staging-Agentur zu gründen. Dadurch würden wir langfristig Geld sparen, denn wir geben viel dafür aus, unsere Staging-Aufträge an andere zu vergeben. Wir hätten dadurch auch eine neue Einnahmequelle. Und wenn wir die Immobilien anderer Unternehmen inszenieren, wären wir immer auf dem Laufenden, was die Konkurrenz betrifft."

„Das klingt nach einer guten Idee."

„Es ist eine hervorragende Idee. Aber kommen wir zurück zu Ihrem Büro. Könnten Sie sich vorstellen, dass Ihr Name an der Tür steht?" Er beugte sich über den Tisch zu ihr herüber.

Ann sah ihm in die dunkelbraunen Augen, die sie so ernst ansahen. Bot er ihr wirklich gerade das an, was sie dachte? „Nun, das kommt darauf an. Würde ich selbst in diesem schicken Büro sitzen oder hätte ich einen Arbeitsplatz im Großraumbüro?"

„Nach allem, was ich bisher gesehen habe, kann ich mir nicht vorstellen, dass jemand anderer als Sie die Leitung übernehmen sollte." Da war sie, ihre Chance. Einfach so. Direkt vor ihr, zum Greifen nahe. Und es war mehr, als Ann jemals zu träumen gewagt hätte. „Das klingt wie ein Traum."

Er beugte sich über den Tisch und nahm ihre Hand. „Träume werden manchmal Wirklichkeit, nicht wahr?" Er fuhr mit dem Daumen über ihren Handrücken. „Sie könnten sofort beginnen – das Stinson-Towers-Projekt wäre Ihre erste Aufgabe."

„Also ich …“ Ann sah auf seine Hand, die auf der ihren lag, und wusste, dass diese Sache ihren Preis haben würde. „Ich möchte nichts überstürzen. Außerdem habe ich einige Kolleginnen, die auf ihren Job bei Marston angewiesen sind. Warum lassen wir uns nicht ein bisschen mehr Zeit?“ Um einen Grund zu haben, ihm ihre Hand zu entziehen, griff sie nach ihrem Wasserglas und trank einen großen Schluck.

„Loyalität. Das gefällt mir bei Frauen.“ Er kippte seinen Scotch in einem Zug herunter und hielt sein Glas hoch, um dem Kellner zu signalisieren, dass er ihm nachschenken sollte. „Einerseits verstehe ich, dass Sie nichts überstürzen wollen, andererseits bin ich nicht gerade für meine Geduld bekannt.“ Er grinste. „Wie wäre es, wenn wir jetzt die Grundlage für meine neue Idee legen – dann haben wir, wenn wir das nächste Projekt beginnen, schon alle Voraussetzungen geschaffen? Und was diese Kolleginnen von Ihnen angeht: Die können wir doch miteinbeziehen. Sie brauchen Leute – bringen Sie Ihre eigenen mit!“

„Das klingt perfekt.“ Das war es auch. Fast. Dieses Angebot – oder dieses Versprechen – hatte seinen Preis. Die meisten Frauen hätten alles getan, um eine Verbindung mit dem Mann einzugehen, der ihr gegenübersaß – koste es, was es wolle. Wenn diese Sache klappte, konnte sie Bekka und Jen einstellen, und sie wären die Tyrannin Margaret endgültig los. Und sie bräuchte nicht ihre Teilhaberin zu werden. Der Verkauf des Hauses würde ihr eine finanzielle Sorglosigkeit bescheren, von der sie nie zu träumen gewagt hätte. Sie wäre verrückt, dieses Angebot nicht anzunehmen. Und doch …

*Bleib auf dem Teppich, Ann. Überleg dir das alles gut.* Ann versuchte sich auf ihre Umgebung zu konzentrieren, um wenigstens ansatzweise wieder klar denken zu können.

Ihr Blick fiel auf eine Frau, die ihr den Rücken zugewandt hatte und mit dem Klavierspieler sprach. Dieser nickte ihr zu und lächelte, als sie einen gefalteten Geldschein in die Trinkgeldschale steckte und sich dann zum Gehen wandte. Sie kehrte jedoch nicht zu ihrem Platz zurück, sondern ging Richtung Ausgang, wo das Licht der Straßenlaternen ihr rotbraunes Haar aufleuchten ließ.

„Sie sind auf einmal so still. Wie mir scheint, habe ich schon wieder eine Begleiterin mit meinem Gerede über geschäftliche Dinge gelangweilt – einer meiner häufigsten Fehler, fürchte ich. Sprechen wir doch über Sie, Ann Fletcher. Ich würde gern alles über Sie erfahren."

„Da gibt es nichts Interessantes zu sagen. Erzählen Sie doch lieber ein paar Geschichten aus Ihrem Leben."

Der Pianist schlug eine andere Tonart an, und einige Sekunden lang hörte Ann das Lied, das sie nie mehr hatte hören wollen. „Dieses Lied … nein, das kann nicht sein." Die Worte waren ausgesprochen, ehe sie sich dessen bewusst wurde.

„Mozarts Klaviersonate Nr. 16, glaube ich." Patrick Stinson deutete mit dem Kopf zu dem Pianisten hinüber, der jetzt etwas ganz anderes spielte als das, was Ann zu hören geglaubt hatte. „Wussten Sie, dass dieses Stück, obwohl es wohl sein berühmtestes ist, erst einige Zeit nach seinem Tod veröffentlicht wurde?" Er nahm einen großen Schluck Scotch, bevor er weitersprach. „Interessanterweise wurden die Anfangsakkorde erst wirklich durch die Looney-Tunes-Filme berühmt. Das ist doch verrückt, oder? Ein Werk von einem der begabtesten Komponisten dieser Welt wurde zu seinen Lebzeiten nie veröffentlicht und ist nur deshalb bekannt geworden, weil es den Weg in eine Zeichentrickserie gefunden hat!"

„Ich wusste gar nicht, dass Sie sich so gut mit Musik auskennen." Ann war das zwar absolut gleichgültig, aber wenn sie weiterredete, gelang es ihr vielleicht, nicht in aller Öffentlichkeit die Nerven zu verlieren.

„Das tue ich auch nicht. Im College habe ich mal eine Arbeit über die Zufälligkeit des Erfolgs geschrieben, und dabei habe ich dieses Musikstück als Paradebeispiel angeführt."

Ann sah sich wieder im Raum um; sie hatte das unangenehme

Gefühl, beobachtet zu werden, und verspürte ein Prickeln in ihrem Genick. Wurde sie tatsächlich gerade von Engeln beobachtet … oder begannen sich ihre akustischen Halluzinationen zu einer regelrechten Paranoia zu entwickeln? *Reiß dich zusammen, du kannst dir keinen Nervenzusammenbruch leisten. Nicht hier. Nicht jetzt.* „Sie glauben, dass Erfolg mehr mit Glück zu tun hat als mit harter Arbeit?“

„Ich glaube, er ist von beidem abhängig. Nehmen Sie nur mal uns beide. Wie hoch war die Chance, dass wir mit demselben Flugzeug fliegen? Und zwar genau einen Tag, nachdem ich meiner alten Staging-Firma mitgeteilt habe, dass ich bei meinem nächsten Projekt nicht mehr mit ihr zusammenarbeiten würde? Und dann sitze ich auch noch nahe genug, um zu sehen, was Sie da skizzieren. Und jetzt sind wir hier zusammen und reden über eine neue Geschäftsidee. Wenn Sie nicht so hart arbeiten würden *und* wenn das Schicksal sich nicht eingemischt hätte, säßen wir beide jetzt nicht hier.“

Das Essen kam, und es gelang Ann, ein paar Bissen hinunterzuwürgen. Aber im Wesentlichen beschränkte sie sich darauf, das Essen auf ihrem Teller hin und her zu schieben. Sie versuchte ein gewisses Maß an Normalität aufrechtzuerhalten. „Mich würde interessieren, was Sie dazu veranlasst hat, die Staging-Firma zu wechseln.“

Er zuckte die Schultern. „Die haben ganz ordentliche Arbeit geleistet, aber es war einfach an der Zeit, sich nach etwas Neuem, Frischem umzusehen.“

Ann fragte sich, ob er damit die Arbeitsweise oder einfach eine neue Frau meinte. „Ich verstehe.“

„Haben Sie Meredith damals beim Empfang kennengelernt – Meredith Radke?“

„Ja, das habe ich.“ Ann konnte sich noch daran erinnern, wie beeindruckt sie sowohl von ihrer hervorragenden Arbeit als auch von ihrer außergewöhnlichen Schönheit gewesen war.

„Vielleicht war es für sie ebenfalls ein Glücksfall, dass unsere gemeinsame Arbeit zu einem Ende kam, denn wie ich gehört habe, hat sie ihre alte Firma verlassen und sich selbstständig gemacht."

Ann vermutete, dass Meredith nicht „ihre alte Firma verlassen" hatte, sondern dass sie gefeuert worden war, weil es ihr nicht gelungen war, Patrick Stinson zu halten. „Sie hat sich selbstständig gemacht? Wirklich? Das ist angesichts der gegenwärtigen Wirtschaftslage wirklich ein mutiger Schritt."

„Stimmt. Aber wie man hört, ist sie sehr erfolgreich; sie hat sogar einige meiner Konkurrenten als Auftraggeber gewonnen. Sie sehen: Der Zufall hat wieder einmal seine wunderbare Hand im Spiel gehabt."

„Ja, seine wunderbare Hand." Das Lokal wurde heiß und stickig, und es fiel ihr schwer, gleichmäßig zu atmen. Der Kellner räumte die Teller ab und brachte Ann dann die übrig gebliebenen Scheiben ihrer gebratenen Ente. Sie waren in Alufolie verpackt, die so zusammengedreht war, dass das Päckchen die Form eines Schwans hatte.

Patrick Stinson führte sie hinaus und wartete, während der Kellner ihr ein Taxi rief. „Hat Ihnen das Essen nicht geschmeckt? Das nächste Mal müssen Sie das Lokal aussuchen."

„Nein, es war prima. Aber wenn ich den ganzen Tag unterwegs war, bin ich abends nie besonders hungrig. Das passiert mir anscheinend immer, wenn ich geflogen bin."

„Bitte verzeihen Sie mir – ich hätte nicht darauf bestehen sollen, dass wir uns heute Abend sehen. Aber dieses Projekt bedeutet mir einfach so viel."

„Nein, es war sehr schön, wirklich. Ich freue mich darauf, das Projekt bis zum Ende zu begleiten." Ann streckte ihm ihre Hand entgegen, um sich zu verabschieden, aber er hielt diese fest und küsste sie.

„Ich glaube, dass wir noch viele wunderbare Projekte vor uns haben."

Das Taxi hielt am Rande des Gehsteigs, und Ann war noch nie in ihrem Leben so froh gewesen, endlich fliehen zu können. Seltsamerweise ertappte sie sich dabei, wie sie sich wünschte, das Taxi würde sie zu ihrem Haus in Charleston zurückbringen, weit weg von Patrick Stinson.

Als sie bei ihrer Adresse angekommen war, stieg Ann aus und blieb auf dem Gehweg einen Moment stehen. Sie sah nach rechts und erblickte einen Obdachlosen, der im Mülleimer herumwühlte. Seine Haare waren ungepflegt, und seine Jacke war an mehreren Stellen zerrissen. Plötzlich schienen sich ihre Füße wie von selbst zu bewegen, und auf einmal stand sie neben ihm. Er wich zurück, als er sie bemerkte. Sie versuchte zu lächeln, damit er keine Angst vor ihr bekam. Aber es wollte ihr nicht so recht gelingen, denn sie hatte selbst Angst. „Hallo, ich bin Ann. Ich war gerade zum Abendessen verabredet, aber ich habe nicht alles geschafft. Sie haben mir die Reste eingepackt, aber ich weiß, dass das Essen morgen nicht mehr so gut schmecken wird wie heute. Möchten Sie es haben?“

Mit erstauntem Blick sah er sie an. Er hatte langes, zottliges graues Haar. Eine gezackte Narbe verlief quer über seine linke Wange. „Ich hab Sie hier schon oft gesehen, und Sie haben mir noch nie irgendwas angeboten.“

Ann zuckte die Schultern. „Vielleicht habe ich mich geändert.“

„Das hört man gern.“ Er streckte vorsichtig die Hand aus, beobachtete sie dabei jedoch ständig, als fürchte er, sie würde ihr Angebot rückgängig machen. Als er den Schwan schließlich in der Hand hielt, nickte er. „Danke.“ Er drehte sich um und ging langsam davon. Die Alufolie machte ein metallenes Geräusch, als er sie aufriss.

„Bitte sehr.“ Ann ging zur Haustür und tippte gerade die Zahlenkombination in das Tastenfeld ein, als sie jemanden pfeifen hörte. Das Türschloss sprang auf und sie merkte, wie sie beim Hineingehen vor sich hinsummte – bis ihr klar wurde, was es war. Die

Melodie, die der Obdachlose gepfiffen hatte, und die sie jetzt selbst summte, war …

„He, was ist das …?“ Sie ließ die Tür los und fuhr herum.

Er war fort.

# Kapitel 25

Bekkas Einzimmerapartment roch immer nach frisch gebackenen Brötchen und Weihnachtsgewürzen. Auch heute Abend war es so, obwohl das Abendessen aus braunem Reis und einer chinesischen Hühnerpfanne bestanden hatte. Es war, als hätte die Teriyaki-Sauce gewusst, dass ihr Aroma nicht anheimelnd genug für die traditionelle Einrichtung war, und hätte daraufhin beschlossen, sich nicht aufzudrängen.

Ann bewunderte ihre Freundin dafür, wie gut es ihr gelang, ihrer Wohnung bis ins kleinste Detail ihren ganz persönlichen Stil zu verleihen.

„Mama, ich glaube, Ann braucht Therapie."

Ann war im ersten Moment so perplex, dass es ihr die Sprache verschlug, doch dann brachte sie nur ein „Hää?" heraus. Sie blickte über den schmalen Küchentisch zu Bekka hinüber – die vor Lachen prustete.

Bekka lachte eine geschlagene Minute lang; dann legte sie ihrer Tochter die Hand auf die Schulter. „Ach meine Liebe, du musst ein bisschen aufpassen, wie du diese Dinge ausdrückst."

„Warum? Was ist daran so komisch?" Die siebenjährige Gracie sah ihre Mutter mit riesigen braunen Augen an. „Du machst doch gern Therapie, oder, Mama? Und Ann würde das bestimmt auch gern machen!"

Bekka stand auf, nahm ihre Tochter in die Arme und wirbelte sie im Kreis herum. Dann blieb sie stehen und drückte sie fest an sich. Sie sah Ann mit einem schelmischen Lächeln an. „Also, wenn ich richtig darüber nachdenke … Ich glaube, Ann braucht dringender Therapie als jeder andere, den ich kenne."

„Super. Ich hol die Sachen." Gracie befreite sich aus Bekkas Umarmung und hüpfte zum Kühlschrank.

Ann verschränkte die Arme und sah Bekka an. „Ich vermute mal, ich sollte jetzt beleidigt sein?"

Bekka begann von Neuem zu kichern, woraus in kürzester Zeit ein weiterer unkontrollierter Lachanfall wurde. Ann konnte sich nicht daran erinnern, wann sie ihre Freundin zum letzten Mal so unbeschwert erlebt hatte. Nachdem sie jahrelang mit einem gefühllosen, brutalen Hitzkopf verheiratet gewesen war, der sie schließlich – gnädigerweise, wie Ann fand – wegen einer anderen Frau verlassen hatte, und Gracie dann im vergangenen Jahr so schlimme gesundheitliche Probleme bekam … Bekka hatte einen langen, schweren Weg hinter sich.

„Bitte schön!" Gracie reichte ihrer Mutter eine große silberfarbene Rührschüssel, die mit Alufolie bedeckt war, und suchte dann irgendetwas im Küchenschrank.

Als Bekka die Folie abnahm, kam ein dicker Klumpen weißen Kuchenteigs zum Vorschein. Sie schaute Ann an. „Beschäftigungstherapie. Gracie muss ihre Finger regelmäßig bewegen, damit sie wegen der Arthritis nicht steif werden. Eine Möglichkeit, wie sie das machen kann, ist Kneten mit Therapieknete. Wir haben gerade entdeckt, dass es viel mehr Spaß macht, Plätzchenteig zu kneten. Darum verbringen wir nach dem Abendessen meist ein bisschen Zeit damit, aus unserem Teig lustige Figuren zu formen. Dann backen wir sie und essen sie zum Nachtisch. Unsere Therapie!"

Ann fuhr Gracie durchs Haar. „Jetzt bin ich aber erleichtert. Und ich finde es ganz toll, dass ich heute Abend mit euch Therapie machen kann! Plätzchen backen ist genau das, was ich gebraucht habe."

„Das hab ich mir gedacht." Gracies Stimme klang sehr ernst. „Du musst dir vorher die Hände waschen gehen. Das ist die Regel."

„Gut, dann ab ins Badezimmer. Ich bin bereit für mein Plätzchen!"

Ein paar Minuten später schob Bekka eine Wolke, einen Hund und ein Pony in den Backofen. Sie sah Ann an. „Bevor sie angefangen hat, *Enbrel* zu nehmen, hätte sie so etwas nie machen können.

Das Medikament hat unser Leben verändert. Ich weiß nicht, was ich tun sollte, wenn ich meinen Job verlieren würde und nicht mehr genug Geld hätte, um es ihr zu kaufen. Ich weiß es wirklich nicht."

Ann wollte etwas sagen wie: „Du könntest dich an ihren Vater wenden und von ihm verlangen, das Geld dafür zu beschaffen", aber sie hielt sich zurück. Sie versuchte, im Beisein Gracies nichts Negatives über Richard zu sagen, so schwer es ihr auch manchmal fiel.

Außerdem wusste sie, dass er vor zwei Jahren seine Arbeit an der Wall Street verloren hatte, und es hieß, er und seine neue Frau hätten Insolvenz angemeldet. „Also, ich …" Ann spielte kurz mit dem Gedanken, Bekka zu sagen, wie heikel die Geschichte mit Stinson war. Aber als sie ihr Lächeln sah, beschloss sie, ihrer Freundin keine weitere Bürde aufzulasten. Sie ging zu ihr und nahm sie fest in die Arme. „Kopf hoch, Bekka. Ich kann dir noch keine Details verraten, aber ich glaube, bald wird alles noch besser. Es scheint sich da etwas aufzutun, das unser beider Leben verändern kann." Warum hatte Ann jemals daran gezweifelt, ob sie für Patrick Stinson arbeiten wollte? „Es ist zwar längst noch nicht sicher – aber ich kann dir so viel sagen: Margaret wird bei der Sache außen vor bleiben."

„Das reicht vollkommen. Ich bin dabei!" Bekka lachte, während sie die Ofentür aufklappte. „Hm, das scheint ja alles perfekt zu sein."

Ann hoffte es von ganzem Herzen.

*

Am Freitag waren Margaret und Ann mit Patrick Stinson im Lagerhaus von Marston Homestaging verabredet. Viele Homestaging-Firmen mieteten Möbel bei darauf spezialisierten Agenturen, und Marston tat das auch in gewissem Umfang. Doch Margaret hatte schon vor langer Zeit beschlossen, dass es besser war, so viele Möbel wie möglich selbst zu besitzen. Dadurch hatte sie dann nicht nur ihrerseits Mieteinnahmen, sondern besaß auch die Kontrolle darüber, wer die Möbel wann und für wie lange bekam.

Die drei gingen durch die Reihen, die zu besseren Zeiten nur sehr spärlich bestückt waren. Aber aufgrund der gegenwärtigen Lage auf dem Immobilienmarkt waren die Gänge komplett gefüllt. Die Leute versuchten ihre Häuser billig zu verkaufen; kaum jemand konnte es sich leisten, zu kaufen. Und eine Staging-Firma zu beauftragen schien extravagant, trotz der Statistiken, die Ann auswendig kannte. Sie fragte sich, ob Patrick den umfangreichen Bestand als das ungute Anzeichen erkennen würde, das es war.

Ja, das würde er. Und zweifellos würde er darin eine günstige Gelegenheit wittern, um die Preise zu drücken.

Ann legte die Hand auf ein besonders hochwertiges dänisches Sofa, eins ihrer schönsten Stücke. „Wie gefällt Ihnen dieses hier?"

Er blieb stehen und legte die Faust unter das Kinn, so als würde er das Sofa nachdenklich betrachten. „Das ist ein hübsches Stück. Es wäre gut für eine der kleineren Wohneinheiten, aber für unsere Luxusapartments will ich ausschließlich Spezialanfertigungen."

Margarets Miene blieb ruhig, aber ihr kleiner Finger trommelte auf das Klemmbrett, das sie bei sich trug. „Das können wir machen. Natürlich."

„Die Stücke von Blazes gefallen mir besonders gut."

Ann hielt den Atem an. Als Designerin musste sie seinen Geschmack bewundern. Blazes führte das exquisiteste moderne Mobiliar, das sie je gesehen hatte. Die Möbelstücke waren eher mit Kunstwerken zu vergleichen, auf die man sich auch setzen konnte, wenn man denn wollte. Aber da es sich nur um Einzelstücke handelte, waren die Preise schwindelerregend hoch.

Margaret notierte etwas, ohne aufzublicken. Ann wusste, dass sie ihre Optionen durchdachte. Wenn sie wirklich gerade wenig Kapital hatten, woher sollten sie dann das Geld nehmen, um diese Möbelstücke zu kaufen? Schließlich sah Margaret Patrick an und sagte: „Ich hatte sowieso vor, einige Stücke von Blazes für unseren Fundus zu kaufen. Danke, dass Sie mir nun den Anlass geliefert haben, den ich gebraucht habe."

„Gut", sagte er – mehr, um ihre Vereinbarung zu bekräftigen, als um ihr seine Anerkennung auszusprechen. „Ich denke übrigens darüber nach, in einigen der Küchen etwas Neues auszuprobieren. Natürlich modern, denn ich glaube, wir stimmen alle darin überein, dass es nie zu stylish und elegant sein kann" – er zog eine Augenbraue leicht hoch, während er Ann ansah –, „aber ich hätte gern auch etwas Wärmeres. Haben Sie irgendwelche Vorschläge?"

„Mein Vorschlag wäre" – Ann konnte die scharfe Erwiderung, die ihr auf der Zunge lag, gerade noch herunterschlucken – „Schweizer Birnbaum mit eloxiertem Aluminium zu kombinieren. Die horizontalen Linien der weichen Maserung wirken äußerst ansprechend, und Arbeitsflächen aus Naturquarz würden dazu einen reizvollen Kontrast bilden."

Patrick Stinson lächelte breit und wandte sich dann an Margaret. „Ich bin kein Mensch, der aus der Entfernung dirigiert. Ich mag es, all diese Dinge anzuschauen und sozusagen überall meine Hand im Spiel zu haben. Aber … ich glaube, mit Ann an meiner Seite kann ich mich ein bisschen entspannen. Bis jetzt ist sie einfach großartig gewesen."

Margaret nickte. „Ich habe Ihnen ja gesagt, dass sie Sie nicht enttäuschen wird."

„Das hoffe ich wirklich sehr." Er zwinkerte Ann zu, nahm dann ein Blatt Papier aus seiner Manteltasche und hielt es Margaret hin. „Ich habe mir die Freiheit genommen, die Modellnummern von ein paar Möbelstücken aufzuschreiben, die mir besonders gut gefallen. Würden Sie mir den Gefallen tun, kurz anzurufen, um sicherzustellen, dass diese zur Verfügung stehen? Ich möchte immer gern genau wissen, was auf mich zukommt, wenn ich einen Vertrag mit einem neuen Partner schließe."

„Natürlich, ich rufe sie heute Nachmittag an."

„Das ist mir jetzt wirklich peinlich, aber würde es Ihnen etwas ausmachen, jetzt gleich anzurufen? Damit wir Bescheid wissen?" Er blickte von Margaret zu Ann und wieder zu Margaret. Seine Miene war übertrieben beschämt und Ann wusste, dass es reine Schauspielerei war. „Es wäre mir wirklich sehr recht, wenn wir schon mal ein paar der größeren Stücke holen könnten. Wie gesagt, ich bin ein visueller Mensch. Ich habe gern vor mir, womit ich arbeiten werde."

Er nickte Ann zu und lächelte. „Sie können mich ruhig allein lassen, während Sie telefonieren. Mit Ann an meiner Seite bin ich bestimmt in den besten Händen." Ann rief sich erneut ins Gedächtnis, dass sie extrem vorsichtig damit sein musste, wie weit sie sich auf ihn einließ. Auf ihn eingehen musste sie, das stand außer Frage – aber es war wichtig, dass sie dabei beide Augen offen hielt.

„Natürlich, ich rufe gleich an." Margaret nahm ihr Handy aus der Tasche und ging zum anderen Ende des Ganges.

Patrick legte die Hand auf Anns Ellbogen, um sie ein Stückchen weiterzuführen. „Wie wäre es, wenn wir nächste Woche mal eine Show besuchen und anschließend essen gehen? Sie haben in der letzten Zeit so hart gearbeitet, und ich will auf keinen Fall, dass Sie ein Burnout bekommen und mich im Stich lassen. Gehen Sie aus und haben Sie ein bisschen Spaß!"

„Oh, ich habe reichlich Spaß, machen Sie sich darüber keine Sorgen. Und ich freue mich darauf, mehr Zeit mit Ihnen zu verbringen. Es ist nur so, dass ich Ende nächster Woche wegfliege und das Wochenende in Charleston verbringe." Ein weiterer Überraschungsflug nach Charleston, zu dem sie sich dank Patrick Stinson spontan entschlossen hatte.

„Bei all diesen Reisen nach Charleston beginne ich mich ein bisschen vernachlässigt zu fühlen."

Ann zuckte die Achseln. „Ich habe dort Dinge zu regeln."

„Wie wäre es, wenn wir uns am Wochenende dort treffen? Ich glaube, das Spoleto Festival ist noch nicht zu Ende. Wir könnten ein Konzert besuchen. Auch wenn meine Mutter vor ein paar Jahrzehnten dorthin gezogen ist – genauer gesagt, seit sie ihren Ruhestand genießt –, habe ich nie viel Zeit in Charleston verbracht. Sie könnten mich dort ein bisschen herumführen wie eine echte Einheimische, wie wär's?"

Ann konnte sich sehr gut vorstellen, wie es sein würde, wenn Patrick Stinson auftauchte, während Tammy und Kenny bei ihr waren. Bei dem Gedanken daran wollte sie lachen und weinen zugleich. „Ich habe dort ziemlich viel Arbeit am Haus zu erledigen. Da bleibt wirklich keine Zeit, mich zu vergnügen. Außerdem wäre ich keine gute Reiseführerin, weil ich schon seit Jahren nichts mehr in Charleston unternommen habe." Mit Ausnahme von Angel Oak, aber dorthin würde sie garantiert nicht mit ihm fahren. Das war etwas Besonderes.

„Wenn ich es nicht besser wüsste, würde ich sagen, Sie versuchen mir aus dem Weg zu gehen, Ann Fletcher. Gut, dass ich es besser weiß, denn ich arbeite nicht gern mit Leuten, die mir aus dem Weg gehen."

*Geh auf ihn ein, aber sei vorsichtig.* Sie blickte lächelnd zu ihm auf. „Ich muss schon sagen, Mr Stinson, ich bin überrascht, wie sensibel Sie sind. Wer hätte das bei einem so nüchternen, erfolgsorientierten Geschäftsmann vermutet?" Sie sagte das in einem, wie ihr selbst bewusst war, ziemlich koketten Ton.

Er lächelte und trat einen Schritt näher an sie heran. „Ich glaube, Sie bringen eine ganz neue Seite in mir zum Vorschein."

„Tja, dann werde ich wohl schauen müssen, ob ich das in Zukunft vermeiden kann, nicht wahr?" Sie sprach weiterhin in einem leichten, neckischen Tonfall, obwohl ihr überhaupt nicht danach zumute war.

„So, da bin ich wieder. Ich habe mit dem Manager gesprochen, und er hat mir versichert, dass wir bis zum Wochenende alle Stücke bekommen können." Margaret stellte sich zwischen sie – anscheinend hatte sie nicht bemerkt, welchen Unterton das Gespräch inzwischen angenommen hatte. Oder ... vielleicht doch?

„Ich bin so froh, mit einer Agentur zu arbeiten, die sich durchsetzen kann. Sie haben die Möbel also verbindlich reserviert?"

„Ja." Margarets Finger zuckten auf dem Klemmbrett. „Habe ich Ihnen schon unsere Lampeninstallationen gezeigt? Sie sind gleich dort drüben."

„Ich bin sehr gespannt darauf." Patrick Stinsons Miene war so selbstgefällig, dass das nicht nur an der Reservierung für die Möbel liegen konnte, die er wollte. Plötzlich vibrierte das iPhone in seiner Hosentasche. Nach einem Blick auf das Display sagte er: „Entschuldigen Sie bitte – ich muss diesen Anruf entgegennehmen."

Sobald er in sicherer Entfernung war und seine Aufmerksamkeit ganz seinem Gespräch galt, flüsterte Ann Margaret zu: „Wie viel?"

„Zweihundertzwanzigtausend. Nicht zurückzahlbar."

„Zweihundertzwanzigtausend?" Ann versuchte nicht aufzuschreien, doch sie war nicht sicher, ob ihr das gelungen war. „Gibt es irgendeine Möglichkeit, wie wir uns das leisten können?"

Margaret sah ihr ins Gesicht. Ihre Augen waren hart. „Sorg einfach dafür, dass du nichts tust, was diesen Vertrag gefährdet. Ansonsten ... wird Bekka eine Menge vertrauter Gesichter beim Arbeitsamt sehen, denn jeder Einzelne von uns wird dort landen."

Diese Möbel würden das Geld, das sie kosteten, niemals wieder einbringen. Erst recht nicht, wenn Ann nach diesem Auftrag für Patrick Stinson arbeitete und die Firma dadurch ihren wichtigsten Kunden verlor. „Margaret ..."

„Psst. Da kommt er."

Patrick Stinson kam mit ausholenden Schritten zu ihnen herüberstolziert. „Nun, meine Damen, wo waren wir stehen geblieben? Beim Mittagessen, oder?"

# Kapitel 26

Die Gänge des Supermarkts waren vollgestopft mit erschöpften, überforderten und missmutigen Leuten. Leuten wie Ann.

„Passen Sie doch auf Ihr Kind auf", schimpfte ein vierschrötiger Mann mit beginnender Glatze, als ihm ein kleiner Junge in den Weg rannte.

Die Mutter, eine dünne, blasse, kränklich wirkende Frau, reagierte darauf überhaupt nicht. Sie packte die mollige Hand ihres Sohnes einen winzigen Augenblick, bevor er die Tüte M&Ms ergreifen konnte, auf die er es abgesehen hatte. „Jonah, bleib bei Mama."

Es schien für alle ein langer, harter Tag gewesen zu sein. Ann legte nur die Dinge in ihren Wagen, die absolut notwendig waren, um durch die Woche zu kommen. Sie wollte so schnell wie möglich wieder nach draußen.

Als sie durch den Gang ging, in dem die Erdnussbutter-Gläser standen, musste sie an den Obdachlosen denken. Warum, das wusste sie nicht genau. Vielleicht, weil sie einmal gehört hatte, dass Erdnussbutter oder Müsli-Riegel sich gut als Geschenke für Obdachlose eigneten. Weil sie viel Eiweiß enthielten und sich gut transportieren ließen – irgend so etwas in der Art.

Spontan nahm sie ein paar kleine Gläser Erdnussbutter, einen Karton Honig-Hafer-Riegel und eine Packung brauner Frühstückstüten.

Nachdem sie bezahlt hatte, packte sie noch im Supermarkt eine der Frühstückstüten. Sie steckte ein Glas Erdnussbutter und zwei Müsliriegel hinein und legte sie oben auf ihre Einkaufstasche – nur für den Fall, dass sie den Obdachlosen auf dem Rückweg sah. Denn sie hatte vor, nach ihm Ausschau zu halten. Sie wollte ein paar Antworten, logische Antworten. Wenn sie herausfand, wie dieses Lied hieß, und die Gewissheit bekam, dass es ein ganz normales Lied war, dann konnte sie all diesen Irrsinn vielleicht vergessen. Bestimmt würde ein Obdachloser, der auf den Straßen New Yorks lebte, keinen Blödsinn über Engel verzapfen.

Als Ann sich dem Haus näherte, in dem sie wohnte, sah sie im Schatten eine Gestalt, die sich an die Wand lehnte. Sie konnte nicht erkennen, ob er es war oder nicht, doch sie holte tief Luft und ging auf die Gestalt zu. Sie spürte, wie ihr Herz zu klopfen begann, als sie nahe genug war, um ihn zu erkennen … Er war es nicht. Es war nicht einmal ein Mann, sondern eine verwahrlost wirkende Frau. Sie hielt eine Flasche in der Hand. „Was wolln Sie denn?“, fragte sie.

„Ich … Entschuldigung, ich habe Sie mit jemandem verwechselt.“

„Das glaub ich auch.“ Die Frau stieß ein krächzendes Lachen aus und nahm einen Schluck aus der Flasche.

Ann durchzuckte der Gedanke an ihre Mutter, die immer auf der Suche nach dem nächsten Drink gewesen war, gleichgültig, was es sie kostete. Zum ersten Mal seit langer Zeit löste dieses Bild in ihr einen Hauch von Mitleid aus. „Ich war gerade einkaufen. Hätten Sie gern etwas zu essen?“

Die Frau betrachtete die Tüte in Anns Hand und streckte dann die Hand danach aus. „Danke.“ Sie warf einen Blick hinein. „Und wie soll ich die Erdnussbutter essen? Mit den Fingern?“

Jetzt fiel Ann wieder ein, warum sie so etwas nicht sehr oft machte. „Das Problem müssen Sie schon selbst lösen … Und nebenbei bemerkt, *keine Ursache!*“

Die Frau lachte. „He, nichts für ungut, Lady.“ Sie klemmte sich die Tüte unter den Arm und richtete sich auf. „Er hatte recht, was Sie betrifft. Sie verändern sich wirklich“, sagte sie, während sie davonschlurfte.

„Wer hatte recht?“, frage Ann. Ihr Ärger schmolz dahin.

Die Frau blickte sich noch einmal zu ihr um. „Uri.“

„Wer ist Uri?“

Die Frau ging weiter.

„Wer ist Uri?“ Ein paar Leute schauten interessiert zu Ann herüber, doch die Frau ging einfach weiter. Ann schüttelte frustriert den Kopf. Das war doch alles Unsinn. Was hatte sie denn herauszufinden gehofft? Wie oft würde sie sich noch lächerlich machen, bevor sie diese ganze Geschichte vergaß?

Sie ging in die Eingangshalle, bereit, sich in die Geborgenheit ihres Apartments zu flüchten. Gerade als die Tür hinter ihr zufiel, hatte sie den Eindruck, dass eine bekannte Männerstimme zu ihr sagte: „Ja, Sie verändern sich, so viel steht fest.“ Sie fuhr herum und streckte den Kopf aus der Tür.

Aber es war niemand zu sehen.

# Kapitel 27

Alles an Sarahs Haus fühlte sich falsch an. Die beigefarbene Arbeitsplatte war kahl und leer – nicht vollgeladen mit Obst und Blumen, Liederbüchern und Kuchenkrümeln. Statt des gewohnten Lachens erklang nun das hohle Klopfen des Hammers.

Es gab Tammy auch ein seltsames Gefühl, in Sarahs Haus – Annies Haus – zu sein, während keine der beiden da war. Aber Eric schien sich hier richtig heimisch zu fühlen, und Kenny hatte darauf bestanden, dass sie herüberkamen, um ihm zu helfen. Also ignorierte sie ihr Unbehagen und fuhr fort, den Boden zu kehren. „Du schaffst es wirklich gut, Dreck zu machen."

Eric lachte. „Das alte, eklige Zeug rauszureißen ist eben Drecksarbeit – autsch!" Er ließ den Hammer aus seiner rechten Hand fallen und schüttelte die linke. „Autsch!" Eine Minute lang hüpfte er durch die Küche, bis er seine Fassung wiedergewann. Dann hob er den Hammer und den Nagel wieder auf und schaute Tammy ernst an. „Und manchmal ist es sogar wirklich schmerzhaft. Aber wenn man wirklich 'ne Veränderung sehen will, muss man das auf sich nehmen. Sonst würde man nur das Alte überdecken."

„Sprichst du jetzt über Hausbau oder Theologie?"

Er zuckte die Achseln und grinste. „Über beides, glaub ich. Ehrlich gesagt, hab ich gerade an Ann gedacht. So wie immer. Sie hat so viel Schmerz in ihrem Inneren angestaut. Ich wünschte, sie würde sich damit auseinandersetzen, statt so zu tun, als gäb es ihn nicht."

„Ich weiß, was du meinst."

„Ich auch." Kenny blickte von seiner Zeichnung auf. „Rami-Jell weiß es auch."

„Wer?", fragten Tammy und Eric gleichzeitig.

„Er ist ein Engel. Er will ihr helfen."

Tammy sah Eric an und deutete mit einer Kopfbewegung nach draußen. „He, Eric, hilfst du mir, ein paar von diesen Säcken zum Mülleimer zu bringen?"

„Klar."

Sie nahmen beide genügend Müllsäcke, um glaubhaft zu wirken, und gingen dann nach draußen. Als sie außer Kennys Hörweite waren, flüsterte Tammy: „Ich habe Angst, Eric. Du weißt ja, er hat schon immer davon gesprochen, dass er Engel sieht. Aber in der letzten Zeit nimmt das immer mehr überhand. Er redet die ganze Zeit von ihnen. Du hast es ja gehört – gerade hat er einen sogar beim Namen genannt. Ich habe Angst, dass er allmählich den Verstand verliert."

Eric schüttelte den Kopf. „Falsch. Der Junge hat doch schon immer mehr Kontakt zu Gott und zu seinen Engeln gehabt als jeder andere von uns. Ich hab das immer geglaubt. Es ist doch nur logisch, dass die Engel jetzt, wo er mit dem Kummer um Sarah fertig werden muss, umso mehr Raum in seinem Leben einnehmen."

„Wahrscheinlich hast du recht."

„Ich hab immer recht." Er küsste sie leicht auf die Stirn.

„Stimmt." Tammy legte den Arm um ihn, und sie gingen wieder ins Haus. Kenny malte hingebungsvoll an seinem Bild, aber seine Augen wirkten müde. „Komm, Kenny. Zeit zum Schlafengehen, junger Mann!"

„Okay. Tschüss, Eric."

„Schlaf gut, Kumpel. Wir sehn uns morgen."

*

Später, als Kenny friedlich im Bett lag, ging Tammy ins Nähzimmer und nahm das kleinste von sechs identischen trägerlosen blauen Kleidern in die Hand. Eine Schar kichernder Brautjungfern würde morgen früh vor der Tür stehen, alle in der Erwartung, dass ihr Kleid wie angegossen passte. Bis dahin war noch so viel zu tun.

Warum hatte sie sich von Kenny dazu überreden lassen, hinüberzugehen und Eric zu helfen, anstatt zu Hause zu bleiben und diese Kleider fertig zu nähen? Sie würde noch Stunden beschäftigt sein. Und dabei war sie so müde, dass sie nur noch den Wunsch hatte, sich ins Bett fallen zu lassen und die Augen zu schließen.

Das Telefon auf ihrem Arbeitstisch schrillte. „Hallo?"

„Ich bin's, Eric. Hör mal, ich hab darüber nachgedacht, was Kenny gesagt hat … Und was du gesagt hast, und was ich gesagt hab. Ich wurde den Gedanken daran einfach nicht los, und da hab ich 'n bisschen recherchiert. Rat mal, was ich rausgefunden hab!"

„Was denn?"

„Dieser Name Rami-Jell, wie Kenny seinen Engel genannt hat. Das klingt doch ziemlich nach Rahmiel, oder?"

„Ja."

„Ich hab darüber nachgedacht, welche Engelsnamen wir aus der Bibel kennen. Zum Beispiel Michael und Gabriel. Der Name Rahmiel klingt doch ganz schön ähnlich."

„Ja, ich denke schon." Sie versuchte ein Gähnen zu unterdrücken.

„Weißt du, was Rahmiel bedeutet?"

„Nein, aber du wirst es mir bestimmt gleich mitteilen."

„Natürlich. Darum hab ich ja angerufen. Ich hab's nachgeschlagen. Es ist Hebräisch, und übersetzt heißt es *Gott ist Liebe und Barmherzigkeit.* Findest du nicht, dass sich das genau nach der Art von Engel anhört, die Gott im Moment zu Kenny und Ann schicken würde? Ich kann mir nichts Passenderes vorstellen. Du etwa?"

„Nein. Nein, bestimmt nicht." Das war also der Grund, warum sie Eric heute Abend helfen mussten. Gott hatte gewusst, wie es ihr ging. Er wusste, dass sie das hören musste. Mit Tränen in den Augen legte Tammy auf. Ihr ganzes Inneres wurde von dem Gefühl durchströmt, vollkommen und bedingungslos geliebt zu werden. „Danke, Vater im Himmel."

# Kapitel 28

Als die Sonne unterging und mit ihr die letzte Abendröte wich, nahmen die Vorstädte Charlestons ihren eigenen Glanz an. Die Luftfeuchtigkeit war so hoch, dass ein schwacher Dunst über den Straßenlaternen und vor den hell erleuchteten Fenstern hing. Als Ann in Sarahs Einfahrt einbog, warf sie einen Blick hinüber zu Tammys Haus.

Im Wohnzimmer und in der Küche brannte Licht, doch die restlichen Zimmer waren dunkel. Einige Augenblicke später ging Ann über den Rasen – irgendeine Macht, über die sie keine Kontrolle zu haben schien, zog sie mit unwiderstehlicher Gewalt zur Küchentür. Sie klopfte leise, nicht sicher, ob sie gehört werden wollte oder nicht.

Die Gardinen der Hintertür bewegten sich für den Bruchteil einer Sekunde. Dann wurde die Tür aufgerissen. „Oh Ann, wie schön, dich zu sehen!“ Tammy schlang die Arme um sie und drückte sie fest. „Es ist einfach nicht dasselbe, wenn du weg bist.“

Ann machte sich los, sobald sie dachte, dass es Tammy nicht mehr verletzen würde. „Ich dachte, ich sage dir und Kenny eben noch Hallo.“

„Er wird sich so freuen, wenn er morgen früh aufwacht und erfährt, dass du gekommen bist. Du kannst dir ja nicht vorstellen, wie sehr er dich vermisst, wenn du fort bist.“ Dann lächelte Tammy. „Na ja, ich vermute mal, die vielen Briefe, die du jede Woche von ihm bekommst, lassen schon gewisse Rückschlüsse zu.“

Ann dachte an den Papierstapel in ihrer Nachttischschublade. „Er ist schon im Bett? Da hat er bestimmt einen ausgefüllten Tag gehabt.“

„Alle seine Tage sind ausgefüllt. Anders geht es nicht bei ihm.“ Tammy seufzte, während sie das sagte, aber sie lachten beide.

„Gut, ich wollte dir nur Bescheid geben, dass ich wieder da bin. Nicht, dass du drüben Licht siehst und dich fragst, ob da jemand einbricht oder so." Ann stand schon wieder auf der Veranda, während sie den Satz beendete.

„Da hat sowieso beinah jeden Abend Licht gebrannt. Eric hat sich fast zu Tode gearbeitet."

Ann blieb stehen. „Eric?"

„Ja, er hat sogar für ein paar Tage sein ganzes Team hergeholt – da ist vielleicht was los gewesen. Vor allem an dem Tag, als sie diese Wand abgerissen haben. Kenny war natürlich total begeistert."

Ann sah zu ihrem Haus hinüber. Wie hatte sie, als sie in die Einfahrt fuhr, übersehen können, dass die Wand neben der Küchentür abgerissen war? Es wurde natürlich dunkel, aber *so* dunkel war es nun auch wieder nicht. „*Was* haben sie gemacht?"

„Na, du weißt schon, die Wand in der Küche. Er hat gesagt, ihr hättet darüber gesprochen."

Ja, sie hatten darüber gesprochen. Einmal. Vor mehreren Wochen. Aber Ann hatte bestimmt nicht erwartet, dass er das einfach in Eigenregie machen würde, noch dazu, ohne vorher mit ihr Rücksprache zu nehmen. Doch sie wollte Tammy nicht in die Sache hineinziehen, daher sagte sie nur: „Ach ja, ich hatte vergessen, dass er das machen wollte, während ich weg bin."

„Er ist so ein Schatz. Das ist alles, was ich dazu sagen kann."

Wenn Ann nicht so wütend gewesen wäre, hätte sie ihr vielleicht sogar zugestimmt. „Gut, ich werde dann mal auspacken. Bis morgen, ja?"

Sie ging direkt zu der neuen Küchentür – eigentlich war es noch dieselbe Küchentür, doch nun befand sie sich nicht mehr in einem schmalen Gang. Jetzt war sie direkt in die Wand eingelassen, und rechts und links daneben waren zwei neue, schmale Seitenfenster in die Wand eingesetzt worden – offensichtlich, um den Raum zwischen Tür und Wand auszufüllen. Sie passten perfekt zum Stil des Hauses.

Ann verspürte den Drang, alle beide kaputt zu machen. Wie konnte er es wagen, all dies zu tun, ohne sie vorher zu fragen? Er wusste doch, dass sie nicht das Geld dafür hatte.

Sie ging ins Haus und sah, dass die Küche jetzt eine kleine begehbare Vorratskammer hatte. Auch die war perfekt. Die Regale darin, einfach alles. Die Möbel im Schlafzimmer standen wieder an ihren ursprünglichen Plätzen, und Ann konnte sich frei im Wohnzimmer bewegen – auf Fußböden, die abgeschliffen worden waren, seit sie das letzte Mal hier gewesen war. An den Wänden lehnten verschiedene Farbmuster. Ann nahm einige in die Hand. Eins zeigte verschiedene Graugrün-Schattierungen, ein anderes Farbtöne von zartem Creme bis weichem Grau. Alles warme Farben. Alles Farben, die Ann nie benutzte.

Die Türglocke läutete, und ihr Zorn erreichte einen neuen Höhepunkt. Tammy hatte ihn schon angerufen? Was die beiden da machten, konnte man ja schon als böswilliges Eindringen in die Privatsphäre bezeichnen. Ann ging zur Tür und riss sie auf.

Da stand Eric in einem zerrissenen T-Shirt, alten Jeans, die mit Farbflecken übersät waren, und einer Baseball-Kappe, die vielleicht einmal blau gewesen, inzwischen jedoch völlig ausgeblichen war. Er schaute zurück zu seinem Wagen und es sah aus, als wäre er drauf und dran umzukehren und wegzulaufen. „Ich hab nicht erwartet, dich hier zu sehen. Warum sagst du nie Bescheid, wenn du herkommst?"

Ann verschränkte die Arme vor der Brust. „Und was genau hättest du getan, wenn du gewusst hättest, dass ich komme? Das ganze Haus neu gestrichen?"

Das Lächeln wich von seinem Gesicht. „Nein, das Streichen ist deine Aufgabe. Ich versuch nur, meinen Teil zu erledigen, damit du weitermachen kannst."

Der verletzte Ausdruck auf seinem Gesicht und die unwiderlegbare Ehrlichkeit seiner Worte beschämten Ann und ließen ihren Zorn verrauchen. Sie schüttelte den Kopf. „Ich wollte nicht rumzicken. Ich habe bloß nicht damit gerechnet, dass du diese Wände versetzt. Ich weiß, wir hatten mal kurz darüber gesprochen, aber wir hatten das nie wirklich beschlossen. Und diese Seitenfenster waren bestimmt schrecklich teuer."

„Nein, überhaupt nicht. Darum wollte ich dich damit überraschen. Sie waren Abfall von einem meiner Projekte im Stadtzentrum und einfach zu schön, um weggeworfen zu werden. Ich hab mich gefragt, was ich damit machen könnte, und dann fiel mir ein, dass wir darüber gesprochen hatten, diese Wand abzureißen, und … na ja, sie sind einfach wie für diese Wand gemacht. Also, ich find das zumindest … Falls du das anders siehst …"

„Wenn du nicht wusstest, dass ich zurück bin, was wolltest du dann hier?"

„Ich wollte im Badezimmer 'n paar Fugen abdichten. Die Fliesen sind noch ziemlich gut, aber wir müssen ein paar Ecken besser versiegeln. Ich war schon auf der vorderen Veranda, als ich das Licht gesehen hab und gemerkt hab, dass du da bist. Wahrscheinlich ist es besser, wenn ich das dann ein andermal mach. Aber ich dachte irgendwie, es ist nicht richtig, wenn ich einfach wieder wegfahr ohne Hallo zu sagen. Darum hab ich geklingelt und …"

„Ich habe gehört, dass du jeden Abend nach der Arbeit hierherkommst."

Seine Wangen röteten sich. „Nicht jeden Abend." Er legte die Hand an den Türrahmen und fuhr mit den Fingern darüber. „Ich komm gern hierher."

„Warum?"

Er sah sie an und neigte den Kopf leicht nach links. „Na ja, ich …" Er warf einen Blick ins Haus und sagte: „Gefallen dir irgendwelche von den Farbmustern, die ich mitgebracht hab? Die Wände müssen gestrichen werden, und selbst ich weiß, dass diese gelbliche Farbe heute nicht mehr in ist. Darum hab ich 'n bisschen was von all dem mitgenommen, was die Leute hier in der Gegend so benutzen. Die Grüntöne sind letztes Jahr sehr aktuell gewesen, aber ich wusste nicht, ob du das zu trendig findest, darum hab ich auch ein paar neutralere Farbmuster ausgesucht. Wie gesagt, ich weiß nicht genau, was dir gefällt, darum hab ich versucht, 'n bisschen was von allem zu holen."

Er hatte das Thema gewechselt, ohne ihre Frage zu beantworten, aber da das eine Fertigkeit war, die Ann ebenfalls beherrschte, beschloss sie, es ihm durchgehen zu lassen. „Ich habe sie noch nicht richtig angeschaut. Aber willst du nicht hereinkommen?"

Er folgte ihr ins Haus und sah dabei an seinem T-Shirt hinunter. „Ich schätze, ich seh ein bisschen verwildert aus. Wie gesagt, ich hab nicht damit gerechnet, hier heute jemanden zu sehen."

„Ich mag den Handwerker-Look." Sie lachte, aber in diesem Moment enthielten ihre Worte mehr als ein Körnchen Wahrheit. Etwas verlegen nahm sie das Farbmuster mit den verschiedenen Grüntönen in die Hand. „Ich habe bis jetzt immer mit Schwarz und Weiß gearbeitet. Ich weiß nicht, ob ich mich mit farbig gestrichenen Wänden anfreunden kann."

„Aber du wirst dieses Haus doch nicht in Schwarz und Weiß stylen?"

Nein, das würde sie nicht. Sie kannte sich gut genug aus, um zu wissen, dass die Leute, die modernes Design liebten, auch moderne Häuser mochten – keine kleinbürgerlichen Vorstadthäuschen. Aber so schnell wollte sie sich nicht geschlagen geben. „Ich habe die Möglichkeit noch nicht ausgeschlossen." Sie sah ihn herausfordernd an.

Er erwiderte ihren Blick, und es schien, als versuche er ihre Gedanken zu lesen. Schließlich wandte er den Blick ab und rieb die Handflächen aneinander. „Tja, das überrascht mich nicht."

Ann wusste nicht genau, warum, aber irgendwie fühlte sie sich gekränkt. „Und wieso nicht?"

„Na ja, das passt zu dir. Wenn's um irgendwas geht, was du nicht magst oder womit du nicht umgehen kannst, deckst du es mit irgendwas anderem zu und hoffst, dass es keiner merkt. Du kannst so tun, als wär dieses Haus nicht das, was es ist, indem du es modern streichst und einrichtest – aber es bleibt doch 'n traditionelles Vorstadthaus." Er nahm den Farbmuster-Karton mit den verschiedenen Beigetönen, hielt ihn auf Armeslänge von sich weg und neigte den Kopf zur Seite. „Du kannst so tun, als hättest du alles unter Kontrolle und kämst prima allein zurecht, aber das ändert nichts an der Tatsache, dass dein Herz gebrochen ist und dass du furchtbare Angst davor hast, irgendjemanden an dich ranzulassen. Das äußere Erscheinungsbild ändert nichts an dem, was innen drin ist." Er ließ den Karton zu Boden fallen.

„Du weißt überhaupt nichts über mich."

Er legte eine Hand auf jede ihrer Schultern und kam mit seinem Gesicht ganz nah an ihres heran. „Wirklich nicht?" Er rührte sich nicht, schaute sie einfach nur unverwandt an.

Ein Teil von ihr wollte ihn wegschieben und ihm sagen, dass er sich mitsamt seiner blödsinnigen Amateurpsychologie verziehen sollte. Der andere wollte sich in seine Arme werfen, an seinem Hals weinen und ihn anflehen, ihr über ihre Ängste hinwegzuhelfen. Stattdessen machte sie sich los und wechselte das Thema. „Ich bin diesmal für vier Tage hier. Wie wäre es, wenn ich mir morgen ein paar von den Häusern anschaue, für die du ein bisschen Hilfe beim Stylen gebrauchen könntest? Wenn ich hier ein paar Wände streiche und die Fensterdekoration ändere, bin ich meinem Zeitplan weit voraus. Ich hatte vor, die Böden abzuschleifen, aber das kann ich ja jetzt abhaken. Danke, dass du das gemacht hast."

„Bitte, gern." Er schaute sie an, als sei er nicht sicher, wie dankbar sie ihm wirklich war. „Aber du musst mir nicht beim Stylen helfen. Ich weiß doch, dass du im Moment alle Hände voll zu tun hast."

„Selbstverständlich halte ich meinen Teil unseres Abkommens ein!"

Er schüttelte den Kopf und fummelte am Schild seiner Baseballkappe herum. „Ich bin nicht sicher, ob das …"

„Vergiss es. Abgemacht ist abgemacht. Ich will morgen anfangen."

„Wie du willst.“ Er nahm seine Kappe ab, fuhr sich mit der Hand durchs Haar und setzte sie dann wieder auf. „Ich fahr dann mal wieder – bestimmt brauchst du jetzt ’n bisschen Ruhe, um auszupacken und dich zu sortieren. Wie wär’s, wenn ich dich morgen gehen drei Uhr abholen komm? Dann zeig ich dir eins von den Häusern, das schon seit einiger Zeit auf dem Markt ist.“

„Klingt gut. Dann bis morgen.“

Sie begleitete ihn zur Tür. Noch lange, nachdem er gefahren war, dachte sie über seine Behauptung, er würde ihre Hilfe nicht benötigen, nach. Und daran, wie viel er gemacht hatte, während sie weg war. Dann begann sie zu begreifen. Er versuchte ihr aus dem Weg zu gehen.

# Kapitel 29

Ann ging direkt zu den verschiedenen Weißtönen. Antikweiß, Alpinweiß, Alabaster. Sie stellte sich vor, wie es wohl aussehen würde, wenn die Wände von Nanas Haus damit gestrichen wären. Ein schwarzes Ledersofa, das davor stand … Das Bild verblich, und plötzlich sah sie wieder das neu bezogene, rot-braungestreifte Sofa vor sich, spürte die Wärme dieser Farben, ihre Stimmigkeit – zumindest für dieses Haus. Definitiv nicht für New York oder irgendein Haus, in dem sie jemals leben würde. Aber – vielleicht war ein wärmerer Farbton für die Wände doch richtig. Das Haus würde sich dadurch wahrscheinlich schneller verkaufen lassen, und wie Eric schon gesagt hatte, es war entscheidend, was zum Haus passte. Ann sah sich um, welche Farben infrage kommen könnten – da war Umbra gebrannt, Zinngrau (eine besonders weiche Schattierung, die ihr sehr zusagte) und ein Resedagrün, das ebenfalls ansprechend wirkte.

Sie ging zu dem Mann an der Theke. „Könnte ich jeweils einen halben Liter Umbra gebrannt und Zinngrau bekommen? Ich möchte einen Probeanstrich machen, um zu sehen, was mir besser gefällt."

„Gern, ich misch es Ihnen." Während er die jeweiligen Farbcocktails zusammenstellte, ging Ann durch die Gänge und suchte sich Pinsel, Farbrollen und Plastikfolien zusammen. Dies wäre ein guter Laden für eine Homestaging-Firma – bei der breit gefächerten Auswahl, die es hier gab, wäre es ein Leichtes, einem Klienten das bestmögliche Styling zu bieten. Außerdem war die Atmosphäre in diesem Geschäft bei Weitem nicht so hektisch wie in den großen Fachmärkten, die Ann in New York aufsuchte, und es lag so nah am Stadtzentrum. Direkt auf der anderen Seite des Ashley River, ganz in der Nähe von Nanas Haus. Ann hoffte, dass die Designer in

Charleston zu schätzen wussten, was sie an diesem Geschäft hatten, aber sie bezweifelte es.

Als sie wieder zu Hause war, konnte sie es kaum erwarten, die Farbeimer zu öffnen. Sie bestrich zwei Fotokartons mit jeweils einer der beiden Farben und lehnte sie an zwei gegenüberliegende Wände. Das Umbra gebrannt war zu dunkel für die kleinen Räume; es wirkte düster und trostlos. Das Zinngrau jedoch besaß genau das richtige Maß an Licht und Wärme. Außerdem enthielt es genug Grau, dass sie ihre Prinzipien dafür nicht völlig aufgeben musste. Ja, sie konnte in einem Haus leben, das in dieser Farbe gestrichen war.

Da war er wieder. Dieser Gedanke. Ann schüttelte energisch den Kopf, um ihn zu vertreiben. *Bleib wachsam, Ann. Lass dich nicht überrumpeln. Du wirst nicht in diesem Haus leben, gleichgültig, in welcher Farbe es gestrichen ist.*

Es war Zeit, an die Arbeit zu gehen. Sie fuhr zurück zum Baumarkt und kaufte 20 Liter Zinngrau. Dabei achtete sie darauf, sich auf die vor ihr liegende Aufgabe zu konzentrieren. Sie hatte nicht vor, hier jemals zu leben. Sie richtete das Haus nur für denjenigen her, der es letztlich kaufen würde.

Den Vormittag verbrachte sie damit, die Wände zum Streichen vorzubereiten – sie schliff, verspachtelte und klebte ab. Das erste Zimmer, das sie in dem neuen Farbton strich, war das von Nana. Mit jedem Pinselstrich gefiel ihr die Farbe besser. Ein netter Farbton. Wirklich perfekt. Während sie Harry Connick Juniors Musik auf dem iPod lauschte und die Wände sich so erfreulich entwickelten, entspannte sie sich mehr und mehr und war beinah … glücklich. Es war eine prima Idee gewesen, ihren iPod mitzunehmen. Wenn sie die Musik hörte, die sie selbst ausgewählt hatte, konnte sie wenigstens ihre Erinnerung an diese andere Melodie ausschalten. Warum nur war sie nicht schon früher darauf gekommen? Ganz offensichtlich gab es in diesem Haus keine übernatürlichen Wesen, und gute Musik war ein Mittel, sich das ins Gedächtnis zu rufen.

Ja, es gab nichts Übernatürliches in ihrem Leben, keine Halluzinationen, nur einen durch Stress verursachten Traum. Das sagte sie sich immer wieder. Bis irgendetwas sie an der Schulter berührte.

Ann fuhr herum, die Farbrolle in der Hand, bereit, der Macht ins Auge zu sehen, die sie nicht in Frieden ließ. Doch bis sie begriff, was tatsächlich vor sich ging, hatte sie Eric bereits ihre zinngrau getränkte Farbrolle übergezogen. Sie fuhr zurück und schaute entsetzt auf den Schaden, den sie seiner Atlanta-Braves-Baseballkappe zugefügt hatte. Dann riss sie sich die Kopfhörer aus den Ohren. „Oh nein! Das tut mir so leid!" Voller Erleichterung brach sie in hysterisches Lachen aus. „Ich hab dich nicht hereinkommen hören, darum hab ich mich so erschreckt. Oh Eric, das tut mir wirklich leid." So erschrocken sie auch war, sie konnte nicht aufhören zu lachen.

Eric stand einfach da und sah sie an. Dann nahm er die Kappe ab und besah sich den Schaden. „Ich hör zwar, was du sagst – dass es dir leidtut und so. Aber ich weiß nicht, ob ich dir glauben soll. Vielleicht lieg ich ja völlig falsch, aber ich hab nicht den Eindruck, dass du besonders zerknirscht bist. Ich würde sogar sagen, die Sache scheint dich ziemlich zu erheitern."

Nun war es vollkommen um Ann geschehen. Immerhin hatte sie noch so viel Verstand, die Farbrolle auf das Sieb zu legen, und dann wälzte sie sich auf dem Boden vor Lachen. Ihre Augen tränten und ihr Bauch schmerzte, als es ihr endlich gelang, wieder einigermaßen die Beherrschung zu erlangen.

Eric, der vor ihr in die Hocke gegangen war, beobachtete sie, ein angedeutetes Lächeln auf dem Gesicht. Ann rieb sich die Augen und sagte: „Wirklich, es tut mir leid. Ich hätte das niemals absichtlich getan. Aber aus irgendeinem Grund finde ich das jetzt total komisch. Ich weiß auch nicht, warum."

Er hielt immer noch die Kappe in der Hand und hatte nachdenklich die Augen zusammengekniffen. „Hm. Wirklich?" Er beugte sich vor und setzte ihr die Kappe auf. Dann drehte er den Kopf zur Seite und nickte. „Ja, es ist lustiger, wenn jemand anderer sie aufhat.“ Seine Stimmer war ernst, aber seine Augen tanzten. „Ich glaub, Sie schulden mir ’ne neue Kappe, Miss Fletcher.“

„Das ist ja wohl das Mindeste.“ Ann rappelte sich hoch. „Es tut mir wirklich leid.“

„Ich glaub dir kein Wort.“

Plötzlich wurde Ann bewusst, warum er wohl hier war. „Ist es schon drei? Oh nein, entschuldige bitte! Ich wollte doch fertig sein, wenn du kommst. Ich habe beim Streichen total die Zeit vergessen.“

„So viel Zeit hast du nun auch wieder nicht vergessen. Es ist erst kurz nach eins. Ich hab in der Mittagszeit ein paar Besorgungen gemacht und da dacht ich mir, ich schau mal vorbei und guck, wie du so vorankommst.“ Er sah sich im Raum um. „Ich hab das vor der Küchentür gefunden.“ Er hielt ihr ein zusammengefaltetes Blatt Papier hin.

„Was ist es?“

„Woher soll ich das wissen? Ich hab’s doch nicht aufgemacht – es lag ja schließlich nicht auf *meiner* Veranda. Ich schnüffle doch nicht in Dingen herum, die mich nichts angehen!“

Ann faltete das weiße Blatt auseinander – es war wieder eine Buntstiftzeichnung. Diese zeigte die dunkelhaarige Ann und einen besonders großen gelben Fleck. Er schien sie von allen Seiten zu umschließen, so als würde er sie beschützen oder umarmen. „Ein Bild von Kenny.“ Sie ging aus dem Zimmer, ohne sich umzudrehen. „Ich hänge es eben an den Kühlschrank.“

Eric folgte ihr in die Küche. „Ja, seit du aufgetaucht bist, bekomm ich längst nicht mehr so viele Kunstwerke wie früher. Ich glaub, du versuchst mir mein Territorium streitig zu machen.“

Ann benutzte einen von Sarahs Sonnenblumenmagneten, um das Bild an die weiße Kühlschranktür zu heften. So wie Nana damals ihre kindlichen Kunstwerke aufgehängt hatte. „Malt Kenny für dich auch Engelsbilder?“

„Engelsbilder? Nein. Meistens Footballbilder und ab und zu

auch mal vom Basketball. Seit ich ihn kenn, hat er immer nur für sich selbst Engelsbilder gemalt. Das heißt, bis du aufgetaucht bist. Ich frag mich, warum du 'ne Sonderbehandlung bekommst."

Ann wollte es gar nicht wissen. Sie wollte überhaupt nicht über all das nachdenken. Sobald Eric weg war, würde sie das Bild in irgendeine Schublade stecken, wo sie es nicht sehen musste. Sie drehte sich um und sah ins Wohnzimmer. „Mit dem Streichen klappt es gut."

„Ja, ich mag die Farbe, die du ausgesucht hast. Die passt zu dir *und* zum Haus."

„Danke." Sie brachte das Wort kaum heraus. Warum tat Erics Kommentar ihr so gut? Es erinnerte sie an das tolle Gefühl, wenn Nana sie wegen eines guten Zeugnisses gelobt oder ein Bild von ihr an den Kühlschrank geheftet hatte. Aber das war lange her, und Erics Anerkennung sollte ihr nicht so wichtig sein. Auch nicht die irgendeines anderen Menschen. Die einzige Anerkennung, die sie brauchte, war eine, die garantierte, dass sie weiterhin ihr Gehalt bekam.

„Also, ich bin gekommen, um dir zu sagen, dass du das wirklich nicht zu machen brauchst – mir beim Einrichten der Häuser zu helfen, mein ich. Wie gesagt, es hat mir Spaß gemacht, hier zu arbeiten. Betracht es einfach als Geschenk, ja?"

Wie kam es nur, dass dieser dickköpfige Tischler solche Schwierigkeiten damit hatte, Hilfe anzunehmen? „Hast du schon zu Mittag gegessen? Hast du Hunger? Ich habe nicht viel da, aber ich könnte uns ein paar Brote schmieren."

Er schaute kurz aus dem Fenster; seine Kiefer arbeiteten. „Du hast meine Frage nicht beantwortet."

„Du meine auch nicht."

„Ich ess mein Mittagessen immer, während ich unterwegs bin und Sachen erledige. Das ist zwar nicht wirklich kultiviert, aber man kriegt ziemlich viel geschafft."

„Und ich nehme keine Almosen an."

Eric schüttelte langsam den Kopf. Dann seufzte er und sagte: „Gut, dann bis drei. Du bist wirklich ein Dickschädel."

„Danke."

„Das war kein Kompliment." Er fasste den Schild der Mütze auf Anns Kopf und zog ihn so tief herunter, dass ihre Augen beinah bedeckt waren. „Also, es ist eindeutig witziger, wenn *du* sie aufhast. Steht dir irgendwie besser." Er zwinkerte ihr zu, während er sich umdrehte und aus dem Zimmer ging.

Noch lange, nachdem er gegangen war, sah Ann zur Tür.

Beinah … sehnsüchtig? Nein, das konnte nicht sein.

# *Kapitel 30*

Erics Pläne waren gescheitert. Und zwar kläglich.

Er hatte während der vergangenen Wochen versucht, Anns Haus fertigzustellen – oder zumindest den Teil, der seine Aufgabe war –, aber es war ihm nicht gelungen. Und er hätte wissen müssen, dass sie zu dickköpfig war und es nicht akzeptieren würde, wenn er ihren Teil des Tauschhandels nicht in Anspruch nahm. Wie sollte er nun, da sie zurück war, den nötigen Abstand wahren?

Während er Ann durch das Haus führte, das sie für ihn stylen wollte, wurde er immer nervöser. *Was sie wohl dachte?* „Das Haus hier ist schon beinah ein Jahr auf dem Markt. Die Küche befand sich zuerst noch im Originalzustand, und der war miserabel. Aber der Makler hatte mehrere Monate gebraucht, um die Familie davon zu überzeugen, dass sie ein bisschen was machen lassen müssten, wenn sie verkaufen wollten. Da haben sie mich dann ins Boot geholt. Ich kenn das Ehepaar, dem dieses Haus gehört, schon lange. Sie sind in den Siebzigern und schon nach Tennessee gezogen, um näher bei ihrer Tochter zu sein. Im Moment leben sie mit ihr, ihrem Mann und deren fünf Kindern unter einem Dach, und das wird so bleiben, bis das Haus hier verkauft ist. Ich hör genügend Gemecker aus der Richtung, um zu wissen, dass sie so bald wie möglich ihre eigenen vier Wände brauchen. Bei denen herrscht zurzeit ziemlich dicke Luft. Verstehst du, was ich mein?"

Ann lachte. „Absolut." Sie ging durch das kleine Vierzimmerhaus und befühlte Oberflächen, zog Schubladen auf und starrte an Decken. „Die Badezimmer sind offensichtlich in den letzten zehn Jahren renoviert worden. Die sind jetzt nicht der letzte Schrei, aber sie sind in Ordnung."

Als sie die Küche betraten, spürte Eric, wie sein Herz zu rasen begann.

„Diese Küche ist toll. Ist das Ahorn?“, fragte sie ihn.

„Ja.“

„Und ein schöner Granit.“ Ann fuhr mit der Hand über die Arbeitsplatten und begann dann die Schranktüren zu öffnen und zu schließen. Als sie ein eingebautes Gewürzregal herauszog, fragte sie: „Ist das alles maßgefertigt?“

„Ja.“ Er tat so, als würde er aus dem Fenster schauen.

„Du bist sehr begabt.“

Er drehte sich um und wollte ihr danken, aber sie war schon ins Esszimmer weitergegangen. „Der Teppich ist neu, stimmt's? Und die Wände sehen aus, als wären sie frisch gestrichen.“

„Ja, das haben die Besitzer alles gemacht, als sie das Haus zum ersten Mal inseriert haben.“

„Es ließe sich besser verkaufen, wenn es nicht so vollgestopft wäre. Sie sollten für einen Monat einen Lagerraum mieten und die Hälfte der Möbel und den größten Teil von all dem Krimskrams auslagern. Dann würde das Haus viel größer und sauberer wirken.“

Sie hatte recht. „Wenn ich sie dazu überreden kann, was mir wahrscheinlich gelingen wird, würdest du mir dann dabei helfen zu entscheiden, was drinbleibt und was weg muss?“

„Natürlich.“ Ann ging durchs Esszimmer und legte die Hand auf einen der alten Eichenstühle. „Dieser Tisch und die Stühle sind nicht mein Geschmack, passen aber gut hierher. Aber das hier“ – sie drehte sich zur Seite und deutete auf das überdimensionale Büfett an der Wand – „und auch die Porzellanvitrine dort auf der anderen Seite lassen das Zimmer überladen wirken und machen es kleiner, als es ist. Ich denke, der Raum würde sich besser machen, wenn nur der Tisch und die Stühle darin stünden.“

Eric betrachtete die Möbel und versuchte, sich das Zimmer ohne die beiden großen Möbelstücke vorzustellen. Es würde wirklich größer wirken. „Klingt gut. Was noch?“

Sie gingen durchs Haus und besprachen, was bleiben sollte und was herausmusste.

„Also, jetzt bin ich doch froh, dass ich so unfair war und deine Zeit gestohlen hab. Die Krutens sind nette Leute, und ich möchte ihnen helfen, so gut ich kann.“

„*Meine* Zeit gestohlen? Dass ich nicht lache. Du arbeitest schon seit einem Monat in meinem Haus, und ich habe eine Stunde hier verbracht – und da denkst du, *du* wärst unfair zu mir gewesen?“

Er lehnte sich an den Türpfosten und sah sie an. Es kostete ihn seine ganze Willenskraft, seine Hände bei sich zu behalten, denn alles in ihm verlangte danach, sie auszustrecken und Ann zu berühren. „Aber ich bin trotzdem nicht *ganz* fair gewesen. Ich hab die ganze Arbeit nie gemacht, damit du mir hilfst. Was das betrifft, hab ich dich doch hintergangen.“

„Warum hast du sie denn dann gemacht?“

Trotz seiner heftigen Bemühungen sich zurückzuhalten, streckte er die Hand aus und strich ihr eine dunkle Haarsträhne aus dem Gesicht. Für einen Augenblick ruhten seine Finger auf ihrer Wange. So schön. So unglaublich weich. *Junge, sieh zu, dass du abhaust, bevor du was Dummes machst. Was wirklich Dummes.* Irgendwie gelang es ihm, seine Hand zurückzuziehen. Er drehte sich um und ging zur Haustür. „Das musst du schon selbst herausfinden.“ Er hielt ihr die Tür auf. „Gehen wir?“

*

„Das ist nicht der Weg zurück zum Haus.“

„Stimmt.“

„Und wohin fahren wir dann? Schauen wir noch ein anderes von deinen Objekten an?“

„Nein.“

Ann war es ganz egal, was er antworten würde. Sie war einfach nur … glücklich? Das schien seltsam, aber es gab kein anderes Wort dafür. Aber auch wenn es ihr im Grunde gleichgültig war, wohin sie fuhren, lag doch ein gewisser Reiz darin, diesen Geheimniskrämer zum Reden zu bringen. „Also komm. Ich habe *meinen ganzen Nachmittag*" – sie sagte das so dramatisch, wie sie nur konnte – „damit verbracht, dir bei deinem Projekt zu helfen. Dafür bist du mir ja wohl zumindest einen kleinen Tipp schuldig."

„Das ist unfair. Ich verrate dir nicht, wohin wir fahren, aber gut, ich geb dir 'nen Tipp. Wir sind wieder auf Sightseeingtour. Heut werden wir uns 'n paar Charlestons angucken."

„Gibt es mehr als eins?"

Er zuckte nur mit den Schultern und lächelte. „Klar, eins für mich und eins dich."

Er fuhr in eine Parklücke, und kurz darauf gingen sie die East Bay Street hinunter. Ann brauchte nur einen Augenblick, um zu erkennen, wohin sie gingen. „Rainbow Row? Du hast mich den ganzen Weg hierhergefahren, um die Rainbow Row anzuschauen? Ich bewundere deine Wahl, aber sie zeigt einen erschreckenden Mangel an Fantasie. Das ist doch eine einzige Touristenfalle. Wir hätten genauso gut an einem Kiosk anhalten und eine Postkarte kaufen können!"

„Sag mal, willst du mich beleidigen? Nein, ich hab dich nicht hierher gebracht, damit du die Rainbow Row siehst, auch wenn ich den Parkplatz bewusst so ausgewählt hab, dass wir an ihr vorbeilaufen müssen. Ich hätt gedacht, dass jemand, der mit Architektur und Design zu tun hat, diese Häuser besser zu schätzen weiß als die meisten anderen."

„Ich habe nicht gesagt, dass sie mir nicht gefallen; ich habe gesagt, deine Wahl ist nicht sehr originell."

Vom Meer kam eine frische Brise und bewegte die Kronen der Palmen. Sie näherten sich den beiden im typischen Charlestoner Stil erbauten Häuserblocks, die direkt am Hafen lagen. Dicht an dicht stand hier eine Reihe von pastellfarbenen Häusern – in Blau, Lachs, Oliv, Gelb, Pink –, welche vor ein paar Jahrhunderten erbaut worden waren und schon Kriegen, Hurrikans und sogar einem Erdbeben getrotzt hatten. Ann spürte, wie sie ein Gefühl von Wehmut beschlich. Sie versuchte nonchalant mit den Schultern zu zucken, aber sie wusste, dass Eric ihr das nicht abkaufen würde. „Na gut, so sehr ich auch einen dezenteren Stil bevorzuge – ich muss doch zugeben, dass diese Häuser einen gewissen Charme haben."

„Wenn du eins besitzt, Ann, dann ist es die Gabe der Untertreibung."

Ann lachte und blieb vor dem gewölbten Eingang eines gelben Stuckhauses stehen. Sie reckte den Hals, um die Fenster im obersten Stockwerk zu sehen. „Gut, du hast gewonnen. Sie sind wunderschön. Und ich muss meine Behauptung von vorhin korrigieren – eine Postkarte würde den Häusern nicht gerecht. Sie sind viel schöner, wenn man sie mit eigenen Augen sieht."

„Schon besser."

„Ist das mein Charleston oder deins?"

„Das hier ist Niemandsland – sozusagen neutraler Boden. Ich will dich damit nur auf die Sache vorbereiten, um die es mir eigentlich geht."

Sie schritten auf das Ende der Halbinsel zu, auf der Charleston erbaut war. Ann versuchte, den weiteren Verlauf ihrer Unternehmung zu erraten. „Ich kenne mich in Charleston nicht mehr so gut aus wie früher, aber gehen wir zu den White Point Gardens?"

„Ja, die Richtung stimmt, aber natürlich will ich dich unterwegs noch mit ein paar interessanten Fakten beeindrucken."

„Zum Beispiel?" Inzwischen waren sie in der Battery Row angelangt, einer Häuserreihe aus Charlestons ruhmreicher Vergangenheit. Obwohl auch dieser Anblick nicht wirklich Anns Geschmack entsprach, war sie gegen ihren Willen ebenso beeindruckt wie jeder x-beliebige Tourist, der diese Häuser zum ersten Mal sah.

Sie blieben vor einem dreistöckigen Ziegelhaus mit grünen Läden stehen, dessen linke Seitenfront von hohen weißen Säulen gesäumt wurde, die sich über zwei Stockwerke erstreckten. Eric zeigte darauf und erklärte: „Das ist das Roper-Haus."

„Griechische Renaissance, vielleicht neunzehntes Jahrhundert?"

Eric rieb sich das Kinn. „Nicht schlecht für 'n Stadtkind. Aber es ist noch aus 'nem anderen Grund eins der interessantesten Häuser der Stadt – vor allem für uns Männer, aber ebenso auch für die Damenwelt."

„Nett von euch Herren, uns einzubeziehen. Also schätze ich, das ist *dein* Charleston?"

„Stimmt."

„Und warum? Weil es alt und bedeutungslos ist?"

„Wann wirst du begreifen, dass die Vergangenheit nicht bedeutungslos ist? Gerade darum geht es in der Geschichte, die ich dir erzählen will."

„Ich brenne darauf, sie zu hören."

„Als die Konföderierten die Stadt aufgeben mussten, befanden sich die meisten ihrer Kanonen hier auf der Battery Row." Er zeigte auf die Ufermauer.

Ann nickte.

„Das Letzte, was sie wollten, war, dass ihre Waffen den Yankees in die Hände fielen, wenn sie hierherkamen. Also begannen sie alles zu zerstören, was sie nicht mitnehmen konnten. Sie jagten eine achtunddreißig Tonnen schwere Blakely-Kanone in die Luft, von der sich zum Leidwesen der Familie Roper ein Teil in ihren Dachboden bohrte. Das Ding befindet sich immer noch dort oben – es heißt, es wiegt gute fünf Zentner."

Ann sah hinauf zu dem weißen Geländer, das das Dach umsäumte, und versuchte sich vorzustellen, wie ein Stück von einer Kanone in diese elegante Struktur hineinkrachte. „Das hat sicher für interessanten Gesprächsstoff gesorgt."

„Das kannst du laut sagen."

„Das ist bestimmt eine interessante Geschichte, aber inwiefern hat sie Bedeutung für die Gegenwart? Das wolltest du doch beweisen, oder?"

„Na ja, stell dir vor, es wär dein Haus oder du wärst 'n Handwerker, der an diesem Haus arbeitet. Meinst du nicht, es wär sehr wichtig zu wissen, dass da so 'n schweres Stück Metall im Dach steckt? Würde es nicht 'nen großen Einfluss darauf haben, was du heute tust oder nicht tust? Wenn du nicht weißt, dass es da ist, könnte 'ne kleine Renovierungsmaßnahme 'nen großen Schaden verursachen. Weißt du, was ich mein?"

„Ja, das stimmt. Gut erklärt."

„Danke." Er ging ein paar Schritte weiter.

„Ja, in einem von ein paar Millionen Fällen – solchen mit einem Kanonenteil im Dachboden – kann die Vergangenheit wichtig sein. Das gebe ich zu."

„Du bist ganz schön stur, weißt du das? Wie sieht's damit aus, wenn ein Haus mal 'nen Wasserschaden hatte? Oder wenn die Fundamente durch 'n Erdbeben beschädigt wurden? Würdest du das nicht auch wissen wollen? Dass ich hier 'n besonders spektakuläres Beispiel aufgeführt hab, bedeutet nicht, dass es nicht noch viele andere bedeutsame Fakten gibt."

„Hm. Wahrscheinlich hast du recht." Sie erreichten die White Point Gardens, schlenderten durch den Schatten moosbewachsener Eichen und kamen an einem weißen Aussichtspavillon und verschiedenen Bürgerkriegsdenkmälern und Geschützen vorbei. Dann gingen sie durch den Battery Walk am anderen Ende der Anlage. Ann schaute über das Geländer auf die plätschernde Wasseroberfläche unter ihnen. „Es ist wunderschön hier."

„Ja. Hier fließen der Ashley River und der Cooper River zusammen, um den Atlantik zu bilden."

Ann lachte. „Jetzt redest du wie ein richtiger Charlestoner Snob. Willst du mir jetzt auch noch davon erzählen, wie deine Familie sich hier anno dazumal niedergelassen hat? So sehr ich auch dieses Gerede von der ‚Alten Charlestoner Familie' hasse, will ich dich doch eben wissen lassen, dass ich zur sechsten Generation gehöre. Unterschicht vielleicht, aber immerhin sechste Generation."

„Das kann ich nicht überbieten. Meine Mutter und ich sind 1996 hierhergezogen. Ich werd immer 'n Außenseiter bleiben." Er sagte das in einem so ironisch-wehmütigen Ton, dass Ann ihn am liebsten in den Arm genommen hätte.

Sie beschloss, das Thema zu wechseln. „Nur deine Mutter?"

Er zuckte mit den Schultern. „Meine Eltern hatten sich für 'n paar Jahre getrennt. Dad steckte seine ganze Kraft in den Beruf, er wollte um jeden Preis erfolgreich sein und kehrte allem den Rücken, was ihn dabei behinderte – auch meiner Mutter und mir. Mom wollte einen neuen Anfang, darum sind wir hierhergezogen. Sie wollte die Vergangenheit hinter sich lassen. Das Einzige, was sie nicht aufgeben wollte, war das Meer. Also haben wir den Nordwesten Floridas verlassen und sind nach Charleston gezogen."

„Du hast gesagt, sie hatten sich *für ein paar Jahre* getrennt; heißt das, sie haben sich wieder versöhnt?"

„Ja, mein Vater hat nur 'n paar Monate gebraucht, um zu begreifen, wie wertvoll das war, was er gehabt hatte. Und er wollte es wiederhaben. Es dauerte dann noch 'n paar Jahre, bis er meine Mutter so weit hatte, dass sie wieder zurückkam. Aber schließlich hat er es geschafft."

„Aber du bist in Charleston geblieben."

„Ja, ich hatte in der Zwischenzeit gemerkt, wie sehr ich es liebe, historische Häuser zu restaurieren. Und ich hatte 'ne Abneigung gegen den hektischen Lebensstil, der der Grund dafür gewesen war, dass meine Eltern sich getrennt hatten. Und dann hatte ich auch 'nen Lebensinhalt gefunden, da unten am Washout."

„Das Surfen bedeutet dir so viel?" Ann hatte immer noch Schwierigkeiten, sich Eric als Surfer vorzustellen. Er entsprach definitiv nicht dem gängigen Klischee. „Hättest du in Florida nicht auch surfen können?"

„Doch, grundsätzlich schon, aber mein Vater hatte es mir nie erlaubt. Er war der nüchterne, strebsame Typ und in seinen Augen war das Surfen der krasse Gegensatz zu all dem, was ihm heilig war. Das war der Hauptgrund dafür, dass ich damit anfing, als wir hierherzogen. Es war eben meine Art zu rebellieren – ich wollte es ihm irgendwie heimzahlen, dass er unsere Familie kaputt gemacht hatte." Er starrte hinaus in die Ferne. „Dann hab ich ein paar Typen am Strand näher kennengelernt und gemerkt, dass es dort viele Menschen gibt, die verletzt worden sind und sich nach ein klein bisschen Hoffnung sehnen. Ihnen von meinem Glauben zu erzählen und zu sehen, wie sich ihr Leben verändert – das sind Momente, in denen ich mich am lebendigsten fühle."

Ann brannten so viele Fragen auf der Zunge, aber sie wollte nicht, dass sich das Gespräch zu sehr in eine religiöse Richtung entwickelte. Daher wechselte sie das Thema. „Dein Vater ist Bauunternehmer, nicht wahr? Habt ihr beiden jemals zusammengearbeitet?"

„Auf keinen Fall!" Eric lachte. „Dad baut Feriensiedlungen, und zwar schnell. Er investiert weder Zeit noch Geld, um den Wert des Alten zu entdecken. Für ihn muss alles neu und leicht zu entsorgen sein." Er ließ den Blick über das Wasser schweifen. „Ich glaub, darum liebe ich Charleston so sehr. Diese Stadt hat den Wert der Vergangenheit erkannt."

Ann schaute über das Wasser zum Fort Sander. „Es ist doch erstaunlich, wenn man sich vorstellt, dass genau hier an dieser Stelle Leute standen und zusahen, wie der Bürgerkrieg begann."

„Ja, unglaublich, oder? Sie hatten damals natürlich keine Ahnung, dass das Leben, so wie sie es kannten, bald für immer vorbei sein würde." Er schüttelte den Kopf und drehte sich zu ihr um. Ans Geländer gelehnt erklärte er: „Jetzt ist es Zeit, dass du was zu essen bekommst, bevor wir weitergehen."

„Sushi?"

„Keine Chance. Wir haben Kenny versprochen, dass wir ihn mitnehmen, wenn wir Sushi essen gehen, und ich mach das auf keinen Fall zweimal. Ach … und wie ich dir schon gesagt hab: Nach unserem sushifreien Abendessen fahren wir in *dein* Charleston."

Ann begann sich schon ein bisschen zu fühlen, als ob sie hierhergehörte. Dieser Gedanke ängstigte sie mehr als alles andere, mit dem sie bisher konfrontiert gewesen war.

*

Eric hatte in Erwägung gezogen, Ann ins *Café Lisa* einzuladen. Vor einiger Zeit hatte er gedacht, er würde mit ihr dorthin gehen, falls er jemals den Mut aufbrächte, sie um eine Verabredung zu bitten. Aber jetzt ... wahrscheinlich war es besser, nichts zu tun, was irgendwie romantisch sein könnte.

Deshalb würden sie nun zu *Mama's Place* gehen. Ein schlichtes Speiselokal, hell erleuchtet und ziemlich laut. Perfekt auf seine Bedürfnisse zugeschnitten. Als er die Tür öffnete, kündigte eine Kuhglocke am inneren Türgriff ihre Ankunft an.

Ann trat ein, drehte die Glocke auf ihrer Handfläche um und blickte zu ihm auf. „Nette Atmosphäre."

„Ich achte halt auf Qualität – in jeder Hinsicht!"

Sie lachte. „Eine gute Einstellung." Sie wandte sich um und begann auf eine leere Nische am anderen Ende des Raumes zuzusteuern. Falsch.

„He, warte." Eric streckte die Hand aus und fasste ihren Ellbogen. „Wie wär's, wenn wir uns an die Theke setzen? Dann haben wir mehr von der besonderen Atmosphäre hier."

„Ich glaube, trotz ein paar Metern Abstand zu der fettverspritzten Bar, wo sich die Bedienungen hektisch die Bestellungen zurufen, bekommen wir noch genug von der besonderen Atmosphäre mit." Ann behielt ihre ursprüngliche Richtung bei und setzte sich an einen Tisch. „Und außerdem haben wir hier unsere eigene kleine Jukebox. Mehr Atmosphäre ist ja wohl kaum möglich." Sie ging die Songliste durch, während Eric ihr gegenüber Platz nahm. „Jede Menge Elvis-Titel, sieh mal an."

„Toll, einfach toll." Eric faltete die Hände im Nacken und streckte sich, um seine Spannung ein bisschen abzubauen. Als er aufsah, starrte Ann ihn an.

„Würde es dir etwas ausmachen, mir zu sagen, was los ist?"

„Wie meinst du das?"

„Komm schon, Eric, seit ich wieder da bin, benimmst du dich einfach komisch. Habe ich dich irgendwie verärgert? Bereust du es, dass du mir deine Hilfe angeboten hast? Was genau ist los?“

Eric wickelte sein Besteck aus der Papierserviette. „Dir entgeht nichts, oder?“

„Du wechselst das Thema.“

Ja, zumindest hatte er es versucht. „Ach, es ist eigentlich nichts.“ Das würde peinlich werden. „Ich … na ja, es ist halt so, dass ich … gern mit dir ausgehen wollte. Ich hab es mir wirklich, wirklich gewünscht. Aber dann, als ich endlich so weit war, den Mut dazu aufzubringen, hab ich herausgefunden, dass du keine Christin bist. Und … na ja, jetzt, wo du tabu für mich bist, ist es halt einfacher für mich, wenn ich …“

„*Tabu?* Soll das heißen, ich bin so eine Art Aussätzige für dich?“

„Nein, du bist keine Aussätzige. Du bist eine wunderbare Frau. Aber … ich lese in der Bibel sehr klar, dass ein gläubiger Mensch keinen ungläubigen Menschen heiraten soll, und ich …“

„Moment mal, habe ich da was missverstanden? Ich dachte, du hättest von einem Date gesprochen. Ich wusste nicht, dass es schon ums Heiraten ging.“

O je, jetzt regte sie sich wirklich auf. Diese Geschichte nahm eine hässliche Wendung. „Vor ein paar Jahren war ich mit einer Frau befreundet. Ich wusste, dass sie meinen Glauben nicht teilte, aber ich dachte mir, mit der Zeit würde sie die Dinge schon so sehen wie ich. Wahrscheinlich hat sie ihrerseits dasselbe gedacht. Es wurde eine ernsthafte Beziehung daraus, aber tief in unserm Inneren trennte uns eine unüberbrückbare Mauer. Um es kurz zu machen, die Geschichte nahm ein schlimmes Ende. Diese Erfahrung macht mir einfach Angst, weißt du.“ Er versuchte sie anzuschauen, aber sein Blick blieb an ihrer Cola light hängen und bewegte sich keinen Zentimeter nach oben.

Sie blieb ein paar Minuten lang reglos sitzen; nur ihre Finger spielten mit dem Knick in ihrem Strohhalm. „Weißt du, ich bin in

New York auch in ein paar Dinge verwickelt. Wir können es beide nicht gebrauchen, dass aus unserer Beziehung mehr wird, das wäre einfach zu kompliziert. Aber ich genieße unsere … Freundschaft, wenn wir es so nennen wollen, wirklich." Sie trank einen Schluck Cola und sagte: „Was hältst du von diesem Vorschlag? Können wir nicht zusammenarbeiten – und sogar ein bisschen Spaß miteinander haben – wenn ich verspreche, ganz artig zu sein?" Sie hob in gespielter Kapitulation die Hände.

Die Spannung wich sofort aus seinem Körper. „Na ja …" Er machte eine kurze, dramatische Pause. „Ich weiß nicht, ob du stark genug dazu bist – mein tolles Aussehen und mein Charme machen mich schließlich unwiderstehlich. Und die tollen Lokale, in die ich dich zum Essen ausführe …" Er machte eine ausholende Geste in den Raum hinein. „Ich weiß, dass ihr New Yorker Frauen total auf diese Sachen abfahrt, und ich bin nicht sicher, ob du dich unter Kontrolle hast." Sie mussten beide lachen. Eric streckte ihr die Hand entgegen. „Freunde?"

Ann ergriff sie und drückte sie fest. „Freunde."

*

„So, von jetzt an musst du die Augen geschlossen halten. Nicht blinzeln."

„Komm schon." Ann versuchte mürrisch zu klingen, aber sie bezweifelte ernsthaft, dass ihr das gelang. „Wie lange soll ich das durchhalten?"

„Sag ich nicht." Sie waren gerade in Erics Wagen gestiegen, und er hatte sie gebeten, die Augen zuzumachen, ehe er aus der Parklücke fuhr.

„Bitte sag mir, dass es nichts mit Fremdenführerinnen in Reifröcken zu tun hat. Igitt." Ann schauderte bei dem bloßen Gedanken daran.

„Ich verrate nichts."

Sie fuhren ein paar Minuten lang. Dann sagte Eric: „Wir sind da. Lass die Augen fest zu. Ich mein's ernst!"

Ann spürte, wie das Auto eine scharfe Wendung machte; dann blieb es stehen, und der Motor ging aus. Sie musste sich zusammenreißen, um nicht zu blinzeln.

„Rühr dich nicht vom Fleck, und wag es ja nicht zu schummeln. Ich komm rüber und hol dich."

Ann hörte, wie sich die Beifahrertür öffnete; dann spürte sie Erics Hand auf ihrer, während er ihr aus dem Wagen half. Er legte ihr den Arm um die Schulter, um sie zu führen, und sie schmiegte sich unwillkürlich ein bisschen enger an ihn.

„Schön weitergehen, so ist's brav, immer ein Schritt nach dem anderen. So, jetzt hier 'rauf. Noch ein paar Stufen." Er blieb stehen. „Gut, jetzt darfst du gucken."

Ann öffnete die Augen, und ihr Blick fiel direkt auf die beiden rautenförmigen Türme der Arthur Ravenal Bridge. Halteseile liefen fächerförmig von der Spitze jedes Turms nach unten und bildeten zwei dreieckige Netze, die Ann an ein Segelschiff erinnerten. Die ganze Konstruktion war in glänzendes Licht getaucht – sowohl von der untergehenden Sonne als auch von den unterhalb der Brücke angebrachten Flutlichtstrahlern. Es war atemberaubend. „Wow."

„Ich dachte, das entspricht vielleicht 'n bisschen eher deinem Geschmack. Ich weiß, dass du es nicht so mit der Vergangenheit hast, und etwas Moderneres als das hier kann man fast nicht finden – auch wenn es nicht in Schwarz, Weiß und Chrom ist."

Ann lachte. „Vielleicht hätten sie diesbezüglich meinen Rat einholen sollen." Sie reckte den Hals, um hinaufzuschauen. „Die Türme erinnern mich an die Wolkenkratzer in New York."

„Ja. Ich hab in 'ner Dokumentation gesehen, dass sie 175 Meter hoch sind, also können sie es durchaus mit 'n paar Gebäuden in New York aufnehmen. Das Waldorf Astoria Hotel ist etwa 190 Meter hoch. Gar kein so großer Unterschied – nur, dass hier viel weniger Gedränge herrscht."

„Du weißt, wie hoch das Waldorf Astoria ist?“

Eric zuckte die Achseln. „Ich hab gerade diese Woche ’nen Artikel darüber gelesen. Das Gebäude ist ein historisches Wahrzeichen, weißt du. Ich muss zugeben, dass es auch in deinem Teil der Welt ein paar Bauwerke mit Charakter gibt.“ Er schwieg eine Zeit lang und betrachtete die Brücke. „Wusstest du, dass das die längste Schrägseilbrücke der Vereinigten Staaten ist? Sie ist so gebaut, dass sie Hurrikans, Erdbeben und Schiffskollisionen standhalten kann. Ist sie nicht wunderschön?“

„Ja, zweifellos.“ Ann hatte die Brücke schon in den Nachrichten und auf Fotos gesehen, aber sie hatte sie noch nie mit eigenen Augen angeschaut. Seit dem Bau vor einigen Jahren war sie noch nie in diesem Teil Charlestons gewesen. „Komisch, dass ich seit meiner Rückkehr nie auch nur daran gedacht habe, nach Mount Pleasant zu fahren. Ich glaube, das liegt daran, dass mein Unterbewusstsein immer noch davor zurückschreckt, über die alte Brücke zu fahren.“

„Ich fand’s immer ziemlich aufregend – ’ne Mischung aus Furcht und Faszination. So ähnlich wie ’ne Achterbahnfahrt.“

„Nur, dass man bei den meisten Achterbahnen die berechtigte Hoffnung hat, sie wieder lebendig zu verlassen. Aber diese engen Fahrspuren und die Art, wie die Brücke gebebt hat, wenn man darübergefahren ist … nein, danke.“ Die Erinnerung daran ließ Ann erschaudern. „Aber diese hier ist faszinierend. Einfach wunderschön.“

„Ja, und vor allem um diese Zeit, kurz bevor die Sonne untergeht. Hast du Lust, zur anderen Seite hinüberzulaufen? An der Hafenseite ist ’n schöner Fuß- und Fahrradweg.“

„Ja, das wäre herrlich.“

Ohne jede Eile gingen sie über die Brücke, genossen einfach die Aussicht, den Sonnenuntergang und die Nähe des anderen. Als sie den ersten der beiden Türme erreichten, blieb Ann stehen und legte die Hände an einen der massiven Träger. „Ich kann nicht glauben, dass ich nicht schon längst hier rausgefahren bin, um sie anzuschauen.“

„Siehst du, es gibt in Charleston mehr als nur Vergangenheit. Es gibt hier auch Zukunft."

„Vielleicht, aber diese Brücke beweist doch eigentlich *meinen* Standpunkt, dass man das Alte am besten abreißen und vergessen sollte."

„Wieder falsch. Wenn die Ingenieure die alten Brücken völlig ignoriert hätten, statt aus den Fehlern, die damals gemacht wurden, zu lernen, dann … würden wir jetzt auch wieder auf 'ner schmalen, holprigen Brücke stehen, oder?"

„Gehen dir eigentlich nie die Argumente aus?"

„Nicht, wenn ich im Recht bin – und das bin ich meistens. Wart's ab, eines Tages wirst du meine Genialität noch zu schätzen wissen."

„Darauf würde ich mich an deiner Stelle nicht verlassen." Schon während sie das sagte, merkte Ann, dass es von Minute zu Minute wahrscheinlicher wurde, dass er recht behielt.

# Kapitel 31

Am Sonntagmorgen lief Ann in ziemlich trüber Stimmung im Haus umher. Ihr „Freund" Eric hatte versprochen, nach dem Gottesdienst vorbeizukommen, aber das würde noch ein paar Stunden dauern.

Natürlich gab es hier noch viel zu tun. Sie wusste, dass sie Sarahs Sachen sortieren musste, aber dazu war sie einfach noch nicht bereit. So beschloss sie, erst einmal damit anzufangen, die Küchenschränke auszuräumen. Auch dabei würde sie auf Spuren ihrer Schwester stoßen, aber die würden nicht so persönlich sein. Sie nahm Erics Baseballkappe mit dem dicken zinngrauen Streifen und setzte sie auf. Sie würde ihr das Haar aus dem Gesicht halten, während sie arbeitete.

Billy Joel sang auf ihrem iPod, während sie die Besteckschublade umräumte und die Küchentücher neu zusammenfaltete. Dann streute sie Scheuerpulver ins Spülbecken und sah zu, wie das Porzellan heller wurde, während sie es schrubbte. Dabei stellte sie fest, dass der Chlorgeruch bei ihr wie immer die Vorstellung weckte, einen Neuanfang zu machen. Während sie die Überreste des weißen Putzmittels den Ausguss hinunterspülte, schaute sie aus dem Fenster.

Komisch. Tammys Auto stand immer noch in der Einfahrt. Warum war sie nicht im Gottesdienst?

Ann nahm einen Schluck Wasser. Als sie über den Rasen zu Tammys Haus blickte, empfand sie plötzlich einen dumpfen Schmerz. Sie fühlte den Drang, hinübergehen zu müssen. Irgendetwas stimmte nicht, das spürte sie.

Als sie vor der Küchentür stand, klopfte sie leise. Keine Reaktion. Sie klopfte lauter. Dann noch lauter. Schließlich trommelte sie heftig an die Tür. „Tammy, Kenny, Tammy …"

Tammy machte ihr auf, noch in ihrem hellblauen Nachthemd. Sie hatte dunkle Ringe unter den Augen. „Hallo, Annie."

„Tammy, was ist los?"

Sie zuckte mit den Schultern. „Kenny geht es nicht besonders gut. Er hat letzte Nacht kaum geschlafen und ständig gehustet und gekeucht – das ist bei ihm so von Zeit zu Zeit. Heute lasse ich ihn einfach ausschlafen."

„Oh, und du hattest dich sicher auch hingelegt. Bitte entschuldige. Ich wollte dich nicht wecken. Es war nur, weil ich dein Auto in der Einfahrt gesehen habe – da wusste ich, dass irgendetwas nicht stimmt."

„Mach dir keine Sorgen, ich war schon wach."

„Soll ich euch zum Arzt fahren? Oder soll ich etwas für dich besorgen?"

„Du bist genauso lieb wie deine Schwester." Sie drückte Anns Hand. „Wir brauchen wirklich nichts." Dabei lächelte sie so warm, dass Ann spürte, wie ihr die Tränen in die Augen traten. „Ich habe schon mit dem Arzt telefoniert. Er hat gesagt, dass ich morgen früh sofort in die Praxis kommen soll, wenn es Kenny nicht besser geht."

Ann nickte. „Gibt es wirklich nichts, was ich für euch tun kann?"

„Ich gehe mal nachsehen, ob Kenny wach ist. In dem Fall würde er dich bestimmt gern sehen, das weiß ich." Kurz darauf kam sie zurück. „Er schläft – das wird ihm guttun, dem armen Kerl. Wenn er wach wird, sag ich ihm, dass du hier warst."

Ann nickte und stand auf. „Bist du sicher, dass ich nichts für dich tun kann?"

„Ach Ann, das hast du doch schon, indem du gekommen bist."

Ann ging mit dem Gefühl, dass sie die Wertschätzung, die Tammy und Kenny für sie empfanden, einfach nicht verdient hatte.

*

Als sie wieder zu Hause war, wunderte sich Ann über das überwältigende Gefühl der Zusammengehörigkeit, das sie während ihres Besuches empfunden hatte. Diese Menschen brachten ihr so viel Liebe entgegen, obwohl sie die überhaupt nicht verdiente. Das weckte in ihr ein Gefühl von … *Heimweh.*

Sie hörte das Handy in ihrer Handtasche klingeln. Vielleicht hatte Eric ja beschlossen, den Gottesdienst ausfallen zu lassen, und rief an, um ihr zu sagen, dass er auf dem Weg zu ihr war. Sie lächelte, während sie die Annahmetaste drückte. „Ja, hier ist Ann."

„Tatsächlich. Da bin ich aber unglaublich froh." Er hielt gerade so lange inne, dass Ann in der Realität landete. „Da Sie schon wieder vor mir davongelaufen sind, dachte ich, ich rufe an und vergewissere mich, dass Sie noch an mich denken." Patrick Stinsons Stimme klang hart, beinah drohend.

„Tja, da dürfen Sie sich nie allzu sicher sein." Sie versuchte einen lockeren Tonfall beizubehalten. „Ich kann Ihnen nur sagen, dass ich Ihr Projekt gut im Griff habe. Ich habe die letzten Tage damit verbracht, Farbmuster auszuprobieren." Ann betrachtete die neuen Farben an ihrer Wand. „Ich komme definitiv voran."

„Gut, ich hatte gehofft, dass Sie mich nicht vergessen haben. Mir liegt sehr daran, dass Ihre Prioritäten stimmen."

Seine sachliche Stimme, der drohende Unterton – das war so weit von dem entfernt, was Ann wenige Augenblicke zuvor in Tammys Haus erlebt hatte. Aber herzliche Gefühle würden nicht dabei helfen, ihr Ziel zu erreichen und das Versprechen zu erfüllen, das sie Sarah und Nana gegeben hatte. „Ich würde sagen, meine Prioritäten sind genau da, wo sie sein sollten."

„Prima. Ich habe über uns und unsere zukünftige Partnerschaft nachgedacht. Mir scheint es, dass wir durch die Reisen, die Sie in der letzten Zeit gemacht haben, unsere Beziehung nicht so richtig festigen konnten."

„Das stimmt. Wir haben ja immer noch keinen Vertrag unterzeichnet, nicht wahr? Das müssen wir unbedingt so bald wie möglich tun.“ Sie verstand ihn absichtlich falsch, weil sie hoffte, so ein bisschen Zeit zu gewinnen und die Gefahr zu bannen, diesen Auftrag ganz zu verlieren.

Er schwieg einen Moment. „Nein, ich habe eher an unsere persönliche Beziehung gedacht. Es ist wichtig für mich, eine starke Bindung aufzubauen, bevor ich mit jemandem ins Geschäft komme. Ihre häufige Abwesenheit hat verhindert, dass sich unsere Beziehung so festigen konnte, wie ich mir das gewünscht hätte.“

Ann war nicht so naiv, sich irgendwelche Illusionen darüber zu machen, was er meinte. Das war ein Ultimatum – und es war noch nicht einmal in falsche Romantik gekleidet. Aber wenn sie ihn noch ein wenig hinhielt, konnte sie sich vielleicht alle Optionen offenhalten. „Es wird nicht mehr lange dauern. Mein Haus ist beinah so weit, dass ich es zum Verkauf anbieten kann.“

„Das höre ich gern. Wann kommen Sie wieder nach New York?“

„Morgen Nachmittag.“

„Wie wäre es denn damit: Morgen Abend gehen wir zusammen essen, und dann besuchen wir eine Show und gehen vielleicht noch ein bisschen tanzen. Sie tanzen doch gern, Ann, oder? Wenn wir uns einen netten Abend gemacht und unsere Partnerschaft gefeiert haben, treffen wir uns am Dienstagmorgen im Büro und unterzeichnen die Verträge.“

„Findet die Feier nicht normalerweise statt, nachdem die Verträge unterzeichnet sind?“

„Manchmal mache ich die Dinge lieber in umgekehrter Reihenfolge.“ Er sagte es mit humorvollem Unterton, aber Ann entging nicht, was er meinte. Wenn sie mit ihm arbeiten wollte, konnte sie sich nicht länger zieren.

Wie hoch war der Preis, den sie bereit war, für ihren Traumjob zu zahlen? Sie wusste, dass sie *ohne* diesen Vertrag nicht bei Marston bleiben konnte. Sie dachte an die Möbel im Wert von 220 000 Dollar, die Margaret bestellt hatte, an die Hoffnung, die Bekka und Gracie auf eine teure medizinische Behandlung setzten. Und an die

Entlassungen, die schon in Vorbereitung gewesen waren, noch bevor die Agentur von der Stagnation auf dem Immobilienmarkt betroffen gewesen war. Nun gab es nur noch eine Möglichkeit, die Arbeitslosigkeit des gesamten Teams zu verhindern: Patrick Stinson.

Ann dachte an Eric und Tammy und Kenny und an die rückhaltlose Liebe, die sie ihr entgegenbrachten … Nein, nicht *ihr.* Ebenso wie Lorelei liebten sie *Sarah,* nicht Ann. Tammy schien zu denken, Ann wäre wie Sarah, aber das war sie nicht … Eric hatte angenommen, sie hätte denselben Glauben wie Nana und Sarah, aber den hatte sie nicht …

In Wirklichkeit war all dies nur eine Illusion. Hier gab es keinen Platz für sie. Alles, was sie hatte, war ihr Leben in New York. Es war das Einzige, was zählte, denn es war das Einzige, was real war.

Ann atmete tief und sagte: „Dann sehen wir uns morgen Abend."

„Perfekt. Ich freue mich darauf."

Eine knappe Stunde später brachte ein Bote einen großen Blumenstrauß an ihre Tür. Auf der Karte stand nur: *Erwartungsvoll.* Sie war nicht unterschrieben. Das war auch nicht erforderlich. Ann nahm ihr Handy und begann damit, diesen Teil ihres Lebens abzuschließen.

*

„Sind Sie sicher, dass Sie das jetzt schon aufstellen wollen? Wir können noch ein paar Wochen warten, bis Sie so weit sind, dass man das Haus besichtigen kann." Eleanors rote Locken tanzten im Wind.

Ann nickte. „Inserieren Sie es erst, wenn wir fertig sind. Aber ich brauche dieses Schild jetzt schon. Es ist sozusagen meine Absichtserklärung."

„Das kommt mir alles ein bisschen plötzlich. Ich wünschte, Sie würden das Tempo ein bisschen drosseln und die Sache noch einmal überdenken. Einfach, um sicherzugehen, dass Sie nicht zu impulsiv handeln."

„Meine Entscheidung ist gefallen."

„Na gut." Eleanor Light ergriff Anns Hand und schüttelte sie. „Wenn Sie es so möchten. Ich sehe, Sie bekommen Besuch, also mache ich mich wieder auf den Weg. Ich melde mich dann später."

Ann drehte sich um und sah, wie Erics Geländewagen in die Einfahrt bog. Eleanor winkte ihm zu, während sie zu ihrem blauen Mazda ging, der am Straßenrand parkte.

Eric kletterte langsam aus seinem Wagen und kam auf Ann zu, einen Vorwurf in jedem Schritt, den er machte. Er legte die Hand auf das Schild und fragte ruhig: „Was ist das?"

Ann zuckte die Schultern auf eine, wie sie hoffte, lässige Art. „Das ist ein *Zu-verkaufen*-Schild. Wonach sieht es denn aus?"

„Ich hatte gedacht, na ja, ich schätz mal, ich hatte gehofft, dass …"

„Was hattest du gehofft, Eric? Dass ich hierbleibe und so tue, als ob ich irgendeine Südstaatenschönheit bin, die sich damit befasst, was ihre Nachbarn zu Abend essen oder welche Blumengardinen schöner sind? Dass ich in dieser alten Stadt bleibe, weil ihr eine schicke neue Brücke habt? Gut, dann kann ich dir jetzt gleich sagen, dass das nicht passieren wird. Ich muss die Arbeit hier beenden und verschwinden. Ich wollte hier weg, solange ich mich erinnern kann – genau aus diesem Grund lebe ich jetzt in New York. Das ist mein Zuhause; dort gehöre ich hin."

Er nickte, und Ann sah, wie er schluckte. Der Zorn in ihrer Stimme hatte ihn offensichtlich verletzt, aber genau das hatte sie auch beabsichtigt. Sie musste ihn so sehr verletzen, dass er nicht einmal versuchen würde, sie dazu zu überreden, ihre Entscheidung zu ändern. Sie musste ihn für immer in die Flucht schlagen. „Ich verstehe. Entschuldigung. Mir war anscheinend nicht bewusst, wie unwohl du dich hier fühlst und wie viel dir daran liegt, dieses Kapitel abzuschließen."

„Jetzt weißt du es. Du hast ja selbst gesagt, dass es leichter für dich ist, wenn wir ein bisschen Abstand voneinander haben. Und soll ich dir was sagen? New York ist sehr weit weg."

Er nickte. „Ich hab gesagt, ich würde heut Nachmittag vorbeikommen und dir helfen. Also lass uns anfangen." Der Schmerz in seiner Stimme zwang sie beinah in die Knie, aber sie ließ sich nicht beirren.

„Weißt du was? Ich glaube, ich komme jetzt ganz gut allein zurecht. Danke für alles, was du getan hast, aber ich will deine Zeit nicht noch länger in Anspruch nehmen."

Sie drehte sich um und ging ins Haus, ohne sich noch einmal umzusehen. Nachdem sie die Tür geschlossen hatte, lehnte sie sich dagegen und glitt zu Boden. Doch sie gestattete sich nicht zu weinen. Sie hörte, wie der Motor des Geländewagens aufheulte und Eric wegfuhr, dann nahm sie einen tiefen Atemzug, streckte den Rücken durch und stand auf. Sie hatte zu tun. Ihre erste Aufgabe war, zum Baumarkt zurückzufahren und mehrere Eimer weißer Farbe zu kaufen. Hier würde es keine Wärme geben. Nicht, solange Ann irgendetwas zu sagen hatte.

# Kapitel 32

Nachdem Ann gegangen war, hatte Tammy kurz gefrühstückt und sich dann noch ein Stündchen hingelegt. Nun stand sie am Spülbecken und spülte das Geschirr von gestern und heute. Kenny war noch nicht aufgewacht. Sie betete, dass er heute, nach der anstrengenden Nacht, einen besseren Tag haben würde.

„Annie, Annie!"

Tammy ließ den Teller, den sie gerade abwusch, wieder ins Spülbecken fallen und rannte in Kennys Zimmer. „Kenny? Was ist denn?" Er warf sich in panischer Angst im Bett herum. Kopf, Arme und Beine zuckten wild hin und her. „Annie!"

„Kenny, Kenny, wach auf!" Tammy beugte sich zu ihrem Sohn hinab und schüttelte ihn sanft. „Wach auf, Schatz. Es ist nur ein Traum. Ein böser, böser Traum."

Kennys Körper kam zur Ruhe, und sein Kopf fiel zurück auf das Kissen. Als er schließlich die Augen aufschlug, waren sie weit aufgerissen vor Angst. „Wo ist Annie?"

„Sie ist in ihrem Haus. Es ist alles in Ordnung."

„Etwas stimmt nicht, Mama. Etwas stimmt gar nicht."

„Hast du etwas Schlimmes von Annie geträumt?"

„Nein. Es war kein Traum. Etwas stimmt nicht." Er wand die Arme unter der Decke hervor und griff nach ihrer Hand. „Etwas stimmt nicht mit Annie."

„Warum denkst du das?"

„Ich kann es fühlen."

„Es geht ihr gut, mein Schatz, da bin ich mir ganz sicher. Vor ein paar Stunden ist sie hergekommen, um nach dir zu sehen. Du hast geschlafen, aber vielleicht hast du ihre Stimme gehört? Ja, so war es bestimmt. Du hast sie gehört, und dann hast du im Schlaf gedacht, dass sie in Not ist."

„Nein.“ Sein Gesicht rötete sich. „Nein!“ Er fing an zu husten.

„Du darfst dich nicht so aufregen.“ Sie stopfte ein zweites Kissen unter seine Schultern und reichte ihm ein Glas Wasser.

„Annie braucht mich.“ Er nahm einen Schluck Wasser, hustete aber immer noch ein bisschen.

„Du musst jetzt im Bett bleiben und dich ausruhen, mein Schatz. Das hat der Doktor gesagt.“ Sie sah ihren Sohn an und wusste, dass sie sich irgendetwas überlegen musste, um ihn zu beschwichtigen. „Soll ich mal zu ihr gehen und fragen, ob sie kurz rüberkommen kann? Würde dich das beruhigen?“

„Ja.“ Seine Stimme normalisierte sich, und die Röte begann aus seinem Gesicht zu weichen. „Hol sie, bitte.“

Tammy sah aus dem Fenster zu Anns Haus. Sie wollte Kenny nicht allein lassen, aber sie wusste, wenn Ann strich, würde sie Kopfhörer aufhaben und das Telefon nicht hören.

„Tschuldigung, Mama. Ich wollte dich nicht anschreien.“

Tammy strich ihm über die Stirn. „Ist schon in Ordnung. Ich gehe Annie holen, aber du bleibst schön liegen, ja?“

„Mach ich.“

Tammy lief eilig über den Rasen, denn sie wollte nicht, dass Kenny zu lange allein blieb. Er hatte sich jetzt einigermaßen beruhigt, aber was war, wenn doch etwas passierte? Sie war beinah bei Anns Küchentür, als sie das *Zu-verkaufen*-Schild sah. Sie starrte es einfach an; unfähig, sich zu bewegen, zu atmen oder auch nur zu denken. Schließlich stolperte sie wie betäubt weiter und klopfte an die Tür.

Ann riss sie auf; ihre Miene war hart und abweisend. „Ich streiche. Brauchst du was?“ Alles an Ann schien anders als noch vor ein paar Stunden. Ihre Stimme klang hohl und ihre Augen waren kalt.

„Ich … Kenny will dich sehen. Er hat schlecht geträumt, und er lässt sich erst trösten, wenn er sieht, dass es dir gut geht.“

Ann rieb sich mit der Schulter über die Wange. „Sag ihm, mir geht’s prima, aber ich bin gerade dabei, eine Wand zu streichen, und ich muss fertig werden. Sag ihm, dass ich vielleicht später vorbeikomme."

Tammy deutete mit dem Kopf auf das Schild. „Du gehst weg?"

„Natürlich. Das war doch die ganze Zeit so geplant, oder nicht? Ich muss dieses Haus verkaufen und mein normales Leben wieder aufnehmen." Ann klang so wütend. Irgendetwas musste geschehen sein, irgendetwas Schreckliches. Kenny hatte recht gehabt.

„Ist alles in Ordnung bei dir, Annie?"

„Ich heiße Ann, und es geht mir gut."

„Okay." Tammy drehte sich um und wollte wieder gehen, aber sie konnte den Gedanken, ihrem Sohn allein gegenüberzutreten, nicht ertragen. „Bitte, Ann, würdest du wenigstens herüberkommen und ein paar Sätze mit ihm sprechen? Er ist so aufgeregt und macht sich solche Sorgen um dich."

„Ich habe wirklich viel zu tun, wenn ich hier alles auf Vordermann bringen will, bevor ich gehe. Ich habe jetzt wirklich nicht die Zeit dazu. Bitte sag ihm, dass es mir gut geht – und sag ihm Tschüss von mir, ja?"

Tammy sah sie an und fragte sich, ob sie sich einfach ins Haus drängen sollte, um herauszufinden, was passiert war, oder ob sie aufgeben musste. „Wenn du sicher bist, dass es das ist, was du willst."

„Ja, ich bin ganz sicher." Sie schlug Tammy die Tür vor der Nase zu. Tammy blieb reglos stehen, unfähig zu atmen. Was war passiert, seit sie Annie vor ein paar Stunden gesehen hatte? Und noch schlimmer – wie sollte Kenny diesen weiteren Schlag verkraften? Das würde ihn zerreißen.

Sie stürzte zurück nach Hause, voller Sorge, in welchem Zustand sie ihn vorfinden würde. Als sie drinnen war, hörte sie nur das regelmäßige Ticken der Kuckucksuhr im Flur. Auf Zehenspitzen schlich sie in Kennys Zimmer – vielleicht war er eingeschlafen? Doch Kenny war wach.

Er sah einfach zu ihr auf und fragte: „Wo ist Annie?"

Tammy schluckte. „Sie hat gerade ganz viel zu tun, mein Schatz. Sie ist dabei, eine Wand zu streichen, und im Moment kann sie es überhaupt nicht einrichten herüberzukommen. Sie hat mir gesagt, ich soll dir Hallo von ihr sagen." Mit der kleinen Notlüge, das Wort „Tschüss" durch „Hallo" zu ersetzen, konnte sie leben.

„Sie geht weg, oder?" Er sagte es in so einem ruhigen, resignierten Ton, dass es Tammy überraschte.

„Ja, Schatz, ich glaube schon."

Er nickte und schloss die Augen. Stumme Tränen begannen ihm über die Wangen zu laufen. „Das ist nicht richtig. Sie muss hierbleiben."

Einige Zeit später, nachdem Tammy ihn getröstet und ihm eine Kleinigkeit zu essen gemacht hatte, schlief er ein. Erst dann begannen auch Tammys Tränen zu fließen.

*

Am Montagmorgen hatte Ann zwar ein ziemliches Schlafdefizit, aber alle Wände waren nun in einem grellen Schneeweiß gestrichen. Sie ging durchs Haus, sammelte jedes einzelne Blumenkissen ein und stopfte alle in einen schwarzen 50-Liter-Müllsack. Die Plastikfolie dehnte sich an manchen Stellen so weit, dass sie einen Grauton annahm. Ann nahm den nächsten Punkt auf ihrer To-do-Liste in Angriff – die Fotos unter der Glasplatte des Kaffeetisches.

Sie nahm einen leeren Schuhkarton aus Sarahs Wandschrank und stellte ihn vor sich auf den Boden. Vorsichtig hob sie die Glasplatte hoch und lehnte sie an das Sofa. Dann schob sie die Bilder zusammen und achtete dabei darauf, dass sie keines davon ansah. Als das letzte in den Karton gefallen war, legte sie den Deckel darauf und umwickelte den Karton mit einer doppelten Lage Isolierband. Den Müllsack über der Schulter, klemmte sie sich den Karton unter den Arm und verfrachtete alles hinaus in die Garage.

Als sie zum Haus zurückging, konnte sie nicht anders, als das weiße Schild im Vorgarten anzusehen – ihre öffentliche und unwiderrufliche Erklärung, dass sie diesem Ort für immer den Rücken kehren würde. Sie hatte nie hierhergehört, und alle, die anders darüber dachten, mussten der harten Realität ins Auge sehen.

Ann warf einen schuldbewussten Blick zum Nachbarhaus hinüber. Sie wusste, dass sie Tammy verletzt hatte. Und Eric. Und Kenny. Sie alle hatten ihr schon so viel bedeutet, aber sie verdiente ihre Freundschaft nicht. Es war besser, dieses ganze Märchen von Glück und Liebe jetzt gleich zu beenden. Eric hatte eine *gute* Frau verdient, und Tammy und Kenny verdienten eine Freundin, die ein Herz hatte. Ann lud ihr Gepäck in den Kofferraum des Mietwagens und sah auf ihre Armbanduhr. *So spät war es schon?* Sie würde sich beeilen müssen, um rechtzeitig am Flugplatz zu sein.

Als sie den Schlüssel ins Zündschloss steckte, spürte sie für einen Moment die Endgültigkeit dieses Abschieds. Sicher, sie würde zurückkommen, aber beim nächsten Mal würde all das, was sie einmal hierhergezogen hatte, nicht mehr da sein. Anns Augen begannen zu brennen, und sie drehte den Schlüssel herum.

Nichts geschah. Nicht das leiseste Geräusch, noch nicht einmal ein Klicken. Der Motor schien völlig tot zu sein. „Großartig. Einfach großartig."

Sie riss das Handy aus ihrer Handtasche und wühlte im Handschuhfach nach dem Leihwagenvertrag. Ann wusste, dass die Firma einen Pannenservice hatte – die sollten sich beeilen und schleunigst herkommen. Schließlich fand sie die Nummer. Viermal ertönte das Klingelzeichen, ehe überhaupt jemand antwortete. „Wenn Sie das Gespräch auf Englisch führen möchten, drücken Sie bitte die Eins."

*Grrrr!!!* Ann drückte die Eins. Ihr Blutdruck stieg mit jedem Atemzug. „Wenn Sie ein Fahrzeug reservieren möchten, drücken Sie bitte die Zwei. Um eine Liste unserer Mietwagen-Stationen zu hören, drücken Sie bitte die Drei."

Ann musste all ihre Beherrschung aufbringen, um nicht wütend aufzulegen, doch sie wusste, dass der ganze Prozess dann nur wieder von vorn beginnen würde. Schließlich hörte sie: „Wenn Sie gerade im Besitz eines Mietwagens sind und Hilfe brauchen, drücken Sie bitte die Acht."

Ann hieb ihren Finger so fest auf die Acht, dass es schmerzte, und hielt sich das Telefon wieder ans Ohr. „Mein Auto springt nicht an, ich brauche …"

„Wenn Sie Ihren Wagen an einer anderen als der vertraglich vereinbarten Station abgeben möchten, drücken Sie bitte die Eins. Wenn Sie den Pannenservice benötigen, drücken Sie bitte die Zwei."

Ann drückte die Zwei. „Im Moment sind alle unsere Mitarbeiter im Gespräch. Bitte bleiben Sie am Apparat. Unser nächster freier Mitarbeiter wird sich baldmöglichst um Sie kümmern."

Ann schlug frustriert mit der Hand aufs Lenkrad. Sie hatte keine Zeit für diesen Unsinn. Sie drehte noch einmal den Schlüssel herum, während sie wartete. Nichts.

„Kundenservice, Sie sprechen mit Debbie. Was kann ich für Sie tun?" Debbie sprach mit einem schleppenden Südstaatenakzent, was Ann immer besonders auf die Nerven ging, wenn sie es eilig hatte.

„Mein Auto springt nicht an, und ich muss dringend zum Flugplatz. Schicken Sie mir so schnell wie möglich jemanden her."

„Es tut mir leid, dass Sie Probleme haben. Ich möchte mich für diese Unannehmlichkeit entschuldigen." Die Stimme der Frau klang mitfühlend, aber Ann wollte kein Mitgefühl. Sie wollte Resultate. Und zwar sofort.

„Also, wie schnell können Sie jemanden schicken?"

„Warten Sie bitte einen Moment, während ich mit den Kollegen spreche."

Ann hörte plötzlich Orchestermusik, was bedeutete, dass sie sich wieder in der Warteschleife befand. Die Musik schien endlos, und die monotone Melodie trug in keiner Weise dazu bei, ihre Nerven zu beruhigen. Dann hörte sie einen Piepton. „Ah, gut, da sind Sie wieder …" Aber statt ihrer Gesprächspartnerin hörte sie weiterhin die Orchestermusik. Da begriff sie, was der Piepton zu bedeuten hatte. Es war ihr Handy – der Akku war fast leer. Das hatte ihr gerade noch gefehlt.

„Ms Fletcher? Ich habe mit unserem Pannenservice gesprochen. Sie haben sowieso gerade in Ihrer Nähe zu tun. Sobald sie fertig sind, kommen sie zu Ihnen, es dauert höchstens eine halbe Stunde."

„Ich brauche aber *jetzt* jemanden!" Schon in dem Moment, als sie die Worte aussprach, wusste Ann, dass sie unlogisch waren. Selbst wenn die Monteure sofort auftauchten, war ihre Chance, das Flugzeug noch zu erreichen, praktisch gleich null.

„Ich werde ihnen sagen, dass es sehr dringend ist."

„Danke." Niedergeschlagen legte Ann auf. Wahrscheinlich war es am besten, wenn sie die Fluggesellschaft anrief und versuchte, auf einen späteren Flug umzubuchen.

Sie ging zurück ins Haus. Es gab keinen Grund, draußen in der drückenden Hitze sitzen zu bleiben. Dann fiel ihr ein, dass ihr Akku fast leer war. Sarah hatte keinen Festnetzanschluss im Haus.

Tammy schon.

Wie in aller Welt konnte sie zu diesem Haus gehen und um einen Gefallen bitten? Tammy würde sie wahrscheinlich ebenso freundlich willkommen heißen wie immer, aber Ann wollte ihr nicht mehr gegenübertreten.

Leider hatte sie keine andere Wahl.

Während sie über den Rasen ging und anklopfte, legte sie sich zurecht, was sie sagen würde. So etwas wie: „Ich weiß, dass ich gestern sehr unhöflich war, aber könnte ich vielleicht kurz telefonieren? Der Anruf ist gebührenfrei." Ja, das klang gut.

Als Tammy mit einem breiten Lächeln die Tür öffnete, hatte Ann alles vergessen, was sie sich überlegt hatte. „Hallo."

„Oh Ann, ich habe gehofft, dass du herüberkommen und dich verabschieden würdest, bevor du gehst. Ich habe es so gehofft. Den ganzen Morgen habe ich an dich gedacht, und mir Sorgen gemacht, dass irgendetwas nicht in Ordnung ist."

„Na ja, wenn die Tatsache, dass mein Auto nicht anspringt und ich wahrscheinlich meinen Flug verpasse, in deinen Augen ‚nicht in Ordnung' ist, kann ich dir sagen, dass du den Nagel auf den Kopf getroffen hast."

„Soll ich dich zum Flughafen fahren? Ich könnte …" – sie blickte kurz in die Richtung von Kennys Zimmer – „… dich hinbringen."

Ann wusste, dass sie das tun würde. Sie wusste, dass Tammy ihn aufwecken und ins Auto packen und dafür sorgen würde, dass Ann zum Flughafen kam. Kenny würde sich sogar darüber freuen. Aber sie konnte das nicht annehmen. „Nein, das brauchst du nicht. Ich muss sowieso auf den Pannenservice der Mietwagenfirma warten. Aber könnte ich vielleicht mal dein Telefon benutzen? Mein Handyakku ist so gut wie leer, und ich muss die Fluggesellschaft anrufen und fragen, ob ich einen späteren Flug nehmen kann."

„Ja, natürlich. Hier ist es."

Sie reichte Ann das Mobilteil ihres Festnetztelefons und sagte: „Ich bin im Nähzimmer. Komm einfach rüber, wenn du irgendwas brauchst."

„Danke." Ann konnte nicht umhin, sich zu fragen, was Tammy heute nähte – ein weiteres Kleid für eine Südstaatenlady? Rüschengardinen? Der Schmerz, den sie empfand, überraschte sie von Neuem.

Sie musste ihren Fokus auf ihr Leben in New York richten – das Wichtigste war jetzt, dass sie rechtzeitig zum Abendessen mit Patrick Stinson wieder in der Stadt war. Zu viele Menschen verließen sich auf sie.

Fünf Minuten später legte sie auf, erleichtert darüber, dass sie problemlos auf einen Flug umbuchen konnte, der zwei Stunden später ging als der ursprüngliche – auch wenn die 150 Dollar Gebühr wehtaten. Ann spähte in Tammys Nähzimmer und sah, dass sie an einem Quadrat aus schwarzem Stoff nähte. „Danke, Tammy."

Tammy schreckte auf, als sie Anns Stimme hörte, und stellte sich dann schnell vor die Nähmaschine, um Ann den Blick darauf zu versperren. „Bitte, gern geschehen." Sie ging zur Tür und schob Ann aus dem Zimmer.

„Was ist das?" Ann wandte den Kopf Richtung Nähzimmer, magisch angezogen von dem Gegenstand, den Tammy offensichtlich vor ihr versteckte.

„Ach, bloß etwas, woran ich gerade arbeite. Konntest du deinen Flug umbuchen?"

„Ja, es gibt einen Flug, der zwei Stunden später geht." Sie zeigte auf das Nähzimmer. „Was ist denn das, woran du gerade arbeitest?"

„Ach, nichts Besonderes."

„Komm, du tust doch sonst nicht so geheimnisvoll. Nun sag schon!"

Tammy ließ die Hand, mit der sie Ann am Arm zurückhielt, fallen. „Es ist ein Kissen, wenn du es unbedingt wissen willst."

„In Schwarz? Das scheint mir aber ziemlich ungewöhnlich für dich."

„Ist es auch. Ich … ich mache es für dich. Eric hat mir erzählt, dass du Schwarz und Weiß am liebsten hast, und da dachte ich, vielleicht möchtest du so eins für deine Wohnung in New York haben. Ich wollte dich damit überraschen, wenn du nächstes Mal kommst. Aber jetzt hast du es schon gesehen, darum ist es keine Überraschung mehr."

Ann schnürte es die Kehle zu. Sie schlang die Arme um Tammy und drückte sie so fest, wie sie noch nie jemanden gedrückt hatte. „Du bist so lieb zu mir. Und Kenny auch. Ich habe die Freundschaft, die ihr mir entgegenbringt, überhaupt nicht verdient."

„Ach Ann, du musst nur die Augen aufmachen. Wir alle sehen, was du nicht siehst – oder nicht sehen willst. Du bist eine wunderbare Frau. Du bist genau so, wie Gott dich geschaffen hat – vollkommen geliebt von ihm. Und du bist es wert, von anderen geliebt zu werden." Tammy löste sich aus der Umarmung. „Ich schaue mal nach, ob Kenny wach ist. Jetzt hast du ja noch ein bisschen Zeit, und ich weiß, er würde dich gern sehen, bevor du fährst."

Tammy ging leise zu Kennys Zimmer und öffnete die Tür. Dann gab sie Ann ein Zeichen, dass sie nachkommen sollte. Kenny saß halb aufgerichtet im Bett, gestützt auf mehrere Kissen. Sein Gesicht war blass. Er lächelte sie an. „Hallo, Annie."

„He, schön dich zu sehen, Kenny. Wie geht's dir?"

„Ganz gut." Er nahm ein paar tiefe Atemzüge. „Ich will nicht, dass du gehst."

Ann schaute in sein liebes Gesicht und überlegte verzweifelt, was sie ihm sagen sollte. Irgendetwas, das ihn trösten würde. Da sie ihre Entscheidung, nach New York zu fliegen, nicht revidieren konnte, sprach sie das eine Thema an, von dem sie wusste, dass es ihn aufheitern würde. „Haben die Engel dir in der letzten Zeit was vorgesungen?"

„Ja." Er lächelte und schloss die Augen.

Nach ein paar Augenblicken dachte Ann, er wäre eingeschlafen. Sie küsste ihn auf die Stirn und wollte aus dem Zimmer gehen.

„Hast du sie im Auto gehört?"

„Was?" Ann fuhr herum.

„In deinem Auto. Ich habe sie gesehen. Ich habe gedacht, sie singen bestimmt."

Ann sah durch Kennys Fenster zu ihrem Wagen. Dann richtete sie den Blick wieder auf ihn. *Es gibt keine Engel,* erinnerte sie sich selbst. *Und wenn es doch welche gäbe, warum würden sie mein Auto dann nicht einfach anspringen lassen?* Kenny bildete sich das alles nur ein. Er hatte sie im Auto gesehen und die Sonnenstrahlen, die von der Windschutzscheibe reflektiert wurden. Sie legte ihm die Hand auf die Stirn und fuhr ihm durchs Haar. „Ich habe sie im Auto nicht singen hören. Aber wenn ich sie irgendwann höre, bist du der Erste, dem ich's erzähle. Abgemacht?"

„Abgemacht."

Sie sah, wie das Pannenfahrzeug in ihre Einfahrt fuhr. „Ich muss jetzt los. Aber ich bin in ein paar Wochen wieder hier, ja?" So viel zu dem Thema, hier einen klaren Schnitt zu machen. Sie fühlte sich beinah wie ein Junkie, der von seiner Droge loskommen wollte. Sie brachte es einfach nicht fertig.

„Toll." Kaum hatte er das Wort ausgesprochen, war er auch schon eingeschlafen.

# Kapitel 33

Ann bestieg die Maschine um vierzehn Uhr dreißig. Sie sah zum zwanzigsten Mal auf die Uhr, wodurch sich die Uhrzeit jedoch nicht änderte. Um kurz vor fünf würde sie ankommen und konnte um kurz nach sechs in ihrer Wohnung sein – sofern alles glattlief. Dann blieb ihr eine halbe Stunde, um sich frisch zu machen, ehe sie mit dem Taxi zum Restaurant fahren musste.

Sie starrte aus dem Fenster und beobachtete Männer in blauen Uniformen, die Gepäck in das Flugzeug luden, das neben ihrem stand. Reisetaschen, Koffer, Golfschläger und Kinderwagen. Sie gehörten fröhlichen Menschen, die erfreuliche Reisen unternahmen, vielleicht jemanden besuchten, den sie liebten – Angehörige, die ihnen etwas bedeuteten. Ann hatte keine Familie mehr, die ihr etwas bedeutete. Und was die Menschen betraf, die sie liebte … es hatte keine Bedeutung. Diejenigen, von denen sie geliebt werden wollte, liebten nicht wirklich *sie* – welchen Sinn hatte es also, auch nur darüber nachzudenken?

Als Anns Gedanken in die Gegenwart zurückkehrten, bemerkte sie, dass ihr Flugzeug das Gate noch nicht verlassen hatte. Sie sah auf die Uhr: vierzehn Uhr fünfzig. Sie hätten vor fünf Minuten starten sollen; alle Passagiere saßen auf ihren Plätzen, doch das Flugzeug bewegte sich nicht. Ann zog eine Zeitschrift aus der Sitztasche vor ihr und begann gedankenlos die Artikel über exotische Reiseziele und die Empfehlungen verschiedener bekannter Persönlichkeiten zu überfliegen. Sie zwang sich, einen Artikel über die besten Restaurants in Paris zu lesen, obwohl sie wahrscheinlich nie einen Fuß auf französischen Boden setzen würde. Sie kam zu dem Ergebnis, dass *Chez Reynauld* nach einem Restaurant klang, das sie gern ausprobieren würde, falls sie jemals nach Paris kam.

Schließlich steckte sie die Zeitschrift zurück in die Sitztasche und sah auf die Uhr: vierzehn Uhr fünfundfünfzig. „Meine Damen und Herren, wir entschuldigen uns für die Verspätung. Leider waren wir gezwungen, das Wartungsteam zu rufen, und es kann einige Minuten dauern, bis die Mitarbeiter hier sind. Wir halten Sie auf dem neusten Stand. Bitte bleiben Sie sitzen und lassen Sie Ihre Sicherheitsgurte angelegt. Wir werden starten, sobald dies gefahrlos möglich ist."

Ein kollektives Stöhnen ging durch das Flugzeug. Ann lehnte sich in ihrem Sitz zurück und schloss die Augen. Sie versuchte an *irgendetwas* zu denken – nur nicht daran, dass sie in diesem Flugzeug saß. Vor allem nicht daran, wo sie hinflog – oder was sie zurückließ.

Die Lautsprecher erwachten zu neuem Leben. „Das Wartungsteam hat das Problem gefunden und ich freue mich, Ihnen mitteilen zu können, dass es bald behoben sein wird. Innerhalb der nächsten halben Stunde sollten wir unterwegs sein."

Ann sah noch einmal auf die Uhr. Zu ihrem Abendessen mit Patrick Stinson würde sie auf jeden Fall zu spät kommen. Sie holte ihr Handy aus der Tasche und drückte den Einschaltknopf, aber nichts geschah. Dann erinnerte sie sich an die warnenden Pieptöne am Vormittag. Der Akku war leer.

Großartig. Einfach großartig. Sie konnte sich vorstellen, wie gut das ankommen würde. Sobald sie in Newark gelandet war, würde sie eine Telefonzelle suchen und ihn anrufen. Nur ... Patrick Stinsons Nummer war in ihrem Handy gespeichert, das im Moment tot war. Sie konnte zwar von dort aus in ihrem Büro anrufen und nach der Nummer fragen ... Allerdings wollte sie nicht, dass die Kolleginnen anfingen zu tratschen, wenn sie erfuhren, dass Ann sich außerhalb der Bürozeiten mit Patrick Stinson traf. Wenn Bekka davon Wind bekam, würde sie Ann keine Ruhe lassen, bis sie eine Antwort hatte – eine Antwort, die ihr nicht gefallen würde. Und Margaret ... Ihr sechster Sinn würde ihr verraten, dass es um eine mögliche künftige Geschäftspartnerschaft zwischen Ann und Patrick gehen könnte.

Nein, sie konnte überhaupt nichts tun, solange sie nicht zu Hause war und ihr Ladegerät hatte.

Warum musste all dies ausgerechnet jetzt passieren? Ein defektes Flugzeug, ein totes Handy, ein Auto, das nicht ansprang – und all das innerhalb weniger Stunden. Es war, als hätte sich das ganze Universum gegen sie verschworen. Das Universum oder …? Sie weigerte sich, diesen Gedanken zu Ende zu führen.

*

Um halb acht kam Ann in ihrem Apartment an, eine halbe Stunde, nachdem sie Patrick Stinson hätte treffen sollen. Sofort steckte sie ihr Handy in das Ladegerät und überprüfte die Mailbox. Keine Nachrichten, noch nicht einmal ein entgangener Anruf. Das ließ nichts Gutes erahnen.

Sie wählte seine Nummer und war direkt mit der Mailbox verbunden. Nach dem Piepton sagte sie: „Hier ist Ann Fletcher. Mein Flugzeug hatte anderthalb Stunden Verspätung. Und mein Handy war tot. Es tut mir so leid, dass ich Sie nicht vorher anrufen konnte, um Ihnen zu sagen, dass ich es nicht rechtzeitig zu unserer Verabredung schaffen würde. Ich werde mich morgen früh persönlich entschuldigen, wenn wir uns im Büro treffen. Es tut mir wirklich sehr, sehr leid.“

Sie legte auf und empfand dabei mehr Erleichterung als Bedauern. Zumindest heute Abend würde sie keine Entscheidung über die Zukunft treffen müssen.

Sie goss sich ein großes Glas Weißwein ein und ließ sich auf einen Stuhl fallen. Dann wurde ihr klar, dass es immer noch früh genug war, um auszugehen. Wenn er seine Mailbox abhörte und sie zurückrief, konnte der Abend trotzdem seinen geplanten Lauf nehmen – wenn auch mit ein bisschen Verspätung.

Ann dachte darüber nach, was auf dem Spiel stand. So viele Dinge, so viele Menschen, eine ganze Firma. Aber war die Alternative besser? Darauf gab es keine einfache Antwort. Für sie hatte es nie einfache Antworten gegeben.

Sie nahm ihr Handy, atmete tief und drückte die Power-Taste. Für heute Abend jedenfalls war ihre Entscheidung gefallen.

# Kapitel 34

*Ann konnte Sarah sehen und wusste instinktiv, dass sie ihren letzten Atemzug miterlebte. Ein riesiger Ball, der einer leuchtenden Krake ähnelte, schwebte über Sarah, tat aber nichts, beobachtete sie nur. Dann war die Krake bei Ann im Auto und sah wieder einfach zu, wie das Unglück seinen Lauf nahm. Wenn die Krake in ihrem Auto war, warum sprang es dann nicht an? Und warum war Sarah gestorben? Konnte die Krake denn gar nichts tun? Hatte sie nicht die Macht, in die Geschehnisse einzugreifen? Wenn nicht, was war dann ihre Aufgabe?*

Als Ann aus dem Schlaf hochfuhr, hörte sie wieder die bekannten Töne und Akkorde. Seltsamerweise hatte sie das Lied im Traum nicht gehört, aber nun hallte jeder Ton in ihrem Inneren wider, obwohl die Musik aus weiter Entfernung zu kommen schien. Langsam verklang sie, und Ann zwang sich dazu, aus dem Bett zu klettern. Sie rieb sich das Gesicht mit beiden Händen. Es war Zeit aufzustehen und in die Gänge zu kommen. Heute Morgen gab es viel zu tun.

Sie schaltete ihr Handy ein und wählte die Nummer von Patrick Stinson. Er nahm beim zweiten Klingeln ab. „Na so was, wer ruft mich denn da in aller Frühe an?"

„Hier ist Ann." Offensichtlich wusste er das bereits, aber die Antwort kam automatisch. „Es tut mir leid, dass ich gestern unser Abendessen verpasst habe. Mein Flugzeug hatte Verspätung, und mein Handy war tot. Es ist alles schiefgegangen, was nur schiefgehen konnte."

Die Stille hallte durchs Telefon, während unten auf der Straße eine Sirene ertönte. „Aha. Sie möchten mir also sagen, Sie wären gestern furchtbar gern gekommen, sind jedoch durch Schwierigkeiten während der Reise aufgehalten worden?"

„Ja, es gab Schwierigkeiten während der Reise."

„Ah ja. Und wie sollten wir Ihrer Ansicht nach damit umgehen?"

Ann ging in ihre kleine Küche und nahm eine Flasche Wasser aus dem Kühlschrank. „Ich bin sicher, dass uns da etwas einfällt." Sie trank einen Schluck Wasser und betrachtete die Bilder, die ihren Kühlschrank bedeckten – lauter Zeichnungen von Kenny, Ann und Engeln. Sie dachte an Kennys Aussage, dass der Engel in ihrem Auto gewesen war. Auf einmal wusste sie die Antwort auf die Fragen, die sie im Traum gehabt hatte.

Der Engel hatte die Aufgabe gehabt, sie von etwas abzuhalten, was sie im Nachhinein bereut hätte. Gut, er hatte sie *einmal* gerettet, aber nun war sie selbst an der Reihe: Sie musste entscheiden, wie sie die Atempause, die sie dadurch gewonnen hatte, nutzen wollte.

„Ich denke, wir sollten uns heute Morgen wie geplant im Büro treffen und die Verträge unterzeichnen. Danach können wir uns zusammensetzen und alles besprechen, worüber Sie gestern Abend reden wollten. Und ich denke, dass wir in Zukunft den größten Teil unserer Besprechungen im Büro durchführen sollten."

„Wie langweilig! Ich arbeite gern auf einer persönlicheren Ebene mit Menschen zusammen, und das ist in einem Büro kaum möglich."

Ann saß in der Falle, und sie musste sich entscheiden, an welchem Punkt genau sie Reißaus nehmen würde. Niemand, der sie kannte, hätte sie je als *prüde* bezeichnet, aber sie hatte auch ihre Grenzen, und Patrick Stinson hatte sie definitiv überschritten. Als ihr das klar wurde, war sie ebenso überrascht wie erleichtert. Sie wusste, dass es sie etwas kosten würde, doch wenn sie auch nicht prüde war, so war sie doch noch lange nicht käuflich.

„Mr Stinson, wenn es Ihnen leichter fällt, mit mir zu arbeiten, wenn wir ab und zu gemeinsam zu Mittag essen, dann ist das in Ordnung. Aber alles, was darüber hinausgeht … kommt für mich nicht infrage."

„Ah ja." Er hielt nur eine Sekunde inne. „In Ordnung. Schön, dass Sie mir gesagt haben, wie Sie empfinden. Es ist immer gut zu wissen, was man zu erwarten hat, wenn man eine neue Partnerschaft beginnt. Ich bin froh, dass wir diese Dinge im Vorfeld klären konnten."

Ann starrte aus dem Fenster auf die Straße unter ihr. Sie war fassungslos. Keine Auseinandersetzung, keine Drohungen, nicht einmal eine Spur von Ärger. Wahrscheinlich war gestern doch ein Engel in ihrem Auto gewesen. Vielleicht waren die ja tatsächlich da, um ihr zu helfen. „Ja, das finde ich auch. Danke, dass Sie so verständnisvoll sind wegen gestern Abend."

„Keine Ursache." Er legte auf, ohne eine weitere Antwort abzuwarten.

Ann war früh im Büro. Margaret war schon da, was Ann nicht unbedingt überraschte. Sie hatte damit gerechnet. Bevor sie jedoch dazu kam, ihre Sachen in ihrer Arbeitsnische abzustellen, kam Margaret aus ihrem Büro und steuerte auf sie zu. „In mein Büro. Sofort."

Ann nickte und folgte ihr. Sie nahm auf einem Stuhl vor Margarets Schreibtisch Platz. Margaret selbst ging um ihren Schreibtisch herum, blieb jedoch stehen und stützte sich auf beide Hände. „Ich habe heute Morgen einen Anruf von Patrick Stinson bekommen …" Sie sah Ann an und wartete. Der Ausdruck auf ihrem Gesicht passte nicht gut zu *„… und er hat mir gesagt, dass du alles prima hingekriegt hast."*

Ann veränderte ihre Sitzposition, während sich ein ungutes Gefühl in ihrem Bauch auszubreiten begann. „Was hat er gesagt?"

„Was glaubst du denn, was er gesagt hat? Denkst du, es könnte etwas damit zu tun haben, dass du hinter meinem Rücken intrigierst?"

„Ich intrigiere?"

„Ich würde sagen, ihm vorzuschlagen, dich persönlich einzustellen, statt den Auftrag über unsere Firma laufen zu lassen, ist eine Intrige, wie sie schlimmer kaum sein kann. Oder etwa nicht?"

„Margaret, er ist derjenige, der das angesprochen hat. Wir haben *einmal* darüber geredet. Es ist überhaupt nichts Offizielles geschehen. Ich habe ihm gesagt, dass ich Marston nicht verlassen werde, ehe nicht das Stinson-Towers-Projekt abgeschlossen ist, weil ich nicht will, dass es zu Entlassungen kommt."

Margaret starrte sie an. „Also, seine Version lautete ganz anders, das kann ich dir versichern. Er kommt heute Morgen her, um das mit mir zu besprechen. Er ist sich nicht mehr sicher, ob er unserer Firma den Auftrag geben will."

„Und was machen wir dann? Können wir ohne diesen Vertrag überleben?"

„Ich weiß es nicht, aber ich habe nicht vor, darüber zu reden, was *wir* machen werden. Im Moment will ich darüber reden, was *du* zu tun hast."

Ann rüstete sich für die unvermeidlichen Entschuldigungen und Demutsbekundungen, die von ihr verlangt werden würden. „Und das wäre?"

„Räum sofort deinen Schreibtisch aus. Patrick Stinson wird in wenigen Stunden hier sein, und was *ich* machen werde, kann ich dir sagen: Ich werde alles tun, was erforderlich ist, um diesen Auftrag zu retten."

Ann starrte einen Moment ins Leere und versuchte zu begreifen, was Margaret gesagt hatte. „Margaret, er lügt. Wie ich dir schon gesagt habe: Wir haben darüber gesprochen, dass ich *nach diesem Projekt* für ihn arbeiten könnte, und ja, ich hätte mir das zu dem Zeitpunkt durchaus vorstellen können. Aber dann hat sich herausgestellt, dass damit zu viele Verpflichtungen einhergehen würden … und das habe ich ihm heute Morgen gesagt." Sie beugte sich vor und imitierte Margarets Körperhaltung. „Denk doch mal darüber nach. Du weißt, wie hart ich an diesem Projekt gearbeitet habe. Abgesehen von den Möbelstücken, die du bestellt hast, habe alles ich gemacht. Ich habe getan, was ich konnte, damit diese Firma, *deine Firma,* solvent bleibt – sogar eine Gehaltskürzung habe ich akzeptiert."

Margaret hatte sich nicht bewegt, während Ann redete. Nun setzte sie sich hin und sagte: „Es kommt nicht darauf an, was ich zu wissen *glaube.* Was ich *weiß,* ist, dass Patrick Stinson nicht länger mit dir arbeiten will und diese Firma bankrott gehen wird, wenn wir ihn als Kunden verlieren. Also wirst du zwei Wochen Gehalt als Abfindung bekommen, so wie es in deinem Vertrag steht, aber das ist alles, was ich für dich tun kann."

Ann stand auf. „Ich könnte damit zu einem Anwalt gehen und noch heute Nachmittag Anzeige erstatten wegen sexueller Belästigung." Sie atmete tief und versuchte, ihre aufgewühlten Gedanken zu ordnen, um eine neue Strategie zu entwickeln. „Und genau das habe ich auch vor. Ich kann dann natürlich nicht umhin, Marston Homestaging als Mitschuldigen zu nennen."

„Das würde ich mir an deiner Stelle gut überlegen." Margaret lehnte sich in ihrem Stuhl zurück und zog die linke Augenbraue hoch. „Ich bin sicher, Patrick Stinson hat ein Team von Anwälten, die das jahrelang hinziehen können. Und in der Zwischenzeit wird dich niemand einstellen, weil du den Ruf hast, eine Unruhestifterin zu sein."

Ann wusste, dass mehr als ein Körnchen Wahrheit in dem steckte, was Margaret sagte, aber sie war inzwischen so wütend, dass ihr das gleichgültig war. „Dieses Risiko muss ich wohl eingehen. Bist du auch dazu bereit, Margaret?"

„Ein Gerichtsverfahren würde diese Firma zweifellos finanziell belasten. Wenn es allerdings so weit käme" – sie fuhr mit ihrem lackierten Fingernagel über die Mappe auf ihrem Schreibtisch –, „dann müssten wir wohl auf unseren ursprünglichen Plan zurückkommen, einige Entlassungen vorzunehmen. Ich glaube, du weißt, wer in dieser Situation als Erstes seinen Job verlieren würde." Sie machte eine Pause, um sicherzustellen, dass ihre Worte die beabsichtigte Wirkung erzielten. „Das willst du doch nicht, oder?"

Ann dachte an Bekka und Gracie und daran, was sie bereits durchgemacht hatten und wie viel schlimmer es noch werden würde. Das konnte sie ihnen nicht antun. Sie schüttelte den Kopf. „Nein." Sie ging zur Tür und blieb stehen, bevor sie sie öffnete. „Ich hoffe, du weißt, worauf du dich einlässt."

„Viel Glück, Ann." Die Gleichgültigkeit in ihrer Stimme ließ Ann stark daran zweifeln, dass Margaret irgendetwas daran lag, wie glücklich oder unglücklich sich ihre Zukunft gestalten würde.

*

Ann fuhr zurück zu ihrer Wohnung, presste sich ein Kissen vor den Mund und schrie etwa fünf Minuten lang hinein.

*Wie konnte er das nur tun?* Seinen Auftrag zurückzuziehen war eine Sache, aber bewusst dafür zu sorgen, dass sie entlassen wurde, war etwas anderes.

Was für ein Mensch tat so etwas? Was für ein gemeiner, ekelhafter, bösartiger Mensch?

Die Antwort lag auf der Hand: Ein Mensch, der stets bekam, was er wollte – um jeden Preis.

Die einzige offene Frage, die es nun noch gab, war: Wie würde *sie* damit umgehen?

Ann warf das Kissen zurück aufs Bett, zog die Nachttischschublade auf und nahm sich Papier und Bleistift. Sie brauchte einen neuen Plan.

Das Vernünftigste würde sein, ihre Bewerbungsunterlagen zusammenzustellen, sie an so viele Firmen wie möglich zu schicken und dann wieder nach Charleston zu fliegen. Sie musste das Haus so schnell wie möglich verkaufen. Es würde schwierig werden, angesichts der gegenwärtigen Wirtschaftslage eine neue Stelle zu finden, aber wenn sie das Haus verkaufte, hatte sie so viel Geld, dass sie mindestens ein Jahr davon leben konnte. Und sie hätte genügend Zeit, um wieder auf die Beine zu kommen.

Doch ein weniger vernünftiger Teil in ihr wollte nach Charleston zurückfliegen und einfach eine Weile dortbleiben. Sich ein bisschen

Zeit nehmen, um sich mit ihrer Vergangenheit zu befassen und mit Tammy, Kenny und Eric zusammen sein. Ein bisschen darüber nachdenken, was ihr im Leben wichtig war. Aber das war keine Option. Sie hatte Eric weggeschickt, und er hatte deutlich gesagt, dass er nicht in ihrer Nähe sein wollte. Sie konnte es sich sowieso nicht leisten. Außerdem war jetzt der richtige Zeitpunkt, ein für alle Mal alles hinter sich zu lassen, was sie an ihre Vergangenheit fesselte.

Ann klappte ihren Laptop auf und begann nach Flügen zu suchen. Autsch – 635 Dollar, wenn sie morgen flog. Wenn sie bis nächste Woche wartete, sank der Preis auf 350 Dollar. Gut, sie würde eine Woche warten. Angesichts ihrer neuen Situation musste sie so sparsam wie möglich sein. Außerdem würde ihr das eine Woche Zeit geben, Bewerbungen zu schreiben – etwas, womit sie am besten sofort begann. Ihre Mappe war ein großer Pluspunkt, das wusste sie, aber zuerst einmal mussten ihr Anschreiben und ihr Lebenslauf so überzeugend wirken, dass sie zu einem Vorstellungsgespräch eingeladen wurde.

Irgendwann während der dritten Überarbeitung ihres Lebenslaufes wurde sie unterbrochen, da es an der Tür klopfte. Als sie öffnete, stand Bekka vor ihr. Ihre Augen waren gerötet. „Erzähl mir, was passiert ist."

Ann bat ihre Freundin herein. „Erzähl mir zuerst, was du gehört hast."

„Als wir heute Morgen ins Büro kamen, hat Margaret uns gesagt, dass du mit sofortiger Wirkung gekündigt hättest. Ich weiß, dass das nicht stimmt, Ann. Du würdest niemals einfach so das Handtuch werfen – vor allem nicht, ohne mir vorher zu sagen, dass du mit dem Gedanken daran spielst. Was ist *wirklich* passiert?"

Ann setzte sich auf einen weißen Barhocker und deutete auf den Hocker neben sich. „Hat sie euch sonst noch irgendwas gesagt?"

„Nein. Sie war den ganzen Morgen in einer Besprechung mit Patrick Stinson und hat ausdrücklich gesagt, dass sie nicht gestört werden will."

„Nun ja, Patrick Stinson …" Ann hielt inne und schluckte hinunter, was sie hatte sagen wollen. Wenn sie Bekka alles erzählte … Nein, es gab einfach keinen Grund, das zu tun. „Ich habe ein paar Besprechungen mit Patrick Stinson verpasst, weil ich so viel Zeit in Charleston verbracht habe. Und um ehrlich zu sein – ich war irgendwie nicht mit dem Herzen dabei. So wurde entschieden, dass ich unter diesen Umständen wahrscheinlich glücklicher wäre, wenn ich woanders anfangen könnte."

„Ah ja." Bekka kreuzte die Arme vor der Brust. „Soll ich das so verstehen, dass es wirklich deine Entscheidung war?"

„Es ist die beste Entscheidung für alle Betroffenen." Und eine der Betroffenen war Bekka. Ann blickte theatralisch auf ihre Uhr. „So, und jetzt fährst du am besten sofort zurück ins Büro, junge Frau. Du weißt, wie Margaret wird, wenn man die Mittagspause überzieht."

„Eigentlich sollte dir mittlerweile klar sein, dass du mir nichts vormachen kannst. Da steckt mehr dahinter. Da wird irgendetwas auf deine Kosten ausgetragen, stimmt's?"

„Diesmal hat dich dein sechster Sinn in die Irre geführt. Dein gesunder Menschenverstand müsste dir doch eigentlich sagen, dass ich nicht die Person bin, die zulässt, dass *irgendetwas auf ihre Kosten ausgetragen* wird."

„M-hmm." Bekka beugte sich zu ihr herüber und drückte sie fest. „Und was machst du jetzt?"

„Ich fliege nächste Woche zurück nach Charleston, und ich werde wahrscheinlich bleiben, bis das Haus inseriert werden kann. In der Zwischenzeit schicke ich Bewerbungen los und hoffe auf eine neue, aufregende Stelle."

„Ah ja." Es war offensichtlich, dass Bekka ihr diese Geschichte nicht abkaufte, aber sie war nie jemand gewesen, der andere bedrängte. Sie würde es auf sich beruhen lassen. Fürs Erste. „Hättest du Lust, morgen Abend zu mir zum Essen zu kommen?"

„Klar. Ich glaube, im Moment könnte ich ein bisschen Therapie gut gebrauchen."

Beide lachten, als Bekka in den Flur hinaustrat. „Dann sehen wir uns um sieben?“

„Klingt gut.“ Ann schloss die Tür und wandte sich wieder ihrem Lebenslauf zu.

Und während sie daran arbeitete, fiel ihr ein Gespräch ein, das sie einmal – vor einer halben Ewigkeit, wie es ihr nun schien – mit Patrick Stinson geführt hatte. Ein Gespräch, das vielleicht die Antwort für sie bereithielt.

Sie ging ins Internet und suchte nach Links für Meredith Radke. Es dauerte nicht lange, bis sie *Superior Staging, Chefdesignerin Meredith Radke* fand. Die Telefonnummer war angegeben, und ein paar Minuten später hatte sie die Chefin selbst am Apparat.

„Hier ist Ann Fletcher. Wir haben vor ein paar Wochen miteinander gesprochen. Bei dem Empfang in der Wohnanlage, die Sie für Patrick Stinson inszeniert haben.“

„Ja, ich kann mich erinnern.“ Ihre Stimme klang weder freundlich noch kalt.

„Nun, so wie es aussieht, habe ich keine Arbeit mehr … und ich frage mich, ob Sie vielleicht noch eine Designerin gebrauchen könnten.“

„Das hat aber nicht lange gedauert, oder?“

„Nein. Nein, hat es nicht.“

Für ein paar Augenblicke herrschte Schweigen. Schließlich sagte Meredith: „Um Ihnen die Wahrheit zu sagen, ich könnte schon Hilfe gebrauchen. Eigentlich hatte ich gehofft, eine andere Richtung dazunehmen zu können, statt eine weitere Spezialistin für moderne Einrichtung einzustellen – aber schicken Sie mir doch Ihre Unterlagen, dann reden wir weiter.“

„Ich bringe sie heute noch zur Post.“

„Gut, ich melde mich dann.“ Das Telefonat war zu Ende.

Einige Zeit darauf nahm Ann eine Visitenkarte aus ihrer Brieftasche und wählte eine Telefonnummer. „Hallo, Sie sind mit dem Anrufbeantworter von Eleanor Light verbunden. Bitte hinterlassen

Sie eine Nachricht, ich setze mich umgehend mit Ihnen in Verbindung. Vielen Dank."

„Hallo Eleanor, ich wollte Ihnen nur sagen, dass meine Pläne sich geändert haben. Ich komme nächste Woche zurück nach Charleston. Ich werde so lange dortbleiben, bis ich alles erledigt habe, was noch gemacht werde muss, damit das Haus verkauft werden kann. Wir müssen uns ernsthaft über den Preis unterhalten, denn ich bin darauf angewiesen, es zu verkaufen. Und zwar schnell."

*

Ann faltete ein ärmelloses weißes T-Shirt zusammen und legte es in ihren Koffer. Morgen würde sie nach Charleston fliegen. Sie war immer noch nicht sicher, wie es weitergehen sollte. Meredith Radke hatte sie vor zwei Tagen zu einem Gespräch eingeladen. Sie hatte ihre Mappe durchgeblättert und höfliche Kommentare abgegeben, aber noch nicht zurückgerufen.

Während Ann den Reißverschluss ihres Koffers zuzog, klingelte das Telefon. Bevor sie abnahm, sah sie auf dem Display, wer sie anrief: *Superior Staging.* Ann drückte die Annahmetaste und bereitete sich auf das Schlimmste vor. „Ja, hallo?"

„Hi Ann, hier ist Meredith Radke."

Ann hielt den Atem an. „Hi Meredith."

„Wie versprochen habe ich Ihre Referenzen überprüft." Sie sprach nicht weiter.

Ann wusste, was kommen würde. Am besten brachte sie es so schnell wie möglich hinter sich. „Und?"

„Ihre letzte Arbeitgeberin war ziemlich zurückhaltend, aber angesichts des wenigen, das ich weiß, habe ich auch nichts anderes erwartet."

„Dann sind wir schon zu zweit."

Meredith lachte. „Dann habe ich einige Ihrer Kunden angerufen, und die konnten gar nicht genug Positives über Sie sagen. Sie haben alle gesagt, sie würden *Superior* mit ihrem nächsten Staging-Projekt beauftragen, wenn Sie hier beschäftigt wären."

„Das freut mich zu hören."

„Ja, mich auch." Sie machte eine Pause. „Ich kann Ihnen nicht das zahlen, was Sie vorher verdient haben."

„Ich weiß. Ich bin bereit, weniger zu akzeptieren." Sie musste nur das Haus verkaufen – dann würde sie es schaffen.

„Gut. Ich weiß, dass Sie im Begriff sind abzureisen. Wann können Sie bei mir anfangen?"

„In zwei Wochen?"

„Ich freue mich darauf."

„Ich mich auch." Ann legte auf und tanzte durchs Zimmer. „Jaa!" Endlich lief einmal etwas in ihrem Leben so, wie es sollte.

Nach einem leichten Abendessen saß Ann auf ihrem Balkon und staunte über all das, was seit Sarahs Tod geschehen war – die Musik ... die blinkende Lampe ... Eric, Tammy und Kenny ... das Auto, das nicht ansprang ... das Flugzeug, das Verspätung hatte. Sie stand auf und lehnte sich über das Geländer, um die Leute zu beobachten. Das war einer ihrer liebsten Zeitvertreibe in New York. Doch heute Abend beneidete sie die Menschen, die vorbeigingen – Paare, die sich an den Händen hielten, eine Frau, die ihren Hund spazieren führte ... Lauter Menschen, die ein normales, glückliches, gesundes Leben führten.

Sie schaute weiter nach rechts und beobachtete eine Familie, die die Straße überquerte. Der Vater trug ein offensichtlich schlafendes Kleinkind auf den Schultern. Die Mutter hielt die Hand eines Mädchens, das ein Kleid und Strumpfhosen trug. Wo waren sie gewesen? Vielleicht im Theater?

Als Ann den Blick von ihnen abwandte, sah sie vor ihrem Gebäude den gebeugten Rücken eines Menschen, der im Müll wühlte. In dem Moment wusste sie, was sie zu tun hatte. Der Obdachlose, der das Engelslied gepfiffen hatte ... Vielleicht konnte er ihr irgendetwas sagen, das neues Licht auf die Situation warf. Oder ihr zumindest ein für alle Mal beweisen, wie lächerlich ihre Fantasien gewesen waren.

Ohne nachzudenken nahm sie eine Frühstückstüte, füllte sie mit Erdnussbutter und Müsliriegeln und stürzte aus der Tür. Glücklicherweise war der Fahrstuhl auf ihrem Stockwerk. So stand sie in weniger als einer Minute auf der Straße, auf der anderen Seite des Mülleimers, den der Obdachlose durchsuchte. „Entschuldigen Sie, darf ich Sie mal etwas fragen?“

„Mich was fragen?“ Der Mann blickte zu ihr hoch. Es war ein Afroamerikaner, um die sechzig, mit langen grauen Dreadlocks. „Was denn?“

„Oh, Entschuldigung. Ich habe Sie mit jemandem verwechselt.“

„Logisch. Was'n da drin? Bisschen Schnaps oder so?“

Ann schaute die Tüte an, die sie in der Hand hielt. „Nein, nein. Was zum Essen. Möchten Sie es haben?“ Sie hielt ihm die Tüte hin.

Der Mann musterte sie für einen Moment zögernd, dann nahm er ihr die Tüte aus der Hand. „Wen haben Sie denn gesucht?“ Er riss schon einen Müsliriegel auf, während er die Frage stellte.

„Ich weiß nicht. Er heißt Uri oder so ähnlich. Zumindest hat eine andere obdachlose Frau ihn so genannt. Jemand, der hier manchmal herumläuft. Ich habe gedacht, er könnte mir vielleicht … ach, ich weiß nicht, was ich gedacht habe.“ Ann drehte sich um und ging zurück zum Haus.

„Warten Sie mal 'nen Moment. Sie haben mir geholfen, und vielleicht kann ich Ihnen auch helfen.“ Der Mann benahm sich so umgänglich, dass Ann sich fragte, ob er wohl schon lange obdachlos war. „Was woll'n Sie denn von dem Mann wissen?“

„Es ist nicht wichtig. Es war nur so eine verrückte Idee von mir.“

„Verrückte Sachen sind 'ne Spezialität von mir. Probiern Sie's aus.“ Er stopfte sich das letzte Stück des Müsliriegels in den Mund.

Vielleicht lag es daran, dass er so locker daherredete oder dass sie dachte, sie würde den Verstand verlieren, wenn sie mit niemandem darüber sprach – jedenfalls begann Ann zu reden. „Er hat eine Melodie gepfiffen, die ich schon mehrfach gehört habe. Und ich weiß nicht, vielleicht sind manchmal Engel in der Nähe, wenn ich sie höre. Ich wollte ihn bloß fragen, was er über dieses Lied weiß."

Ihr Gegenüber riss den nächsten Müsliriegel auf. „Das lässt sich leicht rausfinden. Vielleicht is' er ja einer." Er nahm einen riesigen Bissen, brachte es aber trotzdem fertig, sie anzulächeln, während er kaute.

„Wie, einer?"

„'n Engel."

Offenbar hatte sie ihre Zeit verschwendet. Wieder einmal wusste Ann nicht, was sie erwartet hatte – aber *das* war es definitiv nicht. „Ich glaube kaum, dass ein Engel in der Gestalt eines Obdachlosen mitten in New York herumläuft."

„Also, Mädchen ..." Er schlug sich auf die Schenkel und lachte. „Ich merk schon, dass Sie nicht die richtigen Leute kenn'. Haben wohl nie in der Bibel gelesen?"

Ann zuckte die Achseln. „Ein bisschen. Jedenfalls stand da nichts von obdachlosen Engeln drin."

„*Vergesst nicht, Gastfreundschaft zu üben! Denn ohne es zu wissen haben manche auf diese Weise Engel bei sich aufgenommen.* Steht in der Bibel. Vielleicht is' Ihr Freund auch 'n Engel. Ich hoffe, Sie warn nett zu ihm."

„Was?"

Wieder schlug er sich auf die Schenkel. „Ich nehm Sie bloß auf 'n Arm, Mädchen. 'n Freund von mir hat mir den Vers vor zehn Jahren beigebracht. Ich zitier ihn oft, wenn ich um 'ne kleine Hilfe bitte und dabei in der Nähe von 'ner Kirche steh. ... Is' manchmal echt gut fürs Geschäft."

Er lächelte und nickte. „Ja, richtig gut. Das Lied, wie geht's denn? Ich hab noch nie 'n Lied dabei gesungen – kann ich ja mal ausprobieren, vielleicht hilft's."

„Vergessen Sie's." Ann ging ein paar Schritte weiter und ließ sich auf eine Bank fallen. Sie schlug die Hände vors Gesicht und sagte: „Sie haben recht, das ist alles bloß Einbildung."

Der Mann seufzte, während er sich neben sie setzte. „So hab ich das nich' gemeint. Wer weiß? Passiert irgendwas Gutes, wenn Sie das Lied hören? Vielleicht is' es doch echt."

„Nein, meist passiert etwas Schlechtes, wenn ich es höre. Zum Beispiel, dass meine Schwester stirbt oder dass ich Briefe finde, die ich am liebsten nie gesehen hätte, oder dass mein Auto nicht anspringt."

„Dass Ihr Auto nich' anspringt? Hört sich für mich auch nich' grad wie 'n Engelsdienst an." Der Deckel der Erdnussbutter machte ein knackendes Geräusch, als er das Glas aufschraubte. „Echt nett von Ihnen, dass Sie 'nen Plastiklöffel reingelegt haben. Die meisten Leute denken nich' an solche Kleinigkeiten."

„Dafür können Sie sich bei einer Ihrer obdachlosen Kolleginnen bedanken."

Ann starrte auf den Schmutz in den Fugen des Bürgersteigs zu ihren Füßen. Sie fragte sich, wie viele Füße hier vorbeigelaufen waren, nur heute. Wie viele dieser Leute fühlten sich so verloren und allein wie sie?

„Hm. Schmeckt wirklich gut." Er machte ein schmatzendes Geräusch. „Als Ihr Auto nich' angesprungen ist, hat Sie das vielleicht vor 'nem Unfall oder so was bewahrt? Oder davor, irgendwo hinzufahrn, wo Sie nicht hin sollten?"

Ann dachte an ihr Treffen mit Patrick Stinson. Sie blickte zu dem Mann hinüber; seine linke Wange war jetzt mit Erdnussbutter beschmiert. „Es hat mich tatsächlich von einer Sache abgehalten. Aber als das Auto dann wieder in Ordnung war, musste ich mich doch damit auseinandersetzen."

„Und was haben Sie da gemacht? Dasselbe, was Sie gemacht hätten, wenn Ihr Auto gleich angesprungen wär?"

Ja, was hätte sie gemacht? Hätte sie Patrick Stinson in die Wüste geschickt, so wie dieser Schürzenjäger es verdiente, oder wäre sie auf ihn eingegangen und hätte die Karriere ihrer Träume gemacht? „Wahrscheinlich nicht."

„Na also. Vielleicht haben die Engel Ihnen bloß 'n bisschen Zeit gegeben, um die richtige Entscheidung zu treffen. Sie haben Ihnen das Entscheiden nich' abgenommen. Bloß 'n bisschen Zeit gegeben, damit Sie drüber nachdenken konnten, um es selbst rauszufinden."

Ann sah ihn an und nickte. „Vielleicht haben Sie recht." Jetzt stimmte sie den Gedankengängen eines Obdachlosen zu, den sie überhaupt nicht kannte? Es wurde immer besser. Sie fragte sich, was sie wohl als Nächstes Verrücktes erleben würde.

„Ja, vielleicht." Der Mann stand auf. „Und danke noch mal. Ich hoff, ich seh Sie mal wieder. Vielleicht bringen Sie mir nächstes Mal das Lied bei."

„Ja, vielleicht." Ann ging zurück in die Eingangshalle. Widersprüchliche Gedanken schwirrten durch ihren Kopf wie Kugeln in einem Flipperautomaten. Wann würde all das jemals einen Sinn ergeben?

# Kapitel 35

Die Erschütterung, die Ann spürte, als das Flugzeug in Charleston auf der Rollbahn aufsetzte, war nicht nur auf die Landung zurückzuführen. Dies war vielleicht das letzte Mal, dass sie hierherkam, und obwohl sie sich darauf freute, ihre Vergangenheit hinter sich zu lassen, empfand sie auch einen dumpfen Schmerz.

Hier gab es nichts, für das es sich zu bleiben lohnte. Sie wollte nicht ständig daran erinnert werden, dass es niemanden gab, der sie wirklich hierbehalten wollte – so sehr sie sich das auch im Grunde wünschte. Diese Stadt stand fürs Verlassenwerden, und Ann würde nicht zulassen, dass die Erinnerung daran sie von Neuem überwältigte.

Als sie an diesem Abend in die Einfahrt fuhr, schaute sie zu Tammys und Kennys Haus hinüber. Sie rechnete damit, dass Kenny jeden Moment am Fenster der Beifahrertür auftauchte, wie er es immer tat – aber es war niemand zu sehen. Er war doch nicht immer noch krank? Als sie ausstieg, sah sie, wie sich die Gardinen in Kennys Schlafzimmer bewegten.

Nur wenige Augenblicke später wurde die Tür aufgerissen, und er rannte auf ihr Auto zu. „Annie, Annie! Ich wusste, dass du bald zurückkommen würdest. Ich wusste es." Er war ganz außer Atem, als er bei ihr ankam und die Arme um sie schlang.

Ann erwiderte seine Umarmung, von Neuem erstaunt über die Liebe, die dieses Kind ausstrahlte. „Du hast es gewusst? Aber woher denn?"

„Ich hab's gehört."

„Hat dein Engel es dir gesagt?"

„Nein." Er hielt sie immer noch fest umschlungen. „Mein Herz hat's mir gesagt." Das Atmen schien ihm immer noch Mühe zu machen.

Ann legte die Hand an seine Wange; es kostete sie all ihre Kraft, nicht in Tränen auszubrechen. „Dein Herz hatte recht."

„Ja, ich weiß." Nun ließ er sie los; sein Lächeln erhellte die ganze Welt. „Glaub immer deinem Herzen." Er sagte es so selbstverständlich, als würde er ihr erklären, dass die Sonne jeden Morgen auf- und jeden Abend untergeht.

Tammy war mittlerweile durch den Garten gekommen, um Ann ebenfalls zu begrüßen. „Willkommen zurück." Sie nahm sie kurz in die Arme. „Wie lange bleibst du diesmal?"

„Ein paar Wochen."

„Was?" Tammy hatte das vor lauter Überraschung offensichtlich lauter gesagt, als sie beabsichtigt hatte, denn sie sprach deutlich leiser, als sie fortfuhr. „So lange bist du noch nie geblieben."

„Na ja, in Bezug auf meine Arbeit in New York haben sich ein paar Dinge ergeben, durch die ich jetzt mehr Zeit habe, als ich dachte. Da habe ich beschlossen, hierherzukommen und das Haus fertig herzurichten. Ich möchte gern alles so weit wie möglich geregelt bekommen." Ann fuhr Kenny durchs Haar. „Ich freue mich so, dass du wieder gesund bist. Letztes Mal, als ich hier war, hattest du einen schlimmen Husten."

„Der Arzt hat mir Medikamente gegeben."

Ann lächelte ihn an. „Das ist gut."

„Und Eric hat mir eine Tüte von seinen berühmten Schokokeksen gebracht. Da ging es mir schon *viel* besser. Willst du einen?"

Eric. Schon der Klang seines Namens tat weh. Ann sah Tammy an, die ihren Blick erwiderte, als würde sie auf eine Reaktion warten. Ann fielen einige Dinge ein, die sie gern gesagt hätte, und noch ein paar weitere Fragen. Schließlich entschloss sie sich zu einem „Wie geht es ihm?"

„Kenny, geh mal rein und hol Annie einen von deinen Keksen, ja?"

„Mach ich, Mama." Er lief eilig los.

„Langsam, Kenny. Du darfst dich nicht anstrengen – du willst doch nicht wieder Bettruhe halten, oder?" Tammy wandte sich Ann zu. „Ich glaube, es geht ihm so gut, wie es einem Mann mit gebrochenem Herzen gehen kann."

„Mit gebrochenem Herzen?" Das hatte sie nicht erwartet. „Na schau mal an. Er war doch derjenige, der mich nicht wollte. Ich entspreche nicht den Maßstäben, die er an eine potenzielle Partnerin anlegt."

Tammy wandte das Gesicht ab. Ihr Mund bildete eine schmale Linie. „Die meisten Leute, die ich kenne, würden alles geben, um das zu bekommen, was du mit beiden Händen wegwirfst."

Ann machte den Mund auf, um zu widersprechen. Dann schloss sie ihn wieder. Tammy hatte recht. So wie jedes Mal, wenn sie in ihrem Leben die Chance gehabt hatte, glücklich zu werden, hatte sie um sich herum eine Mauer aufgebaut. Sie wollte niemanden nahe genug an sich herankommen lassen, sodass er sie verletzen konnte. Es war eine alte Gewohnheit, und sie war nicht sicher, ob sie sie überwinden konnte, selbst wenn sie es wirklich wollte.

*

„Ich hab ihn, Annie." Kenny hielt den Keks so triumphierend in die Höhe, als hätte er ihn gerade einem Pulk von Krümelmonstern abgejagt. „Da, bitte schön."

„Danke, Kenny." Ann streckte die Hand aus und nahm den Keks entgegen. „Der sieht ja toll aus."

„Ist er auch. Hast du Milch da? Mit Milch schmecken Erics berühmte Schokokekse noch besser."

„Ich war noch nicht einkaufen, also werde ich ihn wohl ohne Milch essen müssen."

„Wenn du willst, bring ich dir welche rüber. Darf ich, Mama?"

„Annie ist den ganzen Tag unterwegs gewesen, Kenny. Sie braucht jetzt ein bisschen Ruhe."

„Nein, das ist schon in Ordnung. Wenn du mir ein bisschen

Milch rüberbringst, wäre das super, Kenny. Und wenn du magst, bring doch auch noch einen Keks und Milch für dich selbst mit."

„Wirklich?" Er blickte lächelnd zu seiner Mutter auf. „Darf ich?"

„Natürlich. Aber bleib nicht zu lange, ja?"

„In Ordnung, Mama."

Fünf Minuten später saßen Ann und Kenny am Küchentisch und tunkten ihre Kekse in Milch. „Ich wusste gar nicht, dass Eric Kekse backen kann."

„Kann er auch nicht", sagte Kenny mit vollem Mund.

„Aber du hast sie Erics berühmte Schokokekse genannt."

„Er kauft sie im Keksladen, aber sie sind echt gut. So gut, dass sie berühmt sind."

„Ach so." Ann versuchte seine Erläuterungen nachzuvollziehen, war sich jedoch nicht sicher, ob es ihr gelang.

„Ich freu mich so über Erics Kekse. Und meine Engelträume."

„Deine Engelträume?"

„Ja. Manchmal, wenn ich schlafe, bin ich bei ihnen. Da ist es so hell und warm, und sie spielen ihre Musik – sogar ihre Flügel machen Musik. Das hilft mir, die traurigen Sachen zu vergessen."

„Was für traurige Sachen?"

„Mein Papa will mich nicht." Er tunkte seinen Keks noch einmal ein. „Das macht mich manchmal traurig."

„Warum denkst du, dass er dich nicht will?"

„Er ist weggegangen. Das ist meine Schuld."

Ann nahm seine Hand und drückte sie. „Das ist nicht deine Schuld, Kenny. Es ist *seine* Schuld. Dein Vater ist derjenige, der falsch gehandelt hat. Dadurch ist ihm so viel entgangen. Er hat nie erlebt, wie schön es ist, dich kennenzulernen. Und wie viel Spaß es macht, mit dir Kekse zu essen."

„Hat dein Papa dich auch verlassen?"

Die Frage weckte die übliche Flut von Erinnerungen, mit denen Ann sich nicht auseinandersetzen wollte. „Er eigentlich nicht, aber meine Mutter hat mich verlassen."

„Hat dich das traurig gemacht?“

Ann nickte. „Ja.“

„Vielleicht schickt Gott deshalb seine Engel zu mir und zu dir. Damit wir nicht mehr traurig sind.“

„Ja, vielleicht.“

*

Als Ann endlich zur Ruhe gekommen war und sich hinlegen wollte, konnte sie nicht einschlafen. Sie setzte sich aufs Sofa, legte sich hin und setzte sich wieder auf. Sie ging durch die Küche, die nur vom Mondschein und dem sanften Licht der Straßenlaternen erhellt wurde. Am Kühlschrank goss sie sich ein Glas kaltes Wasser ein und sah hinüber zu Tammys Haus. Sie dachte darüber nach, was Kenny gesagt hatte. Dass Gott ihm und ihr seine Engel schickte, damit sie nicht traurig waren.

Sie drehte sich um und lehnte sich an den Küchentresen. „Wenn du wirklich da bist, und wenn du wirklich Engel hast, die unterwegs sind, um Menschen zu helfen – warum *tun* sie dann nicht wirklich etwas? Warum haben sie Sarah nicht gerettet?“

Plötzlich erinnerte sie sich so lebhaft an etwas, das Kenny gesagt hatte, dass sie beinah seine Stimme hören konnte. *„Sie trösten mich so, wie wenn deine Mama dich in die Arme nimmt, wenn du traurig bist. Es tut immer noch weh, aber es geht dir trotzdem besser.“*

Das mochte ja sein, aber es reichte ihr nicht. Sie wollte jemanden, der wirklich etwas *tun* konnte, nicht nur ein tröstliches Lied sang, wenn es passierte. Sie ging zu ihrem Tisch, auf dem sich die Papiere türmten, und blätterte durch die Stapel, bis sie die ausgedruckten Bilder von Hagar fand. Sie betrachtete das hochmütige Gesicht Sarahs, als Hagar weggeschickt wurde. Auf dem nächsten Bild war Hagar in der Wüste und kniete verzweifelt weinend neben ihrem sterbenden Kind. Aber der Engel war schon unterwegs. Gott hatte schon Hilfe geschickt. Wenn das so war, dann hatte Gott

Hagar wahrscheinlich die ganze Zeit gesehen – sogar schon, ehe sie überhaupt schwanger wurde.

Aber warum hatte er dann nicht schon viel früher eingegriffen? Wenn es einen Gott gab, war er entweder allmächtig oder voller Liebe, aber er konnte nicht beides sein.

Wenn er keine Macht hatte, warum sollte er dann wichtig sein? Und wenn er die Menschen nicht bedingungslos liebte, welchen Sinn hatte das Ganze?

Ann war so aufgewühlt, sie musste sich wahrscheinlich darauf einstellen, nicht so bald einschlafen zu können. Sie schaltete den Fernseher ein, aber dann erinnerte sie sich daran, dass der Anschluss abgeklemmt war.

Noch einmal sah sie aus dem Fenster zu Kennys Haus hinüber. Sie beneidete ihn um seinen einfachen Glauben, selbst wenn er vermutlich unangebracht war. „Kenny, um deinetwillen hoffe ich, dass es wirklich Engel gibt, und ich hoffe, dass sie jetzt gerade bei dir sind." Sie knipste das Licht aus.

Während sie auf der Couch lag und die Gedanken immer noch wild durch ihren Kopf schwirrten, stellte sie sich vor, dass Kennys goldene Krake hoch über ihrem Kopf schwebte. Dass sie über ihr wachte und dass Gott wirklich etwas daran lag, was mit Ann geschah. Dass er durch seinen Engel bereit war einzuschreiten oder sie zumindest so zu trösten, „wie wenn deine Mama dich in die Arme nimmt, wenn du traurig bist".

War es wirklich möglich, dass solch ein Wesen existierte? Und sie gerade jetzt ansah? Zum ersten Mal hatte Ann das Gefühl, dass ihr diese Vorstellung gefiel.

# Kapitel 36

Am nächsten Morgen wachte Ann früher auf als sonst. Die Stille überraschte sie. Keine Musik, nicht ein einziger Ton. So sehr sie das hätte erleichtern sollen – und das tat es auch zu einem gewissen Grad –, gab es ihr doch das Gefühl, dass etwas fehlte.

Allerdings – es fehlte etwas, und der Fachausdruck dafür lautete Parakusis. Vielleicht kam sie ja endlich über diese Halluzinationen hinweg.

Heute musste sie ein paar Dinge im Haus erledigen. Punkt eins auf ihrer Liste: alle Gardinen abhängen und durch die modernen, weißen Jalousien ersetzen, die sie bei ihrem vorletzten Aufenthalt in Charleston gekauft hatte.

Wenige Minuten später war das Haus von dem jaulenden Geräusch des elektrischen Schraubenziehers erfüllt. Als Ann die Gardinen in „ihrem" Schlafzimmer abnahm, sah sie ein Stück Zinngrau, das beim Streichen nicht ganz von der schneeweißen Farbe überdeckt worden war. Noch etwas, das sie in Ordnung bringen musste. Sie legte ihre Finger auf das Farbfleckchen und erinnerte sich daran, wie sie sich an jenem Tag gefühlt hatte, als sie die Wände in dieser Farbe gestrichen hatte, die für sie so ungewöhnlich war. Wie richtig sich der warme Ton angefühlt hatte!

Es war erstaunlich, wie viel sie sich da vorgemacht hatte. Es hatte nicht lange gedauert, bis alles wieder so war wie immer und sie aus ihren Träumen herausgerissen wurde. Und es war ja auch besser so. All diese Illusionen mussten aufhören, wenn sie ihr Leben wieder in den Griff bekommen wollte.

Es klingelte, und Ann ging zur Tür. Vielleicht hatte Tammy Eric schon gesagt, dass sie wieder da war. Sie machte auf und zwang sich zu einem maskenhaften Lächeln. Zu ihrer Überraschung sah sie in die Augen von Eleanor Light.

„Hallo, Ann. Ich wollte nur mal schauen, wie Sie vorwärtskommen. Glauben Sie, Sie sind bis zum nächsten Wochenende so weit, dass wir einen Tag der offenen Tür machen können?"

„Nächstes Wochenende?" Ann dachte an die Arbeit, die noch zu erledigen war, bis das Haus besichtigt werden konnte. Aber was hatte sie sonst schon zu tun? „Ja, das bekomme ich hin. Ich war gerade dabei, die Fensterdekorationen zu ändern."

„Oh, darf ich mal sehen?"

„Ich habe sie noch nicht alle aufgehängt, aber die Schlafzimmer sind fertig. Was ich gemacht habe, zeige ich Ihnen gern."

Eleanor kam herein; ihre Absätze klackten auf dem Hartholzboden. „Diese Böden sind wirklich toll geworden. Das wird ein prima Verkaufsargument." Sie blieb stehen und sah sich im Wohnzimmer um. „Ich dachte, Sie würden das in einer anderen Farbe streichen, irgendwie etwas wärmer."

„Ich habe es versucht, aber es hat nicht funktioniert."

„Wirklich? Dieses Haus ist so warm und gemütlich – ich glaube, eine warme Farbe würde sich hier wunderbar machen."

„Ich habe es versucht. Es hat nicht funktioniert, ja?" Ann war selbst überrascht über den scharfen, ärgerlichen Ton, in dem sie das sagte.

Eleanor machte einen Schritt zurück und glättete eine nicht vorhandene Falte in ihrer Jacke. Sie glättete sie weit über den Zeitpunkt hinaus, an dem die Stille peinlich geworden war.

Schließlich sagte Ann: „Sie wollten die Fensterdekorationen in den Schlafzimmern sehen, nicht wahr?"

„Ja, sehr gern." Eleanor ließ sich in keiner Weise anmerken, dass Ann sie verletzt hatte. Sie folgte ihr einfach ins Schlafzimmer.

„Ach, die sind ja hübsch." Ann drehte sich um und sah, wie Eleanor einen Zipfel der soeben entfernten Gardinen hochhob, die auf dem Bett lagen. „Ich kann mich nicht daran erinnern, was Sie vorher hier hatten, aber die passen perfekt. Gute Arbeit."

„*Das* sind die, die ich vorher hatte, Eleanor. Ich habe sie abgenommen, um *diese hier* aufzuhängen.“ Ann entrollte eine der semitransparenten Jalousien, damit ihre Wirkung besser zur Geltung kam. Ann liebte die Art, wie sie das Zimmer in gedämpftes Licht tauchte, ohne es völlig von der Sonne abzuschirmen. So rein, so modern.

Sie drehte sich zu Eleanor um und wartete auf ihre Zustimmung. Stattdessen sah sie, wie Eleanors Blick von den neuen Jalousien zu den alten Gardinen wanderte. Ihre Miene drückte Verwirrung aus. Es dauerte ziemlich lange, bis sie etwas sagte, aber dann fragte sie: „Was hat Sie dazu veranlasst, diese modernen Jalousien zu wählen?“

„Die Häuser, die ich in New York style, sind alle ultramodern. Ich wollte gern ein bisschen was von mir selbst in dieses Haus einbringen.“

Eleanor nickte. Ihre Worte kamen bedachtsam und waren von einem nachdenklichen Stirnrunzeln begleitet. „Ich möchte Sie auf keinen Fall verletzen – ich meine, Sie wollten ja offensichtlich, dass die Wände auch weiß sind –, aber finden Sie nicht, dass weiße Wände und moderne weiße Jalousien ein bisschen … farblos sind? Und kalt? Das hier ist immerhin Charleston, nicht irgendein Hochhaus in New York.“

Die Worte schmerzten. Tammys ähnlich lautende Kommentare konnten als Äußerungen einer Person abgetan werden, der es an gutem Geschmack mangelte. Aber Eleanor … sie war ein Profi. Ann atmete tief und langsam durch und sagte mit sehr ruhiger Stimme: „Ich denke, es gibt in Charleston verschiedene Geschmacksrichtungen, so wie überall sonst auch.“

„Das stimmt. Es gibt ein paar sehr moderne Häuser in Charleston, wo das nicht nur wunderschön aussehen, sondern auch absolut passend wirken würde. Das hier ist Ihr Haus, und Sie können tun, was immer Sie für richtig halten, aber als Ihre Maklerin muss ich Ihnen sagen: Mir kommt es so vor, als würde dieses Haus versuchen, etwas zu sein, was es nicht ist. Wie ein Mensch, der eine bestimmte Rolle spielt, während er tief in seinem Inneren weiß, dass er in Wirklichkeit anders ist. Das funktioniert weder bei Menschen noch bei Häusern." Ihr Handy summte und sie warf einen Blick darauf. „Ich habe jetzt einen Termin, aber ich wünschte, Sie würden darüber nachdenken, Ann. Haben Sie den Mut, andere hinter die Fassade blicken zu lassen."

„Ich weiß nicht, wovon Sie reden." Aber sie wusste es, und dieser Gedanke machte ihr mehr Angst als alles andere.

*

*„Versuchen, etwas zu sein, was es nicht ist."* Der Satz ging Ann noch lange nach dem Abendessen nicht aus dem Kopf. Sie versuchte nicht, etwas zu sein, was sie nicht war; sie versuchte, sie selbst zu sein. Aber ganz Charleston schien sich gegen sie verschworen zu haben. Nun, sie war entschlossen, diesen Kampf zu gewinnen. Sie war stark und unabhängig, fähig, ihre eigenen Entscheidungen zu treffen – sie brauchte niemand anderen.

Ann ging in ihr altes Zimmer. *Ich bin ein eigener Mensch. Ich verstecke mich nicht. Ich brauche dieses alte Zimmer nicht und auch nichts, was darin ist.* Sie sah die Steckdose an und fügte hinzu: „Und auch nichts, was jemals darin war."

Das war der Augenblick, in dem ihr klar wurde, was sie tun musste. Sie ging in Nanas Zimmer. Dort auf dem Nachttisch lag der zusammengerollte Brief. Wenn sie sich wirklich von all diesem Unsinn verabschieden wollte, war es das Beste, so konsequent vorzugehen wie möglich. Sie packte das Blatt. *Letztes Mal habe ich dich wieder aus dem Mülleimer geholt, aber diesmal bekommst du keine zweite Chance.* Sie stieg ins Auto und fuhr wie eine Verrückte, bis sie den Battery Walk erreichte.

Im Mondlicht konnte man gut erkennen, wo die beiden Flüsse zusammenflossen, *„um den Atlantik zu bilden"*. Als sie sich an Erics Worte erinnerte, musste sie beinah lächeln – aber Erinnerungen verursachten nur Schmerzen, und es war Zeit, so viele wie möglich über Bord zu werfen. Zu viel Ladung konnte ein Schiff zum Sinken bringen – oder einen Menschen. Das kleine Andenken an ihre Mutter musste als Erstes weg. Sie hatte den Rest des Briefes nie gelesen, und das war gut so. Es war ein weiteres Stück Vergangenheit, von dem sie sich trennen würde.

Ann streckte die Hand aus. Das Mondlicht warf einen schwachen Glanz auf das Papier. Sie begann ihren Griff zu lockern. Es war Zeit loszulassen. *Alles* loszulassen.

Ihre Finger schienen in der gebeugten Position festgefroren zu sein. Sie sah sich um und versuchte zwanghaft, sich zu entspannen. Dies war etwas, das sie tun *musste*.

Das Rauschen des Ozeans und der Anblick der Häuser und der Ravenel Bridge machten ihr die Aufgabe nicht leichter. Schließlich streckte sich ihr kleiner Finger, und ihr Ringfinger folgte langsam. Es war Zeit, dem Atlantik, auf dessen sandigem Boden so viele Bruchstücke gekenterter Schiffe ruhten, ein weiteres Stück zerbrochener Träume zu geben.

„Ann, sind Sie das?" Es war Eleanors Stimme, die vom anderen Ende der Uferpromenade zu ihr herüberklang. Ein paar Leute drehten sich zu Ann um.

„He, was macht die denn da? Mama, die schmeißt Müll weg. Sag ihr, sie soll aufhören." Die hohe Stimme gehörte einem kleinen Mädchen mit einer riesigen weißen Haarschleife, das ein Rüschenkleidchen trug und inmitten seiner elegant gekleideten Familie über die Uferpromenade flanierte. „Das darf man nicht ins Wasser werfen. Das ist Umweltverschmutzung. Sag ihr das, Mama", sagte das Mädchen in einem nasalen, unangenehmen Tonfall.

Ann war so schockiert, dass ihr keine Erwiderung einfiel. Sie hatte keine Ahnung, was sie tun sollte. Während sie noch versuchte sich zu sammeln, schien ihre Hand das Papier wie von selbst zu umklammern und ihre Beine trugen sie fort. Erst als sie bei ihrem Auto war, hörte sie auf zu rennen. Sie ließ sich auf den Sitz fallen und verriegelte von innen die Tür.

Auf der Heimfahrt begann sie hysterisch zu lachen. Was war denn das nun wieder gewesen? Als ob sie Angst hätte vor einer Sechsjährigen mit Haarschleife und kindlichen Vorstellungen von Umweltverschmutzung. Und doch, das Ganze hatte sie dermaßen aus dem Konzept gebracht, dass sie jetzt wieder in ihre Einfahrt einbog und den Brief immer noch auf dem Beifahrersitz liegen hatte.

Was sollte Eleanor nur denken? Wahrscheinlich, dass Ann eine Verrückte war. Eine, die so tat, als wäre sie jemand, der sie nicht war, wie sie alle so gern sagten.

Sie atmete tief ein und beschloss, diese Sache ein für alle Mal zu erledigen. Und den Brief fertig zu lesen. *Dann* konnte sie ihn hinter sich lassen.

Sie trug den zusammengerollten Brief zurück ins Wohnzimmer, knipste die Lampe an und ließ sich seitwärts aufs Sofa fallen, den Rücken gegen die Armlehne gestützt und die Füße auf den Kissen.

Langsam entrollte sie das Papier und überflog die Seite, bis sie die Stelle gefunden hatte, bei der sie letztes Mal zu lesen aufgehört hatte. Es fehlten nur noch zwei Absätze. Sie nahm all ihren Mut zusammen.

*Ich lass euch bei Mama. Sie liebt euch von ganzem Herzen. Ich weiß nicht, wie ich es sonst ertragen könnte. Ich spür einfach diesen unglaublichen Hunger in meinem Inneren, und egal, was ich tue, er wird nie gestillt. Er ist nur dann betäubt, wenn ich ein paar Gläser getrunken hab oder wenn ich in einer Bar bin und seh, wie ein Mann mich auf diese Weise anschaut, die mir sagt, dass ich was Besonderes bin. Ich wünschte, es gäbe was – irgendwas –, das mich zufrieden macht, aber es gibt nichts. Ich bin immer noch auf der Suche, immer noch voller Sehnsucht. Deshalb pack ich meine Sachen und mach einen klaren Schnitt. Ihr seid besser dran ohne mich.*

*Mama wird gut für euch sorgen. Ich hoff, dass ihr eines Tages erkennt, wie sehr ich euch beide liebe. Es ist nur so, dass ich innerlich total zerbrochen bin und euch einfach nichts mehr zu geben hab.*

*Alles, alles Liebe,*
*Lorelei (eure Mama)*

Ann erkannte einige ihrer eigenen Gedanken in den Worten ihrer Mutter wieder. Der Gedanke, einen „klaren Schnitt" zu machen, war ihr vertraut. Aber nun, da sie die Worte im Brief ihrer Mutter wiederfand, klangen sie mehr nach „Ich gebe auf".

Seltsam, dass es sich so viel edler anfühlte, wenn sie selbst diejenige war, die den klaren Schnitt machte. War es das, was sie hier tat? Aufgeben?

Sie rollte den Brief zusammen und legte ihn wieder auf Nanas Nachttisch. Als sie wieder auf dem Sofa lag, fragte sie sich von Neuem, ob tatsächlich jemand oder etwas sie beobachtete. Fragen über Fragen schwirrten durch ihren Kopf, und sie kam nicht zur Ruhe.

# Kapitel 37

Ann grub das Loch für die letzte Petunie, froh darüber, mit dieser anstrengenden Arbeit fertig zu sein. Tammy war herübergekommen, um zu helfen, und Kenny lag auf einem Liegestuhl im Schatten und sah sich ein paar von seinen Büchern an. Er hustete wieder und wirkte ein bisschen lethargisch.

„Darf ich dich um einen Gefallen bitten, Ann?", fragte Tammy. Sie wischte sich Schweiß und Blumenerde von der Stirn. In diesem Moment hätte Ann ihr unmöglich etwas abschlagen können.

„Natürlich. Was ist es denn?"

„Kenny und ich müssen heute Nachmittag ein paar Besorgungen machen – natürlich muss ich mich vorher noch duschen –, aber ich habe Eric versprochen, dass ich ihm heute ein paar selbst gebackene Brownies vorbeibringen würde. Ich glaube, ich schaffe das zeitlich nicht – könntest du das vielleicht für mich übernehmen?"

Ann hatte seit ihrer Rückkehr noch nicht mit Eric gesprochen. Sie verschränkte die Arme. „Also, wenn das ein Versuch sein soll, uns zusammenzubringen, kann ich dir sagen: Es wird nicht funktionieren."

Tammy sah sie überrascht an, die Unschuld in Person. „Ich weiß nicht, wovon du redest. Du kannst sie vorbeibringen, bevor er nach Hause kommt. Er wird gar nicht erfahren, dass du das warst." Sie unterdrückte ein Lächeln.

„Soll ich sie auf seiner Veranda abstellen?"

„Nein, stell sie doch bitte auf seinen Küchentisch. Die Hintertür ist unverschlossen, und von dort aus kommt man direkt in die Küche."

„Er lässt seine Hintertür offen?"

Wieder sah Tammy ein bisschen zu unschuldig aus. „Meistens schon."

Hmm. Tammy führte definitiv irgendetwas im Schilde.

„Komm, Kenny, wir gehen uns duschen, damit wir in die Stadt können."

„Okay, Mama. Guck mal, Annie, soll ich dir das Buch hierlassen? Es ist gut. *Clifford, der kleine rote Hund.*"

„Das ist ein tolles Buch, aber ich habe es schon gelesen."

„Wirklich? Ist es dein Lieblingsbuch?"

„Ähm ..." Ann konnte sich gerade noch dunkel daran erinnern, dass es um einen roten Welpen ging, aber sie ließ sich nichts anmerken. „Ja, doch, ich glaube schon."

„Meins auch." Er steckte das Buch in den kleinen Rucksack, den er mitgebracht hatte. „Tschüss, Annie." Er winkte ihr im Weggehen zu und lächelte.

Etwa eine Stunde später war Ann auf dem Weg zu Erics Haus. Sie erinnerte sich an den Tag, als sie und Eleanor daran vorbeigelaufen waren und Eleanor darüber gesprochen hatte, wie ausgezeichnet es zu ihm passte. Erst jetzt fand sie es plötzlich seltsam, dass sie es nie von innen gesehen hatte. An so vielen Orten war sie mit ihm gewesen, aber nie in seinem eigenen Haus.

Sie ging die Einfahrt entlang und dachte, dass dieses weiße Haus mit den grünen Fensterläden und der walförmigen Wetterfahne auf dem Schornstein aussah, als gehöre es in eine Kaffee-Werbung. Irgendwie charmant, auf eine bodenständige Art.

Sie ging zur Hintertür. Als sie die Hand auf den Türknauf legte, fühlte sie sich ein bisschen wie eine Einbrecherin. Auf sanften Druck hin öffnete sich die Tür. Komisch, dass Eric sie nicht abschloss.

Aber dann sah sie, wie es innen aussah. Ein Einbrecher hätte wahrscheinlich nach einem kurzen Blick in die Runde auf dem Absatz kehrtgemacht. Die Wände waren völlig freigelegt; auf den Dämmplatten lagen ein paar Stromkabel. Ann betrat das, was einmal die Küche gewesen sein musste. Die Arbeitsflächen fehlten, ebenso die Türen zu den Schränken. Immerhin gab es einen

Kühlschrank und einen Herd. Rechts neben sich entdeckte sie einen mit Plastikfolie bedeckten Tisch und stellte die Brownies darauf.

Ganz benommen ging sie wieder hinaus. Wie viel Zeit hatte er damit verbracht, in Sarahs Haus – Anns Haus! – zu arbeiten, und dabei sein eigenes vernachlässigt? Er hatte noch nicht einmal einen Platz, an dem er Gemüse schneiden konnte, von Browniesbacken gar nicht zu reden. Als sie begriff, was Eric getan hatte, stockte ihr der Atem.

*

Nach dem Abendessen ging sie zu Tammy hinüber und setzte sich in die Küche. „Ich habe Eric die Brownies gebracht."

„Prima. Ich wollte ihn einfach nicht enttäuschen, nachdem ich sie ihm versprochen hatte."

Ann sah sich um. „Wo ist Kenny?"

„Im Bett. Es war wieder ein langer Tag für ihn."

„Ja." Ann zupfte einen losen Faden vom Saum ihres Rocks. „Ich wusste nicht, dass er sein Haus in so großem Stil renoviert."

„Als er dieses Haus letztes Jahr gekauft hat, war es in einem schrecklichen Zustand. Für mich sah es aus wie ein Fall für die Abrissbirne. Aber in Erics Augen war es ein Projekt. Er hat sich sofort daraufgestürzt und jede freie Minute genutzt, um daran zu arbeiten. Als er es gekauft hat, habe ich an seinem Verstand gezweifelt. Aber nach dem zu urteilen, was ich bisher gesehen habe, wird er bestimmt etwas Tolles daraus machen."

„Das glaube ich auch." Ann sah zu Tammy auf. „Ich vermute mal, dass er in den letzten paar Monaten nicht mehr daran gearbeitet hat, weil er so viel in meinem Haus zu tun hatte."

„Na ja …" – Tammy wischte eine völlig saubere Arbeitsfläche ab – „man kann auf jeden Fall sagen, dass er mit seinem Haus in der letzten Zeit ein bisschen langsamer vorangekommen ist."

Ann schüttelte den Kopf. „Ich wünschte, ich hätte das gewusst. Ich hätte nicht zugelassen, dass er das macht."

„Das wusste er bestimmt, darum hat er dir auch nichts davon gesagt." Tammy wusch den blauen Schwamm aus und legte ihn neben das Spülbecken. „Er würde alles für dich tun."

Und wieder einmal fühlte sich Ann, als würde ihr unter die Nase gehalten, dass sie Eric nicht verdiente.

*

Es war Zeit, das Haus mit den Augen eines Profis zu inspizieren. Was würde Ann einem Kunden empfehlen, dem dieses Haus gehörte? Natürlich wären die Besitzer nicht ihre Kunden; Bekka würde sie betreuen. Sie war diejenige im Team, die für den traditionelleren Stil zuständig war. Also gut, was würde Bekka sagen?

Ann ging in Nanas Zimmer. „Also los, Bekka, was würdest du mir sagen?"

Ann gab sich Mühe, Bekkas tiefe Stimme und ihren Akzent aus dem Mittleren Westen zu imitieren. „Sieht ziemlich gut aus. Nicht zu vollgestopft. Die Möbel sind nicht auf dem neusten Stand, aber sie passen zum Haus und sind ziemlich gut erhalten."

Ann lächelte ihre fiktive Gesprächspartnerin an. „Danke, Bekka, genau das habe ich auch gedacht."

Als sie aus dem Zimmer ging, ertappte sie sich dabei, wie sie in Bekkas Tonfall hinzusetzte: „Ich bin froh, dass du ein paar von diesen Blumenkissen aus dem Schrank geholt hast. Das war genau das Richtige. Die Jalousien passen natürlich nicht. Sie versuchen das Haus anders erscheinen zu lassen, als es ist."

Ann blieb stehen und schüttelte den Kopf. So oft hatte sie diesen dummen Kommentar gehört, dass sie ihn jetzt in ihrem eigenen fiktiven Gespräch benutzte.

Sie nahm ihr Handy und wählte Bekkas Nummer. Nachdem sie sich begrüßt hatten, erklärte Ann: „Ich werde hier demnächst einen

Tag der offenen Tür haben. Darum bin ich gerade mal durchs Haus gegangen und habe mir vorgestellt, was du dazu sagen würdest. Und da dachte ich mir, dass ich dich mal wieder anrufen sollte, um ein bisschen mit dir zu reden."

„Ich hoffe, ich habe dir ein paar gute Tipps gegeben."

„Wie immer hast du einige meiner Entscheidungen infrage gestellt, und wie immer habe ich dir gezeigt, dass du dich täuschst."

Bekka lachte. „Klingt ziemlich realistisch."

„Wie sieht's bei euch aus?"

Stille. Nichts als eine lange Stille. „Ann, ich wollte es dir erst sagen, wenn du wieder hier bist."

„Was?"

„Das Stinson-Projekt … ist gescheitert. Margaret hat alle entlassen. Es ist die Rede davon, dass sie Konkurs angemeldet hat, aber ich weiß es nicht sicher."

„Das kann doch nicht sein. Was ist passiert? Wann?"

„Nachdem du weggegangen bist, hat einfach nichts mehr geklappt. Plötzlich hat Stinson keiner unserer Vorschläge mehr gepasst, irgendwie hat nichts gestimmt. So wie es aussieht, ist nie ein Vertrag unterzeichnet worden – das haut mich wirklich um. Margaret war in dieser Hinsicht doch immer so penibel. Also hatte er keinerlei finanzielle Verpflichtungen. Margaret hat anscheinend eine Menge teurer Möbel für ihn bestellt, die sie jetzt nicht bezahlen kann. Ich glaube, das war's für sie. Für uns alle."

Ann ließ sich auf einen Stuhl fallen. „Und was machst du jetzt?"

Eine weitere lange Pause. „Ich würde natürlich gern hier in New York bleiben und schaue mich nach einer Stelle um. Aber sehr wahrscheinlich werde ich in ein paar Monaten wieder nach Wisconsin ziehen. Dort sind die Lebenshaltungskosten niedriger. Und ich bin näher bei meiner Familie."

„O nein, Bekka …"

„Mach dir keine Sorgen. Wir schaffen das, es hat doch bis jetzt immer geklappt. Und jetzt" – Bekka unterdrückte ein Schniefen –

„erzähl mir von deinem Haus. Hast du alles rechtzeitig fertig bekommen?"

Der Besichtigungstermin erschien plötzlich so unwichtig. Aber Ann wusste, dass sie stark sein musste – für Bekka. „Mehr oder weniger. Du weißt ja, wie es ist – man könnte immer mehr machen. Ich wollte gerade noch die Holzböden polieren und das Badezimmer putzen."

„Sieh zu, dass es tipptopp aussieht."

„Ich werde mein Bestes tun." Irgendwie gelang es ihr, wieder aufzustehen. „Ich rufe dich an, wenn ich nächste Woche zurück bin."

„Dann kommst du zu uns zum Essen."

*

Eleanor Light erschien in einem weißen Leinenanzug. „Sind Sie so weit?"

„Ich denke schon."

Eleanor ging ins Haus und sah sich um. „Sie haben wirklich Erstaunliches geleistet, das muss ich sagen. Sie haben es sogar geschafft, eine gemütliche Atmosphäre zu schaffen, obwohl manche Einzelheiten ein bisschen kühl wirken." Dann schaute sie Ann an. „Sind Sie sicher, dass Sie das durchziehen wollen?"

„Natürlich. Warum denn nicht?"

„Ich weiß nicht, irgendwie habe ich den Eindruck, dass es Sie vielleicht glücklich machen würde, hierzubleiben. Sind Sie sicher, dass Sie bereit sind, dieses Haus zu verkaufen?"

„Ich habe keine andere Wahl."

„Ach, das reden die Leute sich oft ein, aber in Wirklichkeit gibt es immer eine Alternative."

„Was genau …"

„Sie machen sich jetzt am besten aus dem Staub. Es können jederzeit Interessenten auftauchen. Machen Sie sich einen schönen

Tag; nehmen Sie sich ein bisschen Zeit und fahren Sie ein letztes Mal an die Orte, die Sie lieben."

Irgendwie war Ann aus ihrem eigenen Haus verscheucht worden, und nun saß sie im Auto und fragte sich, was in aller Welt sie tun sollte. Vielleicht würde sie dem Rat ihrer wohlmeinenden Freunde folgen und sich ein wenig mit ihrer Vergangenheit befassen. Ja – genau das würde sie tun.

Es war ihr zwar nicht gelungen, den Brief ihrer Mutter in den Atlantik zu werfen, aber heute würde sie damit beginnen, sich von Charleston zu lösen. Die beste Art, dies zu tun, war vielleicht, sich von Sarah und Nana zu verabschieden.

Es schien ihr nicht richtig, mit leeren Händen zum Friedhof zu kommen. Daher hielt sie an einem kleinen Blumenladen und kaufte ein Dutzend Rosen. Sie wusste, dass es angemessenere Dinge gab, die man an einem Grab niederlegen konnte. Aber nichts konnte die Liebe, die sie empfand, besser zum Ausdruck bringen als Rosen.

Ann fuhr zum Friedhof, aber unterwegs verlor sie den Mut und nahm die Abzweigung nach St. John's Island. Vielleicht würde ihr ein kleiner Umweg Zeit geben, die Gedanken zu ordnen.

Als sie auf den Parkplatz des Angel Oak Parks einbog, hatte die schwüle Hitze der Sommersonne die Luft in einen stickigen Brei verwandelt. Während sie auf die wuchtige Eiche zuging, machte es ihr Mühe zu atmen, doch die ausgestreckten Äste schienen sie freundlich in ihren Schatten zu locken. Sie dachte daran, wie Eric ihr erzählt hatte, dass der Baum von Hurrikan Hugo schwer beschädigt worden war. Eintausendfünfhundert Jahre hatte diese Eiche auf dem Buckel, und dann hätte ein großer Sturm ihr beinah den Garaus gemacht. Nun, zwanzig Jahre später, konnten Anns ungeübte Augen keine Anzeichen mehr dafür entdecken, dass es diesen Sturm jemals gegeben hatte. Die Eiche wirkte stark und majestätisch. Absolut unerschütterlich.

In diesem Moment begriff sie, wie ihre Mitmenschen sie sehen mussten. Durch die starke, unbekümmerte Fassade, die sie anderen präsentierte, konnte niemand erkennen, wie kaputt sie im Inneren war. Sie war wie ein altes Haus, das sich in ein modernes Kleid hüllte – ihr Leben war eine einzige Lüge.

Unfähig, sich mit weiteren Abgründen ihrer Seele auseinanderzusetzen, stieg Ann wieder ins Auto. Über die gewundenen Straßen des Hinterlandes fuhr sie zurück nach Charleston, wo sie schließlich das kunstvoll verschnörkelte, schmiedeeiserne Tor des Friedhofs passierte. Die Rost- und Schmutzflecken, die es bedeckten, zeugten von den vielen, vielen Jahren, in denen es schutzlos den Elementen ausgesetzt gewesen war. Ann parkte weiter von den Gräbern entfernt, als nötig gewesen wäre. Nachdem sie einen tiefen Atemzug genommen hatte, ging sie hinüber zur endgültigen Ruhestätte ihrer Schwester und ihrer Großmutter.

„Hallo. Ich bin's." Sie kam sich ein bisschen albern vor, weil sie laut sprach, redete aber trotzdem weiter. „Ich bin hergekommen, um mich von euch zu verabschieden – ich werde bald gehen, und ich komme nicht zurück." Sie hielt gerade so lange inne, wie sie brauchte, um neuen Mut zu fassen. „Ich muss euch sagen, dass ich mein Versprechen nicht gehalten habe. Es tut mir leid." Ihre Stimme versagte, und sie brauchte eine ganze Minute, bis sie sich wieder so weit in der Gewalt hatte, dass sie weitersprechen konnte. „Ich habe keine tolle Karriere gemacht, so wie ich es versprochen hatte. Es ist ganz anders gekommen. Ehrlich gesagt – ich habe total versagt." Sie begann zu weinen. „Ich weiß nicht, was ich machen soll. Ich habe alles kaputt gemacht."

Ann setzte sich neben das Grab ihrer Schwester und ihrer Großmutter, schlang die Arme um die Knie und schaukelte vor und zurück. „Ich wünschte, du wärst jetzt hier, Nana. Du wüsstest, was ich tun soll. Und du auch, Sarah. Ihr beide könntet mir helfen, einen Ausweg zu finden. Für alles, denn ich begreife überhaupt nichts mehr." Sie legte den Kopf auf die Knie und spürte, wie ihr die Tränen übers Gesicht liefen.

Die Zeit verging – sie wusste nicht, wie viel –, aber schließlich begann der Schmerz in ihrem Inneren abzuklingen. Sie spürte denselben Frieden, den sie immer empfunden hatte, wenn sie als Kind von Nana in den Schlaf gewiegt wurde. Sie konnte beinahe ihre Stimme hören. „Weißt du was, Nana? Eine tolle Karriere zu machen, ist vielleicht schön. Und in New York groß als Designerin herauszukommen, wäre wunderbar gewesen – aber nicht zu dem Preis, den ich hätte bezahlen müssen. Das wäre ein Misserfolg der schlimmsten Art gewesen. Vielleicht habe ich es doch richtig gemacht, selbst wenn ich jetzt wieder auf Anfängerniveau in einer neu gegründeten Firma arbeiten muss."

Sie dachte an ihre neue Stelle und die Möglichkeiten, die sich ihr boten. Ein neuer Weg, der zum Erfolg führen konnte. Dann dachte sie an Bekka und Gracie und daran, was sie gerade durchmachten. „Aber da gibt es noch etwas, was ich tun muss. Wenn ich wirklich *erfolgreich* sein will, muss ich noch einen entscheidenden Schritt tun. Das ist es doch, was du mir sagen würdest, oder?"

Ann stand auf. Erst in diesem Moment fiel ihr ein, dass sie die Blumen im Auto gelassen hatte. Sie ging los, um sie zu holen, doch dann drehte sie sich um. „Ihr seid nicht wirklich hier, nicht wahr? Ich werde diese Blumen zu Tammy bringen und ihren Tag ein bisschen erhellen. Ich glaube, das hättest du dir gewünscht, Sarah."

Als sie wieder im Auto saß, nahm sie ihr Handy aus der Tasche. Zeit für den nächsten Schritt. Es war verrückt, und es würde sie alles kosten, was ihr geblieben war, aber es war das Richtige. Sie tippte die Nummer ein und wartete. Nachdem Meredith Radke abgenommen hatte, legte sie los.

„Hi Meredith, hier ist Ann Fletcher. Hören Sie, meine Situation hat sich überraschend geändert, sodass ich die Stelle nun doch nicht annehmen kann. Ich glaube, Sie hatten recht, als Sie sagten, Sie würden gern eine andere Richtung dazunehmen. Das wäre ein sinnvollerer Schritt, das wissen wir beide." Sie holte tief Atem und schaute hinüber zu Nanas Grab. *Mach weiter, du musst das durchziehen.* „Ich kenne eine sehr begabte Designerin, die ohne eigenes

Verschulden arbeitslos geworden ist. Sie heißt Bekka Simons. Ihre Stilrichtungen sind ‚Traditionell' und ‚Middle East' und sie ist wirklich großartig. Ich glaube, sie würde besser zu Ihnen passen."

„Nun, es ist schade, dass Sie Ihre Meinung geändert haben, Ann." Meredith hielt kurz inne. „Aber … ja, Bekka wäre vielleicht eine gute Ergänzung. Wie wäre es, wenn Sie ihr meine Nummer geben – dann sehen wir weiter."

„Prima, das mache ich sofort." Sowie Ann aufgelegt hatte, drückte sie die Kurzwahltaste. „He, Bekka, ich bin's. Ich glaube, ich habe den perfekten Job für dich gefunden!"

Sie gab ihrer Freundin die nötigen Informationen, ging jedoch nicht zu sehr ins Detail. Sie wollte nicht, dass Bekka sich zu viel zusammenreimte.

Als sie wieder zum Haus zurückfuhr, fühlte sie sich wunderbar befreit. Sie war sicher, dass Bekka die Stelle bekommen würde. Sie und Gracie waren versorgt.

Und Ann war wieder arbeitslos und hatte auch keine neue Stelle in Aussicht. Trotzdem – sie hatte die richtige Entscheidung getroffen. Vielleicht war das doch ein kleiner Erfolg. Das würde sie sich vor Augen halten müssen, wenn sie wieder in New York war und auf der Suche nach einem neuen Job die Homestaging-Firmen abklapperte.

*

Während der Fahrt fragte Ann sich, wie es wohl bei der Besichtigung gelaufen war. Sie musste das Haus schnell verkaufen; das Geld brauchte sie jetzt wirklich dringend.

Sie parkte das Auto in der Garage und trat hinaus in die Nachmittagshitze, die so drückend war, dass Ann sich kaum bewegen konnte. In der Ferne heulten Sirenen, aber es schien, als würde die schwüle Wärme auch diese bremsen und ersticken. Langsam ging sie über den Rasen und nahm dabei einen Weg, der vom Schatten eines Baumes zum nächsten führte. Als sie die halbe Strecke zu Tammys Tür zurückgelegt hatte, war das Sirenengeheul deutlich lauter geworden. In diesem Moment begriff sie, wohin die Rettungswagen fuhren.

Sie ließ die Blumen fallen und rannte los. Ohne zu klopfen, riss sie die Hintertür auf und stürzte ins Haus. „Tammy! Tammy?"

„Hier hinten." Tammys Stimme kam aus Kennys Zimmer. Ann bremste im Flur ab und kam in der Zimmertür zum Stehen. Kennys keuchender Atem klang beängstigend. Sein Gesicht war grau. „Was ist passiert?"

Die Sirenen wurden lauter und lauter. Tammy deutete auf die Tür. „Würdest du sie reinlassen und hier zu Kenny bringen?"

„Ja, sicher." Ann rannte hinaus in die Einfahrt. Der Rettungswagen war noch über einen Häuserblock weit entfernt, aber das hinderte sie nicht daran, wild mit den Armen zu fuchteln und zu rufen: „Hierher! Hierher!" Das Fahrzeug schien abzubremsen. Ann winkte noch heftiger. „Machen Sie schnell! Sie müssen schnell machen!" Schließlich bog der Wagen in die Einfahrt, die Sanitäter stiegen aus. „Folgen Sie mir. Schnell!"

Sie rannte zurück ins Haus, durch den Flur und in Kennys Zimmer und stellte sich in die dem Bett gegenüberliegende Ecke, um nicht im Weg zu stehen.

Während sie die Szene beobachtete, nahm ihr Bewusstsein die blauen Overalls, die Bahre und die knappen Anweisungen, die die Sanitäter einander erteilten, kaum wahr. Sie war wie zusammengeschrumpft und hatte sich irgendwo tief in ihrem Inneren verkrochen, wo sie dies alles nicht erleben und die Hoffnungslosigkeit der Situation nicht spüren musste.

Kennys Bahre wurde aus dem Zimmer getragen, und plötzlich stand Tammy direkt vor ihr. „Komm nach ins Krankenhaus, ja? Und ruf Eric an und sag ihm, was los ist. Er wird die Gebetskette benachrichtigen."

Ann nickte dumpf. „Natürlich. Klar." Dann sah sie zu, wie sie alle verschwanden. Ein Sirenenheulen, ein paar Lichtblitze. Sie war allein.

Irgendwie schaffte sie es, sich auf den Beinen zu halten und zurück zu ihrem Auto zu stolpern, wo sie das Handy aus der Handtasche riss. Sie suchte Erics Namen in ihrer Kontaktliste und drückte auf „Anrufen". Es klingelte und klingelte, schließlich schaltete sich die Mailbox ein. „Eric, ich bin's." Was sollte sie denn sagen? Es war zu viel, viel zu viel. „Kenny ist im Krankenhaus. Ich weiß nicht, was passiert ist, aber er hat kaum Luft gekriegt. Komm, so schnell du kannst, ja?" Das war alles, was sie zustande brachte. Sie drückte „Auflegen" und ließ den Motor an. Erst auf halbem Weg zur Straße wurde ihr klar, dass sie nicht wusste, in welches Krankenhaus Kenny gebracht worden war.

Das Klügste wäre gewesen, ins Haus zu gehen und sich erst telefonisch zu erkundigen, aber Ann war längst über den Punkt hinaus, an dem sie vernünftig handeln konnte. Sie fuhr zum Medical University Hospital – es war am wahrscheinlichsten, dass die Sanitäter ihn dorthingebracht hatten. Leider war gerade Hauptverkehrszeit, und die Verkehrsnachrichten im Radio meldeten, dass irgendwo vor ihr ein Auto liegen geblieben und zudem ein Unfall passiert war. Nichts schien sich mehr zu bewegen. Eine geschlagene Stunde später rannte sie in die Eingangshalle des Krankenhauses, fand eine Praktikantin, die ihr weiterhalf, und war kurz darauf auf dem Weg zum Wartezimmer der Kinder-Intensivstation. Das Wartezimmer hatte weißgelbe Wände und Stühle in verschiedenen fröhlichen Farben. Darin befanden sich einige Leute; manche standen in Gruppen beisammen und sprachen miteinander, ein besorgt blickendes Paar stand abseits in einer Ecke, aber keine Spur von Tammy. Ann ging zur Empfangstheke, hinter der eine Frau mit hochgestecktem Haar saß. Sie hatte Lachfältchen um die Augen. „Kann ich Ihnen helfen?", fragte sie bereits, während Ann auf sie zuging. Ann nahm an, dass sie gelernt hatte, schnell auf die Aufregung zu reagieren, die die meisten Menschen an einem Ort wie diesem verspürten.

„Ja, ich glaube, Kenny Litton ist gerade hier eingeliefert worden. Können Sie mir irgendeine Auskunft geben?"

Die Frau schaute auf ein paar Papiere auf einem Klemmbrett, das vor ihr auf dem Schreibtisch lag. „Und Sie sind?"

Was ging die das an? „Ich bin seine Nach…" Aus irgendeinem Grund hielt Ann inne, ehe sie den Satz beendet hatte, und sagte stattdessen: „Mein Name ist Ann Fletcher."

Die Frau nickte. „Ja, Ihr Name steht hier auf der Liste der Angehörigen. Sie haben ihn gerade nach oben gebracht. Kommen Sie bitte mit." Tammy hatte Anns Namen auf die Liste der Angehörigen gesetzt. Warum überraschten solche Dinge sie überhaupt noch? Ann fiel keine Antwort darauf ein, während sie der Frau durch die Doppeltür folgte.

Die Kinder-Intensivstation war ein einziger riesiger Raum mit etwa einem Dutzend Nischen, die durch Vorhänge voneinander abgetrennt waren. Ann sah, wie Tammy sich über ein Bett in einer der nächstgelegenen Nischen beugte. Als Tammy aufblickte und sie entdeckte, streckte sie ihr den linken Arm entgegen, ihre rechte Hand hielt die von Kenny.

Ann schlang die Arme um Tammy und drückte sie. „Was ist passiert?" Sie schaute in Kennys Gesicht; es war blasser, als sie es je gesehen hatte. Seine Augen waren geschlossen. Sauerstoffschläuche, Infusionskabel und unzählige medizinische Geräte waren an seinen Körper angeschlossen. Im Hintergrund blinkten verschiedene Monitore. Die Frage, die sie gestellt hatte, war dumm, aber „Wie schlimm ist es?" schien ihr nicht angebracht.

Zuerst schüttelte Tammy nur den Kopf. Sie brauchte einige Augenblicke, um die Tränen wegzuzwinkern und ein paar tiefe Atemzüge zu nehmen. Dann antwortete sie: „Er kam mit einem Herzproblem zur Welt …" Sie fuhr ihm mit der Hand über die Stirn. „Manchmal staut sich Flüssigkeit in seinen Lungen. Dann fällt es ihm schwer zu atmen, was wiederum schlecht ist für sein Herz. Es ist ein Teufelskreis. Wir haben immer gewusst, dass er jederzeit …"

Sie legte die Hand auf den Mund, als wollte sie nicht zulassen, dass der Schmerz aus ihrem Inneren hervorbrach. Nach einer weiteren Minute sagte sie: „Er ist so voller Liebe – sein armes kleines Herz ist dem einfach nicht länger gewachsen."

Ann wusste, dass Tammy recht hatte. Die meisten Menschen würden nie eine Liebe erleben, die so rein und stark war wie Kennys, und doch wurde er so oft zurückgewiesen und missverstanden. All dies machte keinen Sinn in Anns Augen. Warum sollte ausgerechnet er sterben, während Terroristen, Mörder und Leute wie dieses Ekel Patrick Stinson am Leben waren? Oder Menschen, die es so viel weniger verdienten zu leben – sie selbst zum Beispiel?

Ann legte ihre Hand auf Kennys Arm. „Du musst durchhalten und kämpfen, Kenny. Ich brauche dich."

Sein Mundwinkel schien zu zucken. Vielleicht hatte Ann es sich eingebildet, weil sie es sich wünschte, aber sie wartete immer noch auf ein Zeichen, dass er sie erkannte – irgendein Anzeichen der Besserung. Irgendetwas, das ihr Hoffnung gab.

Stundenlang saßen sie schweigend an seinem Bett. Die Schwestern kamen und gingen, hängten Infusionsbeutel auf, nahmen Blut ab und machten all die anderen Dinge, die sie zu erledigen hatten. Tammy und Ann blieben einfach rechts und links an Kennys Bett sitzen; jede hielt eine von seinen Händen. Tammys Lippen bewegten sich lautlos und fast unablässig, und Ann wusste, dass sie betete. Vielleicht war es an der Zeit, dass Ann auch noch mal einen Versuch machte.

*Gott, ich weiß, dass wir noch nicht direkt Freunde sind, aber ich muss zugeben, dass hier Dinge vorfallen, die irgendwie mit deinen Engeln zu tun haben könnten. Wenn du wirklich da bist, wenn es dich wirklich gibt und wenn du uns deine Engel schickst, damit sie über uns wachen – dann schick Kenny doch bitte einen Engel, der ihm hilft.*

Sie merkte, dass sie angespannt auf etwas horchte, und ihr wurde klar, dass sie darauf wartete, Musik zu hören. Das Lied. Zum ersten

Mal wünschte sie sich, das Lied zu hören! Sie wünschte es sich nicht nur … *sie brauchte es!*

Stille.

Die Schwester kam herüber und injizierte etwas in einen von Kennys Infusionsschläuchen. Sie sah zu Tammy. „Er ist jetzt stabil; wenn Sie möchten, holen Sie sich doch ein bisschen was zu essen."

Tammy schüttelte den Kopf; dann sah sie zu Ann hinüber. „Aber du solltest dir was holen."

Ann hatte überhaupt nicht an Essen gedacht. „Ich habe keinen Hunger. Aber soll ich vielleicht zu dir nach Hause fahren und dir ein paar Sachen holen? Deinen Kulturbeutel und ein bisschen Kleidung zum Wechseln?"

„Ja, das wäre nett." Tammy hielt weiterhin Kennys Hand und schien kaum zu merken, dass sie sprach.

Zögernd stand Ann auf. Sie drückte Kennys Hand. Während sie durch die Doppeltür der Station ging, warf sie einen kurzen Blick ins Wartezimmer.

Der Mann, der dort vornübergebeugt in einem Stuhl saß, blondes Haar, das ihm über die Stirn und die Augen hing, die Ellbogen auf die Knie gestützt – kein Zweifel, es war Eric. Sie ging hinüber und fasste ihn an der Schulter. „Wie lange bist du schon hier?"

Er sah auf. „Weiß nicht, 'n paar Stunden. Als ich deine Nachricht gehört hab, bin ich gleich hergekommen."

„Die Angehörigen dürfen da rein. Da kannst zu ihm gehen. Ich bin sicher, dass Tammy deinen Namen auf die Liste gesetzt hat."

„Ja, hat sie. Aber es dürfen immer nur zwei Personen gleichzeitig rein."

„Was?", keuchte Ann. „Du hast die ganze Zeit hier draußen gewartet, weil ich an deiner Stelle da drin war? O Eric, wenn ich das gewusst hätte! Dann wäre ich doch rausgekommen!"

„Ich weiß. Darum hab ich ja nicht gesagt, dass ich hier war. Es ist genauso gut dein Platz wie meiner. Du bedeutest Kenny so viel. Und Tammy auch. Es war richtig, dass du bei ihnen warst."

Wieder einmal war Ann überwältigt von der Liebe, die sie nicht verdiente. „Ich fahre zu Tammys Haus, um ein paar Sachen für sie zu holen. Also geh rein und verbring ein bisschen Zeit mit deinem besten Quarterback."

Er nickte. „Ich will Tammy sagen, dass die Gebetskette aktiviert ist. Gerade jetzt beten Menschen in ganz Charleston für Kenny."

Ann nickte. „Ich hoffe, es hilft." Noch nie zuvor in ihrem Leben hatte sie diese Worte so erst gemeint.

# Kapitel 38

Die blasse Kontur des *Zu-verkaufen*-Schildes in ihrem Garten erinnerte sie daran, dass heute Tag der offenen Tür gewesen war. Vor wenigen Stunden war das noch so wichtig gewesen.

Ann ging ins Haus und knipste ein paar Lichter an. Ihr wurde bewusst, dass dieses Haus ihr vielleicht nicht mehr lange gehören würde. Die Böden, die sie mit so viel Mühe abgeschliffen und lackiert hatte; die Räume, in denen Nana, Sarah und sie so viele Jahre gelebt hatten; das Haus, in dem ihre Mutter die endgültige Entscheidung getroffen hatte, sie für immer zu verlassen … In diesem Haus hatte es an vielem gefehlt, aber es war immer von Liebe erfüllt gewesen. Von Nanas Liebe. Sarahs Liebe. Ann hatte so viel Zeit damit verbracht, über den Verlust ihrer Mutter zu trauern, dass sie nie zu schätzen gewusst hatte, was da war.

War sie im Begriff, nun wieder dasselbe zu tun? Mit Tammy und Kenny? Und Eric?

Selbst wenn es so war, sie konnte nichts daran ändern. Ohne eine Stelle – und ohne Aussicht auf eine – *musste* sie verkaufen. Sie hatte keine andere Wahl.

Sie musste an Eleanors Worte denken. *Das reden die Leute sich oft ein. In Wirklichkeit gibt es immer eine Alternative.*

„Nicht in diesem Fall, Eleanor. Nicht in diesem Fall." Sie flüsterte die Worte und schüttelte dann den Kopf, wie um Klarheit zu gewinnen. Es war Zeit, zu Tammys Haus hinüberzugehen und ihre Sachen zu holen.

Als Ann wieder im Krankenhaus ankam, ging sie direkt zum Wartezimmer der Kinder-Intensivstation. Die Frau an der Empfangstheke erkannte sie. „Ihr Bruder hat mich gebeten, ihm Bescheid zu sagen, sobald sie da sind. Einen Augenblick, bitte, ich hole ihn."

Ann nickte. Ihr Bruder. Weil hier nur die engsten Angehörigen Zutritt hatten, hatte Tammy Eric und Ann als ihre Geschwister eingetragen. „Prima, vielen Dank."

Einen Moment später folgte Eric der Frau durch die Doppeltür und ging zu Ann herüber. Sie reichte ihm die Tasche, die sie in der Hand hielt. „Hier sind ein paar Sachen für Tammy."

Er machte keine Anstalten, sie ihr abzunehmen. „Willst du sie nicht selbst reinbringen?"

Ann schüttelte den Kopf und trat näher zu ihm. Mit Rücksicht auf die anderen Wartenden achtete sie darauf, leise zu sprechen. „Du gibst ständig Dinge für mich auf. Du hast nicht an deinem eigenen Haus gearbeitet und mir stattdessen geholfen, das von Sarah herzurichten. Du hast den ganzen Nachmittag hier draußen gesessen, weil ich da drin *deinen* rechtmäßigen Platz eingenommen hatte."

Er legte die Hand unter ihr Kinn und hob es so weit an, dass sie ihm ins Gesicht schauen musste. Als sie ihm in die Augen sah, sagte er: „Ich bedaure keine einzige Sekunde."

„Ich wünschte, ich könnte dasselbe sagen … Eric, es tut mir so leid, dass ich …"

„Psst." Er beugte sein Gesicht ganz nah zu ihrem herunter. „Du gehst jetzt da rein und verbringst 'n bisschen Zeit mit Tammy und Kenny. Um alles andere kümmern wir uns, wenn's Kenny besser geht. In Ordnung?"

Ann nickte. „Gut."

„Nimm dir so viel Zeit, wie du brauchst."

*

Tammys Kopf war an die Rückenlehne ihres Stuhles gestützt, ihre Augen geschlossen. Ann war sich nicht sicher, ob sie schlief oder betete; vorsichtshalber schlich sie auf Zehenspitzen ins Zimmer. Sie legte ihre Hand auf die von Kenny. Sein Gesicht war bläulich, aber er schien entspannter zu atmen. *Gott, wenn du da bist, hilf ihm.* Das war das einzige Gebet, das ihr einfiel.

„Wie lange bist du schon hier?" Tammy streckte die Arme und beugte sich dann vor zum Bett ihres Sohnes.

„Ich bin gerade erst gekommen. Wie geht es ihm?"

„Die Ärzte sagen, er ist noch nicht über den Berg, aber es scheint ihm ein bisschen besser zu gehen."

Kenny keuchte laut und machte dann ein paar mühsame Atemzüge. Tammy begann Gebete zu flüstern, deren Worte Ann nicht recht verstand. Aber ihren Sinn erkannte sie deutlich, weil ein Klang den Raum zu erfüllen begann.

Sie spürte es, bevor sie es hörte. Eine eigenartige Wärme umhüllte ihren ganzen Körper. Als die Musik begann, war es fast so, als würde sie in ihrem Inneren aufsteigen und ihr ganzes Sein durchdringen. Dann ergoss sie sich in den Raum, zuerst leise und dann von Sekunde zu Sekunde lauter. Es war eine vielschichtige Harmonie, und diesmal hörte Ann nicht nur Instrumente. Sie konnte deutlich Singstimmen ausmachen, und sie sangen nicht nur ein Lied, sondern mehrere. Die Melodien der einzelnen Lieder ergänzten einander, und jede Stimme war deutlich zu hören und erklang in völliger Harmonie mit den anderen. Die Musik war wunderschön und überirdisch … rein.

Das Lied wurde lauter und übertönte alle anderen Geräusche. Ann streckte ihren freien Arm über das Bett und drückte Tammys Hand. „Er wird es schaffen. Sie sind jetzt hier."

Tammy sah sie verwirrt an. „Was willst du damit sagen?" Sie schaute wieder zu Kenny. „Wer ist hier?"

„Hör doch." Ann schaute Tammy an und wartete darauf, dass sie es auch hörte.

Tammy starrte ins Leere. „Was denn? Was hörst du?"

„Tammy, die Musik! Hörst du sie nicht?" Sie war lauter geworden, und sie war so schön, dass Ann erschauderte. Die Stimmen besaßen eine Vollkommenheit, die kein menschliches Wesen je erreichen könnte. „Die Engel sind hier. Sie sind hier bei Kenny."

„Ich höre überhaupt nichts." Tammys Augen füllten sich mit Tränen. „Ich höre überhaupt nichts. Warum kann ich es nicht hören?"

„Es geht ihm gut, Tammy. Sie sind hier bei ihm, damit er keine Angst hat."

Kenny stieß ein gurgelndes Geräusch aus. Tammy schlug sich die Hand vor den Mund und schluchzte leise. „Singen sie immer noch?"

Die Musik begann leiser zu werden. Kenny keuchte heftig; dann kam er zur Ruhe, während die Musik Ton um Ton verklang.

Kenny schlug die Augen auf und lächelte schwach, als er Tammy sah. Dann schloss er sie wieder. Er drückte Anns Hand.

Erst in diesem Moment begriff Ann, was für ein unglaubliches Geschenk Gott ihr gemacht hatte. Sie durfte hören, was die meisten Menschen – mit Ausnahme ihrer sterbenden Schwester und diesem unglaublichen Jungen mit Downsyndrom – nicht hören konnten. Das Lied seiner Engel. Den Klang seiner Gegenwart, selbst wenn niemand sonst im Raum ihn hörte, spürte oder auch nur erahnte. Gott war da. Jetzt. Immer.

# Kapitel 39

*„Annie. Helfen. Bitte. Annie. Helfen. Bitte. Annie. Helfen. Bitte.“*

Ann fuhr aus dem Schlaf hoch. Wieder und wieder gingen ihr Sarahs letzte Worte durch den Kopf. Sie würde nie erfahren, was Sarah von ihr gewollt hatte. Nie erfahren, wie sie ihr hätte helfen können.

Sie lehnte sich an die Armlehne des Sofas. Dass sie unfähig gewesen war, Sarahs letzte Bitte zu erfüllen, zerriss ihr das Herz. Sie hörte ihre Worte und sah ihr Gesicht – den Ausdruck des Friedens, während sie über ihre Schulter geblickt hatte. „Annie. Helfen. Bitte.“

Der Blick über ihre Schulter.

Der Ausdruck auf ihrem Gesicht.

Ann sprang auf. Sarah hatte das Lied der Engel gehört. Sie hatte diese wunderbare, tröstliche Wärme gespürt. Sie hatte nicht *Ann* darum gebeten, ihr zu helfen. Sie hatte den *Engel* um Hilfe gebeten. Hilfe für *Ann*.

Darum war es die ganze Zeit gegangen. Sarah hatte den Engel gebeten, ihrer Schwester zu helfen. Darum hatte Ann das Lied hören können. Darum hatte es diese merkwürdigen Zufälle gegeben. Die Engel hatten Sarahs letzte Bitte erfüllt. Diese Erkenntnis war so überwältigend, dass es Ann den Atem nahm. Sie rannte in ihr Zimmer und zog sich ein paar Shorts und ein T-Shirt an. Da gab es etwas, das sie tun musste.

Sie trat vor die Haustür und erwartete beinah, Eleanor im frühen Morgenlicht vorüberjoggen zu sehen. Stattdessen sah sie Erics Geländewagen in Tammys Einfahrt und dann ihn selbst, wie er den Rasenmäher aus der Garage holte.

Ann wusste, dass er den Rasen mähen wollte, weil Kenny morgen aus dem Krankenhaus entlassen werden sollte.

Sie winkte ihm kurz, bewegte sich jedoch weiterhin energisch auf ihr Ziel zu.

Er kam zu ihr herüber. „He, was ist los?"

Ann ging zu dem *Zu-verkaufen*-Schild und begann daran zu ziehen. „Weißt du was? Ich bin es leid, die Tapfere zu spielen. Ich bin es leid, vor der Vergangenheit davonzulaufen. Es ist Zeit für einen neuen Anfang. An einem neuen – und gleichzeitig alten – Ort. Es ist Zeit, dass ich anfange an irgendetwas zu glauben."

Sie hörte auf zu ziehen und sah Eric an. „Gott versucht schon so lange, mich auf sich aufmerksam zu machen. Und … nun, sagen wir einfach, ich weiß, dass er da ist. Ich habe dir einmal gesagt, dass ich nicht glauben kann, aber weißt du was? Ich habe mich geirrt."

„Wirklich?" Eric schaute sie mit einem eindringlichen, prüfenden Blick an. Dann nickte er. „Freut mich sehr, das zu hören."

„Ja, das habe ich mir gedacht." Sie zog von Neuem an dem Schild, aber es bewegte sich immer noch nicht. Sie ächzte und sagte: „Ich weiß nicht, was ich tun werde. Im Grunde kann ich es mir gar nicht *leisten*, dieses Haus nicht zu verkaufen; von irgendetwas muss ich ja in New York meine Miete bezahlen."

„Das ist der Punkt, wo der Glaube ins Spiel kommt. Du vertraust darauf, dass jemand, der größer ist als du, das regeln kann. Und du lernst, dass es in Ordnung ist, ab und zu Hilfe in Anspruch zu nehmen, statt immer nur selbst zu helfen."

Eric beugte sich vor und riss zweimal heftig an dem Schild. Es kam aus dem Boden und schaukelte locker in seinen Armen. „Was soll ich damit machen?"

„Ich rufe Eleanor Light an und sage ihr, dass sie es abholen soll. Ich brauche es nicht mehr."

Eric lächelte. Er ging in die Hocke und legte das Schild auf den Rasen. Dann stand er auf und nahm Ann in die Arme. „Willkommen zu Hause."

„Zu Hause", sagte sie. „Darüber musst du mir mehr erzählen."

Eric schaute ihr in die Augen. „Zu dem Thema hab ich ganz schön viel zu sagen."

Ann legte ihm etwas zaghaft die Arme um den Hals. „Was denn zum Beispiel?"

„Hm. Lass mich mal nachdenken, ob mir was einfällt." Er beugte sich vor und küsste sie sanft.

„Lass mich nie wieder los", flüsterte sie und schmiegte sich an ihn.

„Das hab ich nicht vor, liebste Ann."

„Sag Annie zu mir." Sie stellte sich auf die Zehen und küsste ihn noch einmal.

# Kapitel 40

„He, Kenny, ich habe eine Frage zu einem von deinen Bildern." Annie drehte sich um und ging von der Kiste, die sie gerade auspackte, hinüber zu dem Sofa, auf dem Kenny sich ausruhte. Sie war froh zu sehen, dass sein Gesicht allmählich wieder Farbe bekam.

„Ja?"

Annie hielt ihm das Bild hin, das das platt gedrückte M, den Engel und den Zylinder darstellte. „Was ist das?"

Er lächelte. „Das ist ein Mülleimer." Kenny zeigte auf den Zylinder. „Und das ist ein Vogel, und das ist der Engel. Er heißt Uriel. Er passt auf dich auf."

„Warum gebe ich dem Engel einen Vogel?" Dann merkte Annie, wie ihr Mund trocken wurde. „Hast du Uriel gesagt? So wie Uri – der Obdachlose?" Sie erinnerte sich an den Abend, als sie ihm das Essen gegeben hatte, das bei ihrem Abendessen mit Patrick Stinson übrig geblieben war. Ihre Reste, in Alufolie eingepackt, geformt wie ein Schwan.

Kenny zuckte die Achseln. „Er ist ein Engel."

Annie dachte an den Bibelvers, den sie von dem anderen Obdachlosen gelernt hatte, dem mit den Dreadlocks. Sie hatte ihm nicht geglaubt. Sie hatte ihm nicht glauben *wollen.* Aber jetzt …

„Weißt du, Kenny, ich glaube, du hast recht."

„Klar hab ich recht. Ich und Eric, wir haben immer recht. Stimmt's, Eric?"

„Du hast's erfasst, Kumpel."

„Was ihr nicht sagt." Tammy lachte, während sie den Saum der neuen Wohnzimmergardinen absteckte. „Ich glaube, ich könnte ein paar Beispiele nennen, die das Gegenteil beweisen."

„Kein Grund für Spitzfindigkeiten. Wenn's um was Wichtiges geht, haben wir recht. Kenny kennt sich aus mit obdachlosen Engeln, die Uriel heißen. Und ich kenn mich aus mit schönen Frauen, die Annie heißen. Was mich betrifft, ist das alles, was zählt."

„Ach, wirklich?" Annie ging zu ihm und setzte sich auf seinen Schoß. „Erzähl mir mehr davon."

„Bäh, eklig", sagte Kenny und kicherte, aber es war Annie egal.

Eric küsste sie leicht. „Ich hoff, du hast 'n bisschen Zeit, denn zu dem Thema hab ich 'ne Menge zu sagen."

„Nimm dir so viel Zeit, wie du brauchst." Sie vergrub den Kopf an seiner Schulter. „Ich habe den ganzen Tag."

„Ich hatte da eher an was Langfristigeres gedacht." Annie hob den Kopf.

„Komm schon, Eric", mischte sich Kenny ins Gespräch ein. „Lass uns Football spielen. Das wird mir jetzt zu schnulzig." Er zog Eric am Arm.

„Du hast vielleicht immer recht, Kenny, aber an deinem Gefühl für das richtige Timing musst du noch 'n bisschen arbeiten." Eric und Annie standen auf. Sie sah zu, wie er mit Kenny aus der Tür ging, aber dann drehte er sich um und schaute sie an. „Wir reden später weiter, ja?"

„Das will ich hoffen."

# Dank

*Den folgenden Menschen gehört Sheilas Dank:*

Rick Christian – du bist so viel mehr als ein wunderbarer Agent. Du bist ein guter Freund und ein lustiger Mann. Es ist so toll, ein Teil der „*Alive*"-Familie zu sein.

Lee Hough – ich bin so dankbar, dass Sie mein Agent sind. Sie haben dieses Projekt in jeder Hinsicht betreut, sodass ein Traum Wirklichkeit wurde. Danke.

Allen Arnold und dem „Thomas Nelson Fiction"-Team – es war eine fantastische Erfahrung, mit jedem Einzelnen von Ihnen arbeiten zu dürfen. Sie sind wirklich die Besten auf Ihrem Gebiet. Treu kommen Sie dieser Aufgabe nach, die Gott Ihnen zugeteilt hat. Es ist mir eine große Freude, ein Teil Ihrer Familie zu sein.

Ami McConnell – Sie haben Ihr Herzblut ohne Unterlass für dieses Buch gegeben. Ihre Detailgenauigkeit ist nur ein Grund von vielen, warum Sie so eine großartige Lektorin sind. Danke für Ihr offenes Ohr und Ihr großzügiges Herz.

Jen Deshler, Natalie Hanemann und Katie Bond – danke für all die investierte außergewöhnliche Begabung, Weisheit, Fürsorge und Ermutigung.

Mary Graham und dem „Women of Faith"-Team – danke, dass ihr mir einen Ort gegeben habt, an dem ich meine Leidenschaft und meine Berufung mit anderen Menschen teilen kann. Danke für eure unzerstörbare Freundschaft auf unserer Reise zu den Herzen vieler Frauen.

Barry Walsh – du hast meine Vision sofort erkannt und Schritt für Schritt mit mir daran gearbeitet, dass sie Wirklichkeit wurde. Danke für die vielen Stunden, in denen du das Manuskript gelesen hast. Danke, dass du dafür gesorgt hast, dass wir deiner Heimat Charleston gerecht wurden. Du und unser Sohn, Christian – ihr habt mein Herz mit einem Lied erfüllt.

*Kathryn Cushman dankt:*

Lee Cushman – ich weiß nicht, wie ich das letzte Jahr ohne deine Liebe und Unterstützung überlebt hätte. Danke, dass du der Mann bist, zu dem Gott dich berufen hat.

Melanie Cushman – während ich dieses Buch schrieb, habe ich 32 Tage an deinem Krankenhausbett verbracht und Dutzende mehr bei verschiedenen Ärzten. Ich habe zugesehen, wie du mehr durchgemacht hast, als eine Sechzehnjährige je durchmachen sollte. Dein Mut und deine positive Einstellung versetzen mich immer wieder in Erstaunen.

Carl Parrish – der Krebs konnte deinen Mut und deinen Sinn für Humor nicht kleinkriegen. Das ist ein weiterer Grund dafür, stolz zu sein, dass du mein Daddy bist. Deine Enkelin hat diese Eigenschaften von dir geerbt.

Ora Parrish – Mom, du warst immer mein größter Fan. Du hast mich immer unterstützt und bist meine beste Freundin. Ich liebe dich.

Carl, Alisa, Leah, Katy, Lisa – ich habe die beste Familie auf der Welt.

Gary und Carolyn, Kathleen, Brenna, Kristyn, Judy, Carol, Denice – danke für eure Liebe und Unterstützung in den dunkelsten Stunden.

Lori Baur – meine Freundin, Nachbarin und PR-Managerin.

Carrie Padgett, Julie Carobini, Michael Berrier und Shawn Grady – meine Schreib- und Gebetspartner.

Jim Rubart, John Olson, Katie Vorreiter und Jenn Doucette – die „Winklings".

Ami McConnell – Sie sind eine fantastische Lektorin. Ich weiß nicht, wie unsere gegensätzlichen Ideen ohne Ihre Hilfe zu einer zusammenhängenden Geschichte geworden wären.

Jenny Baumgartner – Ihre Detailgenauigkeit ist verblüffend. Danke für Ihre Unterstützung im Gebet und dass Sie mir immer dann ermutigend auf die Schulter geklopft haben, wenn ich es am nötigsten brauchte.

Lee Hough – Sie sind wirklich der perfekte Agent! Sie sind die ruhige Stimme der Vernunft in jeder Situation.

Bill Hogan – danke für Ihre Einführung in die Surfwelt von Charleston.